Maria Grund

ROTWILD

Thriller

Aus dem Schwedischen von
Sabine Thiele

PENGUIN VERLAG

Die Originalausgabe erschien 2022
unter dem Titel *Dödsdansen*
bei Modernista, Stockholm.

MIX
Papier aus verantwortungsvollen Quellen
FSC® C014496

Klimaneutral*
Druckprodukt
ClimatePartner.com/14044-1912-1001

Penguin Random House Verlagsgruppe FSC® N001967

1. Auflage 2023

Redaktion: Marie-Sophie Kasten
Umschlaggestaltung und -abbildung: www.buerosued.de
Satz: Uhl + Massopust, Aalen
Druck und Bindung: GGP Media GmbH, Pößneck
Printed in Germany
ISBN 978-3-328-10706-4

www.penguin-verlag.de

KAPITEL EINS

Sanna Berling wischt sich den Schweiß vom Nacken. Die dünne schwarze Bluse klebt ihr in der schwülen Hitze an der Haut. Nur die papiernen Blätter der welken Topfpflanze bewegen sich im Luftzug des Tischventilators.

Auf dem Computerbildschirm leuchten ihr die Mitschriften zu den Verhören dieser Woche entgegen. Eine Schlägerei unter Betrunkenen am Samstag, kurz nach Mitternacht. Vier Männer zwischen dreißig und fünfzig hatten sich vor einem Imbiss, der fetttriefende Burger und Bratwürste für ausgehungerte Nachtschwärmer bereithielt, gegenseitig die Zähne ausgeschlagen. Eine halbe Stunde hatten sie sich auf dem Parkplatz geprügelt und die Fäuste geschwungen. Ihre Frauen und Freundinnen hatten versucht, sie daran zu hindern, und dabei selbst blaue Augen davongetragen. So ging es an Freitag- und Samstagabenden auf dem Land zu. Keine Morde oder Vergewaltigungen, keine gewalttätigen Auseinandersetzungen. Nur hässliche und oft blutige Frustration.

Schritte. Der Geruch nach Anchovis und Kautabak. Anton Arvidsson legt ein in Folie verpacktes Sandwich auf ihren Schreibtisch, knüllt eine Tüte zusammen und wischt sich einen Krümel von der Polizeiuniform.

»Solltest du nicht bald Schluss machen, wenn du nicht zu spät kommen willst?«

Es zischt, als er seinen Energydrink öffnet. Schnell schlürft er die herausquellende Flüssigkeit vom Dosenrand.

Sixten, der zu ihren Füßen liegt, wacht auf. Er ist eine irische Wolfshundmischung und sieht aus wie der Hund von Baskerville, ist aber eine Seele von Tier und nie aggressiv. Nicht einmal, wenn jemand, der nach Anchovis stinkt, ihn aus seinen Träumen reißt. Als Eir gefragt hatte, ob sie sich um Sixten kümmern könne, hatte Sanna zuerst gezweifelt, doch jetzt kann sie sich ein Leben ohne ihn gar nicht mehr vorstellen.

Sie packt das Sandwich aus und bricht kleine Stücke davon ab, die sie an Sixten verfüttert. Anton beobachtet sie und lächelt, als wolle er etwas sagen.

Ihr Kollege sieht überhaupt nicht wie ein Polizist aus, sondern eher wie ein Bodybuilder mit den sich wölbenden Muskeln und dem breiten Nacken. Seine Augen blicken verschmitzt, sein gerötetes Gesicht ist überraschend weich.

»Was ist mit den Nachbarn, die sonst auf ihn aufpassen?«

Anton meint das Rentnerpaar, das im Stockwerk über Sanna wohnt, Kaia und Claes. Am Tag ihres Einzugs hatten sie mit ihrem Zwergspitz Margaret Thatcher bei ihr geklopft und sie willkommen geheißen. Als Sixten nach einer Weile zu ihr gezogen war, hatten die Hunde sich angefreundet. Seither passten Claes und seine Frau Kaia manchmal auf Sixten auf.

»Sie sind bis heute Abend auf dem Festland«, antwortet Sanna.

Anton lacht leise, so, wie wenn seine Frau anruft, mit der er schon seit Ewigkeiten zusammen ist. Dann geht er zurück zu seinem Schreibtisch.

Links davon steht ein Wandschirm, hinter den man sich an einen Tisch mit Stühlen zurückziehen kann, falls man für ein Gespräch ein wenig Privatsphäre benötigt. Da das nie passiert, dient der Tisch als Ablagefläche. Im Moment liegt Druckerpapier darauf und ein kleiner Karton mit was auch immer darin. Vielleicht ihrem Schreibtischschild.

Die Vorstellung, dass dieses kleine, unansehnliche Revier jetzt ihr Arbeitsplatz ist, ist immer noch ungewohnt, auch wenn sie schon ein paar Monate hier ist. Nach Auslaufen der Krankschreibung hatte man ihr angeboten, die Stelle als Ermittlerin in der Stadt gegen eine ruhigere Teilzeitbeschäftigung einzutauschen, und die Entscheidung war ihr nicht schwergefallen. Sie hatte endlich den abgebrannten Hof verkauft und sich für einen Bruchteil des Geldes eine kleine Wohnung am Ortsrand zugelegt. Ein einfacheres Leben.

Als Anton gerade seinen Energydrink leert, wird die Tür zum Revier geöffnet.

Ein Mann mittleren Alters kommt herein. Er trägt eine enge Laufhose, Laufschuhe und eine Trainingsjacke. In der Hand hält er eine Plastiktüte, die er Anton überreicht. »Die hier wollte ich nur abgeben«, sagt er. »Falls Sie Fundsachen annehmen?«

Anton öffnet die Tüte und zieht die Augenbrauen hoch.

»Was ist das?«, fragt Sanna hinter ihm.

»Vielleicht vermisst sie jemand«, fährt der Mann fort. »Ich habe auch Kinder und weiß, wie schwer sie es oft nehmen, wenn sie etwas verlieren.«

Anton zeigt Sanna den Inhalt der Tüte.

Eine Puppe. Lebensecht. Die blauen Augen blicken starr nach oben. In dem gelben Strampelanzug mit einer gestreiften Rosette und einem Lamm auf der Brust sieht sie fast aus wie ein Neugeborenes. Auf dem Kopf sitzt eine kleine Mütze.

»Ich habe sie im Wald gefunden. Zuerst bin ich weitergelaufen, aber dann musste ich doch umkehren.«

Sanna nimmt Anton die Tüte ab, wirft noch einen Blick hinein. »Die sieht neu aus.«

Der Mann nickt. »Ich wäre nicht den ganzen Weg hierhergefahren nur für ein altes Spielzeug, das seit Jahren herumgelegen haben könnte.«

»Den ganzen Weg hierher?«, fragt Sanna. »Wo haben Sie die Puppe denn gefunden?«

»Östlich von hier. Nicht ganz beim Moor, aber in der Richtung.«

»Beim Moor?«, wiederholt Anton. »In der Richtung sind nur dichter Wald und verfallene Höfe. Ich wusste nicht, dass es da draußen Joggingpfade gibt.«

»Ich bin Trailrunner. Orientierungsläufer. Laufe immer woanders, um in Form zu bleiben.« Der Mann deutet auf die Tüte. »Die Frage ist wohl eher, was *die* da draußen zu suchen hatte.«

Sanna sieht dem Mann nach, als er kurz darauf das Revier verlässt. Anton holt die Puppe aus der Tüte und setzt sie mit dem Gesicht zur Tür auf seinen Schreibtisch. Die kleinen Kunststoffaugen scheinen plötzlich ängstlich dreinzublicken. Sanna nimmt die Puppe hoch, dreht sie um, streicht mit der Hand über den gelben Strampler, der kein bisschen verschmutzt ist. Die kleine gestreifte Rosette auf der Brust ist weich und glatt. Etwas Spitzes ist darunter, es lässt sich biegen. Ein Stück Plastik, an dem wohl ein Preisschild befestigt war.

»Die Buchhandlung hier im Ort verkauft doch Spielsachen, oder?«, fragt sie Anton.

Er lächelt und zeigt zur Uhr an der Wand.

»Niemand mag Beerdigungen. Vor allem nicht, wenn man den Verstorbenen gemocht hat. Aber du kommst zu spät, wenn du jetzt nicht losfährst.«

Sie geht zurück zum Schreibtisch und holt ihren Thermobecher mit Kaffee. Sixten folgt ihr zur Tür. Anton klopft ihr auf die Schulter und lächelt mitfühlend.

»Vielleicht wird es ja auch schön, die alten Kollegen wiederzusehen.«

Sanna startet den eierschalenfarbenen Volvo 945 und sieht in den Rückspiegel. Sixten hebt sofort den Blick zu ihr. Sein Kopf und die großen Vorderpfoten ragen über den Rücksitz. Den großen Wagen hat sie wegen ihm gekauft. Der Verkäufer hatte ihr von der modernen Soundanlage vorgeschwärmt, die er installiert hatte, vom Hinterradantrieb und dem Graugussmotor, ihr hingegen waren nur die riesige Heckklappe und der niedrige Einstieg wichtig gewesen. Doch Sixten hatte sich nur einmal in den Kofferraum gequält und die ganze Fahrt über ängstlich gehechelt. Seither lässt sie ihn auf den Rücksitz springen, nur dort fühlt er sich wohl. Sie hat ein Netz bestellt, um die Fahrten für sie beide sicherer zu machen, doch das wurde noch nicht geliefert.

Sie schaltet das Radio ein. Quasi ununterbrochen werden Nachrichten vom Kontinent gesendet, von den Unruhen, über die die ganze Welt spricht. Die Gewalt hat in den letzten Jahren zugenommen, und vor ein paar Wochen haben Rechtsextremisten in mehreren Ländern koordinierte Aufstände organisiert. Bewaffnete Gruppen haben in kurzer Zeit Fuß gefasst, in manchen Städten mussten staatliche Institutionen ihre Arbeit einstellen. Sanna schaudert, als sie von Familien hört, die fliehen müssen, getrennt werden, und von der Hoffnungslosigkeit, weil niemand Neutrales einreisen und vermitteln darf.

Als die Nachrichten von Werbung abgelöst werden, ruft sie Spotify auf und steckt sich die kabellosen Ohrstöpsel in die Ohren. Die Playlist springt zufällig auf Robert Johnson and Punchdrunks' Song »Genocide«.

Sie biegt auf die Landstraße ein, die auch die Hauptstraße des Ortes ist. Dort befinden sich die Tankstelle und das Café Bagarns, die Buchhandlung und die Bibliothek. Außerdem gibt es einen Friseursalon mit gelben Wänden und das Eisenwarengeschäft, in dem man alles von Bauholz bis Bratpfannen kaufen kann. Sie hat dort schon einiges besorgt, unter anderem einen Thermobecher, eine Kaffeemaschine und ein paar normale Tassen. Außerdem einen Büchsenöffner, einen Topf und ein paar Teller samt Besteck.

Einige Fahrzeuge kommen ihr langsam entgegen. Ein Traktor. Ein paar Holzlaster, dahinter ein gelbes Auto vom ambulanten Pflegedienst.

Plötzlich ertönt wie aus dem Nichts ein knatterndes Geräusch. Sixten hebt den Kopf, und Sanna wirft einen Blick in den Rückspiegel.

Eine Gruppe Teenagermädchen auf ihren Rollern und Motorrädern. Sanna hat sie schon ein paarmal gesehen, seit sie hierhergezogen ist. Wie ein Schwarm bewegen sie sich durch den Ort, Tag und Nacht. Sie biegen aus einer Seitenstraße und fahren dicht hinter Sanna her. Ihre Scheinwerfer blitzen im Rückspiegel auf, die Mädchen schließen sich um den Wagen. Neben Sanna fährt eine glänzend schwarze Aprilia mit auffallend leichten Linien, der Gesamteindruck ist jedoch aggressiv. Die Fahrerin hat taillenlanges rosafarbenes Haar und eine große Tasche über der Schulter. Hinter ihr sitzt ein Mädchen in Shorts, Strickpullover und weinroten Schnürstiefeln. Ihre Hände liegen auf den bloßen Oberschenkeln. Das dunkle Haar ist mit schwarzen Bändern zu Zöpfen geflochten. Kurz dreht sie den Kopf zu Sanna, aber das Gesicht ist hinter dem Helm verborgen. Sie gibt der Fahrerin mit einer Hand ein Zeichen. Als diese beschleunigt, sieht Sanna eine Tätowierung im Nacken des dunkelhaarigen Mädchens, eine Art weibliches Naturwesen. Dann schert die schwarze Maschine genau vor dem Volvo ein und zwingt Sanna zum Bremsen. Der Schwarm ergießt sich über den Gehsteig und verschwindet in einer Seitenstraße.

KAPITEL ZWEI

Die Sonne blendet, als sie auf den Hafen und das Fischerdorf zufährt. Die zwei kleinen Granitklippen im Meer glitzern im gleißenden Licht. Nach ein wenig Rangieren stellt sie den Volvo auf einem Schattenplatz ab. Sie trinkt den letzten Rest Kaffee aus dem Thermobecher, streckt sich zum Rücksitz und krault Sixten hinter dem Ohr. Mit seinen großen, freundlichen Augen sieht er sie bittend an.

»Natürlich kommst du mit«, sagt sie.

Immer mehr schwarz gekleidete Menschen versammeln sich auf dem Pier. Früher haben ihr Beerdigungen Angst gemacht. Der Tod war etwas Kaltes und Abstraktes, eine Beerdigung nichts anderes als ein Moment des langsamen Erstickens, die Hymnen und Trauerreden eine zäh fließende Masse, die einen unter sich begrub. Jetzt ist es anders. Vielleicht hat sie keine Angst mehr. Im Lauf der Zeit hat der Tod eine andere Bedeutung bekommen. Auf der anderen Seite wartet bereits Erik, mit seinem weichen, zerzausten Haar und dem kleinen ausgewaschenen Teddybären. Vielleicht wirkt der Tod einfach auch nicht mehr so weit weg.

Heute ist eine Seebestattung geplant. Auf dem Meer, das atmet und sich nach ihnen ausstreckt, das bis in die letzte Ritze vordringt und alles mit Leben füllt. Heute bekommt das Meer ein Leben zurück, einer von ihnen wird den Wellen übergeben werden.

Sanna zuckt zusammen, als es ans Beifahrerfenster klopft. Schon reißt Eir die Tür auf, lässt sich auf den Sitz fallen und begrüßt Sixten liebevoll.

»Tut mir leid, ich wollte dich nicht erschrecken«, sagt sie lächelnd.

Mit ihrer schwarzen Jeans und dem schwarzen Top unter einer eng anliegenden Lederjacke ist Eir zwar angemessen für eine Beerdigung gekleidet, doch ihre Haare sind ungekämmt und die Sneakers staubig und unordentlich gebunden. Sie sieht genauso chaotisch aus wie bei ihrer ersten Begegnung vor drei Jahren, als Sannas neue Kollegin an einem Sonntagmorgen an dem Kalksteinbruch aufgetaucht war, in dem sich die vierzehnjährige Mia Askar das Leben genommen hatte.

»Wie geht's?«, fragt sie.

»Besser, wenn das Ganze vorbei ist.« Sanna sieht zu der Menschenmenge am Hafen.

»Ja, verdammt ...« Eir lässt den Blick über die Umgebung schweifen. »Ich habe gerade zu Fabian gesagt, dass der Mann schon tot war, bevor man überhaupt kapiert hatte, dass er krank war, so schnell ging das ... Keiner von uns anderen mochte ihn ja so richtig, aber ihr habt lange zusammengearbeitet. Du stehst sicher noch etwas unter Schock, oder?«

Sanna weiß nicht mehr, wie lange Ernst »Eken« Eriksson ihr Vorgesetzter gewesen ist, doch es waren viele Jahre. Die letzte Zeit ihrer Zusammenarbeit war voller Konflikte gewesen, und man hatte deutlich gemerkt, dass er keine Energie mehr gehabt hatte, aber sie hatte ihn trotzdem gemocht. Als junge Polizistin hatte er ihr eine Chance gegeben, und als ihr der Brand einige Jahre später den Mann und ihren kleinen Erik geraubt hatte, durfte sie sich mit Arbeit betäuben. Sonst war ihr nichts mehr geblieben, und das hatte er verstanden.

»Alles okay?«, fragt Eir.

Sanna nickt. »Wie geht es Fabian? Ich habe gehört, dass seine Mutter auch kürzlich gestorben ist?«

»Ja. Aber sie war schon lange krank gewesen, es war an der Zeit. In vielerlei Hinsicht ist es vielleicht auch eine Erleichterung, er war ja jeden Tag bei ihr, manchmal stundenlang. Auch wenn sie zu krank war, um es zu merken.«

»Hast du sie mal kennengelernt?«

»Nur ein Mal, als er sie zum Strand gefahren hat, damit sie die Füße ins Meer tauchen konnte. Sie hatte schlimmen Hautausschlag. Er trug sie bis zum Wasser und hielt sie, bis sie in seinen Armen einschlief.«

Sanna entdeckt Fabian Gardell unten am Pier. Groß gewachsen, schlank und selbstbewusst geht er in seinem Maßanzug zu einem älteren Paar und begrüßt es. Hinter einer Hand gähnt er verstohlen.

»Er hat bis spätnachts obduziert«, erklärt Eir seufzend. »Verdacht auf falsche Behandlung im Krankenhaus, und die Überprüfung konnte offensichtlich nicht warten.«

Sixten setzt sich auf und stupst Sannas Schulter mit der Schnauze an, woraufhin sie aussteigt, die Tür zum Rücksitz öffnet und ihn herausspringen lässt. Während er im braungrünen Gras herumschnüffelt, tritt Eir neben Sanna.

»Wie ist es, wieder zu arbeiten? Freust du dich?«, fragt sie. »Auch wenn ich nicht weiß, ob ich diese Schuhschachtel von Revier einen Arbeitsplatz nennen würde …«

»Es läuft gut.«

Die Gruppe am Hafen bewegt sich auf ein großes Passagierschiff zu, an dessen weißem Aufbau ein Schild mit der Aufschrift »Charter« und einer Telefonnummer angebracht ist.

Die Trauergäste gehen an Bord. Sanna sieht Ekens Witwe, neben ihr den gemeinsamen Sohn mit einer Urne im Arm. Einer nach dem anderen tauchen sie kurz darauf auf dem

Sonnendeck wieder auf. Fabian bedeutet Sanna und Eir von dort aus, dass sie sich beeilen sollen.

»Wie läuft es bei dir und Fabian?«, fragt Sanna.

Eir lächelt. »Hm, was soll ich sagen …? Er hatte viel mit seiner Mutter zu tun. Und wir arbeiten beide krass viel. Vor allem er. Du weißt ja, wie es bei der Gerichtsmedizin ist. Die letzten Jahre waren heftig.«

»Ich glaube, ich habe nie erlebt, dass er mal im Urlaub war.«

»Nein. Aber jetzt will er tatsächlich versuchen, eine Woche freizunehmen. Den Anfang soll morgen ein Wochenende mit seinen Kumpel machen.«

»Aha.«

»Die sind nett. Freunde aus Kindheitstagen, wie ich sie nie gehabt habe. Sie wollen das ganze Wochenende in der Villa verbringen. Scheiße, habe ich dir eigentlich von der Villa erzählt?«

Sanna schüttelt den Kopf. »Nein.«

»Total krank. Seine Mutter hat ihm das Haus vererbt. Ein riesiger Kasten aus den Siebzigern am Meer, ein Stück nördlich von der Stadt. War immer an Konferenzen und so was vermietet. Doch jetzt hat er keine Buchungen mehr angenommen und überlegt, ob er das Haus vielleicht verkauft.«

»Warst du mal dort?«

Eir schüttelt den Kopf. »Es war ja die ganze Zeit vermietet. Aber jetzt fahre ich mal hin, Ende der Woche wahrscheinlich.«

Fabian winkt sie noch einmal zu sich. Sanna verkürzt die Hundeleine und geht zusammen mit Eir hastig zum Boot.

»Ganz schön lange her«, sagt Fabian und umarmt sie, als sie an Deck kommt. »Du siehst gut aus.« Dann nimmt er Eirs Hand und küsst sie leicht auf den Hals.

»Sanna?«, ertönt eine spröde Stimme.

Alice Kyllander steht hinter ihr, die junge Analytikerin von der NOA – der Nationalen Operativen Abteilung –, die im Zusammenhang mit der Mordserie vor drei Jahren zu ihnen gestoßen war und danach alle mit der Entscheidung überrascht hatte, auf der Insel zu bleiben. Sie ist zart, ihre Kleider wirken etwas zu groß, und die Brille mit dem hellen Gestell zeichnet sich kaum von ihrem Gesicht ab.

»Schön, dich zu sehen«, sagt sie und dreht die braunen Haare im Nacken zu einem Knoten zusammen. »Möchtest du etwas trinken? Drinnen haben sie für die Trauerfeier gedeckt, und ich habe Eistee gesehen.«

Sanna will gerade etwas erwidern, doch dann fällt ihr Blick auf den hechelnden Sixten, und sie entschuldigt sich. Sie geht mit ihm in den Schatten an die Reling. Das Metall ist voller Rostflecken und kühl unter ihren Händen. Sixten legt sich auf den Boden. Der Bootsmotor erwacht vibrierend zum Leben. Aus dem Augenwinkel sieht sie die anderen, während das Schiff den Hafen verlässt.

KAPITEL DREI

Nach der Trauerfeier trinkt Eir ihr Weinglas aus und nimmt sich ein paar kleine, handgefertigte Pralinen aus einer Schale auf dem Tisch, während die Angestellten das Geschirr abräumen. Fabian lehnt sich zurück und betrachtet sie schweigend, bis sie verlegen wird. Er lächelt. Sein Blick hat etwas Lüsternes, und sie spürt, wie sie errötet und ihr warm wird.

»Warum sind wir noch nicht zurück im Hafen?«, fragt sie mit vollem Mund.

Er lacht und trinkt einen Schluck Bier. »Weil noch Pralinen da sind«, antwortet er, ohne den Blick von ihr abzuwenden.

Sie lässt eine Praline fallen und senkt den Blick. Bemerkt ihre staubigen Sneakers, die sie eigentlich vor der Beerdigung noch hatte putzen wollen. Mist. Wie hatte sie das nur vergessen können?

Fabian beugt sich dicht zu ihr. Sein Gesicht ist so nah, dass sie sein Rasierwasser riechen kann. Wieder wird ihr warm.

»Du siehst … wundervoll aus«, sagt er.

Sie taucht die Spitze einer Serviette in ein Wasserglas und wischt sich ein bisschen Schokolade von der Jeans.

»Wo ist Sanna?«, fragt er.

»Sie sieht bestimmt nach Sixten. Er sitzt draußen vor der Tür im Schatten.«

»Du, ich habe gerade noch eine Pushmeldung aufs Handy bekommen.«

»Noch eine? Himmel …«

»Nur weil es sich bald jährt.«

Eir nickt. Kann nicht einmal vor sich selbst leugnen, dass jeder Herbst eine Erinnerung an die Mordserie vor bald drei Jahren ist. Die gescheiterten Ermittlungen gehörten zu den umfassendsten in der Geschichte der Insel.

»Die sollen sich mal beruhigen«, knurrt sie.

Fabian nickt langsam.

»Ich hoffe bloß, dass Sanna diesen verdammten Klatsch nicht liest«, fährt sie fort.

»Und wenn, dann kommt sie damit klar.«

»Da bin ich mir nicht so sicher … Sie spricht ja nicht mehr darüber.«

»Weil sie vielleicht auch nicht mehr die ganze Zeit daran denkt? Sie hat ja auch das Video von der Überwachungskamera gesehen.«

Eir antwortet nicht. Fabian spielt darauf an, dass eine Überwachungskamera in einem Gasthafen auf dem Festland vor einem Jahr Jack Abrahamsson eingefangen hat. Am Tag darauf wurde ein Motorboot als gestohlen gemeldet, das ein paar Tage später nördlich der Insel leer auf dem Meer treibend aufgefunden worden war. Man vermutet, dass Jack das Boot gestohlen und versucht hat, zurück auf die Insel zu gelangen, dabei allerdings von schlechtem Wetter überrascht worden ist. Seither wartet man auf eine Bestätigung, dass der Junge, der fünf Menschen brutal abgeschlachtet hat, tot ist.

»Das wäre ja auch entsetzlich, wenn er irgendwann mal angetrieben würde«, sagt sie.

»Ja, tragisch.«

»Nein, ich meine eher, schrecklich, wenn jemand von uns ihn noch einmal sehen müsste.«

Als Sanna hereinkommt, zieht Fabian den Stuhl neben sich zurück und bedeutet ihr, sich zu setzen.

Eir liest eine SMS der Staatsanwältin, während Fabian gähnt und Sanna entschuldigend zulächelt.

»Du hast gestern noch lange gearbeitet?«, fragt diese. »Verdacht auf Falschbehandlung?«

Er nickt. »Wie geht es dir da draußen in der Pampa?«

»Es ist ein kleiner Ort, aber kein Loch.«

»Es gefällt dir also?«

»Ja, doch.«

»Du bereust es nicht?«

»Nein.«

Fabian lächelt. »Was für Fälle löst du dann? Gestohlene Hühner und so was?«

Sanna grinst.

Eir mustert ihre frühere Kollegin. Fabian geht respektvoll mit Sanna um und hält einen gewissen Abstand, seine Stimme ist weich und warm. Als er noch mit ihr zusammengearbeitet hat, haben sie sich oft auf eine Art ausgetauscht, wie er es mit ihr nie tut. Schon lange bevor sie auf der Bildfläche erschien, hatte die beiden etwas verbunden. Sie verspürt einen leisen Stich, vielleicht Eifersucht, verscheucht das Gefühl aber sofort wieder.

»Okay, will noch jemand Wein?«, fragt sie in die Runde.

Auf der anderen Seite des Tischs unterhält sich Alice mit Bernard Hellkvist, Sannas pensioniertem Partner. Ein Stück weiter weg sitzt Jon Klinga und starrt auf sein Handy. Sogar in seiner Polizeiuniform sieht er unverschämt adrett aus. Gepflegt, perfekt rasiert, das dichte Haar wird mit Gel in Form gehalten, das hellblaue Hemd steckt ordentlich in der Hose. Als Bernard ihn anfährt, er solle sein Handy leiser stellen und etwas Respekt zeigen, legt er das Telefon auf den Tisch, damit alle das Display sehen können.

»Was ist das?«, fragt Alice. »Also, ich finde das auch nicht in Ordnung. Wir haben gerade erst zugesehen, wie Ekens Witwe seine Asche verstreut hat …«

Jon bedeutet ihr, still zu sein. »Das ist wieder Axel Orsa. Es wurde vor ein paar Tagen im Fernsehen gesendet, und jetzt hat es jemand im Internet hochgeladen.«

»Schalt es aus«, sagt Bernard seufzend und steht auf. »Heute muss hier niemand diesen Widerling sehen.« Dann geht er zu den Toiletten.

Nach dem Tod des Polizeichefs hatte Axel Orsa, ein junger Journalist, der für eine Lokalzeitung arbeitete, einen Artikel über seine Karriere geschrieben und Eken als ineffektiv und korrupt hingestellt. Aus dem Artikel sprach auch ein starkes Misstrauen gegenüber den Politikern auf der Insel, vor allem aber gegenüber der Polizei, die laut Axel Orsa zu wenig tat, um die Schwächsten der Gesellschaft zu schützen. In Anbetracht der bevorstehenden Wahlen erregte der Bericht besonders viel Aufmerksamkeit. Das Vertrauen in die Politik hatte bei der Bevölkerung nach Jahren von allgemein als undemokratisch wahrgenommenen Beschlüssen – sei es in Sachen Forstschutz, Förderung der Landwirtschaft oder dem Pflegesektor – stark nachgelassen.

Jon stellt den Ton ein wenig lauter, stützt sich auf die Ellbogen und sucht nach einer bestimmten Stelle in der Aufnahme. »Der Typ gibt nicht auf«, sagt er und stellt den Ton noch lauter.

Sanna sieht sich nach Ekens Witwe um, die zum Glück nichts hört.

Das Handydisplay leuchtet auf, als eine Bildmontage von einem kleinen, beleuchteten Studio eines lokalen Fernsehsenders abgelöst wird. Axel Orsa sitzt mit übergeschlagenen Beinen auf einem Stuhl. Er ist groß und dünn, seine Augen blicken selbstsicher hinter dicken Brillengläsern. Das künstliche Studiolicht hebt seine fein geschnittenen Gesichtszüge hervor. Die Programmleiterin bittet ihn zu erklären, was er mit der Aussage »Politisch motivierte Gewalt ist im Anmarsch« meint.

»Wir befinden uns in der Endphase eines Wahlkampfs. Ein ganzes Jahr lang haben uns die Politiker vor Wahlbetrug gewarnt. Die Menschen hegen immer größeres Misstrauen gegenüber der Kommune und der Elite, die hier auf der Insel regiert. Nehmen wir zum Beispiel den Kalksteinabbau. Das rücksichtslose Vorgehen der großen Unternehmen hat zu immenser Wasserverschmutzung auf der Südhälfte der Insel geführt. Wenn die Menschen in ihre Brunnen blicken oder das Wasser zu Hause aufdrehen, ist es braun. Würden Sie das Ihren Kindern zu trinken geben? Wer hat der globalen Kalksteinindustrie genehmigt, hier Sprengungen durchzuführen? Wo stand im letzten Wahlprogramm, dass wir mit unserer Stimme den Politikern das Recht geben, im Austausch gegen kurzfristige Arbeitsplätze unser Trinkwasser zu verschmutzen und unsere Gesundheit sowie die Tierwelt aufs Spiel zu setzen?«

»Auf der Insel wurde schon immer Kalkstein abgebaut«, entgegnet die Programmleiterin. »Sollen die Menschen wirklich auf die Straße gehen, weil wir vor Abschluss der Verträge keinen Volksentscheid durchgeführt haben?«

»Heutzutage baut man in einem Jahr so viel ab wie früher in tausend Jahren. Ausländische Unternehmen sprengen im großen Stil.«

»Ausländische Unternehmen, die reguläre Genehmigungen erhalten haben.«

»Sagt wer? Ich glaube, wir unterschätzen die Entschlossenheit der Menschen, sobald sie erkennen, welche Risiken mit der Macht verbunden sind, die in den Händen unfähiger Politiker liegt. Wenn wir Lokalpolitiker wie Despoten regieren lassen, was passiert dann? Heute verkaufen sie unser Grundwasser. Und morgen?«

»Wie sieht Ihre Antwort darauf aus?«

»Antworten sind nicht meine Aufgabe. Es ist Aufgabe der Politiker, das Vertrauen der Menschen zurückzugewinnen. Meine Rolle besteht nur darin, die Problematik zu beleuchten, damit die Menschen ihre demokratischen Rechte wahrnehmen und Einfluss auf ihr Leben ausüben können.«

Bernard kommt zurück und zieht seinen Stuhl mit lautem Scharren hervor, worauf Jon das Handy ausschaltet. Schweigen legt sich über den Raum. Ekens Witwe steht auf, erhebt ihr Glas, will etwas sagen, doch ihre Stimme bricht. Sie setzt sich wieder, starrt vor sich hin, dreht an ihrem Ehering.

»So eine Ehe ist doch Mist«, murmelt Eir. »Immer bleibt einer am Ende allein zurück.«

Fabian legt ihr die Hand aufs Bein.

»Kann mich nachher jemand mitnehmen?«, fragt sie. »Fabian muss sich auf sein Männerwochenende vorbereiten.«

»Du kannst gern bei mir mitfahren«, sagt Alice und trinkt einen Schluck Wasser.

»Wo wir gerade von Männern sprechen«, meint Bernard. »Wisst ihr etwas über Ekens Nachfolger? Niklas Jovanovic heißt er, oder?«

»Er soll ein Frauenheld sein«, antwortet Alice. »Das sagen zumindest meine alten Kollegen vom Festland. Jemand hat gesagt, dass seine Tochter hier studiert und er deswegen herzieht. Seine Sachen stehen schon in seinem Büro, auch wenn er erst am Montag anfängt.«

»Ich habe gehört, dass er einen guten Draht zu ein paar richtigen Schwergewichten auf Landesebene hat und dass er irre gut Ressourcen organisieren kann und sich einen Scheiß um Gerede kümmert und was andere Leute von ihm denken«, erzählt Eir.

»Im Gegensatz zu Eken«, fügt Jon hinzu. »Der alles unter den Teppich gekehrt und ein politisches Spiel gespielt hat. Jetzt im Nachhinein kannst du doch nicht bestreiten, dass er ganz schön faul war, oder?« Er sieht Sanna an.

Das Boot legt an. Alle stehen auf, die Türen zum Deck werden geöffnet.

Sannas Handy vibriert. »Ja?«, antwortet sie zögernd und tritt ein paar Schritte zur Seite.

Fabian schlüpft in sein Jackett und sieht auf die Handyuhr.

»Fahr nur«, sagt Eir. »Ich warte und rede noch ein bisschen mit Sanna.«

Er umarmt sie und geht zur Tür.

Sanna kommt zurück und seufzt. »Ich muss los.«

»Wohin? Wer war das denn gerade?«, fragt Eir.

»Der diensthabende Beamte. Ein Mädchen hat den Notruf gewählt, sie und ein paar Freundinnen haben angeblich gesehen, dass ein Mann nackt bei einem verlassenen Hof herumrennt, ein Stück östlich vom Ort.«

»Aber du bist doch hier? Warum rufen sie dann nicht Anton an, oder wie der Typ heißt, der mit dir in dieser Schuhschachtel sitzt?«

»Sie haben ihn nicht erreicht.«

»Aha. Soll ich mitkommen?«

Sanna winkt ab. »Nein, schon gut. Das ist sicher nichts.«

Ein paar Minuten später stehen Eir und Alice auf dem Hafenparkplatz und sehen der davonfahrenden Sanna hinterher. Sixtens mächtiger Umriss ragt wie ein Gespenst hinter ihr auf dem Rücksitz auf. Alice wirft ihren Autoschlüssel von einer Hand in die andere.

»Mein Wagen steht da drüben«, sagt sie und nickt in die Richtung.

»Hast du auch gesehen, dass wieder über die Morde geschrieben wird?«

»Ja.«

»Die Leute sind einfach unglaublich … Vergessen die denn nie? So ein Scheiß!«

Alice lächelt.

»Was?«, fragt Eir.

»Nichts. Fährst du mit?«

»Ja, aber zuerst würde ich gern wissen, was so verdammt lustig ist. Die Leute stellen es so hin, als hätte Sanna Jack Abrahamsson mit Absicht entkommen lassen, und du zuckst da nur mit den Schultern, oder was?«

Um Alice' Lippen spielt ein schwaches Lächeln, dann wird sie wieder ernst.

»Die Leute reagieren eben auf Schlagzeilen. Und du fluchst so oft, dass ich kaum verstehe, was du sagen willst.«

Eir neigt den Kopf. »Bin ich dir nicht *kindgerecht* genug?«

»Ich verstehe nur nicht, warum du immer so wütend bist.«

Eir seufzt. »Tut mir leid. Ich habe es nur so satt, dass dieser Fall sie immer noch verfolgt, uns alle … Ich habe einen Artikel darüber gelesen, warum Kinder zu Mördern werden. Damit jagt man den Menschen doch nur Angst ein, und verängstigte Menschen drehen dann durch.«

Alice nickt. »Zum Revier?«

Eir zuckt mit den Schultern. »Willst du noch irgendwo etwas essen? Ich habe gesehen, dass du die Smörgåstårta auf dem Boot nicht angerührt hast.«

»Ich esse keine Krabben.«

»Das wusste ich nicht.«

»Nein, woher solltest du auch? Ich habe es ja nie erwähnt.«

Eir schlägt nach einer Mücke an ihrem Hals und fächelt sich Luft zu. »Du erzählst nie etwas. Nicht einmal, was dir schmeckt.

Du machst auch keine Witze darüber, mit wem auf dem Revier du gern ins Bett gehen würdest. Nichts.«

»Ich kann nichts aus meinem Privatleben erzählen, falls du das meinst, weil ich keins habe.«

Eir lacht ein wenig ungläubig, und Alice verdreht die Augen.

»Ich arbeite und mache Sport. Lese, schaue Filme und Fernsehserien. So was.«

»Und was ist mit dem Typen auf dem Festland?«

Alice tritt gegen ein Steinchen.

Sofort bereut Eir ihre Frage. Warum sollte Alice jetzt auf einmal darüber reden wollen, nachdem sie sich vor ein paar Monaten auf der Toilette eingeschlossen hatte, um mitfühlenden Blicken aus dem Weg zu gehen, als ihr Freund mit ihr Schluss gemacht hatte?

»Das ist schon längst vorbei«, sagt Alice.

Jon tritt zu ihnen, ohne den Blick von seinem Handy zu heben. »Und? Was macht ihr jetzt?«

»Wir fahren«, erwidert Alice.

»Was für ein Zirkus«, meint Jon und steckt das Handy in die Tasche. »Wir müssen zusehen, wie Ekens Überreste im Meer verstreut werden, und dann müssen wir auch noch Sanna ertragen.«

Eir zupft an einem losen Faden in ihrer Jackentasche.

»Wo ist sie übrigens?«, fragt Jon.

»Gerade gefahren.«

Jon spannt den Kiefer an. »Ein Wunder, dass sie ihren Führerschein noch hat. Wenn man bedenkt, wie oft sie erst Tabletten geschluckt und sich dann ans Steuer gesetzt hat.«

Ein Pick-up wendet auf dem Parkplatz und zwingt sie, alle einen Schritt zurückzutreten.

»Das ist schon lange her«, entgegnet Eir. »Damals ging es ihr schlecht. Richtig schlecht. Jetzt geht es ihr gut.«

Jon grinst abfällig und geht davon.

»Mit *ihm* will ich ins Bett.« Alice sieht Eir an.

Eir lacht laut auf. »Mit Jon? Na klar.«

Doch Alice verzieht keine Miene. Eir mustert sie, dann schüttelt sie verwundert den Kopf und macht ein angewidertes Gesicht. »Du hast ihn in der Umkleide gesehen?«

»Ja.«

»Und das Hakenkreuz auf der Brust?«

»Das *entfernte* Hakenkreuz. Das hat er sich als Teenager stechen lassen.«

Eir holt tief Luft. Alice erwidert ruhig ihren Blick. Sie sieht so unschuldig aus mit ihrer farblosen Brille.

»Vielleicht war er einfach bei einer Gang? Hat sich in was reinziehen lassen, hat rebelliert?«

Eir sieht sie vorwurfsvoll an, worauf Alice lacht.

»Was denn? Bin ich dir nicht *lustig* genug?«

Eir lächelt. »Du bist ja krank. Sollen wir fahren?«

Alice schließt den Wagen auf, während Jon langsam vorbeirollt. Er winkt ihnen zu, ohne zu ihnen zu sehen.

Alice zieht vorsichtig den Mundwinkel hoch. »Man kann über Jon sagen, was man will, aber ich stimme ihm zu.«

»In welcher Hinsicht?«

»Sanna.«

»Okay.« Eir seufzt und will sich gerade ins Auto setzen, als Alice weiterspricht.

»Ich weiß, dass ihr befreundet seid, aber es geht ihr längst noch nicht wieder gut.«

»Sie kommt zurück.«

Alice zögert. »Vielleicht.«

»Vielleicht?«

»Ja, vielleicht. Aber ich denke, du solltest nicht damit rechnen.«

KAPITEL VIER

Bei einer stillgelegten Bushaltestelle, eine Viertelstunde östlich des Ortes, biegt Sanna von der Landstraße auf einen holprigen, schmalen Waldweg ab. Nach einem Kilometer ruft sie den diensthabenden Beamten an, ob sie wirklich am richtigen Ort ist.

Fast die halbe Insel ist von Wald bedeckt. Früher einmal wuchsen hier Eichen und Fichten, und der Wald lieferte begehrten Teer und Kernholz. Doch rücksichtslose Ausbeutung, Abholzung und schwammige Gesetze haben Narben hinterlassen. Ausgedörrte Kahlschlagflächen und, wie hier, immer mehr vernachlässigte Wälder, die zuwuchern und ihrem Schicksal überlassen werden.

Ihr Blick fällt auf eine verfallene Hütte inmitten von Farnen, die wahrscheinlich einmal als Holzlager oder Unterstand für Tiere gedient hatte.

Der Weg wird noch schmaler und besteht am Ende nur noch aus zwei Reifenspuren. Der Wagen holpert durchs dichte Unterholz, und Sixten hechelt auf dem Rücksitz. Vielleicht ist ihm schlecht. Sanna lässt das Fenster herunter. Die Luft ist mild, es riecht nach Tannennadeln.

Sie will gerade noch mal auf dem Revier anrufen, als sie ein Stück vor sich hinter einer Biegung etwas Farbiges im Gebüsch sieht. Die Mädchen mit ihren Motorrädern. Ihre Stimmen werden lauter, je näher Sanna heranfährt. Jemand sagt, dass sie die Polizistin sein muss.

Als Erstes erblickt Sanna das Mädchen auf der schwarzen Aprilia, das gerade eine Drohne in einer großen Tasche verstaut, die über ihrer Schulter hängt. Das taillenlange rosafarbene Haar rahmt das stark geschminkte Gesicht ein, als das Mädchen Sanna anstarrt.

Sanna hält ihren Dienstausweis hoch.

»Ihr habt einen Mann gesehen, der hier nackt herumläuft?«

Das Mädchen deutet zu den beiden Reifenspuren, die tiefer in den Wald hineinführen. »Nina ist noch dahinten«, sagt sie und entblößt dabei eine Zahnspange.

»Nina?«

Das Mädchen stülpt den Helm über den Kopf. »Er hat nach uns geschnappt. Hat an uns gezerrt.«

»Hat er euch angegriffen?«

Das Mädchen startet wortlos die Aprilia. Die anderen tun es ihr nach. Sie lassen die Motoren aufheulen, dann wenden sie die Motorräder und Roller, schlängeln sich an Sannas Auto vorbei und fahren davon.

Sanna gibt vorsichtig Gas und behält die Reifenspuren vor sich im Blick. Sie kommt zu einer Lichtung mit einem verfallenen Hof aus dunkelrotem Holz. Das Gras steht hoch, Fenster und Tür des Wohnhauses sind nur noch gähnende schwarze Löcher. Ein alter Schuppen daneben ist eingestürzt. Sanna hält an, lässt das Fenster bis auf einen Spalt wieder hinauf. Im Rückspiegel sieht sie zu Sixten und sagt ihm, er solle ruhig sitzen bleiben.

Da sieht sie es.

Das Teenagermädchen in Shorts und Strickpullover, das am Morgen auch auf der schwarzen Aprilia gesessen hatte. Die Füße in den weinroten Schnürstiefeln. Bewegungslos steht es ein paar Meter vom Auto entfernt da, den Helm und ein Paar Kopfhörer in der Hand. Die dunklen Haare sind mit Bändern zu Zöpfen geflochten, sodass die Tätowierung im Nacken zu sehen ist.

»Nina?«, fragt Sanna ruhig. Das Mädchen steht starr da. »Ich heiße Sanna Berling und bin von der Polizei.«

Behutsam geht sie näher. Das Mädchen sieht zu der leeren Türöffnung des Wohnhauses und berührt die Ketten, die um seinen Hals auf den knochigen Schlüsselbeinen hängen. Kleine Muscheln und bemalte Krabbenscheren an Bindfäden, glatte, an Lederbändern aufgereihte Steine. Hübsche bunte Gebilde. Zwischen den Fingern hält sie einen Anhänger, einen kleinen Köderfisch an einer weinroten Schnur. Der bemalte Fisch glänzt im Sonnenlicht, als sie ihn loslässt.

»Nina, hör mir zu«, sagt Sanna leise. »Ich bin von der Polizei. Wir wissen nicht, ob der Mann da drin gefährlich ist. Bitte folge mir zum Auto, während ich Verstärkung rufe.«

Nina dreht sich zu ihr. Ihre Haut ist porzellanweiß. Tränen stehen in den großen dunkelbraunen Augen.

»Das ist mein Bruder«, antwortet sie mit brüchiger Stimme. »Ich habe versucht, zu ihm zu gehen, aber er erkennt mich nicht. Er ist da drin …«

»Komm«, sagt Sanna und legt ihr die Hand auf die Schulter.

Nina versteift sich. »Wir müssen etwas tun. Er ist überhaupt nicht bei sich. Und was macht er eigentlich hier draußen?«

Sanna bringt Nina zu ihrem Volvo und fragt sie, ob sie ein Handy dabeihat. Nina nickt und zieht es aus der Tasche, überprüft, ob sie Empfang hat.

»Wie heißt dein Bruder?«, fragt Sanna, nachdem sie eine Decke aus dem Kofferraum geholt hat.

»Pascal.«

»Gut. Bleib im Wagen, versperr die Türen. Ich versuche, mit Pascal zu reden und ihn zu beruhigen, bis Hilfe kommt.

Falls etwas passiert, egal was, bleibst du im Auto und wählst sofort die 112. Du wartest hier, bis sie kommen. Verstanden?«

Nina wirft einen Blick zu Sixten auf dem Rücksitz, bevor sie stumm nickt. Sanna schließt die Beifahrertür und ruft Verstärkung sowie einen Krankenwagen.

Vorsichtig nähert sie sich dem alten Wohnhaus. Das Gras streicht an ihren Beinen entlang, Zapfen und Zweige knacken unter ihren Schuhen. Sie lässt den Blick umherschweifen, kontrolliert, ob nicht noch jemand in der Nähe ist. Ein Vogel flattert aufgeregt aus einer Fensteröffnung. Aus dem Inneren des Hauses ertönt ein gedämpfter Ton, vielleicht noch ein Vogel. An der Türschwelle hat ein Tier einen Erdhaufen hinterlassen. Überall im hohen Gras verbergen sich Kaninchenlöcher.

Ein Zweig knackt. Sanna zuckt zusammen. Dreht sich zu den grauen Baumstämmen neben dem Haus und lauscht angespannt. Noch ein Geräusch, ganz nahe. Schritte, Laubrascheln.

Dann taucht auf einmal ein Reh auf und springt erschrocken mit weiß leuchtendem Hinterteil wieder davon.

»Verdammt«, murmelt Sanna leise. Nervös ruft sie den diensthabenden Kollegen an, der bestätigt, dass Verstärkung und Krankenwagen unterwegs sind. Sie solle sich dem Mann nicht allein nähern.

Eine Bewegung im Auto. Nina beobachtet sie mit brennendem Blick.

Als Sanna das Haus betritt, schlägt ihr Gestank entgegen. Verwesung. Und etwas Beißendes, vielleicht Urin. Außerdem der Geruch nach verfaultem Holz. Am liebsten würde sie zurückweichen.

»Pascal?«, ruft sie, während sie vorsichtig durch die dunklen Räume geht.

An manchen Wänden ist noch Farbe zu sehen. Schief hängende Bilder und vergilbte Porträts blicken zu ihr herab. Auch ein paar Möbel stehen noch da, und schmutzige Flickenteppiche wölben sich über dem feuchten, aufgequollenen Boden.

Im Wohnzimmer blättert die Tapete wie trockene Hautfetzen von den Wänden. Eine Erdspur verläuft in eine Ecke zu einem Eisenofen. Daneben kauert jemand in der Dunkelheit.

Sanna bewegt sich so behutsam wie möglich, bis sie seinen schnellen, flachen Atem hören kann.

Er ist Mitte zwanzig. Schmutzig. Nackt. Die Haare sind schweißnass, das Gesicht schwer auszumachen. Über dem linken Auge hat er eine Prellung. Die Haut ist wie marmoriert, gräulich. Er murmelt etwas vor sich hin. Der durchtrainierte Oberkörper ist von blauen Flecken und Kratzern übersät. Getrocknetem Blut. Die Beine sehen genauso aus. Ein großer blaulila Bluterguss überzieht Hüfte und Oberschenkel. Auf der Innenseite sind tiefe Wunden zu sehen, rot-schwarze Kerben. Mit einer blutverschmierten Hand drückt er sich ein zusammengeknülltes Stück Stoff oder ein Handtuch an den Bauch. Sie würde die Wunde gern ansehen, ihm etwas Sauberes zum Draufpressen geben. Doch sie traut sich weder, näher heranzugehen, noch, ihn allein zu lassen, um von draußen etwas zu holen, womit sie die Wunde verbinden könnte. Wenn sie überhaupt etwas im Wagen fände.

»Hier«, sagt sie und legt ihm stattdessen sanft die Decke um die Schultern, überrascht, dass er es zulässt. Seine Haut ist trocken und glühend heiß unter ihrer Berührung.

»Ich bin von der Polizei, der Krankenwagen ist gleich da«, sagt sie behutsam.

Seine Augen weiten sich ein wenig, als sähe er etwas hinter ihr im Raum. Sie dreht sich um, doch da ist nichts.

Unruhe steigt in ihr auf, ein Gefühl, dass gleich etwas passieren wird. Sie steht neben ihm, lauscht seinem Murmeln. Laut dem Mädchen mit den rosa Haaren hat er nach ihnen geschnappt und geschlagen.

Sie horcht, ob die Verstärkung endlich da ist. Versucht, nicht durch die Nase zu atmen, in der sich der Gestank seines Körpers festsetzt.

In der Ferne sind Autos zu hören.

Plötzlich zuckt der muskulöse Oberkörper. Seine Hand tastet nach ihrem Bein. Sie beugt sich so weit vor, wie sie kann, versucht, den beißenden Atem zu ignorieren, als er die Lippen öffnet.

»Das Mädchen …«

Tränen rollen über seine schmutzigen Wangen, Speichel rinnt aus seinem Mund. Dann sinkt er in sich zusammen. Die halb geschlossenen Augen blicken ins Leere, er lässt den Kopf hängen. Seine Hand rutscht vom Bauch und entblößt eine Wunde mit scharfen Rändern.

Sie packt ihn an den Schultern, schüttelt ihn.

»Pascal? Hallo, hören Sie mich? Hören Sie mich?«

Sie legt ihm die Hand auf die Stirn und überprüft, ob er atmet. Nichts. Panik steigt in ihr auf. Sein Brustkorb hebt sich nicht. Während die Autos näher kommen, legt sie die Hände auf seinen Brustkorb, drückt verzweifelt immer wieder gegen seine Rippen und bläst ihm Luft in den Mund. Doch ihre Wiederbelebungsversuche sind vergeblich.

Als die Sanitäter hereinstürmen und übernehmen, ist es zu spät. Sie sieht sein Gesicht nicht mehr, nur noch die Schatten, die sich auf dem schmutzigen Boden bewegen.

Er ist tot.

KAPITEL FÜNF

Die Krankenhaustoilette ist eng und fensterlos. Alles riecht nach Desinfektionsmittel außer dem Wasser, das aus dem Hahn strömt. Sanna wäscht sich Gesicht und Hände gründlich mit Seife, krempelt die Ärmel hoch und wäscht sich noch einmal, bis zu den Ellbogen.

Die Ereignisse der letzten Stunde ziehen an ihr vorbei. Der Krankenwagen. Nina, die mit Mühe ihren Nachnamen herausbrachte. Paulson. Ihr Anruf bei Eir mit der Bitte, zum Krankenhaus zu kommen und zu veranlassen, dass Pascals und Ninas Eltern informiert werden. Nina. Am liebsten hätte sie das Mädchen in den Arm genommen und festgehalten. Den Schmerz irgendwie gelindert. Doch Nina war wie erstarrt. Vergoss nicht eine Träne, als die Sanitäter sich um sie kümmerten. Gab keine Antwort, setzte nur die großen Kopfhörer auf. Als ein Sanitäter diese vorsichtig herunterzog, um Kontakt zu dem Mädchen zu bekommen, drang die Musik heraus. Weich pulsierende Clubsounds, gedämpfte Bässe, rhythmische Drumbeats und eine helle, melancholische Frauenstimme. Dann traten Tränen in die dunklen Augen. Sanna griff nach Ninas Hand und drückte sie.

Danach erstattete sie Alice am Telefon Bericht, damit diese den neuen Chef informieren konnte. Als sie den Wald beschrieb, dachte sie an die Kaninchenlöcher in der Erde. Kaninchen sind verhasst auf der Insel und werden unerbittlich bekämpft und gejagt. Sie denkt an Pascal, seine zusammengekauerte sterbende Gestalt an der Wand. Daran, dass Menschen nicht nur andere Arten jagen und töten, sondern auch ihre eigene.

Ein Mord.

Noch ein bestialischer Mord.

Wenn er sich die dunkle klaffende Wunde am Bauch nicht durch einen Unfall zugezogen hat, könnte sie von einem Messer stammen.

Als sie auf den Flur tritt, kommt Eir gerade mit einem Paar im mittleren Alter aus einem Krankenzimmer. Der Mann holt bei jedem zweiten Schritt tief Luft. Die Frau starrt leer vor sich hin.

»Das sind Stellan und Sonja Paulson«, sagt Eir im Näherkommen.

Sanna streckt die Hand zur Begrüßung aus und spricht ihr Beileid aus. Stellan Paulsons Handschlag ist fest. Er hat freundliche Augen, seine Wangen sind tränenfeucht. Kiefer, Augen und sein Teint erinnern an Pascal und Nina. Er ist frisch geduscht und trägt einen roten Trainingsanzug mit weißen Streifen an der Seite und weiße Turnschuhe. Die muskulösen Arme lässt er schwer hängen. Sonja Paulson ist groß und blond. Ein weiter Mantel verbirgt ihren Körper bis zu den Knien. Ihre Schultern hängen herab, ihre Augen sind gerötet, das Gesicht jedoch sorgfältig geschminkt. Sie hält eine große Handtasche in den Händen und hört zu, während Sanna knapp berichtet, was passiert ist.

»Wo ist Nina?«, fragt Stellan danach.

Sanna bringt sie zu dem Raum, in dem Nina versorgt wird. Die Tür öffnet sich mit einem Seufzen, und eine Krankenschwester empfängt sie. Nina steht mit dem Rücken vor dem hellen Fenster. Als Stellan sie umarmt, treffen sich Sannas und Sonjas Blicke, bevor sich die Tür wieder schließt.

»Scheiße«, sagt Eir, als sie und Sanna sich im Flur auf Wartestühle setzen. »Er war also wirklich splitterfasernackt da draußen? Wo genau?«

»In dem alten Wald beim Moor, auf einem verlassenen Hof. Ich habe ihn zusammengekauert im Wohnhaus gefunden.«

»Du siehst müde aus«, sagt Eir und legt eine Hand auf Sannas.

»Es war schrecklich«, sagt Sanna nach einer Weile. »Sein Körper …«

»Die Wunde am Bauch … War das vielleicht ein Unfall, kann das im Wald passiert sein?«

Sanna schüttelt den Kopf. »Es war ein Messerstich. Die Gerichtsmedizin muss es natürlich noch bestätigen, aber die Ränder, die Form der Wunde …«

Eir senkt die Stimme. »Es sah aber nicht aus wie …«

»Überhaupt nicht.«

»Du bist dir sicher …«

Sanna nickt. Abgesehen von der Brutalität und dass man Pascal Paulson mit einem Messer verletzt hatte, gibt es keine Ähnlichkeiten zu den Morden von vor drei Jahren.

»Vor dem Messerstich muss er extremer Gewalt ausgesetzt gewesen sein, der ganze Körper war voller Prellungen. Aber ich habe nur eine Stichverletzung gesehen. Es gibt also keinen Grund zu glauben …«

»Trotzdem.«

»Die Verletzungen waren völlig anders.«

»Okay.«

Sanna sieht zu der Tür, hinter der sich Nina mit ihren Eltern befindet.

»Wo ist Pascals Mutter?«

»Seit vielen Jahren tot.«

Sanna nickt. Denkt an Stellans ordentlich gekämmtes Haar,

die sauberen Kleider, wie Sonja die Handtasche wie einen Schild vor die Brust gehalten hat.

»Hat man Zeit, sich zu duschen und ordentlich anzuziehen, sich zu schminken, wenn das eine Kind gestorben ist und das andere unter Schock steht und im Krankenhaus behandelt wird?«, fragt sie.

»Kommt darauf an. Die Nachbarin, die auf die kleineren Kinder aufpassen sollte, kam wohl erst nach einer ganzen Weile. Vielleicht mussten sie sich einfach ablenken.«

»Wie viele Kinder haben sie denn außer Nina und Pascal?«

»Eine kleine Armee. Ich glaube, alle noch im Kindergartenalter.«

»Okay.«

»Und du kanntest Pascal nicht? Weil es in der Nähe deines Wohnorts passiert ist, meine ich. Hast du ihn noch nie vorher gesehen?«

Sanna schüttelt den Kopf.

»Verdammt.« Eir stützt die Ellbogen auf die Knie.

»Er hat noch etwas gesagt, bevor er gestorben ist«, erzählt Sanna. »Irgendetwas von einem Mädchen, aber es war schwer zu verstehen.«

»Ein Mädchen?«

»Zumindest habe ich das gehört.«

»Noch etwas?«

»Danach ging alles so schnell.«

Eir liest eine gerade eingetroffene SMS: »Der neue Chef ist schon auf dem Revier. Alice schreibt, dass man auf uns wartet.«

Sanna nickt. Der neue Chef. Alice hat gesagt, dass er sofort aufs Revier gefahren ist, als Sanna Verstärkung anforderte, obwohl er erst am Montag offiziell anfangen würde. Sie selbst war seit fast drei Jahren nicht mehr auf dem Präsidium in der

Stadt, eine lange Zeit. Und sie hatte gehofft, es vielleicht nie wieder betreten zu müssen.

»Kommst du mit rein, um mit der Familie zu sprechen, und dann fahren wir zu den anderen?«

Sanna antwortet nicht.

»Hallo?«, fragt Eir vorsichtig.

Sanna zögert. Denkt an Nina in dem Krankenzimmer, sieht sie vor sich da draußen im Wald, zwischen den Bäumen. Als wäre sie selbst einer. Die Kette mit den Muscheln, die Krabbenscheren, der glänzende Angelköder. Und diese Tätowierung, das weibliche Naturwesen.

In ihren Ohren rauscht es.

Sie will ablehnen, nickt dann jedoch.

KAPITEL SECHS

Das Krankenzimmer ist groß und luftig. Sanna hält den Schwestern die Tür auf, als diese den Raum verlassen.

Nina steht am Fenster und starrt hinaus. Eir geht zu ihr, stellt sich vor, nickt Stellan und Sonja Paulson höflich zu und tritt dann ein paar Schritte zur Seite, während Sanna die Tür schließt.

»Mir ist bewusst, dass Sie alle erschöpft sind, deshalb werden wir es kurz machen«, sagt Eir. »Wir wollen nur ein paar Fragen stellen, dann können Sie nach Hause fahren.«

»Darf ich ihn sehen?«, fragt Stellan.

»Einer unser Techniker ist gerade bei Pascal.«

»Techniker?«, erwidert Sonja aufgebracht. »Was für ein Techniker?«

»Ein Kriminaltechniker«, erwidert Eir ruhig. »Um eventuelle Spuren zu sichern.«

Sanna stellt sich neben ihre Kollegin. »Das ist Routine.«

Sonja sieht zu Nina, die ihnen immer noch den Rücken zuwendet. »Nina sagt, dass er nackt war. Warum war er nackt? Was für einen Grund sollte es dafür geben? Das ist doch verrückt.«

In ihrer Stimme klingt etwas Wildes mit. Sie blickt zu Boden, und als Stellan die Hand auf ihren Arm legt, zuckt sie zurück, als hätte er sie gestoßen.

»Haben Sie oder hat Pascal irgendeine Verbindung zu dem Haus, in dem wir ihn gefunden haben?«, fragt Eir. »Zu dem Wald oder den verlassenen Höfen dort?«

Stellan schüttelt den Kopf. »Ich habe keine Ahnung, warum er im Wald war. Er ist nie im Wald. Wenn er joggen will, macht er das immer bei uns.«

»Bei Ihnen?«, fragt Sanna.

»Im Studio«, erklärt Stellan. »Wir betreiben ein Fitnessstudio und einen Boxclub. ›Fight‹ heißt er.«

Sanna erinnert sich, das Schild gesehen zu haben. Der Club befindet sich im Keller unter dem Lebensmittelgeschäft.

»Hat Pascal dort gearbeitet?«, fragt sie.

Stellan nickt. »Vor ein paar Jahren habe ich ihm den halben Club überschrieben, um ihm zu zeigen, dass er eine Zukunft dort hat. Seitdem hat er viel getan. Viel. Er ist ein sehr guter Kampfsportler.«

Nina dreht sich langsam um. Ihre Augen sind gerötet, doch sie weint nicht mehr. In der Hand, die mit schwarzer Schminke verschmiert ist, hält sie ein feuchtes, zusammengeknülltes Papierhandtuch. Stellan geht zu ihr und legt ihr den Arm um die Schultern.

»Ich kann mir nicht vorstellen, dass ihm jemand etwas Böses antun will«, fährt er fort. »Alle haben ihn gemocht.«

Nina schließt die Augen. Stellan drückt sie fester an sich.

»Hat sich in letzter Zeit etwas in Pascals Leben geändert?«, fragt Sanna. »Hatte er neue Bekanntschaften, oder ist Ihnen etwas anderes aufgefallen?«

»Nein …« Stellan denkt nach. »Oder doch, er wollte mehr Selbstverteidigungskurse geben. Er wollte den Club ausbauen und mehr Kampfsport anbieten. Das benachbarte Grundstück gehört uns, und er hat sogar schon eine Baugenehmigung beantragt.«

»Sie glauben doch nicht, dass das etwas mit dem zu tun hat, was ihm passiert ist?«, schaltet sich Sonja ein.

»Hatte Pascal eine Freundin?«

»Nein«, antwortet Stellan. »Also, er hatte schon ab und zu eine Freundin, aber niemand Festes, soweit wir wissen. Er hat sich in den letzten Jahren sehr auf das Studio konzentriert.«

»Pascal hat ein Mädchen erwähnt, aber keinen Namen genannt. Sagt Ihnen das etwas?«, fragt Sanna weiter.

Nina wendet den Blick ab.

»Haben Sie mit ihm gesprochen?« Stellan beißt sich auf die Lippe. »Haben Sie mit Pascal gesprochen?«

»Nein«, erwidert Sanna. »Er hat nur ein paar Worte gemurmelt, etwas von einem Mädchen. Sagt Ihnen das wirklich nichts?«

Stellan schüttelt den Kopf. Nina macht sich los von ihm und sinkt auf einen Stuhl.

»Warum fragen Sie das?«, will Sonja wissen. »Was soll das?«

Sanna zögert.

»Was meinen Sie damit?«, fragt Sonja irritiert und massiert sich den Arm, wobei sie vor Schmerz das Gesicht verzieht. »Was hat er genau gesagt? Ich verstehe das alles nicht.«

Stellan schüttelt den Kopf.

»Pascal hat Selbstverteidigungskurse für Frauen gegeben. Privat hat er sie aber nie getroffen, darüber waren wir uns einig. Bei anderen Mädchen weiß ich es nicht.«

Sonja hält sich den Ellbogen.

»Was ist mit Ihrem Arm?«, fragt Sanna.

Sonja streckt ihren Hals.

»Kleinkinder.«

Sanna sieht zu Nina.

»Kannst du uns beschreiben, was du und deine Freundinnen gesehen habt, als ihr Pascal entdeckt habt?«, fragt sie.

»Muss das jetzt sein? Sie ist sehr mitgenommen«, wendet Stellan ein.

Nina sieht zu Boden und beginnt zu erzählen. »Wir hatten die Drohne in der Luft. Zuerst haben wir nur jemanden gesehen, der nackt herumlief, er war aber weit weg. Wir sind mit den Motorrädern hingefahren, um uns das genauer anzuschauen. Da habe ich ihn dann erkannt. Er hat mit den Zähnen nach uns geschnappt und sich ganz komisch bewegt.«

Sanna lächelt sie freundlich an. »Hat er etwas zu dir gesagt, bevor ich da war? Als du versucht hast, dich ihm zu nähern?«

Nina schüttelt den Kopf.

»Fällt dir etwas anderes ein? Hat er irgendetwas getan, zum Beispiel?«

Nina zuckt mit den Schultern. »Er war überhaupt nicht er selbst«, antwortet sie leise. »Er schien mich gar nicht zu sehen, dann rannte er ins Haus, und ich hatte Angst, ihm nachzugehen.«

»Wir werden auch mit deinen Freundinnen sprechen«, sagt Eir. »Kannst du mir ihre Namen geben, bevor wir gehen?«

Nina nickt schwach. Spielt mit einer ihrer Ketten.

»Ich verstehe nicht, warum du mit denen herumziehst«, sagt Sonja vorwurfsvoll. »Es ist doch unter der Woche, hast du keine Schule? Hm?«

Nina sieht sie an. »Du bist nicht meine Mutter.«

Stellan legt ihr eine Hand auf den Arm, doch sie wehrt sie ab.

»Warum warst du mit deinen Freundinnen im Wald?«, fragt Sanna.

»Die Lehrer haben Weiterbildungstag.«

»Und warum habt ihr die Drohne ausgerechnet da fliegen lassen? Bei dem verlassenen Hof?«

»Keine Ahnung.« Nina steht auf und dreht sich wieder zum Fenster. Legt eine Hand über die Tätowierung im Nacken. »Einfach so.«

»Wann haben Sie Pascal das letzte Mal gesehen?«, fragt Eir das Ehepaar Paulson.

»Gestern Abend«, antwortet Stellan. »Pascal und ich haben im Studio gearbeitet. Dann bekam er einen Anruf, den er erst ignoriert hat, doch dann sagte er, er müsse noch mal los. Draußen hat er den Anruf angenommen, das habe ich durch das Fenster gesehen. Ich habe nicht weiter darüber nachgedacht, er hatte ja sein eigenes Leben.«

»Wie spät war es da?«

»Etwa neun. Ja, kurz nach neun.«

»Haben Sie eine Ahnung, wer da angerufen haben könnte?«

Stellan schüttelt den Kopf. Nina starrt weiter abwesend aus dem Fenster.

»Er hatte am nächsten Tag frei, deshalb haben wir uns nicht gewundert, als wir nichts von ihm gehört haben.« Stellan schluckt angestrengt. »Aber ich wünschte, ich hätte ihn trotzdem angerufen.«

»Was hatte Pascal an, als Sie ihn das letzte Mal gesehen haben?«

Stellan wirkt plötzlich unruhig.

»Er trug einen Trainingsanzug wie den hier, nur in Blau.« Er deutet auf seinen Anzug. »Und neue Boxschuhe. Irgendeine neue Marke. Mit einer orangefarbenen Gummisohle.«

Auf seinem Handy zeigt er ihr ein Foto der Schuhe bei einem Onlineversand. Sie sind knöchelhoch, die Gummisohle ist leuchtend orange, fast schon neonfarben.

»Wahnsinn, so teure Schuhe zu kaufen«, murmelt Sonja. »Der helle Wahnsinn.«

Eir lässt sich die Adresse von Pascals Wohnung sowie Stellans Ersatzschlüssel dazu geben.

»Darf ich ihn wirklich nicht sehen?«, fragt er.

Sanna schüttelt bedauernd den Kopf. »Pascal wird noch

obduziert, dann wird der Ermittlungsleiter zusammen mit der Gerichtsmedizin entscheiden, wann die Leiche an die Familie freigegeben wird«, erklärt sie. »Also, an Sie, meine ich.«

Als die Paulsons das Zimmer verlassen, dreht sich Nina in der Tür noch einmal zu Sanna um. Mit schwarzer Wimperntusche vermischte Tränen laufen über ihre Wangen.

KAPITEL SIEBEN

Der Empfang ist unbesetzt, als Sanna und Eir auf dem Revier aus dem Aufzug steigen. Nur Alice kommt ihnen entgegen.

»Wir sind im großen Besprechungszimmer«, sagt sie. »Niklas auch.«

»Gut«, erwidert Eir.

»Nur damit ihr es wisst, unser neuer Chef weiß bereits so ziemlich alles über uns«, fährt Alice fort.

»Wie meinst du das?«, fragt Eir.

»Als wir uns vorhin unterhalten haben, wusste er schon, dass ich Single bin und dass ich …« Sie unterbricht sich.

»Was?«, sagt Eir.

»Er hat sich umgehört, hat mit den Leuten geredet, verstehst du?«, erwidert Alice. »Wahrscheinlich auch über dich.« Ihr Blick wandert zu Sanna. »Und dich.«

Sanna packt Sixtens Leine fester. Über den dramatischen letzten Stunden hat sie ihre eigene Geschichte beinahe vergessen.

Das große Besprechungszimmer liegt am Ende eines langen Korridors. Dort trifft man sich, wenn bei einem Fall alle Einsatzkräfte versammelt werden. Es ist groß und hell, und mehrere Menschen können relativ ungestört gleichzeitig dort arbeiten. Jetzt sind etwa fünfzehn, zwanzig Personen anwesend, die meisten davon Polizisten in Uniform.

Am Fenster steht ein Mann in den Vierzigern, in Anzug,

Hemd und einer perfekt gebundenen Krawatte. Er hat dunkles Haar, ein markantes Kinn und eine schmale Nase. Kleidung und Gesicht erinnern an eine Figur aus einem Mafiafilm. Seine Augen sind leuchtend blau.

»Niklas Jovanovic«, stellt er sich vor und schüttelt Sanna und Eir die Hand. »Ich habe mit der Staatsanwältin Farah Ali gesprochen, und ausgehend von unserem derzeitigen Kenntnisstand haben wir eine Mordermittlung eingeleitet, Täter unbekannt. Farah überträgt uns die Ermittlungen und möchte auf dem Laufenden gehalten werden.«

Sein Handy klingelt, er wirft einen Blick aufs Display, und mit einer Entschuldigung wendet er sich ab.

Jon beobachtet Sanna und Eir vom anderen Ende des Raums aus, wendet jedoch den Blick ab, als Sanna zu ihm sieht.

Auf dem Whiteboard klebt bereits ein Foto von Pascal Paulson, über dem sein Name und seine Personennummer stehen. Auf dem großen Tisch in der Raummitte liegen frische Schreibblöcke und Stifte.

Nachdem Niklas sein Telefonat beendet hat, stellt er sich noch einmal allen Anwesenden vor.

»Wie ich gerade zu Sanna und Eir gesagt habe, habe ich mit der Staatsanwältin gesprochen, und ein Ermittlungsverfahren wegen Mordes mit unbekanntem Täter wurde eingeleitet. Eir, du übernimmst die Leitung und hältst die Staatsanwältin die ganze Zeit auf dem Laufenden.«

Eir nickt.

»Der verlassene Hof und das angrenzende Waldgebiet werden gerade abgesperrt«, fährt Niklas fort. »Die Spurensicherung kann bald mit ihrer Arbeit beginnen. Ich habe auch zusätzliche Beamte angefordert, damit diese die Nachbarn sowie alle Personen in Pascals näherem Umfeld befragen. Sanna und

Eir, ihr fahrt bitte an den Tatort zur Spurensicherung, sobald wir hier fertig sind. Ich komme dann auch dahin.«

Er legt Sanna eine Hand auf den Arm.

»Und jetzt berichte bitte, was passiert ist.«

Sanna erläutert den Ablauf vom Notruf der Motorradmädchen bis zu Pascals Tod. Sie beschreibt detailliert die Verletzungen an seinem Körper, wie er die Hand auf den Bauch gedrückt hat. Wie er sich nach ihr gestreckt und vor seinem Tod noch etwas geflüstert hat, von einem Mädchen.

»Damit kann er alles Mögliche gemeint haben«, sagt Niklas.

»Kann er sich auf eins der Mädchen aus der Motorradgang bezogen haben?«, schlägt Eir vor. »Seine Schwester? Er hat sie doch dort draußen gesehen?«

»Mit den Mädchen müssen wir natürlich sprechen«, erwidert Niklas.

»Außerdem stand er ja sicher unter Schock, da sollten wir vielleicht nicht alles wörtlich nehmen, was er gesagt hat?«, bemerkt Alice. »Er war schwer verletzt, vielleicht hatte er Wahnvorstellungen?«

»Ja«, stimmt Sanna zu. »Er hat mich zwar berührt und etwas gemurmelt, aber er war nicht richtig ansprechbar.«

»Ich überprüfe, ob vielleicht Kindergartengruppen oder Schulklassen im Wald unterwegs waren«, sagt Alice. »Pascal könnte ja tatsächlich jemanden gesehen haben, aber in einem völlig unschuldigen Kontext?«

»Ja, das ist eine gute Idee«, antwortet Niklas.

»Eins noch«, sagt Sanna. »Es hat sicher nichts mit Pascal Paulson zu tun, aber heute hat ein Mann eine Puppe auf dem Revier abgegeben, die er im Wald gefunden hat, in der Nähe des verlassenen Hofs. Sie sah aus wie neu.«

»Eine Puppe?«, fragt Eir ernst nach.

»Ja. Wie gesagt, das hat bestimmt nichts mit dem Mord zu

tun, aber ich wollte es trotzdem erwähnen, nachdem Pascal von einem Mädchen gesprochen hat, vielleicht einem Kind.«

»Gut«, sagt Niklas. »Wir berücksichtigen das auf jeden Fall. Die Spurensicherung soll sich die Puppe ansehen, und wir sollten auch mit dem Mann sprechen, der sie gefunden hat. Vielleicht hat er etwas gesehen, das uns weiterhilft.«

»Ja«, stimmt Sanna zu, während sie wegen der Puppe schon eine Nachricht an Anton schreibt und ihn bittet, sie sofort zurückzurufen.

»Was haben wir noch?«, fragt Niklas.

»Er hatte keine Kleidung bei sich, kein Handy, richtig?« Alice sieht fragend zu Sanna.

»Er hatte nichts bei sich«, bestätigt diese. »Nur ein Handtuch oder ein Stück Stoff, das er sich auf die Bauchwunde gepresst hat.«

»Ich bin gespannt, was die Gerichtsmedizin zu der Verletzung sagen wird«, meint Niklas.

»Der arme Fabian, eigentlich hätte er doch frei.« Eir seufzt.

»Ich habe bereits eine andere Gerichtsmedizinerin angerufen«, sagt Niklas. »Sie wird in ein paar Stunden auf der Insel eintreffen.«

Eir zieht die Augenbrauen hoch.

»Ja«, fährt Niklas fort. »Ich habe schon heute Morgen erfahren, dass Fabian Gardell Urlaub hat, und statt auf jemand weniger Erfahrenen hier in der Gerichtsmedizin zurückzugreifen, habe ich daher gleich Vivianne Yang kontaktiert, mit der ich schon früher zusammengearbeitet habe.«

»Okay, danke«, erwidert Eir. Am liebsten würde sie hinzufügen, dass das alles ganz schön schnell geht, doch stattdessen wendet sie sich an Alice. »Könntest du neben Pascal auch den Rest der Familie überprüfen? Vorgeschichte, finanzielle Situation, das Übliche.«

»Natürlich.«

»Kannst du dich parallel um den Boxclub kümmern, Jon? Die Angestellten überprüfen und die Mitglieder, die bei Pascal trainiert haben? Achte besonders auf eventuelle neue Mitglieder oder darauf, ob dir irgendetwas anderes auffällt.«

Jon nickt schweigend.

»Verrückt, dass wir fast auf den Tag genau drei Jahre nach den anderen Morden wieder einen Mord mit einem Messer als mutmaßlicher Tatwaffe haben«, bemerkt Alice.

»Ja«, sagt Eir. »Aber das hier ist etwas völlig anderes, die Verletzungen sind ganz anders.«

»Das wird den Medien aber egal sein«, entgegnet Jon. »Sie werden sich darauf stürzen.«

»Möglich«, meint Eir. »Doch wir sehen eindeutig keine Parallelen und suchen nach einem unbekannten Täter. Hat noch jemand Fragen dazu?«

Alle schweigen.

Niklas' Handy vibriert nahezu ununterbrochen, schließlich entschuldigt er sich und verlässt den Raum, während Eir allen für ihr Kommen dankt und die Besprechung beendet.

Bei der kriminaltechnischen Untersuchung werden Spuren an der Bauchwunde sowie Hautfragmente und Blut unter Pascals Fingernägeln gesichert, außerdem Glas- und Holzsplitter in den Schürfwunden an Beinen und Oberkörper. Danach wird die Leiche in die Gerichtsmedizin gebracht. Das Handtuch, das er gegen die Wunde gedrückt hatte, wird zur Untersuchung ins Nationale Forensische Zentrum NFC geschickt. Eir bittet Staatsanwältin Farah Ali unterdessen um die Genehmigung, Pascals Handydaten überprüfen zu dürfen, um mehr über das letzte Gespräch vor seinem Verschwinden zu erfahren. Auf der Fahrt zu dem verlassenen Hof ruft sie Alice an, erreicht sie jedoch nicht.

Alice ist eine ausgezeichnete Analytikerin. Bei der Mordserie vor drei Jahren wurde sie hinzugezogen, und durch ihre Nachforschungen stieß man auf das Sommerlager für Kinder und den ehemaligen Priester Holger Crantz. Akribisch überprüfte sie damals einen Haufen Bankkonten und kämpfte sich durch zum Teil verschlüsselte Finanztransaktionen. Dadurch trug sie entscheidend zu den Ermittlungen bei. So entscheidend, dass man eine dauerhafte Stelle für sie auf der Insel einrichtete. Ihre Analysen sind seither bei Schwerverbrechen immer wieder ausschlaggebend. Beinahe im gleichen Umfang arbeitet sie auch als Ermittlerin mit Eir zusammen.

Endlich ruft Alice zurück.

»Sind wir bereit für die ganzen Aussagen und Informationen, die bald hereinkommen?«, fragt Eir.

»Ja, uns liegen schon Bewegungsdaten aus dem nächsten Umfeld vor, ihre Kontakte zu Pascal, Alibis …«

»Super«, sagt Eir.

»Gut.«

»Hast du auch eine Namensliste der Mädchen aus der Motorradgang bekommen?«

»Ein paar Kollegen sind gerade unterwegs, um sie zu befragen.« Alice tippt auf der Tastatur, klickt durch ihre Nachrichten. »Bisher sagen alle dasselbe, sie waren draußen und haben die Drohne fliegen lassen, und dann tauchte Pascal plötzlich auf, und sie wählten sofort den Notruf.«

»Gibt es im Hintergrund der Mädchen irgendetwas Interessantes, das wir im Auge behalten sollten?«

»Nichts. Ein paar hatten wegen Ladendiebstahl Ärger mit der Polizei, aber das ist ja nichts Ungewöhnliches.«

Eir biegt an der stillgelegten Bushaltestelle auf den holprigen Waldweg ab. »Was zum Teufel …?«, flucht sie, als das Auto gefährlich hin und her schwankt, und sieht auf das Navi.

»Eir?«, sagt Alice. »Wir haben uns auch erkundigt, ob irgendwelche Kindergruppen auf Naturexkursion in der Gegend unterwegs waren, das war bisher aber ergebnislos.«

»Verdammte Scheiße«, sagt Eir laut und packt das Lenkrad fester.

Bei dem verlassenen Hof herrscht hektische Betriebsamkeit. Zwischen den Bäumen am Rand der Lichtung stehen uniformierte Beamte, einige mit Hunden. Die Spurensicherung ist bereits bei der Arbeit, ihre hellen Overalls heben sich von der grün-schwarzen Umgebung ab. Aus dem Haus tritt jemand in voller Schutzausrüstung. Als er seine Maske abnimmt, erkennt Eir Sven »Sudden« Svartö, Leiter der Spurensicherung und einer der besten Kriminaltechniker des Landes. Die wulstige Nase ist gerötet, und er wischt sich den Schweiß von der Stirn, bevor er grüßend die Hand hebt.

Eir steigt aus, während ein Wagen hinter ihr zum Stehen kommt und sich ein großer Umriss auf dem Rücksitz erhebt.

»Du hast es bis hierher geschafft, ohne dass dir schlecht wurde?«, fragt Sanna und lässt die Fenster für Sixten ein wenig hinunter.

»Sehe ich aus, als ob es mir gut ginge?« Eir verzieht das Gesicht.

Niklas kommt auf sie zu. Sein Jackett hat er abgelegt, und er zwängt sich gerade in einen weißen Overall.

»Wollen wir?« Er nickt zu dem Wagen, in dem die Schutzkleidung liegt.

Noch einmal erzählt Sanna ihrer Kollegin und ihrem Vorgesetzten der Reihe nach, was passiert ist. Berichtet von dem kurzen Gespräch mit der Mädchengruppe. Wo sie Nina gefunden hat. Wie sie sich Pascal Schritt für Schritt genähert hat. Das düstere Haus wird nun von starken Scheinwerfern erleuchtet. Alles wird fotografiert, auf Fingerabdrücke untersucht, mit UV-Licht abgeleuchtet. Der beißende Gestank ist verflogen.

Zurück im Freien, lehnt sich Sanna gegen die Hauswand und holt tief Luft. Neben der Lichtung, wo ein paar Autos stehen, glänzt eine Thermoskanne. Ein Techniker lehnt an der Motorhaube eines SUVs. Sanna verengt die Augen, und der Mann verschmilzt mit dem Auto neben sich. Sie sieht Pascals Körper vor sich. Die blau-lila Haut über der Hüfte.

»Er könnte angefahren worden sein«, sagt sie.

Niklas und Eir folgen ihrem Blick.

»Er hatte einen riesigen Bluterguss auf der Hüfte, etwa auf Höhe der Motorhaube eines großen Autos oder eines Lieferwagens.«

»Möglich«, meint Niklas. »Warten wir die Obduktion ab.«

Sanna lässt den Blick schweifen. Überall steht die Ausrüstung der Spurensicherung. Zwischen den hohen Baumstämmen hindurch fallen Lichtstreifen auf den Hof.

»Ich muss jetzt nach Hause«, sagt sie.

Eir wechselt einen raschen Blick mit Niklas.

»Es wäre toll, wenn du morgen aufs Revier kommen könntest«, sagt sie vorsichtig.

Sanna schweigt.

»Du bist Pascal als Einzige von uns begegnet, als er noch gelebt hat. Und er ist aus deinem Ort.«

Sanna zögert und antwortet: »Ihr könnt mich jederzeit anrufen, wenn ihr noch Informationen braucht. Anton Arvidsson hilft euch natürlich auch mit allem, was den Ort betrifft.«

Niklas lächelt freundlich. »Ich kann veranlassen, dass du mehr Wochenstunden bekommst, wenn du das möchtest. Warum fährst du nicht nach Hause und schläfst darüber, hm?«

»Also, was meinst du?«, fragt Eir. »Willst du morgen aufs Revier kommen und schauen, wie es dir damit geht?«

»Bei manchen Sachen kann ich dabei sein, wenn ihr mich braucht«, erwidert Sanna und kratzt sich an der Schläfe. »Natürlich helfe ich euch, falls noch etwas unklar ist und ihr Nachfragen habt. Aber ich will kein Teil des Ermittlungsteams sein.«

Sudden kommt näher.

»Berling?«, dröhnt er. »Na, wie geht's?«

Sehnsucht wird in ihr wach. Die Fälle mit Sudden hat sie in liebevoller Erinnerung behalten. Die Schwerverbrechen vermisst sie nicht, aber die Zusammenarbeit mit ihm.

»Ganz okay … Und selbst?«

Er schüttelt den Kopf. Seine großen Augen blicken müde, das dichte graue Haar ist verschwitzt.

»Wo bleibt nur der Herbst?«, meint er seufzend und schlägt nach einer Mücke auf seiner Wange. »Ich hätte ja nie gedacht, dass ich das mal sage, aber es reicht langsam mit der Hitze.«

Nachdem Niklas ihm die Hand gegeben und sich vorgestellt hat, fragt er: »Wie läuft es? Als ich vor einer Weile gekommen bin, warst du noch beschäftigt, da wollte ich nicht stören.«

»Willkommen«, antwortet Sudden. »Fängt ja schon gut an für dich.«

»Habt ihr etwas gefunden?«

»Alle eventuellen Spuren sind kontaminiert. Durch Wind, Wetter, Menschen, wilde Tiere …«

Bei einem umgestürzten Baumstamm gibt ein Polizist seinem hechelnden Spürhund Wasser, der daraufhin auf den Stamm und wieder hinunter hüpft.

»Hätten die Hunde nicht mittlerweile schon Blutspuren finden müssen?«, fragt Eir. »Das Opfer war ja verletzt.«

»Sie wittern Spuren, verlieren sie aber gleich wieder«, erklärt Sudden. »Irren herum. Unerklärlich. Vielleicht macht die Hitze uns alle wahnsinnig.«

»Wir haben also nichts?«

Sudden schüttelt den Kopf. »Ich melde mich.« Damit geht er davon.

Eir seufzt. »Ich habe auf der Karte gesehen, dass es hier in der Gegend keine bewohnten Häuser gibt«, sagt sie. »Zumindest nicht in Laufweite. Wir können also nicht davon ausgehen, dass vielleicht jemand etwas gesehen hat.«

Sanna scharrt mit dem Stiefel in der Erde. Ein Kaninchenloch kommt unter einem Grasbüschel zum Vorschein. Sanna macht einen Schritt, scharrt noch einmal. Ein weiteres Loch.

»Man fühlt sich die ganze Zeit beobachtet«, bemerkt Eir.

Ein Vogel ruft aus den Baumkronen. Sie sehen nach oben. Ein paar Stimmen übertönen das Rufen, dann wird es still.

KAPITEL ACHT

Pascal Paulsons Wohnung befindet sich ein paar Straßen entfernt vom Fitnessstudio in einer gelb verputzten Villa mit roten Fenstern und ebensolchem Dach, die man zu Mietwohnungen umgebaut hat. Eir und Niklas stellen das Auto auf dem Gehweg ab. In der Erdgeschosswohnung steht ein Fenster einen Spaltbreit offen, Jazzmusik dringt heraus.

»Hast du den Schlüssel?«, fragt Niklas.

Eir nickt und bedeutet ihm, ihr zu folgen.

»Wo ist die Spurensicherung?«, fragt sie und sieht auf die Uhr. Sie schickt eine SMS an Sudden, der sofort antwortet und sie informiert, dass zwei Techniker auf dem Weg sind.

Vor dem Gebäude liegen ordentliche Reisighaufen auf dem Gras, und auf dem Weg zur großen Eingangstür aus Holz hat jemand Gartenhandschuhe und eine Gartenschere abgelegt.

Die Tür wird geöffnet. Eine Frau in den Fünfzigern tritt ins Freie und knöpft sich im Gehen die Hose zu. Als sie die Polizisten entdeckt, bleibt sie stehen und zieht das T-Shirt über den Hosenbund. Niklas und Eir stellen sich vor und erklären den Grund ihrer Anwesenheit. Die Frau mustert sie erst ungläubig, dann legt sie die Hand über den Mund und bricht in Tränen aus. Ihre Fingernägel sind voller Erde. Niklas gibt ihr ein Papiertaschentuch, und sie gehen mit ihr zu einer Bank an der Hauswand.

»Kannten Sie Pascal gut?«, fragt Niklas.

Sie nickt. »Er war seit ein paar Jahren mein Mieter. Ein sehr netter Mann.«

»Wir haben den Schlüssel von Pascals Vater bekommen, Stellan Paulson«, erklärt Eir. »Wir werden uns mit der Spurensicherung jetzt eine Weile in der Wohnung aufhalten.«

Die Hausbesitzerin schnäuzt sich. »Wie ist er gestorben?«

Eir gibt darauf keine Antwort und fragt stattdessen: »Ist Ihnen an Pascal etwas aufgefallen, war in letzter Zeit etwas anders? Hatte er vielleicht neue Kontakte?«

Die Frau schüttelt den Kopf. Auf der Straße werden Autotüren zugeschlagen, und zwei Mitarbeiter der Spurensicherung kommen mit ihrer Ausrüstung heran. Nach kurzem Zögern nickt die Frau ihnen höflich zu.

Pascals Dachgeschosswohnung mit weiß gestrichenen Wänden und dunklem Parkettboden ist ordentlich. Die Techniker laufen herum, machen sich Notizen und fotografieren alles. Im Schrank hängt vor allem Trainingskleidung. Während Niklas sich im Treppenhaus umsieht, geht Eir in Pascals Küche. Auf dem Tisch liegt Post, ein paar Rechnungen und Werbung. Im Schrank stehen diverse Gläser Erdnussbutter, verschiedene Sorten Pasta, passierte Tomaten, Thunfischdosen, verschiedene Linsen, Bohnen, Nüsse und Trockenfrüchte.

Auf der Arbeitsfläche bewahrt Pascal Brot auf, Müsli und verschiedene große Dosen mit Nahrungsergänzungsmitteln für sein Training. Neben dem Kaffeekapselautomaten stehen Schachteln mit Proteinriegeln in diversen Geschmacksrichtungen ordentlich aufeinandergestapelt. Neben dem Spülbecken liegt eine Tüte aus einem Naturkostladen. Auf Eirs Bitte hin leert ein Techniker sie aus, sie enthält Dosen mit Zink, Vitamin D und Omega 3.

Als Eir und Niklas die Techniker verabschieden, ruft Alice an. Sie und Jon haben jetzt auch Sportvereine, Schulen und

Kindergärten in der Gegend überprüft, aber niemand war in letzter Zeit im Wald bei dem verlassenen Hof.

»Das Mädchen, von dem unser Opfer geredet hat, war also kein kleines Kind«, meint Eir resigniert.

»Wie gesagt, ich glaube nicht, dass wir das wörtlich verstehen dürfen«, entgegnet Alice. »Er war verletzt und nicht bei sich.«

»Hat die Befragung der Anwohner hier in der Gegend etwas ergeben?«

»Niemand hat Pascal Paulson gesehen. Oder generell etwas Auffälliges in der letzten Zeit.«

»Klar.«

Eir geht zu Niklas, der sich draußen mit der Hausbesitzerin unterhält, die sich inzwischen etwas beruhigt hat.

»Pascal hat die Miete fast immer pünktlich bezahlt«, sagt Niklas. »Und er war ein ordentlicher Mieter.«

»Wenn er mal nicht pünktlich zahlen konnte, hat er immer noch etwas extra ins Kuvert gelegt«, sagt die Hausbesitzerin.

»Wie bitte?«, fragt Eir. »Er hat die Miete bar bezahlt?«

Die Abenddämmerung zieht über die Insel. Es ist schon nach acht, als Eir noch die letzten Dinge auf dem Revier erledigt. Das Gebäude ist still und verlassen, nur Farah ist noch im Büro. Die Staatsanwaltschaft gehört eigentlich zum Bezirksgericht der Insel, aber sie ist schon immer im Polizeipräsidium beheimatet. Normalerweise in einem anderen Gebäudeteil, doch die Büros werden renoviert, weshalb Farah vorübergehend aufs Polizeistockwerk gezogen ist.

»Wie läuft's?«, fragt Eir und steckt den Kopf durch die Tür.

Farah Ali nickt, ohne vom Rechner aufzublicken. »Ich habe gerade die Ermittlungen zum Brand auf der Nerzfarm im Norden eingestellt.«

Ihr Schreibtisch ist übersät von Ordnern, Papieren und Post-its. Überall im Raum stehen große, üppige Pflanzen.

Die Staatsanwältin ist Mitte fünfzig und war ursprünglich Floristin, hat dann aber nach einer Handgelenksverletzung Jura studiert. Als sie vor einem guten Jahr in High Heels und einem langen dunkelroten Lederrock auf dem Revier auftauchte, verschlug es Jon und einigen anderen Männern die Sprache. Eir mag die Frau, die vor nichts zurückschreckt und der nichts zu entgehen scheint.

»Soll ich schon überall die Lichter ausschalten, oder möchtest du das machen?«, fragt Eir. »Im Pausenraum und so, meine ich.«

»Ich habe noch nichts wegen Pascal Paulsons Gesprächsverbindungen gehört«, murmelt Farah. »Mir ist schon klar, dass du deswegen hier herumstehst. Nicht weil ich oder der Stromverbrauch dir wichtig wären.«

»Okay.« Eir wendet sich zum Gehen.

»Warte«, sagt Farah.

Eir kommt zurück.

»Dir geht es gut.«

Das ist keine Frage.

»Ja«, antwortet Eir. »Also, was heißt gut, es ist schrecklich, dass ein junger Mann stirbt …«

»Ich weiß. Ich meine, sonst geht es dir gut.«

»Ja, oder … Tut mir leid, ich verstehe nicht ganz, worauf du hinauswillst.«

Die hohen Wangenknochen heben sich ein wenig.

»Meine Tochter sitzt gerade an einer Schularbeit über Charles Manson«, sagt Farah.

»Und?«

»Manche behaupten, Manson hätte nur zwei schlechte Eigenschaften gehabt: Er hat zu viel geraucht und zu viele

Süßigkeiten gegessen. Meine Tochter hat gelesen, dass seine Lieblingssüßigkeit Schokolade mit Karamell und gesalzenen Erdnüssen war.«

»Okay …«

»Es hört nie auf, das will ich damit sagen.«

»Wie bitte?«

»Meine Tochter liest etwas über Manson und seine Lieblingsschokolade, über fünfzig Jahre nachdem er die Morde angeordnet hat. Auch wenn Jack Abrahamsson bei Weitem kein Charles Manson ist, garantiere ich dir, dass sich in fünfzig Jahren irgendein gelangweilter Teenager auch mit ihm beschäftigen wird. Es ist also gut, dass es dir gut geht und du dich nicht darum kümmerst, dass im Moment wieder mehr darüber in den Zeitungen steht.«

Eir lacht, nickt und wendet sich zum Gehen.

»Ich hoffe, wir bekommen Pascal Paulsons Gesprächsverbindungen bald«, ruft Farah ihr nach. »Und ja, schalt überall die Lichter aus.«

Die Luft auf dem Parkplatz ist mild. In der Nähe ragt die hübsch beleuchtete Stadtmauer auf. Autoverkehr ist zu hören, gedämpftes Lachen, Stimmen, Musik, vielleicht von einem Restaurant. Eir sieht auf ihr Handy. Keine Anrufe, keine Nachrichten. Vor einer Stunde hat Sanna ihr die Nummer ihres Kollegen Anton Arvidsson geschickt, falls sie mit jemandem aus der Gegend reden wollen, der viele der Jugendlichen dort kennt.

Eir klopft mit der Handfläche gegen den Oberschenkel. Die Tankstelle, an der Sanna sich immer Kaffee gekauft hat, als sie noch zusammen in der Stadt gearbeitet haben, ist offen und beleuchtet. Eine Edward-Hopper-Version der großen Ketten. Der Kaffee ist brühend heiß, die Zimtschnecken ungenießbar und der Betreiber hinter der Kasse mürrisch, aber er hat die ganze Nacht offen. Außerdem ist das eine der wenigen Tankstellen, bei denen junge Männer sich als Mechaniker etwas dazuverdienen dürfen. Obdachlose und Streuner, die Tag und Nacht hereinkommen, bekommen eine Gratisbratwurst. Jetzt gerade läuft eine Frau barfuß durch den Laden und wühlt im Obst. Sie trägt ein Kleid mit Puffärmeln und V-Ausschnitt, der lange Rock erinnert Eir an Schneewittchen. Sie seufzt und ruft Sanna an.

»Hallo, ich bin's«, spricht sie auf die Mobilbox. »Ich habe mir gedacht, wir sollten die Motorradmädchen zu dem verlassenen Hof bestellen, damit sie uns vor Ort noch einmal alles genau erzählen. Ruf mich zurück, wenn dir noch etwas einfällt.«

Dann macht sie sich auf den Weg nach Hause, entscheidet sich aber ein paar Straßen weiter um und fährt zum Meer.

Der Strand beim Kaltbadehaus liegt einsam und verlassen da. Der Steg hebt sich hell vom Wasser ab. Bei der Renovierung im Jahr zuvor hat man die Holzbretter durch eine gusseiserne Platte ersetzt, die auf breiten Betonpfeilern ruht. Schilder warnen vor Rutschgefahr auf dem Steg und verbieten Kopfsprünge ins Wasser. An einem Gestell im Sand hängt ein Rettungsring.

Das Wasser ist grünlich grau, die See ruhig. Eir streift Schuhe und Kleider ab und geht bis zu der kleinen Leiter, wo sie die Füße auf das kalte Metall setzt und hinuntersteigt. Als sie ins Wasser taucht, zerrt die Strömung an ihr, aber nach ein paar Sekunden hat sie ihren Rhythmus gefunden und schwimmt. Das Adrenalin treibt sie an. Das Gefühl der Freiheit. Der Ruhe. Alles andere verblasst.

KAPITEL NEUN

Um kurz nach neun Uhr abends kommt Sanna mit Sixten aus dem Haus. Es ist immer noch warm, und Insekten umschwirren ihren Hals, kitzeln sie am Schlüsselbein. Der Weg zum Fitnessstudio »Fight« ist nicht weit. Das Gebäude ist dunkel und verlassen. Vor dem Eingang liegen Blumen. Fotos und Zettel bewegen sich im Wind. In einer Laterne flackert eine Kerze, die schon fast heruntergebrannt ist.

Da sieht sie ihn. Zwischen den Blumen liegt ein Schlüssel mit einem roten, unbeschrifteten Anhängerschild, die Plastikeinfassung ist durchsichtig und zerkratzt. Sanna macht ein Foto, nimmt den Schlüssel vorsichtig hoch und schiebt ihn in eine von Sixtens Hundekot-Tüten. Dann ruft sie Eir an.

»Mm«, meldet sich ihre Kollegin und räuspert sich. »Hast du meine Nachricht bekommen? Wegen der Motorradmädchen?«

»Was machst du?«, fragt Sanna.

»Ich komme gerade aus dem Wasser. Verdammt, ich glaube, ich habe mir einen Nerv am Rücken eingeklemmt.«

»Warum verausgabst du dich denn immer so?«

»Weshalb rufst du an?«

»Ich habe dir gerade ein Foto geschickt.«

Kurz herrscht Stille, dann sagt Eir: »Ein Schlüssel?«

»Ich stehe vor dem Fitnessstudio. Er lag zwischen den Blumen, die die Leute hier für Pascal abgelegt haben.«

Eir hustet. »Einen Moment …« Das Gespräch wird unterbrochen. Nach ein paar Sekunden ruft sie zurück und klingt etwas aufmerksamer. »Tut mir leid. Also, der Schlüssel …«

»Ich habe ihn in eine Plastiktüte gesteckt und für euch mitgenommen«, unterbricht Sanna sie. »Am besten fährst du jetzt nach Hause und ruhst dich ein bisschen aus, ja?«

»Ich komme morgen früh zu dir und hole den Schlüssel ab.«

Sanna überlegt. »Ich kann schnell zum Eisenwarenladen hier im Ort gehen, wenn er aufmacht. Falls der Schlüssel ein Duplikat ist, hat man ihn vielleicht dort nachmachen lassen, und wir können von da aus weiterforschen?«

Kurz darauf fällt die Tür nahezu lautlos hinter Sanna und Sixten ins Schloss. Sanna schaltet die Lampen ein, die ein warmes Licht in der leeren Wohnung verbreiten. Der Boden in der Diele hat eine Art Kunststoffbelag, der wie Granit aussehen soll, während in der restlichen Wohnung Parkett verlegt ist. Die Wände sind kahl. Sie hat sich nicht die Mühe gemacht, etwas aufzuhängen oder sich um eine Einrichtung zu kümmern. Es kommt sowieso niemand zu Besuch, und ohne Sachen ist das Putzen einfacher.

Sie streift die Schuhe ab und schiebt sie an die Wand. Den dünnen schwarzen Baumwollmantel hängt sie an einen Haken, darüber Sixtens Leine. Dann trocknet sie seine Pfoten ab und lässt das Handtuch auf dem Boden liegen, bevor sie ins Wohnzimmer gehen.

Doch dann dreht sie noch einmal um und holt die Tüte mit dem Schlüssel aus der Manteltasche. Sie prägt ihn sich genau ein und legt die Tüte auf den Couchtisch. Da spürt sie es. Einen Luftzug. Die Balkontür steht einen Spalt offen. Dabei hat sie sie ganz bestimmt zugemacht, als sie mit Sixten die Wohnung verlassen hat.

Plötzlich hört sie Schritte hinter sich. Sixten macht einen

Satz an ihr vorbei, bevor sie reagieren kann. Als sie sich umdreht, blickt sie in ein gerötetes Gesicht.

Anton.

Sixten springt aufgeregt hin und her, und sie legt ihm die Hand auf den Kopf. Dass Anton einfach so hereinkommt, ist nichts Ungewöhnliches, das macht man manchmal so auf der Insel, jedenfalls wenn man hier geboren ist. Man kommt einfach herein, denn die meisten Haustüren sind nicht abgeschlossen. Aber es ist spät.

»Du hast mich erschreckt«, sagt sie und zieht die Augenbrauen hoch.

»Tut mir leid, ich habe das Licht in deinem Fenster gesehen. Ich wollte nur ein bisschen reden, nach allem, was heute passiert ist.«

Sanna nickt.

»Wirklich schrecklich«, fährt Anton fort. »Die arme Familie.«

»Kennst du sie? Die Paulsons?«

Er schüttelt den Kopf. »Pascal kenne ich indirekt, weil ein paar Mädchen aus dem Jugendzentrum bei ihm Selbstverteidigungskurse absolviert haben.«

An den Tagen, an denen das Polizeirevier geschlossen ist, arbeitet Anton im Jugendzentrum des Ortes, worauf er sehr stolz ist. Außerdem trainiert er das Hockey-Jugendteam, was er bei jeder sich bietenden Gelegenheit erwähnt.

»Nina Paulson ist auch manchmal im Jugendzentrum«, fährt er fort.

»Wie ist Nina so?«

»Ich weiß es nicht genau. Ich habe gehört, dass sie ein nettes Kind war. War in der Schultheatergruppe und wurde sogar für ein Internat auf dem Festland vorgeschlagen, in dem die Kinder für größere Inszenierungen vorsprechen können, richtiges Theater. Da kannte ich sie nicht, aber das erzählt man sich zumindest.«

»Sie war also auf dem Internat?«

Er schüttelt den Kopf. »Nein, sie hat den Platz nie angetreten.«

»Was hältst du jetzt von ihr, wenn du sie im Jugendzentrum siehst?«

»Sie ist ganz schön tough.«

»Wie meinst du das?«

»Seit sie mit irgendeiner Mitschülerin Probleme hatte, ist sie nicht besonders gesellig, ist nur mit ihrer Clique zusammen. Sie lebt in ihrer eigenen Welt. Ihr ist egal, was die Leute über sie reden, das schüttelt sie ab. Ihr sind nur ihre Freundinnen wichtig.«

»Die mit den Motorrädern.«

»Genau.«

Sixten drängt sich an Sanna. Sie deutet auf das Sofa, hofft, dass er sich hinlegt und zur Ruhe kommt. Aber er bleibt dicht bei ihr.

»Was gab es da für ein Problem mit der Mitschülerin?«, fragt Sanna weiter.

»Ich weiß es nicht genau. Aber bei Mädchen gibt es doch immer irgendwelche Zickereien, oder?«

Gerade will sie etwas antworten, als sein Blick auf den kleinen schwarzen Plastikbeutel auf dem Couchtisch fällt und er die Nase rümpft.

»Ich habe vor dem Fitnessstudio einen Schlüssel gefunden«, erklärt Sanna und nimmt die Tüte hoch. »Jemand hat ihn zwischen die Blumen gelegt. Irgendwie fand ich das seltsam, als hätte jemand damit einen Hinweis geben wollen.«

Anton späht in den Beutel und schüttelt den Kopf.

»Vielleicht hat ihn auch einfach nur jemand verloren, als er sich gebückt hat, um die Blumen abzulegen?«

Er könnte recht haben, denkt Sanna. So könnte es gewesen sein. Sie bekommt ein schlechtes Gewissen, weil sie den Schlüssel vielleicht übereilt an sich genommen hat, verdrängt es dann aber.

»Pascal Paulson hat ein Mädchen erwähnt. Kannst du damit etwas anfangen?«

Er schüttelt den Kopf.

»Der Arme. Ich habe gehört, dass er überhaupt nicht richtig bei sich war.«

»Ja, es war schrecklich.«

Er streckt die Hand nach Sixten aus, der jedoch zurückweicht.

»Was hast du denn?«, sagt Sanna zu dem Hund.

»Schon okay«, meint Anton. »Ich stinke ganz eklig nach Schweiß, das rieche ich selbst.«

»Wo warst du heute?«, fragt Sanna. »Du hast nicht reagiert, als der diensthabende Beamte versucht hat, dich zu erreichen, und als ich dann …«

»Meine Mutter wollte ein paar Kartons in ihrem Abstellraum umstellen und hat sich dabei verletzt«, erklärt er rasch. »Sie hat sich den Arm gebrochen. Ich musste zu ihr fahren, gleich nachdem du zur Beerdigung aufgebrochen warst.«

»Ach herrje …«

»Wir waren den ganzen Tag in der Notaufnahme, und dann musste ich ihr ein paar Stunden zu Hause helfen, sie konnte kaum einen Teebeutel halten. Und irgendwann habe ich gesehen, dass mein Handyakku leer war.«

Sanna runzelt die Stirn.

»Nun, wie auch immer«, meint Anton. »Wir hören uns dann morgen früh wieder?«

»Hast du meine Nachricht wegen der Puppe nicht bekommen?«

»Welche Nachricht?«

»Die Spurensicherung soll sie sich genauer ansehen, weil sie nicht weit von dem verlassenen Hof entfernt gefunden wurde.«

»Aha.« Er zieht die Augenbrauen hoch. »Nachdem du zur Beerdigung gefahren warst, habe ich übrigens ein Foto von der Puppe an die Buchhandlung geschickt. Sie stammt tatsächlich aus dem Laden und wurde gestohlen.«

»Aber sie haben den Diebstahl nicht angezeigt?«

Er zuckt mit den Schultern.

»Und wahrscheinlich gibt es auch keine Überwachungskameras?«

»Nein.«

»Okay … Wir müssen auch noch einmal mit dem Mann reden, der uns die Puppe gebracht hat. Vielleicht hat er da draußen im Wald noch etwas anderes gesehen. Hast du seine Kontaktdaten aufgenommen?«

»Ja, ich schicke sie dir und veranlasse, dass die Spurensicherung die Puppe bekommt.«

Nachdem er die Wohnung verlassen hat, springt Sixten aufs Sofa und legt sich hin. Sanna kocht eine Tasse Kaffee und lässt sich neben ihm nieder. Googelt auf dem Handy nach Pascal Paulson. Alle Suchergebnisse handeln vom Fitnessstudio, viele von den Selbstverteidigungskursen, die er kostenlos für junge Mädchen angeboten hat. Ein Held. In einem Artikel steht, dass er zunächst seine kleine Schwester Nina unterrichtet hat und dies den Anfang der Kurse bildete.

Sanna sucht nach Fotos der Familie. Sie findet nur wenige, alle vom jährlichen Weihnachtsmarkt im Ort. Neben Stellan, Sonja, Pascal und Nina sind einige kleinere, sehr viel jüngere Geschwister zu sehen.

Dann sucht sie nach Nina Paulson. Keine Treffer. Sie denkt

über das Mädchen nach. Die Tätowierung im Nacken war ihr als Erstes aufgefallen. Irgendein weibliches Naturwesen. Sie überlegt, wie es wohl heißen könnte.

Dann ruft sie noch einmal die Suchergebnisse für Pascal auf, scrollt durch die Bilder. Da, ein Foto von ihm im Fitnessstudio. Vor ihm stehen ein paar Mädchen mit dem Rücken zur Kamera. Eines trägt den geflochtenen Zopf über der Schulter, über dem Top ist eine große Tätowierung im Nacken zu sehen. Nina. Sanna vergrößert die Stelle.

Ein Mädchen in einem großen Baum, vielleicht einer Esche. Ihre Haare sind lang und schwarz, die Augen schmal über der Stupsnase, wie bei einer Katze. Auf dem Kopf trägt sie eine Krone aus dornigen Wurzeln. Arme und Beine sind unnatürlich lang, Hände und Füße riesig, die Nägel wie Krallen. Um den schlanken Oberarm trägt sie eine Art Spange oder Armring. Sie sitzt hoch oben im Baum, spreizt sich zwischen die Äste. Schräg unter ihr klafft ein Loch in dem knorrigen Stamm, in dem zwei Totenköpfe zu sehen sind.

KAPITEL ZEHN

Eir verschließt die Wohnungstür hinter sich und streift die am Körper klebende Kleidung ab. Sie riecht nach Tang und schmeckt immer noch das Salzwasser. Bevor sie die Kleider in die Waschmaschine stopft, zieht sie das Handy aus der Tasche und ruft Fabian an.

»Vermisst du mich?«, fragt er.

»Ich wollte nur hören, ob alles in Ordnung ist.«

Er lacht weich und sagt: »Ich wollte gerade anrufen. Spätestens in einer halben Stunde bin ich bei dir.«

»Wo bist du gerade?«

»Ich sitze im Wagen und warte, dass die Jungs im Supermarkt fertig werden. Wir mussten zu dem großen fahren, der bis spätabends offen hat.«

»Seid ihr immer noch beim Einkaufen? Wollt ihr am Wochenende ein verdammtes Bankett veranstalten, oder was?«

»Wir sind spät losgekommen. Du weißt ja, die anderen haben alle Kinder, und da kommen immer tausend Sachen dazwischen, wenn wir etwas unternehmen wollen. Ist bei dir alles in Ordnung? Du klingst ein wenig angespannt.«

»Okay. Nein, es war nur ein verrückter Tag heute.«

»Stimmt ja, entschuldige. Wie lief es?«

»Keine Ahnung. Morgen muss ich früh raus, man hat mir die Ermittlungsleitung übertragen.«

»Natürlich.«

»Mm. Weißt du etwas über die Gerichtsmedizinerin, die mein neuer Chef vom Festland geholt hat? Vivianne Yang.«

»Vivianne Yang, genau. Sie soll sehr gut sein. Hat viel im Ausland gearbeitet, unter anderem einige Jahre in einem der größten Flüchtlingslager der Welt.«

»Ja, aber trotzdem …«

»Du beschwerst dich, wenn wir zusammenarbeiten müssen, und jetzt beschwerst du dich, wenn wir *nicht* zusammenarbeiten?«

»Ich beschwere mich nicht.«

Er lacht. »Tatsächlich habe ich gesagt, dass ich gern an dem Fall arbeiten würde.«

»Aber …?«

»Offenbar braucht man mich nicht.«

Im Hintergrund werden Stimmen laut, Autotüren geöffnet. Fabian ruft seinen Freunden zu, sie sollen etwas leiser sein.

»Los, habt Spaß!«, sagt Eir lachend. »Wir sehen uns bald.«

»Nein, warte. Wie ist er, dein neuer Chef?«

»Niklas? Er scheint okay zu sein. Bisher jedenfalls.«

»In der Gerichtsmedizin erzählt man sich, er sei ein richtig heißer Typ. Stimmt das?«

Sie lacht. Sie mag es, wenn er so tut, als sei er eifersüchtig. Vielleicht weil sie weiß, dass er es ihretwegen macht.

Er zögert. »Ich bin bald da.«

»Okay.«

»Schlaf nicht ein.«

Im matten Schein der Badezimmerlampe wischt Eir den beschlagenen Spiegel ab. Es ist warm und stickig, das Handtuch unter ihren Füßen nass. Es riecht nach Shampoo und Seife, und die Lüftung rattert.

Sie sieht sich im Spiegel, ihre grünen Augen sind ruhig und

klar. Sie denkt an das Meer zurück. Das weiche Licht, unter der Oberfläche. Ihre Bewegungen beim Auftauchen waren langsam gewesen, langsamer als sonst. Ihr Rücken hat geschmerzt. Vielleicht hat sie sich überanstrengt und dabei einen Muskel gezerrt oder so.

Sie lässt Wasser ins Waschbecken laufen und wartet, bis es eiskalt ist. Dann beugt sie sich vor und trinkt.

Als sie das Wasser abstellt, hört sie Fabian.

»Hallo?«, ruft er.

»Ich bin im Bad«, antwortet sie und lächelt. »Bin gleich da.«

Sie wischt noch einmal den Badezimmerspiegel ab und hört, wie Fabian sich aufs Sofa legt und ein Fußballspiel im Fernsehen einschaltet. Die eifrigen Stimmen der Kommentatoren und ihr Lachen erfüllen die Wohnung.

Eir tippt auf das Handy, das auf dem Waschbeckenrand liegt, und sieht auf die Uhr, bevor sie in ihre Unterhose schlüpft. Das Unterhemd spannt über der Brust, und Eir mustert sich einen Moment im Spiegel. Die schmalen Hüften könnten einem Teenager gehören. Die Arme sind schlank, aber trotzdem muskulös. Ihr Gesicht ist glatt, fast unschuldig. Ein paar Sommersprossen sind noch vom Sommer übrig geblieben. Ihre Haare sind widerspenstig und haben einen eigenen Willen, egal, wie oft sie sie kämmt oder bürstet.

Bei einem weiteren Blick aufs Handy sieht sie ein paar Nachrichten vom Revier zu den Ermittlungen. Fragen zu Unterlagen, angesetzten Verhören, Entscheidungen, die vor dem morgigen Tag noch getroffen werden müssen. Eir beginnt eine kurze Antwort zu tippen, wird dann aber von einer Pushmeldung unterbrochen. Normalerweise würde sie sie ignorieren, doch jetzt wird sie aufmerksam.

»Immer noch auf freiem Fuß«, lautet die fett gedruckte Überschrift.

Die Einleitung erinnert daran, dass bald drei Jahre seit der Mordserie auf der Insel vergangen sind, drei Jahre seit der dreizehnjährige Täter Jack Abrahamsson entkommen konnte und spurlos verschwunden ist.

Sie beißt sich auf die Lippe und ruft den gesamten Artikel auf, in dem allerdings auch nur das steht, was über Jack und die Morde sowieso bekannt ist. Fotos der Opfer, die im Lauf einer Woche dahingemetzelt worden waren, Porträts von dem Anschein nach ganz normalen, unschuldigen Menschen. Menschen, von denen kein Außenstehender gedacht hätte, dass sie fähig gewesen wären, einen Pädophilen zu schützen, der sich viele Jahre lang an Kindern vergangen hatte.

Die Ermittlungen, ihr erster Fall auf der Insel, hatten wahre Abgründe aufgetan. Hinter der Mordserie kam eine Geschichte zum Vorschein, die ihr bis heute Übelkeit bereitet. Im Zentrum standen zwei Kinder, Jack Abrahamsson und Mia Askar, beide traurige Beispiele dafür, wie das soziale Sicherheitsnetz versagen kann. Sie hatten sich als Kinder in jenen schicksalhaften Tagen in einem Sommerlager kennengelernt und waren seither eng befreundet gewesen. Wie zwei Scherben, die miteinander verschmolzen. Als Mia sich einige Jahre nach dem Sommerlager das Leben nahm, war das der Startschuss für Jacks Rache, der mehrere Menschen zum Opfer fallen sollten.

Eir scrollt zum Ende des Artikels. Den Kommentaren nach zu urteilen, sind die anonymen Leser sich einig, dass die Polizei völlig versagt hat und man Jack Abrahamsson niemals finden wird. Der letzte Kommentar ist erst wenige Minuten alt: »Man sollte sie langsam mal hängen. Eir Pedersen und Sanna Berling. Scheißbullen.«

»Warum liest du das überhaupt?«

Fabian steht in der Tür. Die Schwelle knarzt unter seinem Gewicht, seine Augen leuchten blau im schwachen Licht.

»Jemand hat schon wieder meinen und Sannas Namen gepostet. Die Nachnamen auch.«

»Machst du dir ernsthaft Sorgen?«

Er spricht mit seiner beschützenden Stimme, sieht sie mit diesem Blick an, der besagt, dass sie auf irgendeine vorherbestimmte Weise zusammengehören. Sie schüttelt den Kopf. Er macht einen Schritt auf sie zu.

»Sanna kann auf sich selbst aufpassen.« Sein Tonfall ist fest. Er streicht ihr mit dem Finger über die Wange. »Du kannst ja morgen mit ihr darüber reden. Wenn wir irgendwann ins Bett kommen, damit du nicht verschläfst?«

»Ich bin fertig«, erwidert sie.

Plötzlich sieht sie das Nachthemd, das an der Badezimmertür hinter Fabian hängt und das er ihr vor ein paar Tagen geschenkt hat. Das Etikett ist noch daran befestigt.

»Du findest es schrecklich«, sagt er lächelnd.

Sie muss lachen und wird rot, als er sie berührt.

»Als ich dich das erste Mal gesehen habe, konnte ich den ganzen Tag keinen klaren Gedanken fassen.« Er sieht sie an. »Ich kann es kaum glauben, dass du jetzt mein bist.«

Lachend schiebt sie ihn weg.

»Ich bin nicht *dein,* verdammt.«

Fabian mustert sie. Bevor sie reagieren kann, hat er sie an sich gezogen. Küsst sie, zuerst langsam, und als sie keinen Widerstand mehr leistet, immer leidenschaftlicher. Sie versucht, seine Hände festzuhalten, doch es ist zu spät. Schwer atmend schiebt er seine Hand zwischen ihre Beine.

»Du *bist* mein«, flüstert er, und sie hört an seiner Stimme, dass er lächelt.

Lachend schiebt sie ihn von sich.

»Verdammt, ich muss wirklich ins Bett …«

»Ja …«, haucht er.

Ein paar Stunden später wacht Eir mit pochendem Kopf auf, sie hat Durst. Sie schleicht sich aus dem Schlafzimmer, um Fabian nicht zu wecken, schließt die Tür hinter sich und geht in die Küche. Der Mond steht über den Häusern und scheint durchs Fenster. Die Wohnungen gegenüber sind leer und dunkel. Eir trinkt aus dem Wasserhahn und geht zum Fenster. Niemand ist im Hof. Die Straße dahinter ist ebenso verlassen. In der Ferne fährt ein Bus vorbei.

Sie zögert, dann ruft sie noch einmal den Artikel über Jack auf, liest die neuen Kommentare. Ein User nennt Jack Abrahamsson einen genetischen Unfall, er hätte gar nicht geboren werden dürfen. Ein anderer nennt ihn den Antichristen. Einige stimmen dem User zu, der Eir und Sanna dafür hängen möchte, dass Jack Abrahamsson seiner gerechten Strafe entkommen ist.

Sie wählt eine Nummer.

»Hast du dich erholt?«, fragt sie, als Sanna sich meldet.

»Ich bin vor irgendeinem alten Film eingeschlafen. Wie spät ist es?«, antwortet Sanna.

»Keine Ahnung.«

»Ist etwas passiert?«

»Ich wollte nur hören, ob alles in Ordnung ist, in den Nachrichten kam ja einiges. Du weißt schon …«

»Mach dir keine Sorgen, es ist alles okay.«

Sie unterhalten sich noch ein paar Minuten und beenden das Gespräch dann ebenso knapp, wie sie es begonnen haben.

Sanna steht mit steifem, schmerzendem Nacken aus dem Sessel auf und schaltet den Fernseher aus. Auf dem Sofa hebt Sixten den Kopf und sieht sie an. Sie bildet sich ein, dass der Hund ihr Verlangen nach Einfachheit teilt. Er scheint auch nicht zu verstehen, warum man mehr als ein Sofa und ein Bett braucht. Sie könnte sich alles kaufen, was sie will, sie kann sich nur nicht aufraffen, mehr zu besorgen als das, was Sixten ihrer Einschätzung nach braucht.

Es ist warm und stickig im Zimmer. Als sie die Balkontür öffnet und hinaustritt, weht ihr ein warmer Wind entgegen. In der Nähe findet ein Fest statt, zerstreut lauscht sie der Musik und den Stimmen. Ein ausgelassener Ausruf. Ein Nachbar schlägt sein Fenster zu.

Die Wohnung liegt im Hochparterre, doch Sanna hat trotzdem eine gewisse Aussicht, da die schmucklosen Ziegelgebäude des Viertels auf einer Anhöhe stehen. Vor dem Balkon erstreckt sich ein Feld, das jetzt im Dunkeln liegt. Jemand summt, und Sanna dreht den Kopf. Eine Frau in einem langen weiß gepunkteten Rayonkleid sitzt auf einer Bank vor dem Nachbarhaus und schiebt einen Kinderwagen vor und zurück. Wie in Trance.

Als Sanna zurück ins Wohnzimmer geht und die Balkontür hinter sich schließt, klingelt das Handy wieder. Auf dem Display erscheint keine Nummer. Sie nimmt den Anruf an.

»Sanna Berling.«

Nichts.

Sie wischt sich mit der Hand über die Augen, sieht noch einmal aufs Display, die Sekunden vergehen.

Als sie das Handy wieder ans Ohr hält, hört sie Schritte, vielleicht in einem Treppenhaus oder einem Tunnel. Dann scheint etwas durch ein Rohr zu fallen. Ein gedämpftes, aber trotzdem durchdringendes Geräusch. Im Hintergrund sind entfernt Stimmen zu hören, die Sprache klingt fremd.

»Hallo?«, sagt sie.

Eine Tür schlägt zu, der Anruf bricht ab.

Sie geht in die Küche, zieht eine Schublade auf, sucht nach einem Stift und öffnet einen Küchenschrank.

Auf der Innenseite der Tür klebt ein Stück Papier, das schon öfter gefaltet wurde und mit unzusammenhängenden Notizen beschrieben ist. *Bahnhof. Kuckuck. Gewitter. Klicken. Zischen. Rasenmäher. Möwen.* Die Liste ist lang. Sie fügt hinzu: *Schritte über Stein oder Beton. Etwas fällt. Stimmen.*

Dann sucht sie routinemäßig im Internet nach Jack Abrahamsson. Keine neuen Treffer. Sie bleibt bei einem alten Blogeintrag mit einem körnigen Bild hängen.

Jack.

Er ist vielleicht sieben oder acht Jahre alt, lächelt ihr von einem alten Schulfoto entgegen. Er ist klein, mager, mit scharfen Gesichtszügen. Die leuchtend blauen Augen, der intensive Blick. Der Begleittext informiert, dass Jack an Mutismus leidet und nur schriftlich oder durch Zeichnungen kommuniziert.

Sie zögert, ruft das Forum Flashback auf, scrollt durch die Diskussionsthreads zu seinem Verschwinden. Ein neuer Post. Ein User namens »Nattvandraren« – der Nachtwanderer – behauptet, dass Jack hinter einem Pfadfinderhaus bei einem kleinen Kaff in Mittelschweden gelegen und geschlafen hätte. Sanna holt eine Landkarte aus der Schublade. Betrachtet die vielen kleinen Kreuze. Die größte Häufung konzentriert sich auf einen kleinen Ort auf dem Festland, ein paar Kilometer von der Ostküste entfernt. Eine typische Kleinstadt. Eine Fabrik für Tierfutter gibt es dort, die nach der Stadt benannt ist. Das ist auch das einzig Bemerkenswerte an dem Ort. Sie weiß nicht, was sie von den ganzen angeblichen Sichtungen halten soll. Sicher ist nur, dass sie nicht zu der Theorie der NOA passen, Jack sei ertrunken.

Sie studiert noch einmal die Liste an der Küchenschranktür, entdeckt nichts Neues. Erstarrt.

Ein fremder Geruch steigt ihr in die Nase. Als ob jemand gerade den Raum durchquert hätte. Sie geht in die Diele, blickt zur Wohnungstür. Zögert, weiß nicht, was sie tun soll. Dann legt sie die Hand auf die Türklinke. Es quietscht, als sie sie hinunterdrückt, doch die Tür ist verschlossen.

Im Bett liest sie auf dem Handy Nachrichten. Diverse Artikel über die Unruhen auf dem Kontinent. Häuser brennen ab, die Zivilbevölkerung versucht, sich zu verteidigen, Hilfsorganisationen werden zurückgetrieben. Auf den Fotos sieht man Menschen auf der Flucht. Der Anblick schmerzt Sanna. Sie überweist noch einmal Geld an die größte Hilfsorganisation, der sie schon einmal Geld gespendet hat, als die Unruhen ausbrachen. Danach fühlt sie sich innerlich immer noch leer.

Zurück in der Küche, öffnet sie erneut den Schrank und streicht mit den Fingerspitzen über die gekritzelten Wörter. Das Blatt Papier wölbt sich, als wolle es näher zu ihr. Die blaue Farbe des Kugelschreibers, mit dem sie einige Einträge geschrieben hat, erinnert sie an seine Augen. Bei ihrer ersten Begegnung waren sie ihr als Erstes aufgefallen, weil sie so klar waren. Wie Glas oder kaltes Wasser. Die Gedanken dahinter wie Scherben, zersplitterte Bilder, durch die er die Welt sah: die bösen Menschen, die zu Blut an der Wand werden mussten, die Menschen, die Mia im Stich gelassen hatten, das Mädchen, das in der dunklen, kalten Erde schlafen musste, in der es vor Würmern nur so wimmelte.

Sanna schließt den Küchenschrank und bleibt noch eine Weile im gelblichen Licht der Lampe stehen. Sie muss herausfinden, wo Jack Abrahamsson sich aufhält und warum er sie immer noch anruft.

KAPITEL ELF

Eir wacht vor der Morgendämmerung auf, sie ist schweißnass. Fabian schläft noch tief und fest. Als sie sich aufsetzt, wird ihr sofort schlecht, und sie rennt ins Badezimmer. Nachdem sie so leise wie möglich das Imbiss-Essen vom Abend zuvor erbrochen hat, trinkt sie in großen Schlucken direkt aus dem Hahn, spritzt sich kaltes Wasser ins Gesicht und trocknet sich mit einem Handtuch ab. Sie lauscht, ob sie Fabian geweckt hat, doch im Schlafzimmer ist alles ruhig. Sie zieht die Trocknertür auf und holt die Kleidung vom Vortag heraus, befühlt sie und wirft sie wieder hinein.

Im Wohnzimmer nimmt sie ihr Handy, scrollt durch E-Mails mit Notizen und Fotos von Pascal Paulson. Sie streckt sich, Rücken und Schultern schmerzen heute besonders. Das Ziehen in den Armen erinnert sie immer an die Kindheit, die nächtlichen Schwimmausflüge in der Bucht, die Freiheit. Doch das hier ist anders, der Schmerz intensiver als sonst.

Durch das Fenster sieht sie direkt ins gegenüberliegende Mietshaus. Ein Paar im mittleren Alter sitzt einander gegenüber unter einer Lampe, die den Raum in weiches Licht taucht. Beide lesen Zeitung. Zwischen ihnen stehen Tassen, Brot und Käse auf dem Tisch. Der Mann steht auf, holt die Kaffeekanne und schenkt der Frau ein. Sie sieht nicht einmal auf, hält nur die Hand hoch zum Zeichen, dass sie nicht mehr möchte.

Eir kann sich nicht erinnern, dass sie und Fabian jemals gemeinsam gefrühstückt hätten. Die Arbeit hat immer alles bestimmt, dann die Krankheit seiner Mutter. Ihre gemeinsame Zeit war immer knapp bemessen. Doch bisher funktioniert es, vor allem dank seiner Ausgeglichenheit und seiner großen Geduld. Aber auch wegen seiner Entschiedenheit, dass aus ihnen ein Paar werden sollte. Er respektiert sie und bringt sie auf eine Weise ins Gleichgewicht, die sie so noch nie erlebt hatte. Als ihre kleine Schwester Cecilia einen Rückfall in ihre Drogensucht erlitt und von der Insel verschwand, war Fabian da, fing sie auf. Er vermittelt ihr immer das Gefühl, normal zu sein. Auch wenn sie weiß, dass sie alles andere als normal ist.

Seit ihrer Ankunft auf der Insel wohnt sie in dieser Wohnung. Sie und Cecilia waren nur mit ein paar Taschen und Umzugskartons hier eingezogen. Inzwischen wohnt Eir allein hier, Cecilia lebt auf dem Festland und macht eine Ausbildung zur Pflegerin. Die Wohnung ist nur zur Untermiete und eigentlich zu teuer, aber Eir mag nicht wegen der Miete verhandeln und eine Kündigung riskieren. Sie weiß, dass ihr Vater ihr etwas kaufen würde, sobald sie auch nur andeuten würde, wie sie wohnt, doch das möchte sie nicht. Sie ist immer allein zurechtgekommen. Von hier ist es außerdem nur eine kurze Fahrt zum Polizeirevier, alles, was sie braucht, ist in der Nähe.

Ihr Handy vibriert. Eine Nachricht von Niklas, der fragt, ob sie schon wach ist. Vivianne Yang hat über Nacht die Obduktion an Pascal Paulson durchgeführt und möchte jetzt mit ihnen die vorläufigen Ergebnisse in der Gerichtsmedizin besprechen.

Kurz darauf begrüßt Vivianne Yang sie in dem sterilen Obduktionssaal im Keller. Ihre moosgrünen Retro-Sneakers bewegen sich lautlos über den Linoleumboden.

Vivianne ist schlank, mit schmalen Handgelenken und hervortretenden Schlüsselbeinen. Die schwarzen Haare sind zu einem einfachen Pagenkopf geschnitten. Ihre dunkelbraunen Augen blicken wach. Sie nickt Eir kurz zu und spricht dann länger mit Niklas, erzählt, dass sie sich Sorgen wegen des Krieges macht, dass sie Freunde nicht erreichen kann. Sie beschwert sich, dass sie am Wochenende arbeiten muss, über das kleine Flugzeug und den holprigen Flug auf die Insel, darüber, dass sie das Konzert ihres Freundes verpasst, dessen Erlös an Organisationen gespendet werden soll, die sich um Geflüchtete kümmern. Eir kann dem Gespräch nur schwer folgen, wird aber auch nicht mit einbezogen.

Vivianne stellt sich an den Obduktionstisch, der sich mitten im Raum befindet und auf dem Pascal Paulsons bleiche graublaue Leiche liegt. Die Schürfwunden an Oberkörper und Beinen sowie die eitrigen Risse in den Oberschenkeln bereiten Eir Übelkeit. Bei der Stichwunde rechts vom Bauchnabel muss sie den Blick einen Moment abwenden.

»Sollen wir anfangen?«, fragt Viviane.

»Ja, bitte«, erwidert Niklas.

»Ich weiß, dass ich das eigentlich nicht extra erwähnen muss, aber ich mache es trotzdem«, fährt Vivianne fort. »Das sind nur vorläufige Ergebnisse, wir sind noch längst nicht fertig.«

Eir weiß nicht, wie oft sie Fabian schon genau dasselbe hat sagen hören.

»Das wissen wir.« Sie lächelt Vivianne zu.

Die Gerichtsmedizinerin ignoriert sie und lässt ihre Hand über Pascals Wunde am Bauch schweben.

»Das ist die Todesursache. Eine Stichwunde. Die Verletzung ist oberflächlich, die Waffe hat die Leber und wichtige Blutgefäße verfehlt, aber den Darm aufgeschlitzt. Stuhl ist in den Bauchraum ausgetreten und hat eine Sepsis verursacht.«

»Eine Blutvergiftung?«, fragt Eir nach.

Vivianne nickt.

»Können Sie anhand der Wunde etwas über die Tatwaffe sagen? War es ein Messer?«

Vivianne nickt und zeigt eine Spanne zwischen Daumen und Zeigefinger. »Die Klinge war ungefähr so breit.«

»Lässt sich irgendetwas zum Tathergang ableiten?« Eir betrachtet die Wunde. »Ich meine, besteht eine Möglichkeit, dass er sich selbst verletzt haben könnte? Mit Absicht oder bei einem Unfall?«

»Die Wundränder und die Platzierung der Wunde am Körper zeigen, dass er sich unmöglich selbst verletzt haben kann. Er wurde angegriffen.«

»Was können Sie uns sonst noch sagen?«

Vivianne lässt ihre Hand wieder über Pascals Bauch schweben.

»Die Tiefe und der Einstichkanal zeigen, dass der Täter wahrscheinlich Rechtshänder ist.«

»Und wenn Sie sagen, dass die Wunde oberflächlich ist … Heißt das, dass der Angreifer schwach gewesen sein könnte? Ein Mensch mit wenig Kraft könnte ihm das zugefügt haben?«

»Hierzu wäre jeder fähig.«

»Was können Sie sonst noch sagen?«

»Am Einstichkanal lässt sich erkennen, dass zugestochen und das Messer wieder herausgezogen, aber dabei nicht gedreht wurde.«

»Das Opfer hat vielleicht schnell reagiert und ist zurückgewichen?«

Vivianne nickt.

»Er war Kampfsportler, er hatte also sicher ein schnelles Reaktionsvermögen«, sagt Eir.

»Kannst du eingrenzen, wann es passiert ist?«, fragt Niklas.

»Die Hauptblutgefäße sind unverletzt. Selbst wenn er Blut verloren hat, hat ihn die Sepsis getötet. Ich schätze, dass es zwischen zwölf und sechzehn Stunden gedauert hat.«

»So lange?« Eir sieht die Gerichtsmedizinerin fragend an.

Vivianne nickt. »Es war ein langsamer, qualvoller Tod.«

Eir rechnet stumm nach. »Dann wurde er also irgendwann spät am Donnerstagabend angegriffen.«

»Hat die Untersuchung von Blut und Urin etwas ergeben?«, fragt Niklas.

»Vorläufig keine Rückstände von Alkohol, Medikamenten oder Drogen, aber wir müssen auf die endgültige Analyse vom Festland warten.«

Vivianne bewegt ihre Hand zu Pascals Prellung über dem linken Auge.

»Das war wahrscheinlich ein Fausthieb, meiner Einschätzung nach fest genug, um ihn bewusstlos zu schlagen. Allerdings hat er nur ein blaues Auge, nicht zwei, und ich habe weder Blut hinter den Trommelfellen noch Verfärbungen hinter den Ohren gefunden, er hatte also keinen Schädelbruch. Das hätte ihn sonst innerhalb weniger Stunden töten können.«

Sie bewegt die Hand über Brustkorb, Hüften und die Vorderseite der Beine.

»Schürfwunden, in denen die Spurensicherung Glas- und Holzsplitter gefunden hat, wie ihr sicher bereits wisst.«

»Wir haben den Verdacht, dass er zum Beispiel durch ein Fenster geflohen sein könnte«, erklärt Eir.

Vivianne antwortet nicht und macht mit der Hüfte weiter, die sich gelblich verfärbt hat.

»Dieses Trauma hier …«, sagt sie. »Ich konnte das Hämatom noch nicht genauer untersuchen, aber die Größe und die Tatsache, dass der Oberschenkelhals intakt zu sein scheint, lassen mich vermuten, dass es sich um einen stabilen Beckenbruch handelt.«

»Könnte er angefahren worden sein?«, fragt Eir und denkt an Sannas Vermutung.

Vivianne nickt.

»Ja, die Verletzungen könnten von einem Autounfall stammen. Er hat einen ordentlichen Schlag abbekommen.«

»Aber«, wendet Niklas ein, »hätte er weiterlaufen können, wenn er von einem Auto angefahren worden wäre? Man hat ihn ziemlich weit von einer Straße entfernt gefunden.«

Vivianne nickt wieder. »Mit einer stabilen Beckenfraktur kann man laufen.«

»Die Stichwunde im Bauch kann nicht von Glasscherben verursacht worden sein oder von irgendetwas Spitzem, auf das er bei dem Zusammenprall mit dem Auto gefallen ist?«, erkundigt sich Eir. »Sie sind sicher, dass die Wunde von einem Messer stammt?«

Vivianne bestätigt das. »Es handelt sich um zwei verschiedene Ereignisse. Eine Stichverletzung und das Trauma an der Hüfte.«

»Was kannst du zu den Verletzungen auf den Innenseiten der Oberschenkel sagen?«, fragt Niklas.

»Die stammen wahrscheinlich von Stacheldraht.« Vivianne bewegt die Hand an die betreffende Stelle. »Da hatte er Glück, würde ich sagen. Ich habe schon schlimmere Wunden gesehen. Menschen mit völlig aufgeschlitzten Händen und Beinen, nachdem sie versucht haben, über einen Stacheldrahtzaun zu klettern.«

Ein schwer zu lesender Ausdruck huscht über ihr Gesicht. Eir erinnert sich daran, was Fabian über Viviannes Arbeit in einem Flüchtlingslager erzählt hat.

»Wir haben also verschiedene Arten von Verletzungen«,

fasst Eir zusammen. »Ein Messerstich im Bauch, er wurde angefahren, dann der Stacheldrahtzaun … Wie hat er das alles ausgehalten?«

Da fällt ihr ein, was Sudden ihr einmal erzählt hat. Das Adrenalin im Körper sorgt dafür, dass man sich selbst mit schweren Verletzungen aufrecht halten und fortbewegen kann.

Vivianne deutet auf die Male an Pascals Handgelenk, die wie Schürfwunden aussehen.

»War er gefesselt?«, fragt Eir.

»Ja«, bestätigt Vivianne. »Wahrscheinlich mit einem dicken Seil. Um seinen Mund herum habe ich Spuren von Klebeband gefunden.«

»Klebeband?«

»Mehr kann ich zum jetzigen Zeitpunkt noch nicht sagen«, erklärt Vivianne zum Abschluss. »Den Rest besprechen wir später. Jetzt muss ich ein paar Stunden schlafen.«

»Könnt ihr schon etwas zu den Hautresten und dem Blut unter seinen Fingernägeln sagen?«, fragt Eir trotzdem weiter.

Vivianne schüttelt den Kopf. »Das Labor arbeitet so schnell wie möglich.« Sie gähnt und sieht zu Niklas. »Ich rufe dich an, sobald ich mehr weiß.«

»Einen Moment noch«, sagt Eir. »Ist man bei einer Blutvergiftung nicht verwirrt?«

»Ja, von leichter Verwirrung bis zu Halluzinationen ist alles möglich.«

»Kurz bevor er starb, hat er zu unserer Kollegin, die ihn gefunden hat, noch etwas gesagt.«

»Er war sehr wahrscheinlich desorientiert und litt unter starken Schmerzen. Aufgrund des septischen Schocks hat sein Gehirn sicher nicht normal funktioniert.«

Eir seufzt.

»Was?«, fragt Vivianne.

»Er hat von einem Mädchen gesprochen.«

Schweigen.

»Wie verwirrt war er kurz vor seinem Tod auf einer Skala von eins bis zehn? Was schätzen Sie?«, fragt Eir. »Wenn man die Verletzungen bedenkt und die fortgeschrittene Blutvergiftung?«

»Neun, vielleicht zehn. Aber das lässt sich unmöglich sagen, ohne dabei gewesen zu sein.«

Eir nickt enttäuscht. »Gut, danke.« Sie wirft Niklas einen Blick zu und wendet sich Richtung Tür.

»Die Forschung geht davon aus, dass unser Hirn am Ende des Lebens mit Botenstoffen geradezu überschwemmt wird«, sagt Vivianne. »Viele sehen vor ihrem Tod Dinge.«

Eir dreht sich um.

»Meinen Sie das berühmte Licht?«

Vivianne zuckt mit den Schultern. »Tunnel aus Licht, eine Regenbogenlandschaft … Manche treten aus ihrem Körper heraus, andere beschreiben intensive Gefühle von Liebe, Euphorie …«

Eir schnaubt.

»Oder das Gegenteil«, fährt Vivianne fort. »Extreme Angst, Furcht …«

»Aber Sie haben doch gerade gesagt, dass sein Gehirn nicht funktioniert hat. Was spielt das dann für eine Rolle?«

»Es hat nicht *normal* funktioniert, aber war nicht völlig unbrauchbar.«

»Was meinen Sie damit? Sah er etwa kurz vor seinem Tod eine Mädchengestalt?«

»Möglich.«

»Sie meinen, er glaubte, Gott zu sehen?«

»Oder das Gegenteil.«

KAPITEL ZWÖLF

Um sechs Uhr morgens wird Sanna von Kindern geweckt, die vor dem Haus spielen und lachen. Sixten hebt den Kopf von dem weichen Teppich neben dem Bett und folgt ihr in die Küche.

Sie geht auf den kleinen Balkon hinaus und trinkt im Stehen ihren Kaffee. Sixten trottet zu ihr und stupst sie an. Sie folgt ihm in die Küche, stellt die Tasse ins Spülbecken. Dann geht sie ins Schlafzimmer zu der Kleiderstange, an der schwarze Hosen und T-Shirts an Bügeln hängen. Sie streift ihr T-Shirt ab, wirft es in den Wäschekorb und schlüpft in ein exakt gleich aussehendes sowie eine schwarze Hose. Im Flur zieht sie ihre Schuhe an und nimmt die Leine vom Boden. Sixten sieht erst sie an, dann die Tür.

Der Eisenwarenladen im Ort hat gerade geöffnet, als Sanna und Sixten eintreten. Unter der Woche kommen viele Handwerker, um etwas zu kaufen, doch heute ist es still und leer zwischen den Regalen. Eine Tür mit der Aufschrift »Holzlager« wird geöffnet und geschlossen. Der Geruch nach Holz, Teer und Sägespänen weht herein.

Sanna legt den Plastikbeutel mit dem Schlüssel auf den Tresen, und der Mann hinter der Kasse betrachtet ihn aufmerksam von allen Seiten. Er setzt seine Brille erst auf, schiebt sie dann aber auf die Stirn und massiert sich die Schläfe.

»Von der Polizei sind Sie, haben Sie gesagt? Hat das etwas mit dem Mann aus dem Fitnessstudio zu tun? Der gestorben ist?«

Sanna weicht ein wenig zurück. »Erkennen Sie den Schlüssel?«, fragt sie und lächelt so freundlich wie möglich.

Er schüttelt den Kopf.

»Könnten wir noch Ihre Kollegen fragen?«, bittet sie. »Vielleicht haben sie ihn schon mal gesehen?«

»Ich kümmere mich als Einziger um die Schlüssel.«

»Und Sie erkennen ihn nicht wieder?«

»Er sieht aus wie ein ganz gewöhnlicher Schlüssel.« Der Verkäufer schaltet die Lampe aus.

Die Sonne scheint warm, und Sanna zieht den Mantel aus. Dabei verheddert sich Sixtens Leine, doch der Hund wartet geduldig. Als ihr Handy in der Manteltasche vibriert, merkt Sixten es vor ihr.

»Hallo?«, meldet sie sich.

Sie hört das Rauschen des Windes und wieder Schritte. Rasselnde Ketten. Kunststoff, vielleicht Kisten, die gegeneinanderschlagen. Meeresrauschen. Möwenkreischen. Gedämpfte Stimmen, vielleicht wieder in einer fremden Sprache. Langsam werden sie von einzelnen Tönen überlagert. Eine Harfe?

Musik, denkt sie. Er hört Musik.

Das knisternde Radio oder die Musikanlage wird lauter gedreht. Weiche Streicher, gefolgt von einer einsamen, schrillen Geige. Andere Instrumente setzen ein, melodisch, vielleicht ein Orchester. Es klingt fast wie ein Walzer. Dann ertönt plötzlich eine Art Pfeifen. Sie hält das Handy von sich weg, weiß nicht, was sie da eigentlich hört.

Es klingt tatsächlich, als ob er pfeift.

Ein seltsamer Rhythmus, zerstreut, nicht im Takt der Musik,

wie eine eigene Melodie. Oder als ob er vergeblich versuchen würde, den Takt zu halten.

Plötzlich ruft ein Mann im Hintergrund etwas. Sie versteht nur ein paar Worte, erkennt die Sprache jedoch sofort: Estnisch. Danach ertönt dieselbe Aufforderung auf Englisch: »Gather … sun now.«

Dann bricht die Verbindung ab.

»Sammeln … Sonne … sofort«, spricht sie nach, hastet zurück in den Laden und schnappt sich einen Stift, der an der Kasse liegt. Da sie kein Papier hat, schreibt sie auf ihre Hand:

Wind. Schritte. Ketten. Plastikkisten. Meer. Möwen. Tür. Stimmen. Musik. Zwölf Schläge. Sonne.

Falls die Stimme gerufen hat »Sammeln *in* der Sonne, sofort«, könnte er sich auf einem Boot oder einem Fahrzeug befinden. Vielleicht hat jemand die Besatzung an Deck gerufen, hinauf in die Sonne.

Sie sucht über das Handy eine Landkarte der estnischen Ostseeküste, fährt mit den Fingern über den Bildschirm, über alle Hafenstädte, vergrößert die Namen und sucht nach etwas, das ihr Klarheit bringen könnte, jedoch vergeblich. Sie schüttelt den Kopf. Was glaubte sie denn zu finden? Sie kommt lediglich zu der Erkenntnis, dass er sich wahrscheinlich weit weg von dem Haufen kleiner Kreuze auf ihrer Karte zu Hause befindet.

KAPITEL DREIZEHN

Auf dem Revier ruft Eir das Ermittlungsteam zu einer Besprechung zusammen. Alice und Jon kommen gemeinsam in den Raum, er hat den Blick auf das Handy in seiner Hand gerichtet. Als er sich neben Eir an die Wand lehnt, berühren sich ihre Schultern. Sein Rasierwasser riecht scharf und durchdringend nach Zitrusfrucht.

»Bitte sag, dass Sanna nicht auch noch kommt«, flüstert er ihr zu.

Niklas schließt die Tür hinter sich und begrüßt alle kurz, dann sieht er zu Eir: »Sind alle da?«

Die nickt bestätigend, als es klopft und der Rezeptionist mit einem Tablett mit Kaffee und Wasser hereinkommt. Seine Piercings in den Ohrläppchen glänzen im Neonlicht.

»Danke«, sagt Eir.

Er rückt sein kabelloses Headset zurecht und verlässt wieder den Raum.

Eir unterstreicht Pascals Namen auf dem Whiteboard und wendet sich an die Anwesenden.

»Wir fangen noch mal ganz von vorne an«, sagt sie. »Pascal Paulson, vierundzwanzig Jahre. Keine Vorstrafen. Ein anständiger junger Mann, der zusammen mit seinem Vater ein Fitnessstudio in einer Kleinstadt auf dem Land betreibt. Wird im Wald gefunden, mit einer Stichwunde im Bauch und weit fortgeschrittener Blutvergiftung. Grün und blau geschlagen, wahrscheinlich angefahren. Der Körper weist Schürfwunden mit Glas- und Holzsplittern darin auf. An den Oberschenkeln Verletzungen, die von einem Stacheldraht stammen. An den Handgelenken Male von einem Seil, um den Mund Spuren von Klebeband. Als Sanna Berling ihn findet – sie ist als Erste am Tatort –, ist er kaum bei Bewusstsein.«

Sie schreibt »Mädchen« an das Whiteboard und unterstreicht das Wort.

»Das ist das Letzte, was Pascal Paulson vor seinem Tod sagt. Er redet von einem Mädchen. Laut Vivianne Yang war er schwer von der Sepsis beeinträchtigt, die ihn kurz darauf getötet hat. Er war ziemlich sicher nicht nur desorientiert, sondern hat vielleicht auch halluziniert. Sudden hat sich die Puppe näher angesehen, die auf dem Revier im Ort abgegeben wurde, hat jedoch keine verwendbaren Spuren gefunden, keine Hinweise darauf, dass sie etwas mit Pascal Paulson zu tun haben könnte. Wir wissen nicht, ob dieses ›Mädchen‹ etwas zu bedeuten hat, doch wir schließen es noch nicht von den Ermittlungen aus. Alice, konntest du Kontakt zu dem Jogger aufnehmen, der die Puppe im Wald gefunden hat?«

Alice nickt. »Bis auf die Puppe ist ihm allerdings nichts Besonderes aufgefallen.«

»Und du hast schon angefangen, eine Übersicht über Pascals Aktivitäten vor seinem Verschwinden zu erstellen?«

Alice fasst den bisherigen Stand zusammen. Es gibt nichts Auffälliges, außer dass Pascal am Donnerstag einen Anruf bekommen und dann das Fitnessstudio verlassen hat. »Und wie ihr alle wisst, warten wir noch auf die Gesprächsverbindungen«, beendet Alice ihren Bericht.

»Wir müssen uns unbedingt die Finanzen der Familie Paulson ansehen, die privaten und die des Clubs«, fährt Eir fort.

»Pascal hat seine Miete bar bezahlt. Alice, kannst du da mal nachforschen, ob uns das weiterbringt?«

Alice nickt. »Ich kümmere mich so schnell wie möglich darum.«

»Irgendwelche anderen Ergebnisse?«, fragt Eir und wendet sich an Jon. »Das Studio teilt sich den Parkplatz mit dem Lebensmittelladen. Gibt es Überwachungskameras?«

Jon schüttelt den Kopf. »Wir haben die Angestellten befragt, die an dem Abend im Laden waren, doch sie haben Pascal nicht gesehen.«

»Und diese Baugenehmigung?«, fragt Eir. »Was wissen wir da? Haben wir den Vorgang vorliegen?«

Jon wirft eine Mappe auf den Tisch. »Alles in Ordnung. Ein paar Beschwerden der Nachbarn und von einem Amateurarchäologen wegen eines vorgeschichtlichen Fundes, den man angeblich vor langer Zeit dort gemacht hat, sonst nichts.«

»Was für ein Fund?«, fragt Eir.

»Eine alte Axt. Die liegen hier auf der Insel ja überall.«

»Ja, das weiß ich.« Eir berichtet von dem Schlüssel, den Sanna entdeckt hat, und zeigt ihnen ein Bild.

Jon und Alice wechseln einen Blick.

»Was haben wir noch?«, fragt Eir.

»Können Sudden und seine Leute noch mehr zum Wald sagen?«, fragt Alice.

»Die Techniker haben den verlassenen Hof und das umliegende Gebiet abgesucht, aber nichts Brauchbares gefunden. Keine Mordwaffe. Nichts. Wir warten immer noch auf die Analyse des Handtuchs, das Pascal auf die Bauchwunde gedrückt hat.«

Alice nickt. »Und was machen wir mit den Spuren, die auf seinem Körper gefunden wurden?«

»Gute Frage«, sagt Eir. »Woher stammen die Glas- und

Holzfasern, die in den Schürfwunden sichergestellt wurden? Jon, du überprüfst alle Glaser oder Baustoffhandel in der Umgebung des Ortes. Frag, ob in den letzten zwei Tagen jemand Fensterglas oder Sperrholz oder anderes Material bestellt hat, um ein eingeschlagenes Fenster zu reparieren. Vielleicht ist Pascal durch ein Fenster geflohen, und der Täter ist unter den Käufern oder Bestellern zu finden.«

Auf dem Gang nähern sich klappernde Absätze, Farah kommt herein und übergibt Eir einen Ausdruck. »Pascal Paulsons Gesprächsverbindungen«, sagt sie.

Sie breiten die Seiten auf dem Tisch aus. Eir sucht mit dem Blick die Zeitangaben ab. Vielleicht verbirgt sich der Täter hinter dem Anruf, nach dem Pascal das Fitnessstudio verlassen hat und nicht mehr zurückgekehrt ist. Sie findet die Nummer, von der er kurz nach neun am Donnerstagabend angerufen wurde. Sie liest sie laut vor, und Alice tippt sie ins System ein.

»Wem gehört die Nummer?«, fragt Eir.

»Sonja Paulson.«

KAPITEL VIERZEHN

Stellans und Sonja Paulsons Wohnviertel ist belebt, als Eir auf der Suche nach einem Straßenschild übers Lenkrad gebeugt zwischen ein paar Ball spielenden Kindern und einer Mutter mit Kinderwagen hindurchrollt.

Das Viertel ist klein, es besteht nur aus zwei oder drei Straßen, in denen hauptsächlich einstöckige Häuser stehen. Auf der einen Seite grenzt die weiß verputzte Kirche aus dem zwölften Jahrhundert samt Friedhof an, auf der anderen eine hübsche Laubwiese, die hier und da zwischen den Häusern zu sehen ist.

Eir wirft Niklas auf dem Beifahrersitz einen Blick zu. Seit sie die Stadt verlassen haben, telefoniert er. Sie hatte überlegt, einen bissigen Kommentar abzugeben, wie schön es doch sei, mit jemandem im Auto zu sitzen, der nur mit seinem Handy beschäftigt ist. Doch sie freut sich über seine Gesellschaft und darüber, dass er dem Fall so große Bedeutung beimisst, dass er sie heute sogar begleitet. Wie der bisherige Chef wird er schon bald in Arbeit ertrinken, doch jetzt ist er auf alle Fälle noch da.

Fabians Kollegen in der Gerichtsmedizin hatten recht, Niklas sieht gut aus und ist sehr selbstsicher. Gerade trägt er seinem Gesprächspartner auf, jemanden anzurufen. Dann lauscht er und wendet sich dabei Eir zu, um sie aufmerksam zu mustern.

Sie schaltet einen Gang runter und sucht weiter nach der

Hausnummer. »Verflucht, hier muss es doch irgendwo sein«, murmelt sie.

Plötzlich packt Niklas ihren Arm. Im letzten Moment sieht sie den Bandyschläger, der vor dem Auto durch die Luft fliegt, und tritt auf die Bremse. Niklas winkt zwei kleinen Jungen mit Arm- und Beinschonern zu, die hastig den Schläger holen. Eir denkt an Fabian und an seine Kindheitsfreunde.

Niklas klopft ihr auf die Schulter und deutet auf ein weißes Backsteinhaus mit schwarzem Dach, in dessen Einfahrt ein Kombi mit einem Aufkleber des Fitnessstudios »Fight« steht. Eir stellt den Wagen vor dem Grundstück ab, und Niklas beendet sein Telefonat.

»Als wir sie im Krankenhaus getroffen haben, hatte ich den Eindruck, dass es Probleme in der Familie gibt«, sagt Eir, bevor sie aussteigen. »Aber in welcher Familie gibt es die nicht?«

Im Garten sieht es aus, als hätte jemand versucht, aus einem Trampolin und den Gartenmöbeln eine Burg zu bauen. In einem Staudenbeet liegt ein umgekipptes Dreirad, auf dem Weg zur Haustür ein Ball, und auf der Treppe steht eine prall gefüllte, unordentlich verknotete Mülltüte. Hinter den gefrosteten Dielenfenstern erkennt man Kinder, die lautstark miteinander streiten.

Eir klingelt und tritt ungeduldig auf der Stelle, bis die Haustür geöffnet wird. Sonja Paulson sieht mitgenommen und müde aus. Der Pulli, den sie über einen Pyjama gezogen hat, hat einen großen Fleck auf der Brust. Auf der Hüfte trägt sie ein etwa vier Jahre altes Mädchen, das verweint aussieht und an einem Eis lutscht. Beim Anblick der beiden Besucher erschrickt Sonja Paulson.

»Was ist denn jetzt wieder?«, fragt sie. »Stellan, die Polizei ist hier!«, ruft sie laut über die Schulter ins Haus, und das kleine Mädchen verzieht das Gesicht.

Das Haus ist ganz in Weiß, Grau und Hellrosa eingerichtet. An den Wänden hängen Spiegel und Bilder mit der Aufschrift »Carpe Diem« und »Hakuna Matata«. Sonja führt die Gäste durch die Küche, in der überall schmutziges Geschirr steht. Auf dem Esstisch befinden sich Teller und eine Packung weicher Butter. Im Wohnzimmer dürfen sie sich auf ein weißes Ledersofa setzen, auf dem Zierkissen mit rosa und grauen Kunstpelzbezügen liegen.

Sonja schiebt ein paar Kinderbücher auf dem Couchtisch zusammen und bleibt mit dem Kind auf der Hüfte daneben stehen. Das Eis tropft auf ihre Schulter.

»Also«, sagt sie. »Warum sind Sie hier? Stellan kommt wohl nicht. Er schläft die ganze Zeit, ist nicht aus dem Bett zu bekommen. Er ist völlig am Boden zerstört.«

Zwei kleine Jungen tapsen herein und krabbeln neben Eir auf das Sofa. Einer greift nach der Fernbedienung und lächelt Eir lieb zu, als er sich zurücklehnt. Nervös erwidert sie das Lächeln.

»Ton aus!«, befiehlt Sonja scharf.

Ein grellbunter Zeichentrickfilm erscheint lautlos auf dem Bildschirm, in dem irgendein Monster durch eine Geisterstadt rennt. Sonja nimmt die Fernbedienung und schaltet auf einen Kinderkanal um, auf dem eine Moderatorin in bunter Sommerkleidung etwas aus Eierkartons bastelt.

»Könnten wir uns vielleicht irgendwo in Ruhe unterhalten?«, fragt Eir vorsichtig.

»Das können wir auch hier.«

Sonja hat etwas Wildes in ihrer Stimme. So hat sie auch im Krankenhaus geklungen, erinnert sich Eir.

»Worum geht es denn?«, fährt Sonja fort. »Haben Sie schon etwas herausgefunden? Wenn Sie mit Stellan reden wollen, müssen Sie hochgehen und ihn selbst aus dem Bett zerren.«

Eir beugt sich vor.

»Wir haben Pascals Verbindungsdaten bekommen.«

»Und?«

»Der Anruf, nach dem er das Fitnessstudio verlassen hat, kam von Ihrer Nummer.«

Sie mustert die Polizisten ausdruckslos und fragt: »Von welcher Nummer?«

Niklas zieht eine Kopie der Gesprächsverbindungen hervor, auf der der entsprechende Eintrag unterstrichen ist.

Sonja setzt das Mädchen mit dem Eis auf den Boden und sagt ihm, dass es sich noch eines holen darf. Dann scheucht sie die Jungen aus dem Raum und seufzt.

»Das ist Ninas Nummer«, sagt sie. »Das Handy ist nur auf mich registriert, damit wir sie im Blick behalten können. Diese Göre. Mir hätte klar sein sollen, dass sie etwas mit dem Ganzen zu tun hat.«

»Wir wissen nicht, ob das überhaupt etwas zu bedeuten hat«, beeilt sich Eir zu sagen. »Ist Nina zu Hause?«

Sonja verlässt den Raum, um ihre Stieftochter zu wecken. Eir sieht ihr vom Sofa aus nach, wie sie im Flur an eine Tür klopft und diese öffnet. Durch den Türspalt kann Eir Kleider auf dem Boden und dem Bett erahnen, an Wandhaken hängen Ketten aus Perlen, Federn und Totenköpfen. Nina ist nicht da. Als Sonja zurück ins Wohnzimmer kommt, versucht sie, sie anzurufen.

»Nina?«, sagt sie und stellt das Gespräch auf Lautsprecher. Im Hintergrund ist Musik zu hören, laute Stimmen.

»Nina?«, wiederholt Sonja. »Wo bist du? Die Polizei ist hier und will mit dir reden.«

Die Verbindung bricht ab.

»Dieses verdammte Kind«, murmelt Sonja.

»Haben Sie eine Idee, wo wir sie vielleicht finden könnten?«, fragt Eir. »Irgendeine Freundin, deren Adresse Sie uns geben können? Oder hat sie einen Freund?«

Sonja schnaubt.

»Manchmal ist sie tagelang weg, ohne dass wir etwas von ihr hören. In die Schule geht sie, aber sonst zieht sie die meiste Zeit herum. Wer weiß schon, wo sie schläft, wenn sie nicht zu Hause ist.«

Eir holt das Foto des Schlüssels hervor, den Sanna zwischen den Blumen vor dem Fitnessstudio gefunden hat, und zeigt es Sonja. »Erkennen Sie den hier?«

Ninas Stiefmutter schüttelt den Kopf.

»Woher ist der?«

Eir und Niklas tauschen einen Blick. »Er lag zwischen den Blumen, die vor dem Studio abgelegt wurden«, erklärt Niklas. »Sie erkennen ihn also nicht wieder?«

»Nein. Schicken Sie mir das Bild, dann zeige ich es Stellan, wenn er aufwacht.«

»Stellan soll uns anrufen«, sagt Eir. »Und wir müssen mit Nina sprechen. So bald wie möglich.«

Im Auto sieht Eir, dass Sanna ihr auf die Mailbox gesprochen hat, und hört die Nachricht ab.

»Sanna ist jetzt zu Hause«, sagt sie danach und sieht zu Niklas, der etwas in sein Handy tippt. »Sollen wir den Schlüssel abholen?«

Er nickt und schiebt das Handy in die Tasche.

»Ihr kennt euch gut, oder?«, fragt er.

»Wir haben schon so einiges zusammen erlebt, ja«, antwortet Eir und lenkt den Wagen neben der Kirche auf die Hauptstraße.

Er nickt. »Ich habe alles verfügbare Material über Jack Abrahamsson gelesen.«

Eir will ihm eigentlich sagen, dass sie nicht darüber sprechen möchte, bringt aber die Kraft nicht auf. Stattdessen konzentriert sie sich auf die Straße.

»Schreckliche Geschichte, das mit dem Mädchen, Mia Askar«, fährt er fort. »Dass alle Erwachsenen ignoriert haben, was sie über den Priester und den Missbrauch erzählt hat, sogar ihre eigene Mutter …«

Eir nickt. Als Mia Askar den Priester Holger Crantz der Vergewaltigung beschuldigt hatte, war ihr niemand zu Hilfe gekommen. Irgendwann konnte sie nicht mehr und suchte den Tod in dem See des ehemaligen Kalksteinbruchs im Nordosten der Insel. Zurück ließ sie Jack Abrahamsson. Jack, der so lange zuschlug, bis er fast alle Erwachsenen ausgelöscht hatte, die Mia im Stich gelassen hatten.

»Und Jack war es auch nicht viel besser ergangen«, spricht Niklas weiter. »Die Ärzte und das Jugendamt hatten ihn ja auch immer wieder sich selbst überlassen. Ich habe gelesen, dass die Polizei seine Mutter vom Dach seiner Schule holen musste. Sie wollte hinunterspringen, weil sie dachte, sie sei der Vogel aus *Alice im Wunderland*. Sie war psychisch krank … Wie kann man ein Kind nur immer wieder in ein solches Zuhause zurückschicken?«

Eir sucht verzweifelt nach einem unverfänglicheren Thema, während Niklas mit den Fingern gegen die Autotür trommelt, und ihr wird klar, dass er noch nicht fertig ist.

»Er hat sie geliebt«, sagt er. »Jack Abrahamsson hat Mia Askar geliebt.«

»Jack Abrahamsson hat vier Menschen ermordet.«

»Weil sie Mia Askar im Stich gelassen und sie in den Selbstmord getrieben haben.«

»Dann hat er noch einen Menschen ermordet.«

»Der Sannas Mann und Sohn getötet hat …«

»Er war ein Psychopath, der fünf Menschenleben auf dem Gewissen hat.«

»Du sagst ›war‹? Du glaubst also, dass er tot ist?«

»Ich hoffe es.«

Niklas sieht zu ihr. »Und Sanna?«

»Was ist mit Sanna?«

»Glaubst du, sie hofft auch, dass er tot ist?«

»Was ist das denn für eine komische Frage?«

Er sieht sie nur schweigend an.

Rufe werden auf der Straße laut. Ein Mädchen streitet mit ihrem Freund, wirft ihr Handy nach ihm. Eir verspürt kurz Mitleid. Was sie alles durchmachen müssen, bis sie begreifen, wer sie eigentlich sind. Ihre eigene Jugend war eine der traurigsten Zeiten ihres Lebens. Der Junge, in den sie verliebt war, hatte sie immer wieder ausgenutzt und nie zurückgeliebt. Dann die Sehnsucht nach ihrer Mutter. Die Trauer ihres Vaters, die nie besser zu werden schien. Ihre kleine Schwester Cecilia, die drogenabhängig wurde. Sie kann sich keine Fotos von damals ansehen, ohne dass es ihr schlecht geht.

»Kann ich das Radio einschalten?«, fragt Niklas.

»Wenn du willst.«

Er sucht eine Weile nach einem Nachrichtensender und schaltet das Radio dann wieder aus.

»Was hältst du von Sonja Paulson?«, fragt Eir.

»Ich glaube, die Familie trauert und steht unter Schock.«

»Aber findest du nicht, dass irgendetwas an ihr komisch ist?«

»Ich beneide Eltern von Kleinkindern überhaupt nicht.«

Sie lächelt. »Hast du Kinder?«

Er nickt.

Sie wartet, ob er ihr die Frage ebenfalls stellt, doch er schweigt. Sie denkt daran, was Alice gesagt hat – dass er bereits über das gesamte Team Hintergrundinformationen gesammelt hat. Sie kommt zum Thema zurück:

»Irgendetwas stört mich an Sonja Paulson …«

»Du meinst, wie sie über Nina spricht?«

»Ja, ist das nicht krank, seine Stieftochter ›verdammtes Kind‹ zu nennen, wenn diese gerade ihren Bruder verloren hat?«

»Sie hat ja auch gerade ihren Stiefsohn verloren.«

Eir seufzt. »Findest du nicht, dass sie aggressiv wirkt?«

Er lässt den Blick über die Umgebung schweifen.

»Sind Menschen mit ausgeprägtem Überlebensinstinkt nicht oft so?«

In der Wohnung fällt Eir als Erstes auf, wie kahl sie ist. Seit Sannas Einzug war sie nicht mehr hier. Diese hatte sie nicht eingeladen, und sie selbst hatte auch nicht darauf gedrängt. Als Sixten zu Sanna zog, hatte diese ihn bei Eir abgeholt, und sie waren noch gemeinsam spazieren gegangen, dann hatten sie sich auf dem Parkplatz voneinander verabschiedet. Ihr Verhältnis war noch nie so, dass man sich gegenseitig besucht oder mittags essen geht oder Kaffee trinkt. Trotzdem wissen sie, was sie aneinander haben. Sie streichelt Sixten und geht weiter. Im Schlafzimmer sieht sie den Kleiderständer mit den schwarzen Hosen und T-Shirts, die Sanna immer trägt, und auf dem Sofa liegt eine große Strickdecke. Sonst gibt es fast keine persönlichen Gegenstände in der Wohnung.

»Hier hängt kein verdammtes ›Carpe Diem‹«, murmelt sie.

»Was hast du gesagt?«, fragt Sanna und gibt ihr das Tütchen mit dem Schlüssel.

Eir bemerkt Sixtens Hundebett im Wohnzimmer, auf dem Spielzeug und ein großes Schaffell liegen. »Du verwöhnst ihn«, sagt sie und lacht.

Sanna seufzt und streichelt Sixtens Kopf. »Du hättest mir

auch sagen können, dass er kein Spielzeug mag und auch kein Hundefutter. Und das Bett hättest du behalten können, er schläft sowieso nie darin. Kaffee?«

»Ich glaube, dafür reicht die Zeit nicht.«

Plötzlich fällt ihr auf, dass Niklas Sanna betrachtet. Er scheint sie geradezu in sich aufzunehmen. Eir denkt daran, wie viel alle über Sanna wissen, was Niklas sicher auch gelesen und gehört hat. Über ihre Arbeit als Ermittlerin, aber auch über ihr Privatleben. Dass ein Pyromane ihren Hof in Brand gesetzt und ihre Familie getötet hat. Wie kann ein Mensch, der so zurückgezogen und allein ist, so unter Beobachtung stehen?

»Wir müssen los.« Sie lächelt Sanna zu. »Wir drehen noch eine Runde durch den Ort, schauen uns kurz nach Nina Paulson um. Sie war es, die Pascal kurz vor seinem Verschwinden angerufen hat.«

Sannas Blick wird traurig.

»Hast du eine Idee, wo sie sein könnte?«, fragt Eir.

»Vielleicht im Jugendzentrum? Seit Neuestem hat es samstags und sonntags geöffnet.«

Eirs Handy vibriert, als sie eine SMS bekommt.

»Die Analyse des Handtuchs, das Pascal auf seine Wunde gedrückt hat, ist abgeschlossen«, sagt sie und liest die Nachricht. »Was zum Teufel …?«

»Was denn?«, fragt Niklas.

»Man hat nicht nur Pascals Blut darauf gefunden, sondern auch Fell und Blut von einem Tier. Die Spurensicherung hat bestätigt, dass sie dieselben Bestandteile auch auf seinem Körper sichergestellt hat.«

»Was für ein Tier?«, fragt Sanna.

»Ein Reh oder ein Hirsch vielleicht, aber die genaue Analyse dauert ein paar Wochen«, antwortet Eir. »Aber was soll das denn sein?«

Sie hält das Handy mit einem Foto des Handtuchs hoch, das im Labor aufgenommen wurde. Das ursprünglich vielleicht einmal weiße, jetzt blutverschmierte Stück Stoff ist auf eine Art Tablett gespannt, und in einer Ecke ist eine Stickerei zu erkennen, mit weinrotem oder schwarzem Faden. Ein fünfzackiger Stern in einem Kreis.

Sanna nimmt Eir das Telefon aus der Hand und dreht es so, als würde das Handtuch an der Schlaufe hängen. Eine Sternspitze zeigt nach unten.

»Und?«, fragt Eir. »Was soll das sein, verdammt?«

»Ein Symbol …«

»Ja, das sehe ich auch, aber was für eins?«

»Ein satanistisches.«

Vor dem Jugendzentrum stehen Fahrräder und verschiedene Motorräder und Roller. Zwei Teenagerjungen stehen neben einem Mülleimer und teilen sich eine Zigarette. Sie tragen die gleichen Jeans und T-Shirts. Als Eir und Niklas heranfahren, nimmt der eine dem anderen die Zigarette aus der Hand, zieht daran und wirft sie weg, ohne die Polizisten aus den Augen zu lassen.

Eir telefoniert mit Alice und bittet sie, nach Organisationen oder Gruppierungen auf der Insel zu recherchieren, die irgendeinen Bezug zu Satanismus haben. Alice reagiert verwundert, und Eir merkt, wie seltsam die Frage klingen muss. Danach wendet sie sich an Niklas und wartet, bis er sein Telefonat beendet hat.

»Und?«, fragt er.

»Sie hat kurz nachgeforscht und nichts gefunden, aber sie sucht weiter.«

»Okay. Wollen wir reingehen?«

Eir streckt sich nach der Flasche zu seinen Füßen. Schmerz

durchzuckt ihren Rücken, doch sie beißt die Zähne zusammen. Trinkt einen Schluck Wasser. »Wir könnten Nina auch von Kollegen abholen lassen?« Sie wischt sich den Mund mit dem Jackenärmel ab. »Du musst ja sicher auch noch einiges auf dem Revier erledigen, oder?«

Motorengeräusche werden laut, und plötzlich tauchen einige Pick-ups vor dem Jugendzentrum auf. Große, schwere Fahrzeuge, in grellen Farben lackiert und mit massiven Felgen.

Ein Mann erscheint in der Tür zum Jugendzentrum, vermutlich Anton Arvidsson, Sannas Kollege. Er geht zu einem der Wagen, einem bronzefarbenen Monster mit glänzenden Aluminiumfelgen. Auf einer Seite prangt das Firmenlogo der Möbelschreinerei Solbjerge, eine große goldene Sonne. Eir erkennt den Namen wieder, sie hat etwas über die Solbjerge-Höfe gelesen, eine große Familie aus Handwerkern und Lammbauern, die alle dicht beieinander am Ortsrand wohnen. Das Fenster des Pick-ups wird heruntergelassen, hinter dem Lenkrad sitzt ein breitschultriger Mann mit dichtem Bart und tief liegenden kleinen Augen.

»Was zur Hölle machen erwachsene Männer vor einem Jugendzentrum?«, fragt Eir.

»Schau«, sagt Niklas und nickt zu einem anderen Pick-up, von dem zwei junge Männer einen großen Fernseher abladen.

Eir und Niklas steigen aus und gehen auf das Gebäude zu. »Anton?«, fragt Eir.

Er verabschiedet sich von den Männern in den Pick-ups, die hintereinander davonfahren. Dann wendet er sich an die beiden Kollegen und begrüßt sie.

»Großzügig«, meint Eir und sieht zu dem Fernseher, den die zwei jungen Männer wegschleppen.

Anton lächelt. »Ja, mein Kumpel Thomas denkt immer an die Jugendlichen, wenn er sich zu Hause etwas Neues anschafft. Hier gibt es viele Gamer, und wir haben nie genug Bildschirme. Vor allem jetzt nicht, seit wir auch am Wochenende geöffnet haben.«

Niklas deutet auf die unordentlich abgestellten Roller und Motorräder. »Ist Nina Paulson heute da?«

Gleich hinter der Eingangstür befindet sich ein Café. Niklas und Eir folgen Anton weiter durch einen großen Raum mit nicht zueinanderpassenden Sesseln und von Hand gestrichenen Stühlen um einen einfachen Couchtisch. Sie kommen an einem Tischtennis- und an einem Billardtisch vorbei, die beide von Jugendlichen umlagert sind, und durchqueren eine Werkstatt mit einem großen Spültisch, einer Werkbank, einer Staffelei und einem Schrank, in dem Töpfersachen trocknen. Eir läuft fast gegen ein niedriges Regal auf Rollen, das vollgestopft ist mit Holzstücken, Papier, Perlen und Farben. Niklas rettet sie im letzten Moment, und sie tauschen ein flüchtiges Lächeln.

Sie kommen in ein Zimmer mit Ecksofa vor einem großen Bildschirm. Drei Mädchen sitzen dicht beieinander und starren auf das Videospiel, das sie gerade zocken.

»Wir freuen uns, dass so viele Mädchen kommen«, sagt Anton. »Früher waren es hauptsächlich Jungen.«

Er klopft einem der Mädchen auf die Schulter. Zuerst reagiert sie nicht, doch er besteht darauf, dass sie das Spiel unterbrechen. Die anderen beiden sehen Anton wütend an, stehen auf und verlassen den Raum.

»Was ist los?«, fragt das Mädchen, das noch auf dem Sofa sitzt.

»Hast du Nina heute gesehen?«

Sie wirft sich auf den Rücken und verschränkt die Hände hinter dem Kopf. Sie hat Akne, ihre Augen sind blaugrau.

»Nein«, erwidert sie und mustert Eir und Niklas.

»Wir sind von der Polizei«, sagt Eir. »Wir wollen uns nur ein bisschen mit Nina unterhalten.«

Das Mädchen zieht sein Handy aus der Tasche. Schreibt schnell eine Nachricht.

»Seid ihr befreundet?«, fragt Eir.

»Nein.« Das Mädchen tippt noch einmal auf das Handy und schiebt es dann zurück in die Hosentasche.

»Gib uns bitte Bescheid, wenn sie das nächste Mal hier ist oder du sie siehst«, sagt Eir zu Anton. »Wir müssen wirklich mit ihr reden.«

Die zwei anderen Mädchen kommen zurück, eins wirft der Freundin auf dem Sofa eine Limo zu.

»Das gilt auch für euch«, sagt Eir zu den Teenagern. »Wenn ihr Nina Paulson seht, richtet ihr aus, dass sie sich melden soll.«

Das Mädchen auf dem Sofa schaltet den Bildschirm wieder ein und sagt leise etwas zu ihren Freundinnen. Diese lachen und lassen sich neben sie fallen.

Der Himmel ist strahlend blau, die Sonne blendet. Niklas öffnet einen Hemdknopf.

»Das lief ja super.«

Eir nickt. »Teenager …«

»Ich kenne das«, sagt Niklas. »So läuft es oft mit Jugendlichen, wenn die Polizei kommt.«

Er klingt fast feierlich, sieht ernst aus. Eir denkt an das, was Alice erzählt hat, dass er auf die Insel gezogen ist, um näher bei seiner Tochter zu sein.

»Warum hast du dich für die Stelle hier entschieden?«, fragt sie.

»Das ergab sich so.«

»Ergab sich so?«

»Hier stand ein Haus zum Verkauf. Und ich habe schon immer davon geträumt, auf der Insel zu leben.«

Niklas lächelt, und Eir bemerkt ein Grübchen in seiner Wange, das ihr bisher entgangen war. Wie er dasteht, wie ein Anführer. Doch den ganzen Tag schon hat er sie die Gespräche führen lassen und sich selbst im Hintergrund gehalten. Er holt die Wasserflasche aus dem Wagen und wirft sie ihr zu.

»Verdammt, um hier in der Stadt ein Haus zu kaufen, muss man doch Millionär sein«, sagt sie und trinkt ein paar Schlucke.

»Sagt die Diplomatentochter«, meint er lachend.

Natürlich weiß er Bescheid. Sie hasst es, über ihre Familie zu sprechen, ihren Vater, der Jurist ist und beim Außenministerium gearbeitet hat. Oberschicht, Internat. Doch das ist nur die eine Hälfte der Geschichte. Zur anderen Hälfte gehören die Polizeihochschule und die Nationale Operative Abteilung, NOA, wo es Probleme bei der Zusammenarbeit und diverse Auseinandersetzungen gab. Das war auch der Grund, warum Eir vor über drei Jahren von der NOA auf die Insel versetzt wurde, fast auf den Tag genau, an dem Jack Abrahamsson mit seiner Mordserie begann.

»Keine Angst«, sagt er und lacht. »Ich schwöre, dass ich nicht weitererzähle, dass du in einer Luxuswohnung aufgewachsen bist, wenn das so ein großes Geheimnis ist.«

»Bist du immer so witzig?«, fragt sie.

Sein Blick macht sie verlegen. Sie deutet zu einer Bushaltestelle, an der eine Frau die Lokalzeitung liest. Auf der Titelseite prangt ein Artikel über den Toten im Wald.

»Kein Wunder, dass Nina sich versteckt hält«, sagt sie.

Niklas nickt.

»Mir ist klar, warum du nicht willst, dass sie von Polizeiautos gejagt wird, nach allem, was sie in den letzten Tagen durchgemacht hat, aber sollten wir nicht trotzdem Extrakräfte hinzuziehen, um sie zu finden?«, fragt Eir. »Anstatt dass wir hier dumm herumfahren?«

Anton kommt aus dem Jugendzentrum und nähert sich mit langen Schritten.

»Nina und die anderen Mädchen waren gerade noch im Fight«, sagt er. »Wahrscheinlich sind sie schon wieder weg, aber wer weiß.« Er deutet auf eine Seitenstraße. »Fahrt da entlang, am Systembolaget vorbei. Auf der anderen Seite befindet sich der Parkplatz des größeren Supermarkts, da ist der Eingang.«

Beim Wenden des Wagens blendet Eir die Sonne, und sie beschattet die Augen mit der Hand. Eine Gestalt steht auf der Treppe des Jugendzentrums. Das Mädchen mit der Akne dreht sich zu Anton, der den Eingang versperrt. Sie formt mit den Fingern eine Pistole und schießt auf ihn, dann sieht sie über die Schulter und geht davon. Nach ein paar Schritten zieht sie die Kapuze ihres Pullovers über den Kopf. Ihr Gesicht liegt im Schatten, doch Eir sieht, dass sie weint.

KAPITEL FÜNFZEHN

Die Tür zum Boxstudio steht offen, als Eir und Niklas dort ankommen. Niemand ist zu sehen. Laute Musik dröhnt aus den Lautsprechern und übertönt ihr Rufen.

Im ersten Raum stehen Fitnessgeräte, an den fensterlosen Wänden hängen Plakate mit der Aufforderung, Rücksicht aufeinander zu nehmen, außerdem laminierte Blätter, auf denen in Bildern Übungen erklärt werden.

Neben dem Fitnessbereich befindet sich ein kleinerer Raum, der an eine Turnhalle erinnert. Ein schwarzer Sandsack hängt von der Decke, in der Ecke liegen Matten und Schlagpolster. An der Wand hängen Übersichten über die Grundtechniken im Thaiboxen, im Sparring und ein Aushang mit Regeln für das Schattenboxen. Auf einem handgeschriebenen Zettel wird daran erinnert, seine Wertsachen und Kleidung in die Spinde im Umkleideraum einzuschließen, damit nichts auf dem Boden herumliegt.

Sie finden das Büro, in dem ein Mann im Trainingsanzug etwas in einem Schrank sucht. Als er die beiden Polizisten sieht, schüttelt er den Kopf. »Einen Moment«, sagt er in die laute Musik hinein.

Eir stellt sich und Niklas vor. Der Mann erklärt, ein Personal Trainer zu sein, geht zur Stereoanlage und dreht die Musik leiser.

»Stellan ist nicht hier«, sagt er und räumt weiter im Schrank herum. »Er ist zu Hause.«

»Wie geht es ihm?«, fragt Eir.

Der Mann nickt, er scheint das Gesuchte gefunden zu haben. »Nicht so besonders … Ihre Kollegen waren ja schon hier und haben sich umgesehen, einer war echt unfreundlich, das muss ich sagen.«

Niklas runzelt die Stirn.

»Jon«, murmelt Eir.

»Womit kann ich Ihnen helfen?«, fragt der Mann.

»Wir suchen Nina Paulson, wir haben gehört, dass sie hier war?«

Er schüttelt den Kopf. »Keine Ahnung, ich bin gerade erst gekommen.« Er hält inne. »Tut mir leid, wir sind alle erschüttert von dem, was Pascal zugestoßen ist, und versuchen, den Laden hier am Laufen zu halten. Für Stellan und seine Familie.«

»Wir würden uns auch gern ein wenig umsehen, wenn wir schon da sind«, sagt Eir.

Der Mann schließt einen Schubladenschrank auf und wartet an der Tür, während Eir und Niklas Ordner und Mappen durchsehen. An den Wänden hängen Auszeichnungen von Kampfsportwettkämpfen, die Pascal gewonnen hat. Sie unterhalten sich kurz mit dem Mann über Pascal, erfahren jedoch nichts Neues. Dann zeigt ihm Eir den Schlüssel, den er aber nicht erkennt.

Als sie gerade gehen wollen, bemerkt sie einen Jungen, der sie vom Übungsraum aus beobachtet. Er ist groß gewachsen, sechzehn oder siebzehn Jahre alt. Als sie einen Schritt auf ihn zu macht, blendet sie das Licht, das von der Eingangstür hereinfällt, sodass sie sein Gesicht nicht mehr erkennen kann. Er verschwindet in den Umkleideräumen.

»Wer war das?«, fragt Eir.

»Nur einer von den Jugendlichen, die hier herumhängen«, erklärt der Trainer.

»Warum kommt er mir so bekannt vor?«

»Sein Bruder ist dieser Journalist, von dem alle reden, den man gerade überall sieht. Axel Orsa. Vielleicht erinnert Sie der Junge an ihn?«

»Ist das etwa *Daniel* Orsa?«, fragt Eir.

Der Mann runzelt die Stirn. »Ja.«

»Hat er mit Pascal trainiert?«

»Daniel trainiert meistens für sich allein.«

»Komm«, sagt Eir zu Niklas und geht voraus.

Auf dem Weg zu den Umkleideräumen hält Niklas sie zurück. »Ich glaube, ich weiß, wer das ist, aber klär mich noch mal kurz auf.«

Eir bleibt stehen. »Daniel Orsa war einer der Jugendlichen in dem Fall von vor drei Jahren.«

»Der eisern schwieg und Jack Abrahamsson schützte.«

»Das haben sie alle.«

»Muss ich noch etwas wissen?«

»Mehr gibt es nicht zu wissen. Sie haben alle den Mund gehalten.«

Niklas lächelt. »Dann kennt ihr euch also? Vielleicht ist er deshalb abgehauen, sobald du ihn entdeckt hast.«

Eir schüttelt den Kopf. »Nein, Sanna und Alice haben ihn verhört.«

Daniel Orsa steht im Umkleideraum bei seinem Spind.

»Trainierst du oft hier?«, fragt Eir, nachdem sie ihn kurz begrüßt haben.

Er nickt und packt eine Plastiktüte aus dem Spind in seine Sporttasche, bevor er die Tür wieder schließt. Er ist schlank, aber muskulös. Das dichte hellbraune Haar ist an den Seiten abrasiert. Er hat etwas Weiches an sich. Sanna hat ihn damals als warm und freundlich beschrieben.

»Kanntest du Pascal?«, fragt sie weiter.

»Nein.«

Die Stimme ist sanft und ruhig. Er zieht seine Windjacke aus und schlüpft in ein frisches T-Shirt.

»Trainierst du schon lange hier?«, fragt Niklas.

»Ein paar Jahre.«

Daniel setzt sich auf die Bank, zieht andere Schuhe an, die schmutzig und abgewetzt sind.

»Was weißt du über Pascal?«, fragt Eir. »Hatte er Freunde, die du kennst? Hast du irgendetwas gehört?«

Er zuckt mit den Schultern und schlüpft wieder in die Windjacke, zieht den Reißverschluss hoch.

»Wenn du schon so lange hier im Studio bist, dann kennst du Pascal ja vielleicht doch ein wenig?«, fragt Niklas nach.

Als Daniel die Sporttasche öffnet, erhascht Eir einen Blick auf eine Flasche Wunddesinfektionsmittel, Verbände und eine Packung Schmerztabletten. Sie möchte danach fragen, aber spürt, dass sie keine Antwort bekommen würde.

»Wolltest du heute nicht trainieren?«, erkundigt sie sich stattdessen.

»Was?« Er hebt die Tasche hoch.

»Du bist hergekommen, wolltest aber nicht trainieren?«

»Ich wollte nur ein paar Sachen holen.«

Irgendetwas ist seltsam an Daniel. Er wirkt abwesend, und sie will ihn noch nicht gehen lassen. Vielleicht ist er aber auch nur nervös, weil zwei Polizisten vor ihm stehen.

»Dein großer Bruder ist Journalist, nicht wahr?«

»Ja.«

»Ich habe ihn im Fernsehen gesehen.«

Daniel nickt kaum merklich.

»Er ist gut. Du bist bestimmt stolz auf ihn, oder?«

Er zuckt mit den Schultern. Eir versucht es noch einmal.

»Also, wenn du mich fragst, dann muss die Insel mal ordentlich aufgerüttelt werden. Wegen mir darf er gern über die Polizei und die Politiker schreiben, was er will.«

»Ich muss los«, sagt der Junge. »Oder wollten Sie noch was?«

Der Himmel verdunkelt sich, während Eir und Niklas Daniel mit einigem Abstand folgen, als dieser durch den Ort in ein Wohngebiet radelt. Die Regenwolken liegen wie eine Decke über den Häusern. Vereinzelte Tropfen klatschen auf die Windschutzscheibe.

»Das Wetter schlägt hier so schnell um«, sagt Niklas.

»Ja. Ich wünschte nur, es würde mehr als nur ein paar Tropfen regnen …«

Eir lässt Daniel nicht eine Sekunde aus den Augen, hält genug Abstand, damit er sie nicht entdeckt.

»Jetzt fahren wir ja doch dumm herum«, meint Niklas.

»Ich will nur sehen, wohin er fährt. In der Plastiktüte, die er in seine Sporttasche gesteckt hat, waren Wunddesinfektionsmittel und Schmerztabletten und so was. Hast du das nicht gesehen?«

»Nein, das ist mir entgangen.« Er wirft einen Blick auf sein Handy.

Sie will ihn aufziehen, dass sie nicht weiß, warum er eigentlich überhaupt dabei ist, schaltet stattdessen aber einen Gang hoch, damit sie Daniel nicht aus dem Blick verliert.

Je näher sie dem Ortsrand kommen, desto weiter stehen die Häuser zwischen Wiesen und Weiden auseinander. Daniels gelbrotes Mountainbike ist in einiger Entfernung vor ihnen. Der Junge fährt schnell und selbstsicher. Einen Moment verschwindet er hinter einer Garage, und Eir schlägt fluchend mit den Händen gegen das Lenkrad. Dann taucht er in einer Seitenstraße wieder auf, und sie fährt ihm vorsichtig nach.

»Warum glaubst du, dass er etwas zu verbergen hat?«, fragt Niklas.

Sie nähern sich einem Waldgebiet, ein sich verschmälernder Weg führt zwischen die Bäume. Daniel fährt darauf zu.

»Nur so ein Gefühl«, antwortet sie.

Hinter hohen Kiefern steht ein Stall. Ein großer Scheinwerfer beleuchtet einen leeren Reitplatz, und ein Pferd galoppiert hinter einem weißen Elektrozaun auf und ab.

Plötzlich biegt Daniel auf einen winzigen Pfad ab und verschwindet außer Sicht. Eir bremst ab und schaltet die Scheinwerfer aus. Der Pfad ist eng und dunkel, mündet nach ein paar Hundert Metern aber in eine Lichtung. Mit ausgeschaltetem Motor lässt sie den Wagen die letzten Meter rollen.

Sie kommen zu einem großen Beton- und Ziegelgebäude samt Parkplatz. Die Fenster sind schwarz vor Schmutz und Staub. Ein Baugerüst steht an der Hauswand, die löchrige Plane zeugt davon, dass hier schon lange niemand mehr arbeitet. Niklas deutet zu den großen Buchstaben über dem Eingang, die ausgeblichen und rostig sind.

Das alte Schwimmbad des Ortes.

Daniel legt sein Fahrrad zu einem Haufen anderer, die bereits auf dem Boden liegen, holt einen Schlüssel aus der Tasche und geht ins Gebäude.

Beim Aussteigen bekommt Eir eine Gänsehaut. Sie blickt sich um. Hinter ihnen ragen Kiefern auf. Auf der anderen Seite führt eine asphaltierte Straße vom Schwimmbad zur Landstraße, zwischen der geschlossenen Eishalle und einem Fußballfeld hindurch. An der Landstraße befindet sich ein Kindergarten, in dessen Fenstern bunte, grinsende Gesichter kleben. Kein Mensch ist zu sehen.

Niklas zieht sein Jackett an. »Wollen wir?«

Eir rüttelt an der Türklinke, doch die Eingangstür, hinter der Daniel verschwunden ist, ist abgeschlossen. Sie sieht Niklas an.

»Ich probiere es mal«, sagt sie.

Sie holt den Schlüssel aus dem Beweismittelbeutel, schiebt ihn ins Schloss. Er passt, und die Tür lässt sich öffnen.

Sie hören aufgeheizte Rufe von Jungenstimmen, fast schon hysterisch. Das Geräusch von Körpern, die gegeneinanderklatschen. Stöhnen. Laute Musik.

Eir schaudert. Sie spürt die Bässe in den Beinen, in ihrem Rücken. Sie versucht, Niklas' Blick aufzufangen, vergeblich. Konzentriert geht er voran. Vorbei an den abgewetzten Stoffmöbeln aus vergangenen Zeiten, die im Eingangsbereich stehen, auf große Glastüren zu.

Aufgeheizte Geräusche schlagen ihnen entgegen. Keuchender Atem. Der Gestank nach Feuchtigkeit und Schweiß dringt in die Lungen. Eir spürt, wie ihr das Oberteil am Rücken klebt.

Auf dem Boden eines Schwimmbeckens stehen einige Teenagerjungen im Kreis und stoßen laute Rufe aus. Speichel spritzt, brüllend schlagen sie sich auf die Brust. In der Kreismitte prügelt ein Junge auf einen anderen, jüngeren ein, die Schläge hallen von den gesprungenen Beckenwänden wider. Eir lässt die Hand zu ihrer Dienstwaffe gleiten.

»Polizei!«, brüllt Niklas, bevor sie reagieren kann.

Zuckende Köpfe. Jugendliche Gesichter, die blass werden.

Als Niklas kurz darauf ihre Ausweise einsammelt und mustert, tauschen die Jungen unruhige Blicke. Jemand schnieft und spuckt aus. Daniel Orsa sieht zu Boden, als Niklas vor ihm stehen bleibt.

»Ich frage das nur ein Mal«, sagt Niklas. »Was macht ihr hier?«

Der Junge, der blutig geprügelt wurde, beugt sich vor und würgt, doch es kommt nichts. Er atmet schwer, brauner Speichel tropft aus seinem Mund. Die anderen Jungen tauschen wieder Blicke. Einer wendet sich mit glasigen Augen an Niklas.

»Niemand hier hat ein Problem damit«, antwortet er. »Alle sind freiwillig hier, kapiert?«

Niklas seufzt. »Woher habt ihr die Schlüssel? Ist euch nicht klar, dass ihr nicht hier sein dürft? Ihr könntet etwas beschädigen oder selbst zu Schaden kommen …«

»Geht Sie nichts an«, murmelt einer weiter hinten. »Arschloch.«

Der blutig geschlagene Junge würgt wieder.

»Es reicht, ich rufe einen Krankenwagen«, sagt Eir.

Der Junge stürzt auf sie zu und schreit, dass er okay ist. Zwei andere halten ihn zurück und beruhigen ihn. »Sein Vater bringt ihn um«, sagen sie. »Bitte machen Sie das nicht.«

Eir und Niklas tauschen einen raschen Blick, dann schiebt sie das Handy zurück in die Tasche. Niklas schreibt eine Nachricht auf seinem und schickt sie ab.

»Pascal Paulson«, sagt Eir. »Warum hat jemand einen Schlüssel zum alten Schwimmbad zwischen den Blumen und Kerzen vor dem Studio abgelegt? Was hatte er mit dem hier zu tun?«

Der Junge mit den glasigen Augen starrt sie an und ballt die Fäuste. Seine Arme sind von Kratzern übersät.

»Er hat organisiert, dass wir uns hier zum Trainieren treffen können.«

»Trainieren? Euch gegenseitig blutig zu schlagen, ist doch kein Training?«

»Fotze«, murmelt er. »Warum fragen Sie, wenn Sie die Antwort sowieso nicht hören wollen?«

Ein anderer klopft ihm auf die Schulter. »Halt die Klappe, du Idiot. Willst du, dass sie dich einbuchtet?«

»Das kann sie nicht«, erwidert er und sieht zu Boden. »Ihr seid doch alle bescheuert.«

»Er ist tot, was spielt das jetzt noch für eine Rolle?«, fragt ein Junge, der ein wenig abseits steht. Eir ist entsetzt, er kann nicht älter als elf oder zwölf sein. An seiner Schläfe leuchtet ein Bluterguss.

»Genau«, sagt sie ernst. »Also, warum hat er euch ermöglicht, euch hier gegenseitig die Scheiße aus dem Leib zu prügeln?«

Der Junge mit den glasigen Augen zieht ein T-Shirt aus einer Tasche und streift es über.

»Das war sein Ding.«

»Sein Ding?«

Alle schweigen. Leere Blicke, ausdruckslose Gesichter.

»Die Leute bezahlen dafür«, fährt der Junge fort. »Vor allem für solche wie uns.«

Fight Clubs. Eir hat davon gehört. Menschen, die für Geld oder einen Sinn in ihrem ansonsten sinnlosen Leben aufeinander einschlagen. Doch nie Jugendliche, nie Kinder. »Was soll das heißen?«, fragt sie, wobei ihre Stimme fast versagt.

»Was glauben Sie?«, fragt der Junge zurück.

»Kämpft ihr hier für Geld?«

Der Junge schüttelt den Kopf. »Hier trainieren wir nur.«

Eir seufzt. »So viel also zu dem netten, anständigen Pascal Paulson.«

Sie betrachtet die alte Schwimmhalle. Toilettenpapier liegt herum, alte Schuhe, Strümpfe, manche Kacheln sind gesplittert. An eine Wand hat jemand geschrieben: »Gib dich nie auf«, »This is Mayhem« und »Fuck Taylor«. Am obersten Sprungbrett hängt eine Unterhose, die sich leicht im Luftzug bewegt, der durch ein zerbrochenes Fenster hereinströmt.

Hinter dem nächsten Fenster ist das Außenbecken zu sehen. Verlassen und geisterhaft. Zwei alte Wasserrutschen führen hinein, die eine etwas gebogener als die andere. Beide sind trügerisch steil. Sie glaubt, das gesprungene Plastik knacken zu hören, wie ein lang gezogenes Wehklagen.

»Ihr seid doch noch Kinder«, sagt sie. »Was ist an Fußball oder Bandy verkehrt? Oder warum wart ihr nicht im Boxstudio bei Pascal, wenn ihr etwas lernen wolltet?«

Keine Antwort.

»Also?«

»Sie tun so, als wäre er ein schlechter Mensch gewesen«, sagt der Jüngste. »Aber er hat selbst auch gekämpft. Er hat nicht nur uns andere vorgeschickt. Meistens waren es Kämpfe zwischen ihm und irgendwelchen Typen.«

»Großartig«, sagt Eir. »Und gegen wen hat er gekämpft?«

Schweigen.

»Na los, raus damit.«

»Das waren immer andere«, antwortet der Junge mit dem glasigen Blick. »Keine Namen, verstehen Sie? Alles war anonym. Sonst hätte … manches ja nicht funktioniert.«

»Manches? Was meinst du damit?«

Er zögert.

»Na?«

»Er hat dafür gesorgt, dass alle, die Geld brauchten, sich was verdienen konnten«, erzählt er schließlich leise. »Auf verschiedene Art.«

»Und auf welche?«, fragt Niklas.

»Rat mal.« Eir dreht sich zu dem Jungen. »Einbruch, Diebstahl …?«

Schweigen.

»Wisst ihr, ob Pascal von jemandem bedroht wurde?«, fragt Eir und sieht in die verschwitzten Gesichter. »Wegen der Kämpfe, der Diebstähle oder was auch immer?«

»Niemand hat Pascal bedroht«, antwortet ein Junge. »Niemand hatte Stress mit ihm.«

Kurze Zeit später kommt die Polizei, gefolgt von einem Krankenwagen und dem Bereitschaftsdienst des Jugendamtes. Eltern oder andere Erziehungsberechtigte werden informiert, Anzeigen wegen körperlicher Misshandlung und unbefugtem Eindringen erstattet. Die Schlüssel zum Schwimmbad werden konfisziert. Die Eltern, die ihre Kinder abholen, bekommen Unterstützung, die anderen Kinder werden nach Hause gefahren.

Daniel ist der Letzte. Als er zum Streifenwagen geht, der ihn heimbringen soll, hält Eir ihn auf.

»Kennst du Nina Paulson?«

Er schüttelt den Kopf.

»Aber du weißt, wer sie ist.«

»Alle wissen, wer Nina ist.«

»Hast du eine Idee, wo sie oder ihre Freundinnen sein könnten?«

Er schweigt, und sie gibt ihm ihre Telefonnummer.

»Wenn dir noch etwas zu Pascal einfällt oder du Nina siehst, gib mir Bescheid.«

Er sieht sie lange an, und sie weiß nicht, ob in seinem Blick ein Versprechen oder eine Drohung liegt.

KAPITEL SECHZEHN

Die mittelalterlichen Gassen winden sich um den zentralen Platz und die alten Ruinen. Das Getriebe vibriert, als Eir den Wagen über das Kopfsteinpflaster lenkt. Niklas wohnt in dem Viertel hinter der Domkirche. Als Eir vor dem kleinen Tor hält, hallt das Lachen einer Frau durch die Gasse.

»Zurück in der Zivilisation«, sagt Eir. »Jetzt kannst du es dir hier gemütlich machen, bis wir morgen wieder rausfahren. Falls wir morgen wieder rausfahren?«

»Du denkst, wir sollten Sanna bitten, nach Nina zu suchen?«

»Sie kann mit den Jugendlichen hier umgehen wie sonst niemand.«

»Machst du dir keine Sorgen?«

»Worüber?«

Er schweigt.

»Das mit Jack war etwas anderes«, sagt Eir. »Sie würde es nie zulassen, dass ihr noch einmal jemand so nahekommt.«

»Weil die anderen sie nicht an ihren Sohn erinnern?«

Eir antwortet nicht. Sie sieht Sanna und Jack Abrahamsson vor sich, wie sie voneinander angezogen wurden. Wie er während der Ermittlungen nur Kontakt zu ihr haben wollte. Wie die Grenzen immer mehr verschwammen und Sanna sich irgendwann nicht mehr wehren konnte.

»Das kommt nicht wieder vor«, erwidert Eir.

Er öffnet die Beifahrertür einen Spalt. Abendluft strömt herein, Stimmen aus einem Garten in der Nähe. Ein Feuer knackt und knistert. Der Duft nach Rosmarin und Minze vermischt sich mit der Feuchtigkeit vom Meer.

»Okay, ich rufe sie an«, sagt er. »Gute Arbeit heute.«

Eir nickt, senkt den Blick.

»Ich hätte nicht so mit den Jungs reden sollen«, sagt sie. »Keine Ahnung, was ich mir dabei gedacht habe, ich weiß es schließlich besser, und es ist die Aufgabe von anderen, mit Kindern und Jugendlichen zu sprechen … Ich habe mich da unten im Schwimmbecken aufgeführt, als würde ich irgendein verdammtes Gruppenverhör halten. Die armen Jungs.«

»Falls dir jemand deswegen das Leben schwer machen will, nehme ich es auf meine Kappe«, antwortet Niklas.

»Okay. Oder … ach, egal. Manchmal vergesse ich mich. Ich habe ja keine eigenen Kinder, weshalb ich manchmal alle wie Erwachsene behandele.«

Sie schweigen.

»Du hast gefragt, warum ich hierherziehen wollte«, sagt Niklas schließlich.

»Es heißt, wegen deiner Tochter. Stimmt das?«

»Sie studiert hier.«

»Und jetzt hoffst du, dass sich euer Verhältnis bessert? Oder bist du nur ein normaler Psycho, der in ihrer Nähe wohnen will, um sie besser überwachen zu können?«

»Ich hoffe auf ein besseres Verhältnis«, antwortet er. »Vielleicht bin ich aber trotzdem ein Psycho, weil ich darauf hoffe, auch wenn sie mich hasst.«

»Warum hasst sie dich?«

Er beugt den Arm, verzieht das Gesicht.

»Ist das heute passiert?«, fragt Eir stirnrunzelnd.

»Nein, das kommt von den vielen Stunden am Computer.«

»Wieso?«

»Wilma studiert Gamedesign und Informatik. Ich bin oft die halbe Nacht wach und versuche, mir das Gamen beizubringen. Falls sie wider Erwarten doch irgendwann mal zu mir kommen möchte …«

Eir lacht. »*Du* zockst Computerspiele?«

»Besser, als allein im Meer zu schwimmen«, entgegnet er. »Du weißt, dass das gegen alle Regeln verstößt und man nie allein schwimmen darf.« Er lächelt. »Fahr heim und schlaf. Versprichst du das?«

Eir schließt die Finger um den Autoschlüssel, zögert.

»Ist noch etwas?« Er dreht sich zu ihr. Da ist er wieder, dieser forschende Blick.

»Pascal hat alle hinters Licht geführt«, sagt sie.

»Du meinst, dass niemand wusste, dass er diese Kämpfe organisiert …«

»Ich meine, dass die kleinen Jungs geglaubt haben, dass er ihnen hilft.«

»Vielleicht kannst du das Positive daran sehen?«

»Dass Pascal Paulson am Ende selbst Prügel bezogen hat?«

»Dass wir heute etwas Gutes getan haben. Es wird ermittelt werden, die Jungen bekommen Hilfe, die Familien Unterstützung …«

»Vielleicht. Aber es hört einfach nie auf.«

Wehmut klingt in ihrer Stimme mit, als hätte sie dieses Gespräch schon mit anderen geführt.

»Du hast dich ja über uns alle informiert«, fährt sie fort. »Aber du weißt nicht, warum ich Polizistin geworden bin.«

»Du wolltest deinen Vater ärgern, der wollte, dass du Ärztin oder Anwältin wirst?«

Sie bleibt ernst.

»Ein kleines Mädchen, vielleicht vier oder fünf Jahre alt. Ein verdammtes Schwein hatte ihr die Hände abgetrennt. Ich war zufällig in der Nähe, sah die Blaulichter, dann sie …«

»Sie hatte Chlor und Heroin im Blut«, spricht Niklas weiter. »Die Gefäße waren völlig zerfressen.«

Eir ahnt den Schmerz in seinen Augen, versteht, dass er natürlich bestens über den Fall Bescheid weiß.

»Das hat dich auch mitgenommen …«, sagt sie.

»Es war ein schrecklicher Fall.« Er blickt auf seine Hände. »Eva haben wir sie genannt. Das Mädchen. Wir mussten ihr einfach einen Namen geben, sonst hätten wir nicht arbeiten können.«

»Moment mal, *du* hast in dem Fall ermittelt?«

Schweigen.

»Ich habe in dem Fall *versagt*«, antwortet er matt.

Eir erwidert darauf nichts. Lange Zeit hatte sie nur an das Schicksal des kleinen Mädchens denken können. Wie ein abgenutztes Spielzeug war sie in den Wald geworfen worden. Man hatte sie nie identifizieren können, ebenso wenig wie den Tatort. Es hatte keine Spur zum Täter gegeben. Eir hatte das Gefühl gehabt, das Mädchen auch im Stich zu lassen, indem sie nur die Zeitungsberichte las. Da hatte sie sich an der Polizeihochschule beworben.

»Eva«, wiederholt sie.

Niklas wendet den Blick ab. »Ja. Sie ist immer bei mir.«

Sanna liegt auf dem Sofa, ein aufgeschlagenes Buch auf dem Bauch, und sieht zur weißen Zimmerdecke. Eine Fliege surrt um die Lampe, kriecht unter die Glasabdeckung, und es knistert, als sie an der Glühbirne den Tod findet. Sanna blickt zur Seite. Sixten legt eine Pfote auf ihr Bein, und sie streckt sich, um ihm den Rücken zu streicheln.

Das Handy liegt auf dem Couchtisch. Den ganzen Tag hat

niemand angerufen, sie hat mit keinem einzigen Menschen gesprochen, seit Eir und Niklas den Schlüssel geholt haben.

In der Leere denkt sie manchmal an ihren Sohn, weint auch gelegentlich. Auch wenn das nicht mehr so oft vorkommt. Sie hat so gut wie nichts mehr, was an ihn erinnert, das Feuer hat alles zerstört. Vielleicht weint sie so selten, weil die Erinnerungen verblassen, wenn sie sich an nichts festhalten können. Sie wirft einen Blick zum Schlafzimmer und zum Nachtkästchen. Dort liegt er, der einzige Gegenstand, der ihr geblieben ist. Der versengte kleine Spiegel, der die Flammen überlebt hat.

Als die Polizei Mårten Ungers Haus durchsuchte, dachte sie einen Moment lang, sie würde vielleicht etwas von Erik zurückbekommen. Bei allen Opfern war ein paar Tage vor ihrem Tod eingebrochen worden. Und als man den Pyromanen ermordet in seinem Haus gefunden hatte, war man auf eine Kiste gestoßen. Sie hatte mitten im Wohnzimmer auf dem Boden gestanden und verschiedene Andenken enthalten, die er seinen Opfern gestohlen hatte, bevor er ihre Häuser in Brand gesetzt hatte. Alle Gegenstände hatten Kindern gehört. Auf einigen hatten die Namen der Besitzer gestanden. Eine kleine Plüschgiraffe, ein Traktor, ein Lego-Dinosaurier und so weiter. Doch von ihrem Erik war nichts dabei.

Manchmal fragt sie sich, warum die Kiste mitten im Wohnzimmer stand. Hatte Jack Mårten Unger dabei überrascht, wie er seine Trophäen betrachtete? Oder hatte Jack die Kiste gefunden und sie in die Raummitte gestellt?

Warum ruft Jack sie an? Sie sieht auf ihre linke Hand, liest die Worte, die sie bei seinem Anruf vor dem Eisenwarenladen notiert hat. Fragt sich, was sie bedeuten.

»Sonne« hat sie als Letztes aufgeschrieben. Die Stimme hatte so etwas wie »Sammeln … Sonne, sofort« gerufen. Vielleicht eine Aufforderung an die Besatzung eines Schiffes? Ketten hatten gerasselt, Plastik geklappert, vielleicht Kisten, ein Boot wäre also denkbar. Und was war das für Musik gewesen? Sie nimmt ihr Handy, sucht nach einer App, mit der man Telefonate mitschneiden kann, und lädt sie herunter.

Dann schaltet sie den Fernseher ein und setzt sich auf, als ein Reporter vor dem Schild des Campingplatzes Solviken steht. Dieser befindet sich nördlich der Stadt und war früher von Alkoholikern und anderen von der Gesellschaft Abgehängten bevölkert. Vielleicht weil der Platz an derselben Buslinie liegt wie der Alkoholladen in der Stadt, aber ausreichend weit entfernt, damit die Polizei ihnen keine unnötigen Besuche abstattet. Heutzutage hat Solviken nur noch im Sommer ein paar Gäste und ist das restliche Jahr weitgehend unbewohnt. Niemand weiß, wie viele Menschen sich noch an der heruntergekommenen Anlage festklammern, gerüchteweise sind es aber knapp zehn.

Sanna schaltet den Ton in dem Moment ein, als der Reporter ankündigt, verschiedene Orte und Personen auf der Insel zu besuchen, die im Zusammenhang mit der drei Jahre zurückliegenden Mordserie stehen.

Eine ältere Frau in einem fleckigen Malerhemd kommt vor die Kamera und kratzt sich mit ihrer kräftigen, tätowierten Hand am Kinn, während der Reporter sie vorstellt. Sanna schaudert beim Anblick der vertrauten Gestalt, der Malerin Ava Dorn.

Dorn windet sich ein wenig, als der Reporter ihre Hintergrundgeschichte rekapituliert. Ihre Rolle bei den Morden vor drei Jahren war nicht unwesentlich, sie wurde als jemand dargestellt, die dem früheren Priester Holger Crantz geholfen hatte, abscheuliche Verbrechen an Kindern zu verüben. Doch als der Reporter verstummt, lässt sie ihre blendend weißen, perfekten Zähne in dem reptilienartigen Gesicht aufleuchten.

»Ich bin Künstlerin«, erwidert sie lächelnd. »Ich habe eine

Auftragsarbeit für einen Freund ausgeführt, eine Arbeit, auf die ich heute noch stolz bin. Trotz der Gerüchte, die man über mich verbreitet hat.«

Als der Reporter darauf hinweist, dass die Tiermasken, die Dorn angefertigt hat, bei den Kindern ernste Traumata ausgelöst haben, wird sie ärgerlich.

»Ich muss jetzt mit ständiger Bedrohung leben«, antwortet sie schroff. »Alle sind hinter mir her, doch das kümmert ja niemanden.«

Sie blickt in die Ferne.

»Das Leben hat mich schon früh stark gemacht«, fährt sie fort. »Die Jugend von heute ist verwöhnt. Muss vergöttert, geliebt und respektiert werden. Alle gieren nach Aufmerksamkeit. Mia Askar wollte unbedingt geliebt werden und hat herumgevögelt, wollte dann aber nicht die Verantwortung dafür übernehmen. Macht sie das zu einem Opfer? Oder war sie nur eine Hure?«

Der Reporter versucht, sie zu unterbrechen, beide werden immer lauter.

Das Handy klingelt.

»Ja?«, meldet sich Sanna.

Ein Radio spielt in der Ferne, vielleicht ist es auch ein Fernseher. Sanna greift nach der Fernbedienung und stellt die Lautstärke ihres Gerätes leiser. Sofort wird es auch auf der anderen Seite der Leitung still.

»Hallo?«, fragt sie.

Vor ihr lässt Ava Dorn wieder ihre Zähne aufblitzen, es wirkt, als würde sie Sanna anlächeln.

Sanna steht vom Sofa auf und startet vorsichtig die App, um den Anruf mitzuschneiden. Lauscht, doch nichts passiert. Sie überprüft, ob die Verbindung noch besteht. Die Sekunden vergehen.

Dann wird das Gespräch beendet.

Sie überlegt, ob sie die Nummer wieder über ihren Mobilfunkanbieter nachverfolgen lassen soll, doch das hat sie schon oft getan. Immer ohne Ergebnis. Die Anrufe kommen jedes Mal von einer neuen Prepaid-Karte, die auf niemanden registriert ist.

Stattdessen sinkt sie mit dem Handy in der Hand zurück aufs Sofa, rollt sich an Sixtens warmem Körper zusammen.

Als sie die Lautstärke wieder höher stellt, ist Ava Dorn nicht mehr zu sehen. Sanna schaltet um. Eine Sendung über Odilon Redons Gemälde, ein Bild von einem Frauenkopf, der in einem See treibt. *Yeux clos. Geschlossene Augen.* Sie streichelt Sixtens raues Fell, dann lässt sie den Kopf sinken und schließt die Augen. Hört noch Ava Dorns Stimme im Kopf, dann spielende Kinder. Fangen, Zublinzeln und Stille Post.

Ein Kratzen an der Wohnungstür weckt sie. Sie setzt sich auf. Sixten springt vom Sofa und verschwindet in der dunklen Diele. Als das kratzende Geräusch wieder ertönt, knurrt er leise. Sanna geht durchs Wohnzimmer und späht zur Tür. Sixten bellt. Sie schaltet das Licht ein. Stille. Dann Schritte, die sich entfernen.

Das Handy klingelt, und sie eilt zurück ins Wohnzimmer. Niklas. Sie überlegt, ihm zu sagen, dass jemand an ihrer Wohnungstür war, entscheidet sich dann jedoch dagegen. Was soll sie überhaupt erzählen? Vielleicht haben auch nur ein paar Kinder im Treppenhaus gespielt.

Niklas entschuldigt sich, dass er so spät noch anruft, und berichtet von den Ereignissen des Tages, von Pascals Nebenbeschäftigungen. Und dass sie Nina immer noch nicht gefunden haben.

»Du willst, dass ich es versuche?«, fragt Sanna leise.

»Das wäre eine große Hilfe, ja.«

Sie will gerade antworten, als es wieder an der Tür kratzt. Sie geht zur Diele. Merkt, dass die Wohnungstür unverschlossen ist.

»Bist du noch dran?«, fragt Niklas.

»Ja«, erwidert sie. »Morgen früh drehe ich eine Runde und suche nach ihr.«

Sie beendet das Gespräch und sieht zur Tür. Es riecht nach verbrannten Sägespänen. Sixten knurrt und läuft vor ihr auf und ab. Sie schiebt ihn zur Seite, sein Halsband klirrt, als er sich wieder vor sie zu drängen versucht. Sie drückt die Klinke herunter und späht in den Flur.

»Hallo?«

Sie lauscht, hört jedoch nur ein paar gedämpfte Geräusche aus den Wohnungen der Nachbarn. Das Treppenhaus ist leer. Sie tritt in den Flur und dreht sich um. Ihr Blick fällt auf die Wohnungstür.

Eine Vertiefung im Holz, nur ein paar Zentimeter groß. Jemand hat etwas eingeritzt. Es sieht fast aus wie ein T. Sie streicht mit den Fingern darüber. Die senkrechte Linie führt über die waagrechte nach unten. Vielleicht ein Kreuz.

Sie erstarrt, die Bilder von Jacks Opfern schlagen über ihr zusammen. Neben den brutalen Messerstichen in den Oberkörper hatte er allen die Kehle aufgeschlitzt – mit einer kreuzförmigen Wunde. Wieder betrachtet sie das Zeichen in der Tür.

»Nein«, flüstert sie. »Das ist unmöglich.«

Sie schüttelt den Kopf, verdrängt den Gedanken.

Plötzlich streicht ein Lufthauch über ihren Nacken. Sie reißt den Kopf herum, doch da ist niemand. Nur das verfluchte Gefühl, nicht allein zu sein.

KAPITEL SIEBZEHN

Eir sitzt im Auto und isst ein Falafel-Dürüm. Die Dämmerung zieht herauf, der Mond steigt über den Bäumen auf. Sie schlingt die halbe Rolle in wenigen Minuten hinunter, packt den Rest in die Alufolie ein und trinkt ihre Limo aus. Auf der anderen Straßenseite entdeckt sie Alice an einer Bushaltestelle. Die dunklen Haare sind zu einem ordentlichen Knoten geschlungen, und sie starrt in Gedanken versunken vor sich hin. Eir lässt das Fenster herunter.

»Alice«, ruft sie.

Ein Bus nähert sich, die darauf angezeigte Endhaltestelle wechselt zwischen einem Stadtteil im Norden der Stadt und der Eishalle. Der Bus fährt wieder an und nimmt Alice mit sich.

Eir zögert. Schlägt die Alufolie zurück und beißt noch einmal von ihrem Dürüm ab. Schreibt eine Nachricht an Fabian, wartet, erhält aber keine Antwort. Er ist wahrscheinlich mit seinen Freunden beschäftigt, denkt sie. Sie fürchtet sich davor, nach Hause in die leere Wohnung zu fahren. Sie fährt los, dem Bus hinterher.

Der Parkplatz vor der Eishalle ist erleuchtet. Als Eir einbiegt, kommt ihr der leere, dunkle Bus entgegen. Sieben oder acht Autos stehen auf den Stellplätzen am Eingang. Sie zögert, dann steigt sie aus.

Die Musik hört sie als Erstes, als sie sich der Zuschauertribüne nähert. »Song of Joy« von Nick Cave and The Bad Seeds ertönt ohrenbetäubend aus den Lautsprechern.

Eir blickt über die Eisfläche. Im Licht der Scheinwerfer, die an der gewaltigen Decke befestigt sind, sieht sie Alice in braunen Leggins, braunem Strickpullover und Stulpen über den beigefarbenen Schlittschuhen. Bei ihr sind acht oder zehn andere Frauen. Zusammen ziehen sie vorsichtig ihre Runden, werden allmählich schneller, bis sie sich plötzlich explosionsartig in die Luft werfen. Sie springen synchron, millimetergenau. Donnernd kommen sie wieder auf dem Eis auf.

Eir beobachtet Alice, die ein Teil des Teams ist, aber allein für sich zu sein scheint. Zusammen mit den anderen dreht sie ihre Kreise, fährt vorwärts, rückwärts, wirbelt durch die Luft. Ein Nebel aus silbernem Licht scheint vom Eis aufzusteigen und ihr überallhin zu folgen. Als das Lied zu Ende ist, steht Eir auf und geht zum Ausgang.

Eine halbe Stunde später betritt sie ihre Wohnung, schaltet das Licht ein und lässt die Tür hinter sich ins Schloss fallen. Sie recherchiert nach Fight Clubs auf der Insel, findet jedoch kaum etwas. Gerüchteweise gibt es wohl solche Clubs, doch niemand will sich zu diesbezüglichen Fragen äußern. Viele Antworten sind sarkastisch. Ein Befragter beschwert sich darüber, dass Lokalzeitungen aus Steuergeldern finanziert werden. Ein anderer antwortet, Fight Clubs gäbe es nur im Kino und im Fernsehen.

Da sieht sie Fabians Schuhe in der Diele. Ihr wird ganz warm, als er zu ihr kommt und seine Finger zwischen ihre schiebt.

»Wie schön, dass du endlich da bist und ich dich sehen kann.«

»Was machst du denn hier?«

»Ich habe dich vermisst«, antwortet er und küsst sie auf die Wange.

Sein Gesicht sieht anziehend aus, seine Augen sind voller Leben. Sie lässt den Blick auf ihren verschränkten Händen ruhen. Ein Flattern in der Magengrube, als er sie auf den Hals küsst. Er zieht sie an sich, legt die Wange an ihre Stirn. Seine Bartstoppeln kratzen an ihrem Haaransatz, er riecht frisch geduscht.

»Ich habe dich auch vermisst«, murmelt sie. »In was für einer verfluchten Welt wir leben.«

»Wie lief es heute?«, fragt er und zieht sie noch näher an sich.

Sie schüttelt den Kopf.

»Keine Ahnung, ich werde aus dem Mist nicht schlau. Der Tote hat einen geheimen Fight Club betrieben. Hat Geld damit verdient, dass zwölfjährige Jungs sich die Scheiße aus dem Leib geprügelt haben.«

Fabian erstarrt. »Was sagst du da?«

»Total krank, nicht wahr?«

Er streicht ihr eine Strähne aus dem Gesicht.

»Und wie war es bei Vivianne?«, fragt er.

»Wir wissen im Grunde nur, dass er nach einem Stich in den Bauch an einer Blutvergiftung gestorben ist, dass er Glas- und Holzsplitter in einer Schürfwunde hatte, irgendwelche Tierfasern oder -blut am Körper und dass er über Stacheldraht geklettert ist …«

»Stacheldraht?«, unterbricht er sie.

Eir nickt. »Krank, was?«

»Na ja, es gibt noch viele Bauern, die ihn auf ihren Höfen verwenden. Zumindest die, die Tiere halten.«

»Ja, aber nicht da, wo man Pascal gefunden hat.« Sie gähnt.

»Du bist sicher todmüde«, sagt er und nickt in Richtung Schlafzimmer.

Sie gähnt erneut. »Nein, erzähl erst noch, was *ihr* alles unternommen habt. Und du hast die Jungs einfach allein gelassen?«

Er lächelt und zieht langsam sein T-Shirt hoch. Beim Anblick der Prellung über den Rippen schlägt sie die Hand vor den Mund.

»Wir machen ja immer etwas draußen, bewegen uns«, sagt er und verzieht das Gesicht, als sie die Prellung berührt. »Dieses Mal hatte irgendwer die brillante Idee, wir könnten ja Kitesurfen.«

Eir kann sich das Lachen nicht verbeißen.

»Himmel, das macht man doch nicht einfach so, oder?«

»Wir hatten einen Lehrer«, erklärt Fabian. »Für einen Schnupperkurs. Aber ich habe bei den Sicherheitsinstruktionen wohl nicht so gut zugehört.«

»Verdammt, du hättest dir das Rückgrat brechen können«, sagt Eir. »Und die anderen, sind sie noch im Haus?«

Er nickt. »Aber ich wollte hier bei dir schlafen.«

Eir sieht zu den Schatten, die durchs Küchenfenster hereinfallen. Lauscht auf die Stille.

»Weißt du eigentlich, dass Sanna fast nichts in ihrer Wohnung hat?«

Er streichelt ihr über die Wange. »Warst du heute bei ihr?«

»Ja, ich und Niklas.«

»Ach ja?« Er lächelt aufreizend.

»Ja, wir haben etwas abgeholt. Die Wohnung ist echt schön, du hättest sie sehen sollen. Modern und sauber. Aber außer Sixtens Bett und unzähligen Hundespielsachen hat sie fast nichts.«

»Solltest du nicht langsam aufhören, dir Sorgen um sie zu machen?«

»Das mache ich nicht.«

Er neigt den Kopf.

»Ich glaube nur, dass ich Sixten vermisse«, sagt sie.

»Aber es war richtig, ihn Sanna zu geben. Du weißt doch,

was für ein schlechtes Gewissen du immer hattest, weil du nur schnell mit ihm Gassi gehen konntest und dann wieder zurück zur Arbeit musstest.«

»Ich weiß«, antwortet sie. »Aber er hat doch zur Familie gehört. Wir haben ihn als Welpen bekommen, das ist fast wie ein Baby.«

»Aha …« Fabian lächelt breit.

Eir wird rot. »Ach, sei ruhig.«

»Jetzt, wo du es sagst …«

»Ich würde nie ein Kind in diese kranke Welt setzen«, unterbricht sie ihn. »Ich vergesse ja schon, mein Handy aufzuladen, also glaub bloß nicht, dass ein Kind jemals infrage kommt.«

»Man soll nie nie sagen.« Er lacht.

»Hast du das Surfbrett vielleicht auch an den Kopf bekommen?«

Er lächelt, nimmt ihre Hand und zieht sie mit sich ins Schlafzimmer.

Ein paar Stunden später wachen sie auf, als Fabians Handy klingelt. Während er sich meldet, setzt sich Eir verschlafen auf. Fabian zieht sich schweigend eine Hose an, das Handy immer noch am Ohr.

»Was ist los?«, flüstert Eir und geht zu ihm.

»Die Jungs. Markus ist gestürzt und hat sich verletzt«, sagt er. »Er muss genäht werden. Ich fahre hin, dann müssen sie nicht in die Notaufnahme.«

Sie zögert. »Kann ich mitkommen?«

Bei Vollmond fahren sie zu der großen Villa aus den Siebzigerjahren. Inmitten von hübschen Kiefern steht sie oben auf einer Anhöhe über Feldern und Feuchtwiesen. Die Luft ist salzig. Vor ihnen erstrecken sich das Meer und der Horizont.

»Hier bist du aufgewachsen?«, fragt Eir, als sie aussteigen. »Ernsthaft?«

»Ja«, antwortet er. »Aber als mein Vater gestorben ist, sind wir in ein viel kleineres, einfacheres Haus gezogen, und meine Mutter hat die Villa an Firmen vermietet.«

»Aber wie konntet ihr euch das leisten, so eine Hütte muss doch richtig viel an Unterhalt kosten? Die Miete hat das doch sicher nicht allein abgedeckt?«

Er senkt den Blick. »Wir konnten es uns nicht leisten, aber meine Mutter wollte die Villa nicht verkaufen.«

Eir würde ihn gern berühren, doch da wird die Haustür geöffnet. Hannes, einer von Fabians Freunden, steckt den Kopf heraus. Er ist fast zwei Meter groß, mit Vollbart und Tätowierungen, das lange Haar ist im Nacken zu einem Knoten gebunden. Er lächelt.

»Ich dachte mir doch, dass ich ein Auto gehört habe. Kommt ihr? Markus ist überzeugt, dass er verblutet.«

Eir begrüßt Hannes mit einer Umarmung. Sie kennt ihn gut und mag ihn. Seit sie mit Fabian zusammen ist, haben sie viel miteinander unternommen.

»Was ist passiert?«, fragt sie.

»Eine lose Schwelle an der Küche«, erklärt Hannes. »Er ist gestolpert.«

»Einer der Gründe, warum ich verkaufen will«, sagt Fabian resigniert. »Alles fällt auseinander.«

Eir hält sich im Hintergrund, während Fabian seinen Kumpel näht. Markus wiederholt ständig, wie sehr die Wunde schmerzt. Als alles überstanden ist, stürzt er ein kaltes Bier hinunter. Nachdem alle ihm aufmunternd auf den Rücken geklopft haben, verzieht er sich mit einem Schmerzmittel in sein Zimmer, um etwas zu schlafen.

Während Fabian mit seinen Freunden spricht, geht Eir

leise von der Küche ins nächste Zimmer, das eine hohe Decke hat. Sie kommt an einem Schreibtisch in einer Nische vorbei. An einer Wand hängen gerahmte Familienfotos von früher. Menschen mit großen Sonnenbrillen und in Sommerkleidung. Ein kleines Mädchen hat Glitzer im Gesicht und im Haar und trägt ein funkelndes Diadem. In einer Hand hält sie einen Plastikzauberstab mit einem wattierten, glitzernden Stern. Das Bild daneben zeigt ein lächelndes Brautpaar auf einem vergilbten Hochzeitsfoto. Eir streicht mit den Fingerspitzen darüber, fragt sich, ob das Fabians Eltern sind.

Eir kommt in einen zweigeschossigen Raum, an den mit Holzpaneelen verkleideten Wänden hängt abstrakte Kunst. Von der meterhohen Zimmerdecke hängt ein Kronleuchter aus dunkelgrünen Glaskugeln über einem langen Esstisch, an dem Designerstühle aus durchsichtigem Kunststoff stehen, die fast nicht zu sehen sind.

Es riecht nach Chlor. Eir dreht sich um und sieht im unteren Geschoss einen Swimmingpool, der türkisfarben vor den bodentiefen Fenstern leuchtet. Am Horizont zieht langsam die Morgendämmerung herauf. Sie empfindet Freude und so etwas wie Ehrfurcht vor dem Ort, an dem Fabian aufgewachsen ist. Beinahe sieht sie ihn vor sich, wie er über den hübschen Boden rennt. Die Haut sonnengebräunt, die dunkelblauen Augen glänzend im Sonnenlicht.

Sie geht zurück zu ihm und den anderen in die Küche. Jemand zieht die Holzjalousien nach oben, Schubladen werden geöffnet, das Klirren von Geschirr und Besteck.

»Na, fertig herumgeschnüffelt?«, fragt Fabian und gießt frisch gepressten Orangensaft in ein Glas, das er ihr reicht.

»Echt unfassbar, dieser Ort«, sagt sie.

»So geht es uns allen«, meint Hannes lachend. »Und wir können es auch nicht fassen, wie Fabian dir weismachen konnte, er hätte dir etwas zu bieten.«

Sie lacht, die anderen decken weiter den Tisch. Jemand kommandiert sie dazu ab, Äpfel und Orangen für einen Obstsalat zu schneiden, scheucht sie dann aber wegen ihrer jämmerlichen Schneidetechnik, wie er scherzhaft sagt, wieder weg.

Sie fühlt sich wohl in der Gesellschaft der Männer, die sie alle schon länger kennt, die ihr aber alle zusammen noch sympathischer sind. Sie gehen so warm, fast schon liebevoll miteinander um. Gelegentlich wechselt sie einen Blick mit Fabian, was ein Flattern in ihrem Bauch auslöst.

Als sie kurz darauf alle um den Frühstückstisch sitzen, erzählen sie Geschichten von der Fußballmannschaft, in der sie als Kinder alle gespielt und wo sie sich kennengelernt haben. Fabian war der mit den meisten Toren, aber auch den meisten Platzverweisen.

Markus kommt gähnend aus seinem Zimmer und gießt sich dampfenden Kaffee in eine Tasse.

»Tut mir leid, dass ihr mitten in der Nacht hier aufschlagen musstet«, sagt er.

Fabian klopft ihm auf den Rücken. »Komm in ein paar Tagen bei mir vorbei, dann überprüfe ich die Naht. Und versuch, dich bis dahin auf den Beinen zu halten.«

»Das mache ich«, erwidert Markus.

Kurz darauf entschuldigt sich Eir und geht ins Bad. Auf dem Weg zurück bemerkt sie einen Typen, der schnarchend in einem Sessel am Pool schläft und dabei den Kopf in einem seltsamen Winkel hält. Sie fragt sich, ob er schon die ganze Zeit dort gesessen und sie ihn einfach bisher übersehen hat. Ein Badetuch liegt neben ihm auf dem Boden, und er trägt nur Unterhose und Jacke. Sein Bauch wölbt sich. Eir hat den Mann noch nie gesehen.

»Max«, sagt Fabian hinter ihr. »Er übertreibt es gern mit dem Schnaps oder den Pillen.«

»Verdammt«, sagt Eir leise. »Ihr habt sie ja nicht mehr alle.«

Fabian legt Max das Badetuch über die Beine. Das Schnarchen wird lauter.

»Er wohnt auf dem Festland, aber kommt ab und zu auf die Insel, um sich mit uns zu treffen«, sagt Fabian. »Er kennt auch noch andere Leute hier, aber wir konnten ihn überreden, ein bisschen Zeit mit uns zu verbringen. Nur schade, dass er nicht wach bleiben kann.«

Es klingelt an der Haustür. Schritte, Stimmen. Eir geht zurück zur Küche und sieht einen sonnengebräunten Mann in der Diele, der eine Stofftasche mit dem Logo der Kitesurfschule der Insel in der Hand trägt.

»Hannes hat sein T-Shirt am Strand vergessen«, erklärt er und überreicht die Tasche. »Wir haben es gefunden, als wir die Bretter und die Ausrüstung aufgeräumt haben. Ich hoffe, euer Muskelkater heute hält sich in Grenzen?«

Hannes bedankt sich und zieht sein T-Shirt aus, um in das zu schlüpfen, das er gerade zurückbekommen hat. Eir kann sich einen Blick auf seinen nackten Oberkörper nicht verkneifen, dessen Muskeln genauso definiert sind wie die von Fabian.

»Himmel, jetzt hör schon auf, so anzugeben …«

Die Stimme gehört Henrik, einem von Fabians ältesten Freunden. Im Gegensatz zu den anderen hat er einen Bauch. Sein grau meliertes Haar ist kurz geschnitten. Beim Treppensteigen gerät er immer außer Atem, Eir erinnert sich, wie er Fabian einmal besucht hat und der Aufzug außer Betrieb war. Er musste sich eine halbe Stunde in der Küche ausruhen. Als er dann aufstand, fiel eine große Tüte mit Süßigkeiten aus seiner Tasche, und Fabian fand noch Wochen später Salzlakritzstücke in der Küche. Sie lächelt, denkt, dass es schön ist, dass ein paar aus der Gruppe doch eher wie sie sind.

»Ach was, du hier?«, fragt der Surflehrer plötzlich.

Alle Blicke richten sich auf Eir.

»Wir haben uns doch vor ein paar Wochen unten am Steg gesehen«, sagt er und lächelt. »Am Kaltbadehaus.«

Eir erinnert sich schwach an einen Mann im Neoprenanzug, als sie sich nach dem Schwimmen aus dem Wasser gehievt hatte. Er war zu ihr gelaufen, um zu überprüfen, ob es ihr gut ging, doch sie kann sich nicht an seine Stimme oder sein Gesicht erinnern.

»Ja, stimmt …«, meint sie vage.

»Die Strömungen da draußen sind nicht ohne«, sagt er lächelnd. »Du solltest nicht allein schwimmen.«

Fabian lacht. »Sie schwimmt schon im Meer, seit sie ein Kind war. Sie kann auf sich aufpassen.«

»Ja, aber allein und ohne Neoprenanzug, damit ist nicht zu spaßen«, entgegnet der Surflehrer scharf und wendet sich an Eir. »Mit so einem Körper wie deinem musst du aufpassen, dass da unten nicht die falschen Typen auftauchen …«

Eir erstarrt. Er meint das völlig ernst. Etwas droht in ihr zu zerspringen, am liebsten würde sie sich auf ihn stürzen.

»Warum soll sie sich darum kümmern, was irgendwelche Typen über sie denken?«, fragt Hannes.

»So habe ich es nicht gemeint …«

»Ach nein?«, sagt Fabian. »Für mich hat es genau so geklungen.«

Der Surflehrer sieht von Eir zu den anderen und zurück.

»Entspannt euch mal …«, sagt er und wird rot.

Hannes wirft ihm den leeren Stoffbeutel entgegen und hebt die Augenbrauen.

»Meine Schwester läuft lieber mitten auf der Straße als auf

einem dunklen Gehweg. Sie hat weniger Angst vor Autos, die hundert Stundenkilometer fahren, als vor Arschlöchern wie dir. Soll sie sich deiner Meinung nach auch ein bisschen entspannen?«

Der Typ weicht zurück und verabschiedet sich hastig. Fabian dreht sich zu Eir.

»Soll ich dich heimfahren, damit du vor dem Dienst noch ein wenig schlafen kannst?«

Vor dem Haus fährt ihr ein warmer Wind durch die Haare. Als Fabian sie beim Auto umarmt, sieht sie zum Meer.

»Was für eine Nacht«, flüstert er an ihrem Ohr.

Sie nickt und gähnt. Das Lachen der Jungs dringt von der Terrasse herüber.

»Diese Kleinkindpapas mögen dich wirklich gern«, sagt er.

»Na klar.« Sie lacht. »Das sind ja auch nur Menschen.«

Er drückt sie an sich.

»Ich will dich eigentlich gar nicht nach Hause fahren«, sagt er. »Ich will, dass wir so viel Zeit wie möglich miteinander verbringen.«

Sie schiebt ihn von sich. Er nimmt ihre Hand und küsst sie.

»Was denkst du? Sollen wir uns eine gemeinsame Wohnung suchen?«

KAPITEL ACHTZEHN

Das Industriegebiet im Osten des Ortes ist bleigrau. Hinter Gitterzäunen und verschlossenen Toren liegen dunkle Produktionshallen und Werkstätten. Paletten stapeln sich neben Lastwagen und anderen Fahrzeugen. Sanna fährt an der örtlichen Gummi-Industrie vorbei, ein paar Firmen, die viele Arbeitsplätze sichern, außerdem an einer Firma, die landwirtschaftliche Maschinen wartet, am Sortierzentrum der Post und ein paar Schreinereien; eine ist auf Außentüren spezialisiert, eine andere auf die Einrichtung von Kirchen und Kapellen. Es ist Wochenende, alles hat geschlossen.

Das Auto spiegelt sich in einem Bushaltestellenwartehäuschen, als sie an den Gehsteig fährt. Im Rückspiegel erstrecken sich die Felder kilometerweit. Sie ist über die Ringstraße hierhergefahren, auf der Suche nach Nina und ihren Freundinnen, hat eine Abfahrt nach der anderen genommen.

Als sie ihr Handy aus der Tasche holt, findet sie dabei auch Sixtens Leine. Schnell schreibt sie eine SMS an Kaia und Claes. Kaia antwortet sofort, dass sie eine zweite Leine haben, und schickt ein Bild von Sixten, wie er auf einem Samtsofa eng an Margaret Thatcher gedrückt schläft. Sixtens Pfote liegt beschützend vor dem fuchsartigen Kopf des kleinen, wuscheligen Hundes.

Sanna legt die Hand aufs Lenkrad, blickt auf die Wörter, die sie bei seinem Anruf vor dem Eisenwarenladen auf die

Haut geschrieben hat. Die meisten sind verblasst, doch eines ist noch deutlich lesbar: *Sonne.*

Plötzlich ertönt lautes Lachen.

Die Allmende zwischen dem Industriegebiet und den nächsten Wohnhäusern erstreckt sich einige Hundert Meter.

Da entdeckt sie sie. Nina sitzt mit ein paar anderen Mädchen auf der Rückenlehne einer Bank. Die anderen sitzen in einem Halbkreis auf ihren Motorrädern und Rollern. Sie rauchen etwas.

Als Sanna aussteigt und zu ihnen geht, sieht sie ihre getrübten Augen. Vielleicht haben sie Schmerz- oder Beruhigungstabletten eingeworfen.

»Hallo«, sagt sie und bleibt mit ein wenig Abstand stehen.

Das Mädchen mit den taillenlangen rosa Haaren dreht sich um und lacht auf, wobei es seine Zahnspange entblößt.

»Was wollen Sie?«, fragt sie und atmet Rauch aus.

»Nina?«, sagt Sanna.

Nina antwortet nicht, wirft ihr nur einen Blick zu und nimmt dem neben ihr sitzenden Mädchen die Zigarette aus der Hand, zieht daran. Sie hat die Beine überkreuzt, die weinroten Stiefel sind geschnürt. Sie trägt Jeansshorts und wieder den weiten Strickpullover. Ein paar Haarsträhnen hat sie mit einem Band geflochten, der Rest hängt über ihre schmalen Schultern.

»Wir müssen mit dir sprechen«, fährt Sanna fort.

Nina beobachtet sie aus ihren schwarz geschminkten Augen, dann sieht sie zu ihren schweigenden Freundinnen. Sanna beschattet die Augen mit der Hand.

»Es geht um deinen Bruder, es ist wichtig.«

Nina springt von der Bank und drängt sich an den Motorrädern vorbei. Die Haare fallen ihr über die Wangen, die dünnen Arme ertrinken in dem Pullover. Sie wendet den Blick nicht von Sanna.

»Sie hätten ja auch einfach anrufen können?«

»Das *haben* wir.«

Sie wirft einen raschen Blick über die Schulter zu den anderen. »Worüber wollen Sie denn mit mir reden?«

»Es ist wichtig, dass du der Polizei alles erzählst, was bei den Ermittlungen zu Pascals Tod helfen könnte.«

»Wer sagt denn, dass ich etwas weiß?«

Sanna nickt zu ihrem Wagen. »Komm, wir fahren zum Revier, da können wir uns in Ruhe unterhalten.«

Nina zieht die Pulloverärmel über die Hände.

»Ich fahre dich danach zurück«, sagt Sanna.

Das Mädchen zieht die Schultern hoch, als wäre ihr kalt. »Versprochen?«

»Versprochen.«

Nina setzt sich auf den Rücksitz, rutscht nervös hin und her. Sie zieht sich die Kopfhörer über die Ohren, Sixtens Decke über die Knie. Sanna justiert den Rückspiegel.

»Okay, wenn ich Nachrichten höre?«, fragt sie.

Nina sieht zu ihr, dann zu der modernen Stereoanlage.

»Haben Sie da Bluetooth?«

»Keine Ahnung …«, meint Sanna. »Weißt du, wie das geht?«

Ein vorwurfsvoller Blick. Dann beugt sich Nina zwischen den Vordersitzen vor, verströmt dabei einen Geruch nach Tabak, süßlichem Parfüm und Kaugummi. Sie drückt auf ein paar Knöpfe, lässt sich zurücksinken und tippt etwas auf ihrem Handy.

Musik tönt aus den Lautsprechern. Tiefe elektronische Beats, gedämpfter Bass, weiche Melodien und eine klare Stimme. Sanna spürt Ninas Blick auf sich. Dann hört sie das Klicken eines Feuerzeugs.

KAPITEL NEUNZEHN

Der Ermittlungsraum ist voller Unterlagen. Alice sitzt zusammengesunken vor ihrem Computer.

»Sind sie noch nicht hier?«, fragt Eir beim Hereinkommen und wirft die Lederjacke auf einen Stuhl.

»Müssten jeden Moment kommen«, antwortet Alice.

Eir überprüft ihr Handy, keine Nachrichten. Sie denkt an Fabians Frage, ob sie zusammenziehen sollten. Der Augenblick war so perfekt gewesen. Sie wünschte, sie könnte ihn für immer abspeichern, damit sie gemeinsam für immer darin verweilen könnten. Nichts tun, ihn nicht zerstören oder beschmutzen. Sie hatte keine Antwort herausgebracht, bevor sie sich ins Auto gesetzt und schweigend in die Stadt zurückgefahren waren.

Niklas und Jon kommen herein und schließen die Tür hinter sich.

»Der Empfang soll uns Bescheid geben, sobald sie hier sind«, sagt Niklas und nickt Eir zu. »Kommen ihre Eltern auch?«

Eir schüttelt den Kopf. »Ich habe sie angerufen, und sie haben die Erlaubnis erteilt, dass wir uns ohne sie mit ihr unterhalten dürfen.«

Pascal Paulsons Foto hängt immer noch am Whiteboard. Die Verweise auf die arrangierten Faustkämpfe und Einbrüche stehen unter seinen letzten Worten: »das Mädchen«.

»Sollen wir uns kurz besprechen, bevor sie kommen?«, fragt Eir. »Alice, hast du etwas zu dem Handtuch gefunden, das Pascal bei sich hatte? Zu dem eingestickten Symbol?«

Alice berichtet, dass sie keine Gruppen oder Organisationen mit satanistischer Ausrichtung gefunden hat. Auch die Suche in Fällen aus der Umgebung und den lokalen Nachrichten aus den letzten Jahren hat nichts ergeben.

»Okay, danke«, sagt Eir. »Dann lassen wir die Spur ruhen, bis wir vielleicht etwas anderes dazu finden. Ich möchte gern über das sprechen, was die Jungs in dem Fight Club gesagt haben – dass Pascal auch andere Verbrechen organisiert hat.«

»Seltsam, dass er nicht im Verbrechensregister aufgeführt ist«, bemerkt Alice. »Und dass Sannas Kollege da draußen auch nichts von seinen Umtrieben wusste?«

»Genau«, sagt Eir. »Aber vielleicht finden wir mehr darüber heraus, wenn wir uns näher mit den Menschen aus seinem Umfeld beschäftigen.«

Alice berichtet, dass man alle aus Pascals direktem Umfeld verhört habe und alle ein Alibi für die Nacht seines Verschwindens hätten, darunter auch Sonja und Stellan Paulson. Man habe Pascals Social-Media-Profile und seinen Rechner durchsucht, jedoch nichts gefunden. Die Familie, vor allem die Eltern, habe man noch einmal gesondert überprüft.

»Stellan und Sonja Paulson haben keine Feinde, jedoch hohe Schulden. Pascal hat oft Bargeld auf ihr Konto eingezahlt.«

»Und sie haben nie nachgefragt, woher er das Geld hatte?«, erkundigt sich Eir.

Alice schüttelt den Kopf. »Stellan sagt, sie hätten gedacht, Pascal gäbe Privatunterricht in Kampfsport.«

»Er war ja ganz schön umtriebig«, sagt Eir. »Aber wo ist das ganze Geld jetzt? In seiner Wohnung haben wir nichts gefunden. Hat jemand eine Idee?«

Schweigen.

Eir seufzt. »Jon, wie lief es mit den Glasern und dem Baustoffhandel? Irgendetwas Auffälliges zu Fensterreparaturen oder so etwas?«

Jon schüttelt den Kopf.

»Na super. Wir machen ja tolle Fortschritte.« Eir geht zum Whiteboard und tippt auf Pascals letzte Worte. »Was hat er damit gemeint?«

»Vielleicht gar nichts«, sagt Alice.

Eir überlegt. »Vielleicht hat der Täter Kinder?«

»Es wohnen keine Familien mit Kindern in der Umgebung des Hauses, in dem man ihn gefunden hat«, entgegnet Alice. »Wir haben den Suchradius sogar noch vergrößert und alle auf den Höfen um den Wald herum verhört.«

Eir seufzt. »Vielleicht hat man ihn im Wald abgelegt? Hat ihn hingefahren und gedacht, er sei tot? Da kann sich der Täter überall auf der Insel befinden.«

»Ich glaube, wir sollten uns den Boxclub noch mal näher anschauen«, sagt Alice. »Und den Fight Club. Egal, ob er im Verbrechensregister steht oder nicht, wir wissen ja schließlich, dass Pascal Paulson kriminell war.«

»Das finde ich auch«, meldet sich Jon zu Wort. »Der Täter muss außerdem stark genug gewesen sein, um Pascal Paulson überwältigen zu können. Durchtrainiert.«

Eir nickt und wendet sich an Niklas.

»Gut«, sagt dieser. »Ich kümmere mich um zusätzliche Einsatzkräfte, damit wir uns den Boxclub und seine Finanzen noch mal genauer anschauen können und auch die finanziellen Verhältnisse der Familie.«

»Was ist mit den kleinen Jungs und den schrecklichen Faustkämpfen und der Tatsache, dass man sie für Verbrechen ausgenutzt hat …«, fragt Alice.

»Spezialisierte Kollegen werden die Vernehmung der Kinder durchführen«, sagt Niklas und verlässt den Raum.

Eir betrachtet die Notizen auf dem Whiteboard. Wie immer am Anfang einer Mordermittlung kribbelt es vor Unruhe in ihrem Bauch. Irgendwo hinter den ganzen Fotos und Hinweisen steckt jemand aus Fleisch und Blut, jemand mit einem Impuls oder einem Drang, einen anderen Menschen zu töten.

Die Tür wird geöffnet, Sanna steckt den Kopf herein.

»Kommst du?«

Nina sitzt bereits am Tisch, als Eir in das kleine Verhörzimmer kommt. Sanna reicht dem Mädchen eine Limo.

»Willst du auch was?«, fragt sie Eir.

Diese schüttelt den Kopf und sagt: »Hallo, Nina.«

Nina blickt auf.

»Wie geht's?«

Schulterzucken.

»Wenn es dir nicht gut geht und du mit jemandem reden möchtest, dann kümmern wir uns darum. Mir ist klar, dass es gerade sehr schwer für dich sein muss.«

»Okay.«

Eir versichert Nina, dass sie nicht unter Verdacht steht, sondern als Zeugin vernommen werden soll. Als sie erklärt, dass Stellan und Sonja ihr Einverständnis gegeben haben, dass die Polizei ohne sie mit ihrer Tochter spricht, senkt Nina den Blick.

»Sollen wir jemand anderen anrufen? Wir könnten jemanden vom Jugendamt dazuholen.«

»Nein«, erwidert Nina.

»Wir können jederzeit eine Pause machen, ja?«

Nina nickt.

»Wie du ja weißt, wollen wir mit dir über Pascal reden«, beginnt Eir. »Wann hast du ihn vor seinem Verschwinden zuletzt gesehen oder von ihm gehört?«

Ninas Blick zuckt zu Sanna. »Darüber haben wir doch im Krankenhaus schon gesprochen?«

»Und jetzt reden wir noch einmal darüber«, sagt Sanna. »Es ist wichtig, dass du uns jetzt alles erzählst, was du weißt.«

»Ich habe ihn an dem Abend angerufen …«, berichtet Nina angespannt. »Deshalb bin ich wohl hier.«

Eir nickt. »Erzähl.«

Nina legt die Hände auf den Tisch. Die Fingernägel sind rot-schwarz lackiert, manche mit Glitzer verziert. Ihre Hand zittert, als sie ein Stück Lack abzupfen will.

»Worüber habt ihr gesprochen?«, fragt Eir.

Nina zögert. Eir wartet, bis das Mädchen sie ansieht.

»War etwas passiert?«

Schweigen.

»Versuch es, bitte«, sagt Sanna.

Ninas Hand zittert, als sie sie um die andere schließt.

»Vor ein paar Wochen bin ich ihm gefolgt«, beginnt sie. »Er hatte sich eine Weile komisch verhalten, als hätte er etwas zu verbergen. Eines Abends bin ich ihm mit Hedda, einer Freundin, auf dem Motorrad vom Boxclub aus gefolgt. Er ist nach Norden gefahren, bis zu einem alten, verdreckten Rastplatz. Da hat er gehalten, hat zwei große, lange Taschen aus dem Kofferraum geholt und ist damit im Wald verschwunden. Sie haben schwer ausgesehen. Wir haben ein bisschen gewartet, dann sind wir ihm gefolgt. Wir haben ihn im Wald entdeckt, wo er an einem großen hohlen Baum gestanden und nach oben gestarrt hat. Wir haben gewartet. Dann hat er sich nach etwas an dem Baumstamm gestreckt und ist ein paar Schritte zur Seite gegangen. Es sah aus, als würde er die Schritte zählen. Dann ist er über etwas gestiegen und hat sich hingekniet. Auf einmal hat er sich umgeschaut. Wir hatten Angst, dass er uns bemerkt hat, und haben uns geduckt.«

Sie verstummt.

»Als wir dann wieder hingesehen haben, war er weg. Einfach verschwunden.«

Eir und Sanna tauschen einen raschen Blick.

»Zuerst dachte ich, ich hätte es mir eingebildet«, fährt Nina fort. »Aber er war wirklich weg, als hätte ihn der Erdboden verschluckt oder so.«

Sie legt die Hände um die Limodose.

»Wir haben eine Weile gewartet, dann hat es zu regnen angefangen, und wir sind gefahren.«

»Und das war vor ein paar Wochen, sagst du?«, fragt Sanna.

Nina nickt, sieht aber nicht auf.

»Am nächsten Tag habe ich ihn mit einem Packen Bargeld gesehen und ihn gefragt, woher er das hat.«

»Was hat er darauf gesagt?«, fragt Eir.

»Dass ich mich nicht darum kümmern soll.«

»Und? Hast du dich daran gehalten?«, fragt Sanna.

Nina zuckt mit den Schultern.

»Bis Donnerstag, als Papa und Sonja am Telefon wieder wegen Geld gestritten haben, habe ich nicht mehr daran gedacht. Ich war zu Hause und habe gehört, wie Sonja Papa angeschrien hat, und wusste, dass Pascal mit Papa im Studio war. Er musste den Streit also auch gehört haben.«

»Da hast du ihn dann angerufen? Weil du nicht wolltest, dass er euch verlässt?«

Nina nickt.

»Ich musste immer an das Geld denken, glaubte, dass er wieder in den Wald fahren und noch mehr holen und es Papa geben würde …«

Eir versucht, Nina in die Augen zu sehen, doch die wendet den Blick ab.

»Und hast du ihn erreicht?«

Nina nickt.

»Er war krass komisch, hat mich gefragt, ob ich ihm gefolgt bin. Dann klang es, als wäre er im Supermarkt und würde etwas kaufen, bevor er aufgelegt hat.«

»Hast du das deinem Vater erzählt?«

Nina schüttelt den Kopf.

»Nein«, sagt sie ausdruckslos. »Mein Vater kapiert gar nichts und würde es nur Sonja erzählen, die dann vielleicht die Polizei ruft … Die spinnt total.«

Sie beißt sich auf die Lippe. Eine Träne rinnt über ihre Wange. Sie wischt sie ab, weitere Tränen fließen.

»Er hat versprochen, dass er mich anruft, wenn er wieder zu Hause ist.«

Eir lehnt sich zurück.

»Warum hast du das nicht schon vorher erzählt?«

»Ich weiß nicht«, schnieft Nina.

Sanna legt ihr die Hand auf die Schulter.

»Bring uns jetzt bitte zu dem hohlen Baum.«

KAPITEL ZWANZIG

Sanna stellt den Wagen am Rastplatz ab und steigt mit Nina zusammen aus. Das Mädchen verzieht keine Miene. Ihre Wangen sind matt vor getrockneten Tränen.

»Es fühlt sich an, als wäre es schon ewig her, dass ich hier war«, sagt sie schließlich leise.

Sie zieht die Pulloverärmel über die Hände, die Schultern hoch. Trotz der Wärme wirkt sie, als wäre ihr kalt.

»Ich habe noch einen Pullover im Kofferraum«, sagt Sanna.

Nina schüttelt den Kopf. Sie schnieft und wischt sich mit dem Ärmel die Nase ab.

»Die anderen kommen sicher auch gleich«, sagt Sanna. »Bald ist es geschafft. Dann kannst du nach Hause fahren, oder ich setze dich bei deinen Freundinnen ab, wenn dir das lieber ist.«

Sie geht ein paar Schritte. Bleibt bei dem Gebüsch stehen, das sich zwischen dem Asphalt und dem Wald befindet und in dem lauter Müll liegt. Leere Getränkedosen, Flaschen, Styroporverpackungen und Plastikbesteck. Mülltüten. Dahinter erstreckt sich der dichte Wald. Ab und zu fährt ein Auto vorbei. Nina schnieft immer noch. Sanna bereut, das Mädchen mitgenommen zu haben. Sie hätte eine andere Lösung finden müssen.

»Bist du dir sicher, dass du mitgehen willst?«, fragt sie. Als sie keine Antwort bekommt, dreht sie sich um. »Du kannst gern im Auto warten. Zeig uns nur die richtige Richtung, danach können wir uns an dem Baum orientieren.«

Nina schüttelt den Kopf. »Ich komme mit.«

Sanna gibt ihr ein Taschentuch. Während Nina sich schnäuzt, biegen zwei Autos auf den Parkplatz ein, und kurz darauf stehen Eir, Jon und zwei uniformierte Polizisten bei dem Gebüsch.

»Sind das alle?«, fragt Nina leise und sieht zu der kleinen Gruppe.

Sie gehen in den Wald. Nina steigt über Wurzeln und abgebrochene Äste hinweg, sucht die Umgebung mit dem Blick ab. Sie schweigt. Als etwas sie ins Bein sticht, kratzt sie sich kurz über dem Rand der weinroten Stiefel, dann stapft sie weiter.

Plötzlich bleibt sie stehen und sieht zu einem Ameisenhaufen bei einigen umgestürzten Bäumen. Die Sonne verschwindet hinter einer Wolke, als sie sich zu den Polizisten umdreht und auf einen großen, hohlen Baum in ein paar Metern Entfernung deutet. Der graue, nackte Stamm ragt in den Himmel.

Sie stellt sich daneben, während Sanna den Blick über den Stamm gleiten lässt. Ein Nagel, hoch über ihnen. Sie denkt nach. Pascal hatte sich nach etwas gestreckt. Was auch immer es war, es hängt nicht mehr am Baum.

»Du hast gesagt, dass er ein paar Schritte zur Seite gegangen ist?«

Nina bewegt sich, bleibt auf einer Schicht Fichtenzweigen stehen. »Der Boden gibt nach«, sagt sie atemlos.

Vorsichtig zieht Sanna sie zur Seite, dann holt sie Handschuhe aus der Tasche, geht in die Hocke und schiebt die Zweige weg.

Eine Luke. Rechteckig, aus rostigem oder verfärbtem

Metall. An einer Seite befindet sich ein Handgriff, daneben ein offenes Vorhängeschloss samt Schlüssel.

»Was zum Teufel?«, flüstert Eir.

Sanna wischt mit der Hand über die Luke, versucht, sie anzuheben. Sie bewegt sich nicht. Alle außer Nina treten hinzu, und sie versuchen es noch einmal.

Die Erde ist schwammartig, fast schon porös. Ihre Füße sinken ein, bevor sie Halt finden und die Luke schließlich öffnen können. Darunter kommt ein finsteres Loch zum Vorschein.

Sie starren nach unten. Eine Röhre, die aus Wellblech zu sein scheint, verschwindet in der Erde. Sie ist groß genug für einen Menschen. Der Geruch nach feuchter Erde steigt zu ihnen auf. Als sie sich vorbeugen, streicht kalte Luft über ihre Gesichter. Sanna leuchtet mit der Taschenlampe hinunter. Eine Leiter. Es ist nicht weit bis zum Boden, der offenbar mit Mulch bedeckt ist.

Sie setzt sich an den Rand und schwingt die Beine in den Hohlraum. »Irgendjemand muss hier oben bleiben.«

»Ich bleibe«, sagt Eir und dreht sich zu Nina. »Ich habe Klaustrophobie, das ist sowieso nichts für mich.«

Sanna und die anderen klettern nach unten. Nina sieht zu Eirs Hand, die auf der Dienstwaffe liegt.

»Was glauben Sie, was das ist?«, fragt sie.

»Ich habe keine Ahnung«, erwidert Eir. »Es kann auch überhaupt nichts sein.«

Ein Beben durchläuft die schmalen Schultern. Nina starrt auf das Loch im Boden.

»Vielleicht ist das nur ein alter Erdkeller«, sagt Eir.

Nina schluckt. Ihre Wangen zucken. Lautlos beginnt sie zu weinen.

Langsam klettert Sanna hinunter ins Dunkel. Splitter stehen von der Leiter ab und reißen an ihren Handflächen. Über ihr schweben die dunklen Umrisse von Jon und den anderen. Falls einer von ihnen den Halt verliert und abstürzt, reißt er alle mit, und sie wird unter ihnen begraben. Sie klettert weiter, trotz der Schmerzen in den Händen.

Der Boden ist tatsächlich mit Mulch bedeckt. Sannas erster Impuls ist, sofort wieder nach oben zu klettern. Doch als sie mit der Taschenlampe die Umgebung ableuchtet, sieht sie eine Plane, die über einen Türrahmen gespannt ist. Die Luft ist erdig und schwer, sauerstoffarm. Sanna spürt die Feuchtigkeit im Hals. Mit der Hand tastet sie die Plane ab, bis sie einen Spalt findet und kaltes Metall berührt. Sie schiebt eine Tür auf, und dicht gefolgt von den anderen tritt sie durch die Öffnung.

»Was zum Teufel …?«, flucht Jon.

Der Raum ist groß. Von Haken in der Decke hängen Kerosinlampen. Holzbretter bedecken den Boden, darauf Wollteppiche in gedämpften Farben. Sanna leuchtet die Wände ab, an denen bis zur Decke Regale angebracht sind. Darin stapeln sich Konserven und Trockenwaren. Gläser voller Salz, Nüsse, Samen und getrockneter Bohnen. Holzkisten mit allen möglichen Nahrungsmitteln. Auf dem Boden stehen reihenweise große Wasserkanister.

Etwas, das an einem Haken von einem höher liegenden Regalbrett hängt, zieht Sanna an. Zwei getrocknete Vogelbeine. Sie sind einige Zentimeter lang, orangebraun mit schwarzen Krallen. Irgendein Raubvogel. Jemand hat ein schmales weinrotes Band um den oberen Teil der Beine gebunden und dann eine Schleife geknotet, an der sie hängen.

Sie reißt den Blick los und folgt Jon und den anderen zu einem Regal mit Camping- und Gaskocher, Spiritus und Kerosin. Schachteln mit Batterien. Ein Radio. Erste-Hilfe-Kästen.

Messer, Äxte und andere Gerätschaften. Jon zieht eine unbeschriftete Kiste heraus.

»Was ist das?«, fragt Sanna.

Er nimmt einen Kompass heraus.

»Für Orientierungsläufe im Dunkeln«, sagt er.

Einer der Polizisten leuchtet auf das nächste Regal. Im obersten Fach stehen alte, schmutzige Bücher. Ein paar Bände zur Geschichte Russlands und andere über Lateinamerika. Ein Buch zu französischer Grammatik. Darunter Kleider, Decken und andere Textilien in Vakuumbeuteln. Eine Matratze, ein Kissen. Ein Feldbett ist unter ein anderes Regal geschoben.

Jemand gelingt es, die Kerosinlampe an der Decke zum Laufen zu bringen. Weitere Regale werden sichtbar, sie sind leer.

»Die zu füllen, hat er wahrscheinlich nicht mehr geschafft«, meint einer der uniformierten Polizisten. »Aber hier lagern doch bestimmt Essen, Wasser und Ausrüstung für mindestens ein Jahr?«

Sanna bleibt bei den leeren Regalen stehen, sieht Spuren in den dicken Staubschichten. Als ob jemand etwas herausgezogen hätte. Im Fach darunter dasselbe.

»Jemand hat das, was hier stand, weggeräumt«, sagt sie.

Etwas Braunes ragt unter dem Regal hervor. Ein Pappkarton mit Munition.

»Waffen«, sagt sie.

Im selben Moment fällt ihr Blick auf etwas anderes. Dunkle Flecken auf einem der Teppiche. Blut.

Der Bunker wird abgesperrt, die Spurensicherung rückt an. Die Blutspuren werden gesichert, um später ins Labor geschickt zu werden. Man findet ein Stück orangefarbene Gummisohle, das an einem kleinen Dorn an der Leiter hängen geblieben ist. Sanna nimmt Nina zur Seite und zeigt ihr den Beweismittelbeutel.

»Dein Vater hat gesagt, Pascal hätte Schuhe mit orangefarbener Sohle gehabt, richtig?«

Nina nickt.

Alice kommt mit einem Polizisten dazu, der das Mädchen nach Hause fahren soll. Nina schüttelt den Kopf und sieht unruhig zu Sanna.

»Sie wollten mich doch heimfahren?«

Sanna legt ihr die Hand auf den Arm.

»Es ist besser, wenn du nicht länger hierbleibst.«

Eir geht mit Sanna ein paar Schritte zur Seite.

»Was denkst du über das alles hier?«, fragt sie. »Hat sich Pascal Paulson auf den Weltuntergang vorbereitet?«

»Möglich«, meint Sanna.

»Haben wir es mit einer Sekte zu tun, einem Haufen Verrückter?«

Sanna schüttelt den Kopf. »Wir haben nur ein Feldbett gefunden.«

»Was, denkst du, der Bunker ist nur für eine Person?«

Sanna sieht zu Nina, die stumm nickt, als ein Polizist sie wegführt. Sie scheint sich furchtbar unwohl zu fühlen.

»Hallo?«, sagt Eir.

Sanna dreht sich um. »Tut mir leid.«

»Du glaubst also, dass er da unten Waffen gelagert hat?«

»Irgendetwas stand in den Regalen, die jetzt leer sind. In Anbetracht der Munition …«

»Okay, Pascal war also da unten, der Täter ist eingedrungen, hat ihn überwältigt und die Waffen gestohlen? Da unten ist aber keine Mordwaffe, oder?«

»Pascal wurde nicht dort niedergestochen, sonst hätten wir mehr Blut gefunden.«

Eir starrt sie an. »Wenn Pascal also nicht im Bunker niedergestochen wurde …«

Sanna schüttelt den Kopf, sieht sich um. »Das Vorhängeschloss neben der Luke deutet darauf hin, dass jemand in aller Eile davongelaufen ist«, sagt sie. »Der Täter wollte weg.«

Eir denkt an die Spuren an Pascals Handgelenken, die laut Vivianne von einem Seil stammen. Die Klebebandreste um seinen Mund. »Du glaubst, dass der Täter Pascal mitgenommen hat?«, fragt sie.

»Möglich.«

»Verdammt … Das ist alles echt krank. Und Jon hat was von Vogelfüßen gesagt?«

»Ja, da unten hängen getrocknete Füße von einem Raubvogel oder so etwas …«

Ein Techniker ruft sie zu sich, er beugt sich über etwas. Dann zeigt er auf einen Stein, an dem Blut sowie Haut- und Haarreste kleben.

»Solche Wunden hatte Pascal nicht«, sagt Eir. »Also, keine Kopfwunden.«

Während sie im Krankenhaus anruft, um sich nach Patienten mit Kopfverletzungen zu erkundigen, nähern sich Niklas und Alice.

»Sanna«, sagt Niklas. »Schön, dass du hier bist.«

»Ja, das hat sich jetzt so ergeben, mit Nina und allem …«

»Gut«, sagt er.

Sanna sieht sich nach Nina um, doch die ist nicht mehr da. Aus der Ferne hört sie die Polizeihunde mit ihrem Hundeführer kommen.

»Also, was genau haben wir da unten?«, fragt Niklas. »Jon sagt, dass es sich um einen Bunker mit Wasser, Lebensmitteln, Brennstoffen und so weiter handelt, richtig?«

»Ja, und ich glaube, dass jemand Waffen weggeschafft hat.«

»Ich informiere den Geheimdienst«, erwidert er.

»Die Säpo wird sich nicht gerade darauf stürzen«, meint Alice und wirft Sanna einen Blick zu. »Wir haben doch nur eine kleine Kiste mit Munition …?«

»Möglich«, sagt Niklas. »Wir werden sehen, was sie dazu sagen.«

Sanna nickt stumm.

»Aber gehen wir überhaupt davon aus, dass Pascal Paulson diesen Schutzbunker eingerichtet hat?«, fährt Niklas fort. »Das klingt doch ganz schön extrem, warum hätte er das tun sollen? Wer würde so etwas tun?«

»Prepper auf der ganzen Welt beschäftigen sich damit«, antwortet Alice. »Wer sich dafür interessiert, für den gibt es im Internet Unmengen an Informationen, wie man heimlich einen Schutzraum anlegt.«

Sanna weiß, was Alice meint. Die Menschen, die Vorräte für den absoluten Ernstfall hamstern und sich Panikräume und Bunker bauen. Prepper gibt es überall, jeder kann einer sein. Dein Nachbar, der Grundschullehrer deiner Kinder oder deine Zahnärztin.

»Können wir schon bestätigen, dass Pascal Paulson tatsächlich hier war?«, fragt Niklas. »Über Ninas Aussage hinaus, meine ich.«

»Wir haben Blut gefunden und ein Stück Gummi, das von seiner Schuhsohle stammen könnte«, antwortet Sanna.

»Nina hat auch erwähnt, dass Pascal hier Geld geholt hat?«

»Ich habe kein Geld da unten gesehen.«

»Der Täter könnte also mit Waffen und Bargeld entkommen sein.«

»Und seinem Opfer …«

»Du glaubst, er hat Pascal überwältigt, ihn ausgeraubt und ihn dann entführt?«

»Wenn Pascal sein Gesicht gesehen hat und ihn hätte identifizieren können, hatte er nur zwei Alternativen – ihn zu töten oder ihn mitzunehmen. Wir wissen, dass er ihn nicht da unten umgebracht hat, also …«

Niklas überlegt. »Was ist mit Pascals Wagen? Der muss doch irgendwo in der Nähe sein, wenn er hierhergefahren ist? Den hat aber niemand gesehen?«

Sanna schüttelt den Kopf.

»Okay«, sagt Niklas. »Ich veranlasse sofort die Suche danach.«

Im Wald ruft ein Polizist nach einem Kollegen, dann schlägt einer der Hunde an. Eir bedeutet Sanna, ihr zu den Beamten zu folgen.

Hinter einem großen Felsen knien die Techniker neben einer Grube. Sie schieben vorsichtig gelockerte Erde zur Seite. Ein Kopf kommt darunter zum Vorschein. Nach und nach legen sie einen Menschen frei. Ein magerer Mann mit fein geschnittenem Gesicht, der Hemdkragen ist aufgeknöpft, die Augen starren hinter den dicken Brillengläsern ins Leere.

»Verdammt, das ist doch dieser Journalist …«, sagt Eir.

Sanna nickt.

Es besteht kein Zweifel. Bei der Leiche in der Erde handelt es sich um Axel Orsa.

Der Fundort wird für die Spurensicherung abgesperrt, und Eir informiert Farah. Eine weitere Mordermittlung mit unbekanntem Täter wird eingeleitet, während Niklas zusammen mit Jon und einem Techniker erst zur Familie Orsa fährt und dann in Axel Orsas Wohnung.

Als Sanna zum Auto zurückgeht, um ihren Thermobecher mit Kaffee zu holen, liest sie eine SMS, dass Nina zu Hause von ihrem Vater in Empfang genommen wurde und dieser außerdem therapeutische Hilfe für die ganze Familie in Anspruch nehmen wird.

Sie trinkt ein paar Schlucke, lehnt reglos mit dem Rücken am Auto, um ihre Gedanken zu sortieren. Der Kaffee ist heiß und bitter. Vor ihr liegt die Landstraße, Autos fahren vorbei. Darin gesichtslose Fahrer im Gegenlicht.

Sie findet Sixtens Leine in der Tasche und legt sie ins Auto. Als sie gerade die Tür zuschlagen will, sieht sie Blätter und ein Stöckchen auf dem Boden. Sie lächelt. In diesem Fell hat wirklich alles Platz, denkt sie und beugt sich in den Wagen.

Sie wirft die Blätter an den Wegrand und bleibt mit dem Stöckchen in der Hand stehen. Es ist so lang wie ihr kleiner Finger. Die Rinde ist abgeblättert, der Ast ist weich und glatt, fast als hätte man ihn mit Schmirgelpapier abgerieben. Sie dreht ihn in der Hand. Zwei kleine Zweige ragen auf beiden Seiten hervor, sehen fast wie die Arme auf einer Kinderzeichnung aus. Unter dem einen Zweig ist eine Kerbe im Holz. Sie streicht mit den Fingern darüber, die Form kommt ihr bekannt vor. Sie muss von einem kleinen Stich- oder Meißelwerkzeug stammen und sieht aus wie das Zeichen, das jemand in ihre Wohnungstür geritzt hat. Sanna verwirft den Gedanken, das ist zu weit hergeholt. Trotzdem hält sie den Ast vor sich. Im Sonnenlicht sieht er aus wie ein Kreuz.

Zurück im Wald, setzt sie sich auf einen umgestürzten Baumstamm in der Nähe der Bodenluke, trinkt von ihrem Kaffee, sieht sich nach Eir um.

»Berling«, sagt Sudden auf einmal. »Wie geht's?«

Sanna steht auf. »Ich wollte mich eigentlich nicht in den Fall hineinziehen lassen, aber jetzt bin ich doch hier.«

»Vielleicht ist es sowieso Zeit, dass du offiziell zu den

Schwerverbrechen zurückkommst, hm? Und nicht nur hier herumschleichst?«

»Ich schleiche nicht«, antwortet sie lächelnd. »Man hat mich gebeten, nach Nina Paulson zu suchen, weil sie hier im Ort wohnt.«

»Weil sie wollen, dass du zurückkommst.«

Sanna lächelt wieder. »Nein, ich glaube nicht, dass das irgendwer möchte.«

Er lacht und wischt sich Schweiß vom Haaransatz. »Hast du jemals einen roten Teppich auf dem Revier in der Stadt gesehen?«, fragt er.

»Was meinst du?«

»Für dich rollen sie den sicher auch nicht aus. Bild dir bloß nichts ein.«

Sie schweigt, sieht zu der offenen Luke. »Ein Bunker, der bis oben hin für irgendeine Krise ausgestattet ist.«

»Wisst ihr, wem der Grund gehört?«

»Einem älteren Mann, er ist im Altersheim.«

»Und dann haben wir noch ein Opfer gefunden, den Journalisten?«

»Ja, Axel Orsa.«

Sudden schüttelt den Kopf.

»Warum bist du jetzt erst hier?«, fragt Sanna.

»Ich habe bei einem Einbruch festgesteckt. Im Krankenhaus.«

»Heute? Wurde was gestohlen?«

»Heute Nacht. Ein Haufen Medikamente, Tabletten.«

»Mist.«

»Ja, aber auch eine schöne Erinnerung daran, dass wir Techniker letztendlich doch mehr mit lebenden als mit toten Opfern zu tun haben.«

Als Sudden in den Bunker klettert, kommt Eir.

»Was hat Sudden gesagt?«

»Nicht viel. Mal sehen, was er sagt, wenn er wieder herauskommt.«

»Was hat das alles nur zu bedeuten?«, fragt Eir seufzend.

Sie blickt sich um. Überall ist die Spurensicherung zugange. Ein paar Techniker gehen langsam umher, andere liegen im Moos, untersuchen jeden Stein und jeden Zweig.

»Was zum Teufel hat Axel Orsa hier draußen gemacht? Und die Autos … Wenn wir davon ausgehen, dass Axel Orsa hierhergefahren ist, dann suchen wir jetzt nach zwei Autos, seinem und Pascals, oder?«

Sanna nickt zu dem Waldstück, hinter dem der Rastplatz liegt.

»Wenn Pascal auf demselben Weg hergekommen ist wie an dem Tag, an dem Nina und ihre Freundin ihm gefolgt sind, dann müsste er an der Straße geparkt haben.«

»Und da stand kein Wagen. Er wurde also auf alle Fälle weggebracht. Verdammt …«

Uniformierte Polizisten suchen mit den Hunden und zu Boden gerichteten Blicken die Umgebung ab.

»Warum sieht niemand hoch?«, murmelt Eir.

Sanna geht plötzlich auf etwas zu, Eir folgt ihr.

»Was ist los?«

»Da.« Sanna zeigt auf einen Ast in Augenhöhe.

Ein paar Fäden haben sich an einem abgebrochenen Zweig verhakt.

Dunkelblaue Wolle, vielleicht von einem Kleidungsstück.

Sanna winkt einen Techniker heran.

»Vielleicht ist es auch gar nichts«, sagt sie, »aber Sudden soll sich das mal ansehen.«

Der Techniker verstaut den kleinen dunkelblauen Fetzen in einem Beweismittelbeutel.

»Du«, sagt Eir. »Aus welcher Richtung kam Pascal eigentlich, wenn er sich länger hier unten im Bunker aufgehalten hat? Wenn er nur mal kurz rein ist, hat er das Auto wohl auf dem Rastplatz abgestellt, wie an dem Abend, als Nina ihm gefolgt ist. Aber wenn er länger hier war und seinen Schutzbunker ausgebaut hat, dann wird er sich ja wohl kaum jedes Mal auf den Rastplatz gestellt haben, vor aller Augen?«

Sanna macht ein paar Schritte nach vorn. Abgebrochene Zweige und niedergetretener Reisig.

»Wenn er nicht auf dem Rastplatz geparkt hat ...«

»... dann kam er aus einer anderen Richtung. Und wenn ihm der Täter hierher gefolgt ist, dann kam er auch aus dieser Richtung.«

Sanna nickt. »Und ist so auch wieder verschwunden.«

»Komm«, sagt Eir und geht voraus.

Äste kratzen an ihren Unterschenkeln und schlagen ihnen ins Gesicht, als sie der Spur durch das niedergetrampelte Gebüsch folgen.

Weiter vorne zwischen den Bäumen wird es hell. Sie bleiben stehen, Eir stützt sich an einer Tanne ab.

Ein See mit einem Schotterparkplatz.

»Von der Landstraße aus habe ich die Abzweigung gesehen«, sagt Sanna. »Der Weg ist schmal und hat keine Beschilderung, ich dachte immer, es sei eine Privatstraße.«

Sie bemerkt die Reifenspuren im Schotter. Am Ufer hängen kleine Bäume über das Wasser. Die Steine sind moosbewachsen. Bis auf einen, als hätte ihn jemand verschoben oder umgedreht.

»Komm«, sagt sie und geht darauf zu.

Eir folgt ihr.

Sanna versucht, den Stein mit dem Fuß zu verschieben.

»Hilf mir mal«, fordert sie Eir auf.

Zusammen heben sie ihn zur Seite. Darunter kommt ein zertrümmertes Handy zutage, mit dem Logo des Boxclubs.

»Pascals …«, sagt Eir.

Sanna folgt mit dem Blick den Reifenspuren im Schotter.

»Du glaubst, dass er von hier aus weggebracht wurde?«, fragt Eir. »Dass er im Bunker überwältigt, hierhergeschleift und dann mit dem Auto wegtransportiert wurde.«

»Möglich.«

»Aber was zur Hölle hat Axel Orsa beim Bunker gemacht?«

Sanna blinzelt in die Sonne, das helle Licht stört sie.

»Was denkst du?«, fragt Eir.

»Ich weiß es nicht, ich bringe nur schwer zusammen, dass Pascal Paulson für alles verantwortlich sein soll, was wir da unten gesehen haben.«

»Du meinst, neben seinem Leben als Trainer und kriminelles Arschloch?«

»Ja, aber auch finanziell. Hätte er das geschafft, wenn er gleichzeitig seinem Vater und Sonja Geld gab?«

Eir schüttelt leicht den Kopf und sieht zu den Reifenspuren, die ineinander verlaufen. Sie seufzt und benachrichtigt die Techniker.

»Übrigens«, sagt sie. »Hat nicht Jon erzählt, dass niemand im Lebensmittelladen Pascal gesehen hat? Nina hat doch aber gesagt, es hätte sich beim Telefonat so angehört, als ob er etwas einkaufen würde.«

»Vielleicht war er in dem anderen Lebensmittelladen, es gibt zwei«, antwortet Sanna. »Wenn Pascal nicht in der Nähe vom Studio und seinem Vater sein wollte, ist er vielleicht zu dem Laden auf der anderen Seite des Marktplatzes gegangen.«

»Jon soll das überprüfen. Ich will wissen, was Pascal auf dem Weg hierher gekauft haben könnte.«

Sudden kommt mit ein paar Kollegen und sperrt den Parkplatz ab, sie diskutieren, ob sie den See durchkämmen sollen. Alle Einheiten werden benachrichtigt, Ausschau nach den Autos von Pascal Paulson und Axel Orsa zu halten.

Sanna sieht zum See, fragt sich, was er wohl zu erzählen hätte, könnte er sprechen.

Eir erbittet bei Niklas zusätzliche Einsatzkräfte, er will sehen, was er tun kann. Als Sanna hinzukommt, führen sie das Gespräch über Lautsprecher fort, während Sudden zurück zu seinem Team geht.

»Ich bin bei den Orsas«, sagt Niklas. »Axel Orsa hat seine Wohnung gekündigt und ist vor einer Weile wieder zu seinen Eltern zurückgezogen.«

»Ach ja?«, sagt Eir.

»Er hatte überlegt, zu kündigen und freiberuflich zu arbeiten, dafür musste er Geld sparen.«

»Habt ihr bei ihm zu Hause etwas gefunden?«

»Seinen Laptop, er ist auf dem Weg zu den IT-Forensikern.«

»Und wie hat die Familie die Nachricht aufgenommen?«

»Nicht gut, wie zu erwarten.«

»Wie hat Daniel reagiert?«

»Er hat keine Gefühle gezeigt. Die Familie wird jetzt psychologisch betreut.«

Sie beenden das Gespräch, und Eir liest neu eingegangene Nachrichten. Die letzte ist von Vivianne, die Analyse des Blutes und der Hautfetzen unter Pascals Fingernägeln hat nichts ergeben. Eir dreht sich um, will Sanna darüber informieren, doch die ist in der Zwischenzeit weitergegangen und fixiert etwas am Waldrand. Eir geht zu ihr.

»Siehst du das?«, fragt Sanna.

Zwischen den Bäumen ragt ein Vogelturm in den klaren Himmel auf. Er ist hoch genug, um von dort oben den See überblicken zu können.

Sanna und Eir bleiben unter dem Turm stehen. Als Sanna nach oben sieht, fühlt sie sich schwindelerregend klein. Sie stellt den Fuß auf die unterste Sprosse, die ist stabil. Eir folgt ihr kurz darauf.

Vom ersten Absatz aus können sie kaum etwas sehen, der Wald ist zu dicht. Von der obersten Plattform aus ist der Blick allerdings überwältigend. Sanna legt die Hände auf das morsche Geländer. Vor ihnen erstrecken sich der glatte See und die Schotterfläche. Das Ufer mit den kleinen Bäumen. Die moosbewachsenen Steine.

Sanna sieht nach unten, Zigarettenstummel liegen auf dem Boden.

Unter dem Turm raschelt es, Eir stürzt ans Geländer. Da unten ist jemand.

»Komm«, sagt sie zu Sanna und eilt zur Treppe.

Unten angekommen, stoßen sie auf einen Mann in den Siebzigern, er ist groß, mit silberweißem Haar und Bart. Mit gestrafften Schultern steht er vor ihnen in einem abgewetzten Tweedjackett, Tarnhosen und Wüstenstiefeln. Auf dem Kopf trägt er eine gelbe Baseballkappe, über seiner Schulter hängt ein Gewehr. An seiner Seite wartet ein Jagdhund mit glattem Fell.

»Ist das hier Ihr Land, Ihr Turm?«, fragt Sanna.

Der Mann nimmt den Hund enger an die Leine.

»Ja?«

Sie streckt die Hand zur Begrüßung aus. »Sanna Berling, ich bin von der Polizei.«

»Einar Kristoferson.« Zögernd ergreift er ihre Hand. »Worum geht es denn?«

»Wir waren gerade auf dem Turm, um uns einen Überblick über die Gegend zu verschaffen, und haben gesehen, dass wohl jemand dort oben war und geraucht hat. Waren Sie das?«

Frustriert schüttelt er den Kopf.

»Das war meine Frau, sie ist ständig dort oben, morgens und abends … Aber warum genau sind Sie eigentlich hier?«

»Am See gab es einen Vorfall, und wir suchen potenzielle Zeugen. Wir würden gern mit Ihrer Frau sprechen. Wissen Sie, ob sie Donnerstagabend auch auf dem Turm war?«

»Sie können gern versuchen, mit meiner Frau zu sprechen, aber es geht ihr nicht gut«, antwortet er. »Wahrscheinlich Alzheimer, wir warten noch auf die genaue Diagnose.«

»Das tut mir leid«, sagt Sanna.

»Es geht ihr nicht die ganze Zeit schlecht, aber sie steigt hier hoch und sieht über den Wald und vergisst alles andere. Manchmal muss ich sie holen gehen.«

Er schüttelt den Kopf und fragt: »Wo haben Sie geparkt?«

»An der Landstraße«, erwidert Sanna.

»Wir können uns bei mir zu Hause treffen. Geben Sie mir nur einen Moment, ich gehe zu Fuß zurück. Dann können wir sehen, ob sie mit Ihnen sprechen möchte.«

KAPITEL EINUNDZWANZIG

Sanna fährt mit Eir zu den Kristofersons. Es ist warm und stickig im Volvo, obwohl die Lüftung mit voller Kraft läuft. Sie parkt vor dem Wohnhaus aus Kalkstein und steigt aus. Eir schreibt eine SMS zu Ende und schlägt dann die Beifahrertür mit einem Knall zu.

Sie gehen die kurze Strecke bis zur Haustür.

»Seltsam«, sagt Eir. »Diese großen Höfe, die man nie sieht, weil sie so weit von der Straße entfernt stehen.«

Sanna betrachtet das Wohngebäude. Die verputzte Fassade ist sanft gewölbt, das alte Ziegeldach intakt. Die Fenster sind alt, die Rahmen sorgfältig gestrichen.

Eine Bewegung hinter einer Gardine. Jemand steht am Fenster, im Schein der Deckenlampe. Die Gestalt schwankt leicht und verschwindet dann.

Einar öffnet die knarzende Tür. Drei Jagdhunde mit glattem Fell drängen sich hindurch und beschnuppern Sanna und Eir, doch auf Einars Fingerschnippen hin laufen sie in den angrenzenden Raum.

»Kommen Sie rein«, sagt er zu den Polizistinnen.

Eir sieht eine offene Tür rechts von der Diele, dahinter einen großen Waffenschrank. Auf der anderen Seite befindet sich eine ordentliche Waschküche.

Einar führt Sanna und Eir in die Küche und setzt Kaffee auf. Eir bittet um ein Glas Wasser. Die Stille um die blubbernde Kaffeemaschine ist fast greifbar. Steif schenkt Einar Sanna schließlich starken, dampfenden Kaffee ein.

»Sie regt sich leicht auf«, sagt er. »Gry ist ein lieber Mensch, aber nicht mehr dieselbe wie früher.«

»Wir hören sofort auf, wenn Sie oder Ihre Frau das möchten«, versichert Sanna.

Einar wärmt Suppe auf, schöpft eine Schale voll und dreht sich zu ihnen um. Er lehnt an der massiven Holzarbeitsfläche und überlegt mit gesenktem Kopf. Er bereitet sich vor, denkt Eir. Dann nickt er und geht hinaus.

Kurz darauf hören sie Stimmen aus dem Wohnzimmer, das neben der Küche liegt.

»Möchtest du dich nicht anziehen?«, bittet Einar. »Wenigstens den Morgenmantel?«

»Wo sind meine Zigaretten?«, ertönt eine zweite Stimme. »Du hast doch Zigaretten gekauft?«

Jemand wühlt in einer Schublade.

»Die Polizei ist hier«, sagt Einar. »Sie wollen mit dir sprechen. Ich bitte sie hier ins Wohnzimmer, in Ordnung?«

»Die Polizei? Was hast du jetzt schon wieder angestellt?«

»Nichts. Sie wollen sich nur kurz mit dir unterhalten.«

»Worüber? Was habe ich denn getan?«

»Sie wollen nur fragen, ob du etwas gesehen hast.«

»Was gesehen?«

»Das weiß ich nicht.«

»Glaubst du, sie sind wegen der Lichtpunkte da?«

Einar seufzt. »Nein, das glaube ich nicht.«

Er erscheint in der Küchentür und bedeutet ihnen, ihm zu folgen.

Gry Kristoferson sitzt in einem hellblauen Sessel mit hoher Rückenlehne. Sie ist stark übergewichtig, die weißen Haare sind zu einem unordentlichen Zopf gebunden. Zwischen den Augen sitzt eine große Warze, wie ein drittes Auge. Ihr Schlafanzug mit Blumenmuster ist an Armen und Beinen zu lang, und sie stolpert fast über den Stoff, als sie aufsteht und die Gäste begrüßt. Errötend lässt sie sich wieder in den Sessel sinken und nestelt an der Zigarettenpackung, die sie in der Hand hält. Einar hilft ihr, eine Zigarette herauszuziehen, und zündet sie für sie an.

»Worüber wollen Sie mit mir sprechen?«, fragt sie und nimmt einen tiefen Zug.

»Sie sind manchmal auf dem Vogelturm, richtig?«

Gry zieht wieder an der Zigarette, schließt die Augen. Nickt.

»Wann waren Sie zuletzt dort?«, fragt Sanna.

Einar berührt Gry an der Schulter, und sie öffnet die Augen.

»Heute früh«, antwortet sie. »Warum?«

»Waren Sie am Donnerstagabend auf dem Turm?«, fragt Sanna weiter.

Gry raucht und überlegt. »Ich weiß es nicht …«

»Liebling«, sagt Einar. »Am Donnerstagabend war es warm, die Sonne hatte den ganzen Tag geschienen, weißt du noch? Alle Fenster standen offen. Du bist gleich nach dem Abendessen rausgegangen. Ich hatte Fisch gebraten, und du fandest ihn zu salzig.«

Gry scheint nicht zuzuhören. Einer der Hunde legt sich zu ihren Füßen.

»So ein hübscher Hund«, sagt Eir vorsichtig. »Ein Weibchen, nicht wahr? Wie alt ist sie?«

Grys Blick wird stumpf.

»Acht.«

Schweigen.

»Du?«, fragt Gry.

Eir stutzt. »Ich?«

Gry zieht ein letztes Mal an der Zigarette und schnipst den Stummel weg. Einar hebt ihn rasch auf und seufzt verärgert.

»In welche Klasse gehst du?«, fährt Gry mit Blick auf Eir fort.

Eir sieht unsicher zu Einar, der den Kopf schüttelt. »Morgen vielleicht?«, formt er mit den Lippen an Sanna gewandt.

Gry trommelt mit dem Daumen gegen die Sessellehne.

»Eins, zwei, drei … mit Klein Asta ist's vorbei … Vier, fünf, sechs … Klein Ola trifft die Hex … Sieben, acht, neun …«

Einar streichelt ihr über die Wange, sie senkt den Kopf und legt die Hände auf die Knie.

»Sieben, acht, neun … der Tod wird sich freun«, vervollständigt Sanna den Kinderreim.

Gry blickt auf und lächelt über das breite Gesicht.

Einar drückt ihre Schulter. »Vielleicht solltest du dich ein bisschen ausruhen, Schatz?«

Sanna bemerkt die Bücherregale, die bis zur Decke reichen. Auf allen Tischen, Fensterbrettern und unter Grys Sessel liegen ebenfalls Bücher, ordentlich gestapelt und oft nach Farben sortiert.

Eir bedeutet Sanna, dass sie aufbrechen sollten.

»Es tut mir leid«, entschuldigt sich Einar. »Ich kann Sie gern anrufen, wenn sie sich etwas beruhigt hat.«

Gry rollt die Zehen ein, als wolle sie etwas vom Boden aufheben, steht auf und verlässt das Zimmer.

»Bitte entschuldigen Sie«, sagt Einar, »aber ich muss …«

Sanna folgt Gry zu einer kleinen Kammer. Die ältere Frau steht an einem Schreibtisch, auf dem rote Notizblöcke und -bücher ordentlich aufgestapelt liegen. Gry nimmt eins nach dem anderen zur Hand, blättert darin, scheint zu zählen. Dann beginnt sie, rhythmisch Wortfragmente aufzusagen.

»Das gehört zu ihrem Krankheitsbild«, erklärt Einar. »Sie kann ihre Erinnerungen nicht auseinanderhalten. Einen Moment ist sie hier, den nächsten in einer Dokumentation über Atomwaffen oder Außerirdische, die sie gesehen hat, oder sie ist plötzlich wieder in der Schule und macht sich Sorgen, ob sie ihre Hausaufgaben gemacht hat. Manchmal spricht sie auch vom Jenseits und was mit ihr passieren wird, wenn sie erst dort ist. Ich weiß nicht, ob sie Licht oder Dunkelheit sieht. Ob das die Demenz ist oder etwas, das sie einmal im Fernsehen gesehen hat. Alles löst sich in ihrem Kopf auf. Ich versuche, ihr zu helfen und nichts zu verändern, aber ich weiß nicht mehr, was richtig oder falsch ist.«

Ab und zu kratzt sich Gry an den Handgelenken, als wolle sie ein Insekt verscheuchen. Dann schüttelt sie sich.

»Was hat sie vorhin mit den ›Lichtpunkten‹ gemeint? Ich habe Ihr Gespräch gehört, bevor wir ins Wohnzimmer gekommen sind.«

»Sie sieht Lichtpunkte am Himmel, die sich bewegen. Manchmal sind es Pluszeichen. Zum ersten Mal hat sie sie als Kind gesehen, und es nagt schon ihr ganzes Leben an ihr. Sie ist so ein Mensch, verbeißt sich in Sachen. Dafür hat sie die Notizblöcke, sie schreibt die Lichtpunkte und Pluszeichen und Buchstaben auf, die sie hier und da sieht.«

Gry brabbelt immer noch vor sich hin, manchmal nur merkwürdig klingende Konsonanten, Zahlen. Fast wie ein kleines Kind, das Wörter erfindet. Manchmal bricht sie ab und beginnt von Neuem.

»Sind Sie sicher, dass sie am Donnerstagabend auf dem Turm war?«, fragt Sanna.

»Ja«, antwortet Einar. »Die Frage ist eher, ob sie die Erinnerung daran wiederfindet. Darauf wollen Sie ja sicher hinaus. Ob sie etwas gesehen hat. Wonach genau suchen Sie?«

»Das wissen wir nicht. Alles, was sie gesehen hat, kann uns im Moment weiterhelfen.«

»Ich werde sehen, wie es ihr später am Tag geht oder morgen. Wenn sie sich beruhigt, rufe ich Sie an.«

Er geht an Sanna vorbei in die Kammer, spricht liebevoll mit Gry. Nimmt ihre Hand, als sie versucht, etwas zu erwidern, aber nur ein paar Silben herausbringt.

Graue Wolken türmen sich am Himmel auf, als sie ins Freie treten. Eir sieht zur Haustür, die Einar gerade hinter ihnen geschlossen hat.

»Wie deprimierend«, sagt sie leise.

Sanna schweigt, lässt den Blick über die Umgebung schweifen. Eir bereut ihre Worte sofort. Über Nacht alles zu verlieren, alle geliebten Menschen, sein einziges Kind, das ist deprimierend. Nicht mit dem Menschen zusammen alt zu werden, den man liebt, mit allem, was dazugehört.

»Du kanntest diesen Reim also?«, fragt sie unbeholfen.

»Damit haben wir uns früher in den Unterrichtspausen immer gegenseitig Angst gemacht.«

Ihr Handy vibriert, sie zieht es aus der Tasche.

»Anton«, sagt sie. »Da gehe ich besser ran.«

Eir wirft einen Blick auf ihr eigenes Telefon. Fabian schreibt, dass er an sie denkt, und er bittet sie, über das Zusammenziehen nachzudenken. Als sie gerade antworten will, landen einige große Regentropfen auf ihren Händen, und sie steckt das Handy zurück in die Tasche. Sie stellt sich an die Hauswand, ihr Blick fällt auf einen Schuppen. Die Tür ist neu, daneben ein ebenfalls neues Sprossenfenster. Eir will etwas zu Sanna sagen, doch die hat sich unter einen großen Baum gestellt und telefoniert noch.

Eir geht zu dem Schuppen und späht auf Zehenspitzen durch das Fenster.

Der Innenraum ist hoch. Sie sieht ordentlich aufgestapeltes Holz. In der Mitte des Raumes steht eine Bank auf stabilen Beinen, die Arbeitsfläche voller dunkler Flecken. An der Längswand hängen Äxte, Sägen, Messer und ein aufgerolltes dickes Seil mit einem schweren Eisenhaken. Hier wird Wild geschlachtet. Weiter hinten führt eine schiefe, angelehnte Tür in einen Nebenraum. Es ist dunkel, aber Eir entdeckt etwas, das wie ein Gitter aussieht. Sie schaut über ihre Schulter, um sich zu vergewissern, dass sie nicht beobachtet wird, und geht zur Tür.

Im Inneren steigt sie vorsichtig über ein paar zu Boden gefallene Holzscheite. Licht fällt durch das Fenster auf ein gelbbraunes Quad, daneben stehen Getränkekisten mit alten Jagdzeitschriften. Darüber hängt an einem Haken an der Wand ein Hase, der noch gehäutet werden muss.

Lautlos geht Eir zur angelehnten Tür, hinter der sich ein Verschlag mit einer Gittertür verbirgt. Mit den Fingerspitzen berührt sie den Riegel. Fragt sich, warum jemand eine Art Zelle in einem Schuppen haben sollte. Da ertönt ein Knurren, und etwas wirft sich gegen das Gitter. Zähne und Krallen kratzen an dem Metall, Speichel fliegt durch die Luft. Eir zuckt zurück. Ein Hund, der wütend bellt und sich wieder gegen das Gitter wirft.

»Was zum Donnerwetter …?«, hört sie Einar hinter sich rufen.

Das Licht wird eingeschaltet, er eilt an ihr vorbei und öffnet die Gittertür. Der Hund springt heraus, beschnuppert Eir und schleckt Einar dann die Hand. Das Tier ist mittelgroß, mit kräftigen Pfoten.

»Ich wollte mich nur etwas umsehen, während meine Kollegin telefoniert«, bringt Eir heraus.

»Sie dürfen sich hier überall umsehen«, sagt Einar, »aber machen Sie mir nicht die Hunde wild. Der hier muss sich zwischen den Jagden ausruhen.«

Eir späht zwischen den Gitterstäben hindurch und sieht ein Hundebett mit einigen Fellen und zwei großen Wassernäpfen davor. In einer Ecke liegt etwas, das wie ein Stück Horn aussieht.

»Warum halten Sie das Tier hier draußen, ganz allein?«

Einar deutet zum Fenster, in Richtung eines Hundezwingers. »Ich bin gerade dabei, den auszubauen, damit sie mehr Platz und eine wärmere Hütte für den Winter haben. Die anderen können im Haus bleiben, aber er hier möchte draußen schlafen. Jault die ganze Nacht, wenn ich ihn mit reinnehme. Das hier ist ein vorübergehender Kompromiss.«

Kurz darauf verabschieden sich Sanna und Eir erneut von Einar, der verspricht, sich zu melden, wenn Gry wieder ansprechbar ist. Nachdem er im Haus verschwunden ist, zieht Eir schaudernd die Schultern hoch.

»Was wollte Anton denn?«, fragt sie.

»Er hat mit den Motorradmädchen vereinbart, dass wir uns bei dem Hof treffen und die Ereignisse dort noch einmal durchsprechen.«

»Wann?«

»Morgen früh. Ohne Eltern, von denen wollte niemand dabei sein.«

»Okay.« Eir nickt zu dem Wohnhaus. »Ganz schön großer Hof für zwei Menschen. Würdest du dich nicht gern da drinnen noch ein wenig umsehen?«

Gry erscheint im Fenster, gefolgt von Einar. Angespannt legt er ihr eine Decke um die Schultern und führt sie weg.

»Wir kommen noch mal her«, sagt Sanna.

Als sie im Wagen sitzen, ruft Eir Niklas an.

»Hast du mit Sudden über den See gesprochen?«, fragt sie.

»Die Techniker werden jeden Schilfhalm unter die Lupe nehmen. Und den See durchkämmen.«

Danach schreibt Eir eine kurze Nachricht an Fabian, dass sie morgen früh einen Termin hat und sich meldet.

Im Rückspiegel wird der Hof kleiner, und die Fenster scheinen nacheinander dunkel zu werden. Eir sieht zu Sanna, die abwesend mit den Fingern aufs Lenkrad trommelt und nicht auf den Blick ihrer Kollegin reagiert. Woran sie wohl denkt?

KAPITEL ZWEIUNDZWANZIG

Am nächsten Morgen strahlt die Sonne in Sannas Schlafzimmer. Auf der Bettkante sitzend, geht sie den vorigen Tag noch einmal durch. Die Ermittlungen bekommen durch die Entdeckung des Bunkers eine neue Richtung. Pascal wirkt wie ein junger Mann, der sich von der Gesellschaft abgewandt hat. Der sich vielleicht nicht auf andere verlassen wollte oder an den Zusammenbruch des öffentlichen Lebens geglaubt hat. Für sie ergibt der Glaube an den bevorstehenden Untergang und das Bedürfnis nach einem Schutzraum in Kombination mit der Gewalt in Pascals Leben Sinn, doch sie kann sich nur schwer vorstellen, wie – und wann – er die Gelegenheit gehabt haben sollte, einen Bunker anzulegen, während er gleichzeitig Geld beschaffen musste, diversen Verbrechen nachging und als Fitnesstrainer arbeitete. Die Puzzleteile passen irgendwie nicht richtig zusammen, irgendetwas stimmt nicht an dem Bild, das sie von Pascal haben.

Sixten gähnt und rappelt sich auf. Seine Gelenke knacken, als er sich streckt. Er stupst sie mit der Nase an. Sie zieht sich Hose, Strümpfe und ein sauberes T-Shirt an und folgt ihm in die Küche.

Während der Kaffee kocht, denkt sie an Gry Kristoferson. Die Reime, die Notizbücher. Gry wandert zwischen verschiedenen Welten, zwischen Vergangenheit und Gegenwart, zwischen Fantasie und Wirklichkeit. Gut möglich, dass sie etwas gesehen hat, das zur Lösung des Mordfalles beitragen könnte, doch vielleicht wird sie es nie erzählen können.

Das Handy auf dem Couchtisch vibriert. Sanna geht ins Wohnzimmer und sieht auf das Display. Unbekannter Anrufer. Sie öffnet die App, um das Gespräch aufzunehmen, und meldet sich.

Stille, dann setzt Musik ein. Die zwölf Harfenschläge. Die dissonante Geige, die immer lauter wird. Dann pfeift er wieder. Gelegentlich glaubt sie, im Hintergrund eine entfernte Männerstimme zu hören. Am Ende des Stückes erklingt eine Oboe, und erst da verstummt das Pfeifen. Als hätte die Oboe das Ende eingeläutet. Die anderen Instrumente verstummen ebenfalls.

Die Verbindung bricht ab, und sie bleibt ein paar Sekunden bewegungslos stehen, bevor sie versucht, das Musikstück mit einer App zur Musikerkennung zu identifizieren. Doch die beiden Apps lassen sich nicht gleichzeitig bedienen. Sie braucht zwei Geräte dafür.

Nachdem sie mit Sixten spazieren war und ihn bei den Nachbarn abgeliefert hat, fährt sie zum Revier des Ortes. Trotz der Sonne ist es im Inneren düster, doch sie schaltet kein Licht ein, um keine Aufmerksamkeit auf sich zu ziehen.

Bei Antons Schreibtisch stößt sie aus Versehen die Fotos um, die ordentlich aufgereiht nebeneinanderstehen. Sanna bemüht sich, sie wieder an den richtigen Platz zu stellen. Einige zeigen seine gesunden, rotwangigen Kinder, eines seine Frau Ellen an einem Hotelpool irgendwo im Süden. Sie hält einen großen rosafarbenen Drink in die Höhe und lächelt in die Kamera. Auf einem anderen Foto ist seine Jagdgruppe zu sehen. Anton steht in der Mitte einer Gruppe Männer in Tarnkleidung, vor ihnen auf dem Boden liegen Vögel. Sanna erkennt Rebhühner und Fasane, vielleicht ein Birkhuhn. Neben ihnen stehen ein paar Jagdhunde.

Sie setzt sich an ihren Schreibtisch, fährt den Rechner hoch und öffnet die Inbox. Die Sounddatei, die sie per Mail an sich selbst geschickt hat, ist angekommen.

Sie klickt darauf. Nach einem Update startet die App zur Musikerkennung und liefert nach kurzer Suche ein Ergebnis.

»Danse macabre«, aufgeführt von den Königlichen Philharmonikern unter der Leitung von James DePreist.

Sie hat das Stück schon ein paarmal gehört, in Filmen, im Radio. Es stammt von dem französischen Komponisten Camille Saint-Saëns und basiert auf der Legende vom Tanz der Toten in der Nacht vor Allerheiligen. Zwölf Schläge einer Harfe symbolisieren Mitternacht, danach stimmt der Tod seine Geige. Die Musik stellt die Schreie und das Wehklagen in den Gräbern dar, bevor die Toten sich aus der Erde erheben und den Tanz beginnen. Der Wind pfeift, die Bäume ächzen, während der Tod mit seinem klappernden Fuß aufstampft.

Sanna legt das Handy auf den Schreibtisch. Der Raum wirkt plötzlich eng und klein, auch wenn sie allein ist. Sie denkt an ihn, an Jack.

Die Toten werden nicht in ihren Gräbern ruhen.

Niemand soll vergessen.

Kurze Zeit später biegt sie mit dem Volvo an der stillgelegten Bushaltestelle von der Landstraße ab und fährt in Richtung des verlassenen Hofes, wo sie Eir, Anton und die Motorradgang treffen wird. Die Mädchen sollen vor Ort noch einmal genau erzählen, wie sie Pascal entdeckt, wo sie ihn zum ersten Mal gesehen haben und wohin er sich dann fortbewegt hat. Ihre bisherigen Aussagen stimmen überein, außer in dem Punkt, wo beim Hof sie ihn zuerst entdeckt haben.

Sie ist als Erste an der mittlerweile bekannten Lichtung. Was zuvor noch ein Arbeitsplatz mit Absperrband und Ausrüstung gewesen ist, gehört jetzt wieder der Natur. Die Eingangstür und die Fensterhöhlen sind schwarz und leer.

Nachdem Sanna um alle Gebäude herumgegangen ist, fährt Eir vor und steigt aus. Zusammen gehen sie noch einmal um das Wohnhaus und die Nebengebäude. Sanna weiß, dass sie Eir von den Anrufen erzählen, ihr die gespeicherten Aufnahmen vielleicht sogar vorspielen oder ihr zumindest sagen müsste, dass sie davon überzeugt ist, dass Jack irgendwo da draußen ist. Dass er lebt. Doch sie schweigt. Sie ist sich ganz sicher, dass er der Anrufer ist, doch gleichzeitig traut sie sich selbst nicht. Sie schämt sich, wie sehr die Grenzen verwischt waren, wie sie sich von ihm täuschen ließ. Sie fürchtet, Eir könnte glauben, dass sie fantasiert, dass sie bei Jack immer noch vorbelastet ist und keinen klaren Blick hat.

»Diese Greifvogelfüße, die wir im Bunker gefunden haben«, sagt sie stattdessen. »Sudden hat bestätigt, dass sie von einem Mäusebussard stammen.«

»Die kommen häufig vor, oder?«

Sanna nickt.

»Dann stammen sie vielleicht nur von einer Jagd? Und es steckt nichts Merkwürdiges dahinter?«

»Vielleicht.«

»Trotzdem krank.«

Sanna denkt an das Band, mit dem die Vogelfüße zusammengebunden waren. Fast schon respektvoll.

Da fällt ihr etwas ein.

»Als du und Niklas im Studio mit Daniel geredet habt, da hast du doch Desinfektionsmittel und Verbände in seiner Tasche gesehen, nicht wahr? So hast du Verdacht geschöpft, dass da etwas vor sich geht, und deshalb seid ihr ihm gefolgt.«

»Ja. Worauf willst du hinaus? Dass Daniel etwas mit den Morden zu tun hat?«

Sanna schüttelt den Kopf.

»Nur dass wir noch einmal mit ihm reden sollten. Er ist schließlich der Einzige, der unseres Wissens Kontakt zu Pascal und Axel hatte. Vielleicht weiß er mehr, als er uns erzählt hat.«

Eir nickt langsam, während sie Niklas per SMS fragt, ob sie Daniel noch einmal vernehmen können.

»Wo ist Sixten denn?«, fragt sie danach.

»Er frühstückt mit Margaret Thatcher.«

Eir sieht auf die Uhr. »Wo sind die Mädchen? Sollten sie nicht schon hier sein?«

Die Mädchen mit den Motorrädern. Die meisten sind ganz normale Teenager. Aber drei fallen aus dem Rahmen. Nina mit ihrer traurigen Geschichte. Hedda Ellman Jensen, das Mädchen mit den taillenlangen rosafarbenen Haaren, das in der Waschküche der Familie auf einem Feldbett schläft. Unverstanden und einsam in einem liebevollen Zuhause mit ein paar jüngeren Geschwistern, klassischer Musik und Raw Food. Sie kommt oft ausgehungert und aggressiv ins Jugendzentrum und lässt nicht selten zerbrochene Teller und Gläser zurück. Und dann noch Tuva Edwardson, die Jüngste, die einige Male wegen Diebstahls festgenommen wurde. Die Geschäftsinhaber des Ortes nennen sie nur »der Parasit«.

Eir späht durch die Eingangstür.

»Dir ist schon klar, dass du praktisch Teil des Ermittlungsteams bist, auch wenn du so tust, als seist du es nicht?«

Sanna schüttelt den Kopf. »Ich habe die ganze Zeit gesagt, dass ich helfe, wo ich kann, das ist nicht dasselbe.«

»Wie ist es, wieder hier draußen zu sein? Hast du keine Albträume von diesem Ort bekommen?«

»Nein.«

»Ich habe heute Nacht wachgelegen. Musste immer daran denken, wie weit weg der Hof von dem Rastplatz und dem Bunker liegt. Wenn der Täter Pascal im Bunker überwältigt hat, warum hat er ihn dann ausgerechnet hierhergebracht? Warum hat er ihn hier abgeladen?«

»Vielleicht wurde er gar nicht hier abgeladen, sondern er konnte irgendwo in der Nähe entkommen?«

»Du glaubst, dass der Täter in der Nähe wohnt? Aber hier in der Umgebung ist doch nichts, und die Befragungen der Leute, die ein wenig weiter weg leben, haben auch nichts ergeben.«

Eir mustert das Wohnhaus. Der Hof wirkt geisterhaft, im Morgenlicht aber auch irgendwie märchenhaft.

»Stell dir vor, wie es gewesen wäre, als Kind in der Nähe eines solchen Hauses zu wohnen. Mit Möbeln und all den Sachen noch darin. Wie ein verdammter Vergnügungspark, ein Puppenhaus in Lebensgröße.«

Ein Puppenhaus. Sanna muss an die Puppe denken, die der Jogger im Wald gefunden hat. An Pascals letzte Worte von einem Mädchen. Irgendwo jenseits der Gewalt und des unterirdischen Bunkers befindet sich dieses Mädchen. Wenn es denn tatsächlich existiert.

Eir bekommt unterdessen einen Anruf von Vivianne. Als sie das Gespräch mit einem Seufzen beendet, fragt Sanna: »Was ist denn los?«

»Vivianne ist mit der vorläufigen Obduktion von Axel Orsa fertig.«

»Und?«

»Die Todesursache war ein Schlag gegen den Kopf, der den Schädelknochen zertrümmert und eine Gehirnblutung verursacht hat. Nachdem wir im Wald Haut- und Haarreste an dem Stein gefunden haben, liegt es nahe, dass er dort gestürzt ist.«

»Weist die Leiche Zeichen von Gewalteinwirkung auf?«

»Nein.«

»Nein?«

»Nein, doch das ändert ja nichts daran, dass man ihn mit eingeschlagenem Schädel und halb vergraben im Wald gefunden hat.«

»Ich weiß, dass das immer noch eine Mordermittlung ist.«

»Aber?«

»Kein Aber, ich denke nur, dass er vielleicht einfach vor dem Täter weggelaufen und gestolpert ist.«

»Für dich könnte es ein Unfall gewesen sein.«

»Unmöglich ist das nicht.«

»Abgesehen davon, dass ihn jemand vergraben hat.«

Eirs Stimme klingt reserviert, und Sanna hält inne.

»Konnte Vivianne etwas zum Todeszeitpunkt sagen?«, fragt sie schließlich.

»Donnerstagabend.«

»Also ungefähr zur selben Zeit, als sich Pascal im Bunker befand.«

»Wahrscheinlich.«

Sanna seufzt. »Hast du noch etwas von Sudden gehört? Hat schon jemand die ersten Bilder aus dem Bunker?«

»Noch nicht.«

»Okay.«

»Hat es einen bestimmten Grund, dass du nach den Fotos fragst?«

»Nein, ich wollte mir nur noch einmal in Erinnerung rufen, was ich da unten gesehen habe.«

»Morgen sollten sie fertig sein.«

»Und was ist mit Axel Orsas Sachen und seiner Arbeit? Gibt es da neue Erkenntnisse?«

»Nur der Laptop dürfte interessant sein, und der wird gerade untersucht. Er war mit seinem Auto unterwegs, danach wird noch gefahndet. Nach Pascals Wagen auch.«

Das Knattern von Motorrädern wird lauter. Die Mädchen bleiben mit ihren Maschinen in der Nähe stehen und schalten die Motoren aus. Die Gruppe ist größer, als Sanna in Erinnerung hat. Das Mädchen mit den rosafarbenen Haaren, Hedda, sitzt allein auf der schwarz glänzenden Aprilia. Nina, die sonst mit ihr fährt, ist nicht dabei. Erst als Hedda absteigt, tun es ihr die anderen nach. Gleich darauf kommt Anton in seinem Pickup hinzu und steigt mit einem Energydrink in der Hand aus.

Als sie alle vor dem verlassenen Haus stehen, öffnet er die Dose.

»Ich habe noch welche im Wagen, falls jemand möchte«, sagt er.

Sanna wendet sich an Hedda.

»Sollen wir anfangen?«

Hedda nickt und sagt nach kurzem Zögern: »Wir haben doch schon alles erzählt. Was wollen Sie heute eigentlich genau von uns?«

»Zeigt uns, was ihr mit der Drohne gemacht habt.«

»Wir haben sie fliegen lassen«, antwortet Hedda.

»Schon klar, aber warum ausgerechnet hier draußen?«

»Wir schauen in verlassene Höfe.«

»Warum?«, fragt Eir.

»Was glauben Sie denn?«

Die Mädchen flüstern miteinander.

»Jetzt kommt schon«, sagt Anton. »Wir haben doch darüber gesprochen, dass ihr helfen werdet, Nina zuliebe. Stellt euch mal vor, was sie alles durchgemacht hat. Je eher ihr alles erzählt, desto eher könnt ihr wieder abhauen.«

»Ich kann die Faszination nachvollziehen«, sagt Sanna. »Alte, verfallene Ort haben irgendwie ein eigenes Leben.«

»Weit weg von der ganzen Scheiße dieser Welt«, fügt Eir hinzu.

Ein mageres Mädchen mit selbstbewusst dreinblickenden schwarzen Augen kaut an der Innenseite seiner Wange. Ihre Haare sind kurz und fransig.

»Was meinst du?«, fragt Sanna und wendet sich direkt an sie. »Wie heißt du eigentlich? Bist du Tuva …?«

»Ja?«

»Was macht ihr hier draußen im Wald, Tuva?«

Das Mädchen zuckt mit den Schultern. »Einmal haben wir einen Typen beobachtet, der Dachpfannen von einem Haus geklaut hat«, sagt sie, und zwischen ihren Vorderzähnen wird eine große Lücke sichtbar. »Ein anderes Mal haben wir eine weiß gekleidete Frau in einem Fenster gesehen.«

Die anderen Mädchen tauschen rasche Blicke.

»Wir langweilen uns zu Tode«, sagt Hedda und sieht zu Anton. »Hier gibt es ja nicht viel zu tun, wenn man nicht die ganze Zeit in irgendeinem sinnlosen Jugendzentrum herumhängen will.«

Sanna seufzt. »Bitte erzählt noch mal ganz genau, was ihr hier draußen gesehen habt. Könnt ihr beschreiben, wohin Pascal gelaufen ist? Wo ist er euch zuerst aufgefallen?«

Tuva deutet auf das Wohnhaus. »Plötzlich kam er aus der Tür. Die Drohne war genau über ihm, als er auf einmal hinausgesehen hat. Vielleicht hatte er sie gehört?«

»Nein, Tuva, das war doch total anders. Er ist *ins* Haus gegangen, als er die Drohne gesehen hat«, sagt ein anderes Mädchen und reicht ihr eine gerade gedrehte Zigarette. »Was willst du eigentlich mitreden? Du warst doch gerade beim Pissen, als wir ihn das erste Mal gesehen haben.«

Hedda lächelt angespannt, ihre Zahnspange wird sichtbar. »Quatsch. Er ist auf der Schwelle hin- und hergegangen, rein ins Haus und wieder raus.«

Die Mädchen diskutieren darüber, was genau sie gesehen haben, und Eir wehrt eine Mücke ab.

»Mistviecher«, sagt sie und wirft Anton einen Blick zu, der die Mädchen beobachtet. Miene und Körpersprache sind schwer zu deuten, er trommelt mit den Fingern gegen die Getränkedose. Als Hedda in seine Richtung sieht, trinkt er einen großen Schluck.

Sonne fällt durch die Blätter. Sanna lässt den Blick über die Punkte schweifen, an denen die Mädchen Pascal zuerst gesehen haben.

Plötzlich nimmt sie eine Bewegung beim Schuppen wahr. Jemand versteckt sich dort zwischen den Baumstämmen.

Alle verstummen schlagartig, als ein kleines Mädchen hervortritt, fünf oder sechs Jahre alt, mit Ledersandalen an den nackten Füßen. Sie trägt ein Sommerkleid und eine Baumwollstrickjacke. Weißblondes Haar fällt ihr über die schmalen Schultern. Langsam kommt sie auf die Gruppe zu und bleibt in ein paar Metern Entfernung stehen. Sieht von Sanna zu dem Hof hinter ihr. Sanna macht ein paar behutsame Schritte auf sie zu und geht in die Knie.

»Hast du hier vielleicht eine Puppe verloren?«

KAPITEL DREIUNDZWANZIG

Das kleine Mädchen reagiert nicht. Vorsichtig zieht Sanna ihr Handy aus der Manteltasche, ruft das Bild von der Puppe auf und hält es hoch.

»Ich heiße Sanna und bin von der Polizei.«

Das Mädchen tritt einen Schritt zurück.

»Du musst keine Angst haben«, sagt Sanna und zeigt ihren Polizeiausweis vor. »Hinter mir stehen Eir und Anton, sie sind auch Polizisten. Und die Mädchen dort wollen uns etwas zeigen, deshalb sind sie hier.«

Die Kleine wirft den anderen einen Blick zu.

»Wie heißt du?«, fragt Sanna.

Noch ein Schritt zurück.

»Wohnst du hier in der Nähe?«

Keine Reaktion.

Sanna lächelt. »Ich kümmere mich darum, dass du deine Puppe zurückbekommst.«

Eine seltsame Klarheit umgibt das Mädchen. Sie ist sauber, ihre Kleidung unversehrt.

»Wie heißt du gleich noch mal?«, versucht Sanna es erneut.

Die hellen Augen blinzeln.

»Ich habe ihn gesehen.« Das Mädchen verknotet die Hände. »Ich habe ihn hier gesehen.«

»Wie bitte, du …?«

»Den nackten Mann. Deshalb sind Sie doch da, oder?«

Sanna richtet sich langsam auf, streckt die Hand aus, doch das Mädchen weicht zurück.

»Schon okay«, sagt Sanna.

Eir nähert sich der Kleinen von der anderen Seite. Sanna will sie aufhalten, wagt aber nicht, das Mädchen aus den Augen zu lassen.

»Du bist sehr mutig, dass du uns helfen willst«, sagt sie.

Das Mädchen sieht zu den Kaninchenlöchern, als ob ihr von dort jemand entgegenblicken würde.

»Wo genau hast du ihn gesehen?«, fragt Sanna.

Das Mädchen deutet auf ein niedriges Gebüsch, das sich hinter dem Wohnhaus und dem Schuppen erstreckt.

»Da ist er herausgekrochen.«

»Aus den Büschen?«

Ein leichtes Nicken.

Sanna denkt an die Polizeihunde, von denen sich keiner in das Gebüsch gewagt hatte, so dicht war es, mit furchtbar scharfen Dornen. Von ihnen stammen Pascal Paulsons Wunden allerdings nicht.

»Ganz sicher?«, fragt Sanna.

Das Mädchen nickt wieder und weicht zurück in die Richtung, aus der es gekommen ist. Sanna geht auf sie zu. Ihr ist bewusst, dass das Kind sie in die Irre führen will, und sie streckt die Hand aus.

»Du musst keine Angst haben«, sagt sie vorsichtig. »Hier bei uns bist du in Sicherheit …«

Das Mädchen wirbelt herum und rennt davon, Eir und Sanna eilen ihr nach. Äste zerkratzen ihre Arme und peitschen ihnen ins Gesicht. Eir fürchtet schon, dass sie zu langsam sind, doch da läuft Sanna an ihr vorbei und versucht, das Kind zu stoppen. Es reißt sich los, Sanna greift sich an die Brust, rennt jedoch weiter.

Der Wald wird immer dichter und dunkler. Ab und zu blitzt das Kleid des Mädchens zwischen den Baumstämmen auf. Der Boden wird weicher, die Schritte schwerer. Eir flucht stumm.

Als das Mädchen schließlich außer Sichtweite ist, lehnen sie sich erschöpft gegen Baumstämme. Eir bückt sich würgend und wischt sich mit dem Pulloverärmel über das Gesicht. Ihr Rücken schmerzt höllisch. Da sehen sie zwischen den Bäumen das helle Kleid wieder, und Eir packt Sannas Arm.

»Bleib hier.«

Doch Sanna schüttelt ihre Hand ab, und zusammen rennen sie weiter.

Auf einmal stehen sie auf einem gerodeten Weg. Reifenspuren sind darauf zu erkennen. Ein hohes Tor versperrt einen überwucherten Durchgang.

Eir bittet per SMS um Verstärkung, zieht ihre Waffe und folgt den Reifenspuren in den Durchgang.

Nach ein paar Metern stößt sie auf ein zweites Tor, das mit einem massiven Vorhängeschloss gesichert ist. Dahinter sind ein heruntergekommener Hof und eine Lichtung.

Auf dem Grundstück steht ein kleines graues Holzhaus, verwittert, aber mit einem ordentlich geflickten Dach und Dachrinnen, ein paar Fenstern und einer Tür aus frisch geteertem Holz.

»Was zum Teufel?«, flüstert Eir und lässt die Waffe sinken. »Das ist auf keiner unserer Karten verzeichnet.«

Da entdeckt sie den Lieferwagen neben dem Haus. Die Ladetüren stehen offen, ein Müllsack ist im Innenraum zu sehen, ein Wasserkanister und ein Plastikeimer mit einem löchrigen Putzlappen, von dem etwas tropft.

Schritte auf knarrendem Holz werden laut, ein Mann erscheint in der Tür zum Haus. Als er die beiden Frauen sieht, kneift er die Augen zusammen.

»Das hier ist Privatgrund«, sagt er und geht auf sie zu.

»Wir sind von der Polizei.« Eir versteckt ihre Waffe hinter dem Rücken.

Das kleine Mädchen im Sommerkleid späht durch die Tür, hinter ihr steht ein etwas älteres, dünneres Mädchen mit kurz geschnittenen Haaren, das ihm ähnlich sieht. In ausgewaschenem T-Shirt, Latzhose und Stiefeln schiebt es sich vor die kleine Schwester.

»Sie haben hier nichts zu suchen«, sagt der Mann, wischt etwas von seiner Hose, richtet den Hemdkragen. Die Adern treten bläulich rot an seinem Hals hervor.

»Dürfen wir hereinkommen?«, fragt Eir.

Widerwillig schließt er das Tor auf und lässt sie auf das Grundstück.

Während Sanna ihn fragt, ob ihm etwas Besonderes in der Umgebung aufgefallen ist, recherchiert Eir rasch das Nummernschild und den Halter des Lieferwagens. Er hat einige Vorstrafen wegen Verstößen gegen das Jagdrecht. Außerdem ist er unter einer anderen Adresse gemeldet. Das ist keine Überraschung, schließlich ist das Gebäude auf keiner Landkarte, die sie im Zuge der Ermittlungen studiert haben, verzeichnet. Gerade will sie ein paar Fragen stellen, als sie die Mädchen sieht, die beim Lieferwagen stehen und dabei den Eimer umstoßen, aus dem braungelbes Wasser ins Gras fließt.

»Was macht ihr da?«, fragt Eir und geht zu ihnen.

»Moment mal«, donnert der Mann.

Eir hebt leicht die Waffe.

»Warum reinigen Sie den Lieferwagen?«, fragt Sanna.

»Ins Haus, sofort!«, befiehlt der Mann den Mädchen.

Sie drängen sich aneinander, gehorchen aber nicht. Eir sieht in den Innenraum des Wagens. Nichts. Alles ist blitzblank geputzt.

Eine Tüte steht neben dem Transporter im Gras, und Eir hebt sie auf. Darin liegen zerknitterte weiße Küchenhandtücher, in die der fünfzackige Stern eingestickt ist.

»Zeigt mir eure Hände«, sagt sie ruhig zu den Mädchen.

Sie hören nicht auf sie. Stattdessen zieht eins eine Streichholzschachtel aus der Tasche, während das andere zu einem Ölfass schielt.

»Nein!«, brüllt der Mann und setzt sich in Bewegung.

Eir stürzt vor und versucht, die Hand des Mädchens zu fassen zu bekommen, doch es ist schneller, zündet ein Streichholz an und schleudert es in die Tonne.

Die hochschlagenden Flammen zwingen alle zum Zurückweichen und werfen harte Schatten auf die Gesichter der Mädchen.

»Jetzt reicht's aber!«, keucht Eir mit erhobener Waffe. »Was war in der Tonne?«

Sanna ruft auf dem Revier an, um sich nach der Verstärkung zu erkundigen und zu fragen, ob sie ihren genauen Standort bestimmen konnten. Während sie wartet, entdeckt sie ein Tor. Sie versteht nicht, wie sie es auf dem Weg hierher hatten übersehen können. Der obere Balken ist mit Stacheldraht umwickelt. Mit dem Telefon in der Hand geht sie darauf zu, beschattet die Augen gegen die Sonne und sieht blinzelnd auf das Blut an den scharfen Metalldornen.

KAPITEL VIERUNDZWANZIG

Haus und Grundstück werden durchsucht. Johan Nielsen, der Besitzer, wird sofort festgenommen und mehrere Stunden lang verhört. Sanna und Eir stellen ihm abwechselnd Fragen. Dann gehen sie zu Niklas.

Der Wind weht durch ein gekipptes Fenster in sein Büro. Die Wände sind frisch gestrichen. Obwohl er erst seit ein paar Tagen hier arbeitet, hat er bereits ausgepackt. An der Wand neben seinem Schreibtisch hängt das Gemälde einer Frau, dessen Farben Sanna an Claude Monets Porträt seiner verstorbenen Frau Camille erinnern.

Niklas steht am Fenster und sieht aufs Meer, als Eir die Tür schließt.

»Also, ein zweiundvierzigjähriger Mann, Witwer mit zwei Kindern, wohnt in einer abgeschiedenen Kate im Wald«, fasst er zusammen. »Blutspuren haben wir, zumindest am Stacheldrahtzaun. Wie weit seid ihr gekommen?«

Sanna und Eir setzen sich.

»Er gibt zu, dass Pascal in dem Lieferwagen war«, beginnt Eir, »behauptet allerdings, dass er ihn mitten in der Nacht an der Landstraße erst angefahren und dann aufgesammelt hat.«

»Aufgesammelt?«

»Er sagt, auf ihn hätte Pascal einen zugedröhnten Eindruck gemacht. Erst als er ihn in den Wagen gehoben habe, habe er die Verletzungen bemerkt.«

»Himmel.« Niklas seufzt. »Wer fährt einen Menschen an und nimmt ihn dann mit, anstatt Hilfe zu rufen?«

»Derselbe Mensch, der mit seiner Familie in den Wald zieht, weil er der Gesellschaft misstraut …«, sagt Sanna.

»Er hatte illegales Wild im Wagen, weshalb er die Polizei nicht rufen konnte und Pascal einfach mitgenommen hat«, unterbricht Eir sie. »Zu Hause hat er die Wagentüren aufgemacht, Pascals Puls gefühlt und gedacht, er sei tot. Daraufhin hat er sich betrunken. Dann hat er ihm die Kleider ausgezogen und sie in die Tonne geworfen. Mit Pascal selbst wollte er das auch machen, war aber zu besoffen. Dann hat er sich ins Bett gelegt und ist eingeschlafen. Als er am nächsten Morgen aus dem Haus kam, war Pascal nicht mehr da.«

»Er behauptet also, nichts mit Pascal zu tun gehabt zu haben, bevor dieser ihm vors Auto gelaufen ist?«

Eir nickt.

»Er hat es mit der Angst zu tun bekommen, als er in der Zeitung von einem jungen Mann las, den man im Wald gefunden hat. Er hat gefürchtet, verdächtigt zu werden, weshalb er den Lieferwagen geschrubbt hat. Als er und die Kinder dann heute die Motorräder im Wald gehört haben, hat sich die jüngere Tochter zu uns geschlichen, um uns in die Irre zu führen.«

»Okay«, sagt Niklas. »Apropos Kinder … Pascals letzte Worte waren ›das Mädchen‹.«

»Das haben wir jetzt gefunden«, antwortet Eir. »Er muss ja eine der Töchter gemeint haben, oder?«

»Aber ist er ihnen überhaupt begegnet? Er war ja nur ein paar Stunden dort, und dann noch im Lieferwagen.«

»Bei der Befragung hat die jüngere Tochter ausgesagt, dass sie in den frühen Morgenstunden Geräusche aus dem Lieferwagen gehört hat. Sie schaffte es nicht, ihren Vater oder ihre

Schwester zu wecken, weshalb sie nach draußen ging. Vielleicht war ein geschossenes Wildtier im Wagen doch nicht tot. Aber als sie die Türen öffnete, sah sie stattdessen Pascal.«

»Himmel«, murmelt Niklas.

»Ja«, sagt Eir. »Das arme Kind.«

»Und was hat es mit diesen Handtüchern auf sich?«

»Die ältere Tochter interessiert sich für Satanismus und schwarze Messen, liest Bücher darüber, schreibt Texte, zeichnet, stickt. Er lässt sie machen, findet es aber furchtbar, weshalb er die Handtücher benutzt, um nach der Jagd den Wagen zu säubern. Die Tüte stand neben Pascal, als dieser wieder zu Bewusstsein kam.«

Niklas seufzt.

»Und was halten wir jetzt davon?«

Eir zuckt mit den Schultern. »Wir überprüfen sein Alibi.«

»Das da lautet?«

»Die ältere Tochter wird zu Hause unterrichtet. Er sagt, eine Frau bei Digerhorn würde ihm Schulbücher verkaufen, und am Donnerstag sei er bei ihr gewesen.«

»Digerhorn? Da muss er die Fähre über den Sund genommen haben?«

Eir nickt. Sie war noch nie auf der kleinen Insel im Norden, die man nach ein paar Minuten Überfahrt erreicht. Es hat sie nie gereizt, auch wenn Fabian schon einige Male vorgeschlagen hat, einen Ausflug dorthin zu machen und an einem der großen weißen Sandstrände zu baden.

»Seit ein Angestellter beschimpft und bedroht wurde, werden die Passagiere registriert. Wir haben bereits Kollegen hingeschickt, um die Nummernschilder der Autos zu überprüfen, die hin und zurück befördert wurden. Samt der genauen Uhrzeiten.«

»Ich glaube, er spricht die Wahrheit«, sagt Sanna.

»Wir warten ab, was bei der Alibi-Überprüfung herauskommt, und reden dann weiter«, erwidert Niklas.

»Was passiert mit den Mädchen?«, fragt Eir.

»Sie sind bei Verwandten«, erklärt Niklas. »Das Jugendamt wird sich um sie kümmern.«

Sanna will etwas sagen, verstummt dann jedoch wieder.

»Was denn?«, fragt Niklas.

»Was ist mit Daniel Orsa?«, fragt sie. »Wir wollten doch noch einmal mit ihm reden, weil er beide Opfer gekannt hat und vielleicht etwas weiß. Konntet ihr ein Gespräch mit ihm vereinbaren?«

»Die Familie hat sich dazu noch nicht gemeldet, aber wir bleiben dran.«

»Und was ist mit Axel Orsas Laptop?«, fragt Eir.

»Die IT-Techniker untersuchen ihn noch.«

Alice kommt ins Büro. »Die Kollegen haben angerufen, der Mann war tatsächlich mit dem Lieferwagen auf der anderen Insel und ist am Donnerstag erst spätabends zurückgefahren.«

»Gut«, sagt Niklas. »Er soll uns zeigen, wo er Pascal angefahren hat, dann sehen wir weiter.«

»Schon erledigt«, antwortet Alice und legt den Ausdruck einer Landkarte auf den Schreibtisch. Auf der Landstraße, die von Süden nach Norden über die Insel verläuft, ist ein Kreuz eingezeichnet. »An dem Punkt ist Pascal Johan Nielsen angeblich vors Auto gelaufen.«

Eir nimmt einen Rotstift vom Schreibtisch und zeichnet drei Kreise auf die Karte. »Hier überall war Pascal, so viel wissen wir bereits.«

Den ersten Kreis hat sie um den Bunker gezogen, den zweiten um die Stelle, an der Pascal angefahren wurde. Er umfasst ein Waldstück, ein Wohngebiet und Feuchtwiesen.

»Pascal Paulson wird vom Bunker an einen Ort hier in der Gegend gebracht. Irgendetwas passiert, jemand sticht mit einem Messer auf ihn ein, doch er kann sich befreien. Rennt auf die Landstraße und wird angefahren.«

Der dritte Kreis umfasst das einsam gelegene Haus und den verlassenen Hof.

»Er wacht auf, ist nackt und schwer verletzt, liegt in einem Lieferwagen irgendwo tief im Wald bei einer Kate. Kann noch einmal fliehen, schleppt sich zu dem verlassenen Hof, wo ihn die Mädchen mit der Drohne entdecken.«

Sie betrachtet erneut den Kreis um die Unfallstelle. »Was befindet sich noch in diesem Gebiet?«, fragt sie und beugt sich auf den Ellbogen vor.

Alice deutet auf einen Campingplatz, ein paar Höfe.

Eir gähnt, entschuldigt sich und gähnt gleich noch einmal.

»Ich schlage vor, dass Sudden sich als Erstes an der Unfallstelle umsieht«, sagt Niklas. »Und dass wir gleich am Morgen Beamte losschicken, um sich die Umgebung anzuschauen und Anwohner zu befragen.«

Eir nickt. »Habe eigentlich nur ich solchen Hunger?«

»Ich fahre dich heim«, sagt Sanna. »Unterwegs besorgen wir dir was zu essen.«

Während Eir und Alice das Büro verlassen, wird Sanna von Niklas zurückgehalten.

»Hast du noch einmal darüber nachgedacht, hierher zurückzukommen?«

»Ich bin doch da.«

»Du weißt, was ich meine.«

Vor der offenen Bürotür zwängt sich Eir steif in ihre Jacke und hält sich kurz den schmerzenden Rücken.

»Wenn nicht wegen dir, dann wegen ihr?«, fährt Niklas fort.

»Ich habe vor Kurzem mit ihr geredet, als sie abends im

Meer schwimmen war und sich völlig verausgabt hat. Bestimmt kommen ihre Beschwerden daher.«

Niklas nickt. »Ich fände es trotzdem gut, wenn du mit ihr gemeinsam die Ermittlungen leitest.«

»Nein, das finde ich überhaupt nicht …«

»Gut, dann machen wir es so.«

»Aber …«

»Sprich dich mit deinem Kollegen Anton ab, und wenn er Verstärkung braucht, organisieren wir das. Red am besten noch heute Abend mit ihm, dann rufe ich ihn morgen früh an.«

Eir kommt mit dem Handy am Ohr zurück zum Büro, sagt lautlos »Fabian« und gestikuliert, dass er offensichtlich viel zu erzählen hat.

»Na gut«, willigt Sanna an Niklas gewandt ein. »Aber ich sage es ihr.«

Im Auto schreibt Eir eine SMS an Fabian und erklärt Sanna, die am Steuer sitzt: »Er ist unterwegs.«

»Gut. Wie geht es dir?«

»Ich bin nur müde.«

»Hast du ganz sicher etwas im Kühlschrank?«

»Wenn nicht, bitte ich ihn, etwas einzukaufen.«

Die Straße mit den Mietshäusern liegt still da. Nur der Wind rauscht in den Bäumen, die in der Nähe auf einer Grünfläche stehen.

»Wahrscheinlich wird es bald kälter«, bemerkt Sanna.

Eir nickt. »Also, du kommst wirklich zurück?«

»Nur für diesen Fall.«

Eir lächelt. »Das sehen wir dann.«

Sanna parkt den Wagen vor Eirs Haus.

»Soll ich mit hochkommen und mit dir warten?«

Eir schüttelt den Kopf. »Sixten vermisst dich bestimmt schon, fahr nur. Fabian kommt sicher jede Minute.«

Sanna hält an der Tankstelle ein paar Straßen weiter. Hinter den großen, hell erleuchteten Fenstern sind ein paar Kunden zu sehen. Sie geht zum Tresen und kauft einen Kaffee, wobei ihr Blick auf einen blauen Rucksack fällt, der in einem Gang bei der Kasse steht. Der Angestellte räuspert sich, und sie bezahlt.

Wieder sieht sie zu dem Rucksack. Jack hatte einen ähnlichen. Ihre Gedanken rasen. Regungslos steht sie da.

Plötzlich eilt ein Junge heran und schnappt sich den Rucksack. Er wirft ihr einen kurzen Blick zu, dann ist er weg.

Vereinzelte Fahrradfahrer und Autos kommen im Dunkeln an der Tankstelle vorbei. Eine ältere Frau mit Stirnlampe geht mit zwei kleinen Hunden an der Leine spazieren, die ausdauernd kläffen. Ein paar Teenager stehen am Eingang herum. Der Kaffee brennt in Sannas Hals, als ihr jemand auf die Schulter tippt.

Sie dreht sich um und sieht in Fabians lächelnde Augen. Er umarmt sie, dabei schwappt Kaffee auf seine Schuhe. Lachend schüttelt er die Flüssigkeit vom Schuh. »Wie geht es dir?«, fragt er.

»Gut«, antwortet sie lächelnd. »Nur schade, dass du ausgerechnet jetzt freihaben musst, wo ich einspringe und wieder hier arbeite.«

Er lacht wieder.

»Tu nicht so, als sei das nur ein ›Einspringen‹. Du und ich, wir wissen beide, dass du zu Mord und Totschlag gehörst und natürlich zu Eir.«

»Sie wartet schon auf dich.« Sanna merkt, wie ihre kurze Fröhlichkeit verblasst.

»Ich weiß, ich habe gerade mit ihr telefoniert. Deshalb bin ich hier, sie hat mich gebeten, Eis und Süßigkeiten zu kaufen.«

»Weil das ja so gut gegen Rückenschmerzen hilft.«

Er grinst. »Ich mache natürlich, was sie verlangt, kaufe aber noch Obst dazu. So leicht gebe ich mich nicht geschlagen!«

Sanna lächelt wissend. »Ich mache mir Sorgen um sie. Sie sollte wegen der Rückenschmerzen und der Müdigkeit mal zum Arzt gehen.«

Fabian seufzt. »Ich habe versucht, sie von dem Wahnsinn abzubringen …«

»Du meinst das Schwimmen?«

»Ja.«

»Aber das ist doch ein wichtiger Teil ihrer Persönlichkeit.«

»Ich weiß.« Er lächelt. »Dieser Starrsinn … Manchmal ist sie wie ein Teenager, nicht wahr?«

Seine Augen funkeln, wenn er über Eir spricht. Er erzählt, dass er ihr ein neues Paar Sneakers gekauft hat, ein besseres als ihr bisheriges, doch sie hat es in den Laden zurückgebracht, ohne ihm etwas davon zu sagen. Sanna und Fabian lachen über diese Anekdote. Die Leichtigkeit in seiner Stimme, wenn er Eirs Namen sagt, wirkt ansteckend.

»Na, ich räume dann mal das Eisfach da drinnen leer«, sagt er abschließend und geht in den Tankstellenshop.

Im Wohnzimmer fällt das Lampenlicht aufs Sofa, auf dem Eir halb liegend fernsieht. Ihre Füße ruhen auf dem Couchtisch, über die Beine hat sie eine Decke gezogen. Auf dem Boden stehen eine Tüte mit Chips und eine halb volle Flasche Limo. Die Haustür fällt ins Schloss. Sie greift nach der Flasche und trinkt ein paar große Schlucke, verzieht wegen der süßen Klebrigkeit das Gesicht. Fabian stellt eine Tüte auf dem Boden ab und legt von hinten die Arme um sie.

»Limo auch?«, fragt er.

»Ich weiß«, antwortet sie in schläfrigem Trotz. »Aber sie lag ganz hinten im Kühlschrank. Cecilia muss sie hineingelegt haben. Ich hatte so unglaublich Lust auf etwas richtig Kaltes.«

»Vielleicht muss ich hier einziehen, damit ich deinen Zuckerkonsum besser überwachen kann.« Sie hört an seiner Stimme, dass er lächelt.

Sie löst sich aus seinen Armen, gähnt. Er geht um das Sofa herum und setzt sich neben sie, legt ihr eine Hand aufs Knie.

»Du gähnst ganz schön viel. Vielleicht solltest du dich mal beim Arzt durchchecken lassen?«

»Ja, vielleicht.«

Fabian lächelt sie an.

»Was?«, fragt sie und gähnt wieder.

»Willst du dir nicht morgen freinehmen?«

»Vergiss es.«

»Du könntest dich ausruhen, zum Arzt gehen. Sanna kann sich morgen um alles kümmern, jetzt, wo sie wieder zurück ist.«

Eir zuckt zurück. »Woher weißt du das? Hast du sie getroffen?«

Er nickt.

»Wie ging es ihr? Wirkte sie froh, wieder zurück zu sein? Schon, oder?«

»Hm, solltest du nicht besser heiß duschen und dann ins Bett gehen?«

»Hör auf, mich zu verhätscheln.«

»Dann hör auf, so starrsinnig zu sein. Ich fühle mich wie ein alter Knacker, wenn ich mit dir schimpfen muss.« Er lächelt.

»Vielleicht musst du Limo trinken und lernen, dich ein bisschen zu entspannen?« Eir lacht. »Welches Eis hast du gekauft?«

Fabian küsst ihre Hand.

»Ich habe heute mit einem Makler über die Villa gesprochen«, erzählt er. »Er sagt, es gäbe ein paar potenzielle Käufer.«

Eir schiebt langsam die Decke zur Seite, setzt sich auf.

»Aber es eilt doch nicht? Nach so vielen Jahren kannst du sie jetzt wieder nutzen. Vielleicht findest du noch eine Möglichkeit, sie kostendeckend zu vermieten.«

»Nein, es ist an der Zeit. Ich will mit dem Geld etwas anderes kaufen.«

Ihr stockt der Atem. Sie weiß, worauf er hinauswill. Schon wieder.

»Du könntest mir ja helfen, das Richtige zu finden? Für uns beide?«, fährt er fort und zeigt das Lächeln, bei dem es immer in ihrer Brust flattert.

»Ich weiß nicht, das hat bei mir noch nie geklappt«, sagt sie. »Alles zu teilen … Das läuft immer schief. Am Ende will immer einer mehr als der andere.«

»Du könntest dem Ganzen doch wenigstens eine Chance geben, nur zu ein paar Besichtigungen mitkommen?«

»Vielleicht gehe ich doch erst mal duschen.« Sie steht auf.

Er nimmt ihre Hand.

»Sei nicht kindisch.«

»Nein.« Sie macht sich los.

»Bitte …«

Vor Angst schnürt sich ihr Hals zu. Sie kann ihm nur den Rücken zudrehen und ins Bad gehen.

KAPITEL FÜNFUNDZWANZIG

Sanna schaltet einen Gang hoch. Sie weiß, dass sie nach Hause fahren sollte, doch Kaia und Claes haben geschrieben, dass die Hunde Reis und Sardinen gefressen haben und jetzt satt wieder auf dem Sofa schlafen. Sie zögert, dann biegt sie an einem Kreisverkehr am Stadtrand nach Norden ab. Es herrscht kaum Verkehr, im Wagen ist es still. Sie setzt die Kopfhörer ein und lässt Robert Johnson and Punchdrunks die Einsamkeit vertreiben.

Ihr Blick ruht auf der Landstraße, die vom Leuchtturm an der Südspitze der Insel durch ihren Wohnort und an der Stadt vorbei nach Norden bis zum Meer verläuft. Dabei verbindet sie einige Industriegebiete, unbefestigte Straßen und Forstwege, die sich zwischen Gemeinden und kleineren Ansammlungen von Höfen entlangschlängeln. Sie ist die Straße schon so oft entlanggefahren, dass sie sie in- und auswendig kennt. Ihr Nachhauseweg hätte nach Süden geführt. Stattdessen fährt sie nun in die entgegengesetzte Richtung, zu der Stelle, an der Pascal Paulson angefahren wurde.

Als sie eine gute halbe Stunde später aus dem Auto aussteigt, ist alles dunkel und ruhig. Nur das Rascheln der Bäume und das Rauschen des Meeres sind zu hören. Ein paar Bauernhöfe stehen ein Stück von der Straße zurückgesetzt, die Fenster sind erleuchtet. Auf der anderen Seite zweigt die Straße zur Küste ab. Sanna bleibt stehen. Ein Stück weiter führt die nächste Abzweigung zum alten Campingplatz Solviken. Am liebsten würde sie schon heute Abend hinfahren, um zu fragen, ob jemand etwas gesehen oder gehört hat, doch das macht sie besser bei Tageslicht und nicht allein.

Sie mustert den Asphalt, geht ein paar Meter. Reifenspuren.

Johan Nielsen sagte, er sei nach Süden unterwegs gewesen, als Pascal plötzlich vor dem Wagen aufgetaucht sei. Entweder war dieser auf der Flucht gewesen und dabei auf die Straße geraten, oder er hatte jemanden anhalten und um Hilfe bitten wollen. Bisher haben sie keine Zeugen, doch Nielsens Erklärung, warum er die Polizei nicht benachrichtigt hat, klingt nachvollziehbar. Sanna sieht die Situation vor sich. Er ist spätabends unterwegs. Plötzlich steht ein Mann vor ihm, mitten auf der Fahrbahn. Er fährt ihn an, der Zusammenstoß dauert nur wenige Sekunden. Der Schock und die Sorge, wenn man der Gesellschaft den Rücken gekehrt hat und zwei Kinder zu Hause auf einen warten. Es ist nicht schwer zu verstehen, dass er den Mann erst einmal mitgenommen hat, um in Ruhe das weitere Vorgehen zu überlegen.

Ein Auto nähert sich, parkt am Straßenrand. Einer von Suddens Technikern steigt aus, ein junger Mann mit Glatze. Sanna erkennt ihn von dem verlassenen Hof wieder. Er schiebt die Brille auf die Stirn und sieht zu ihr. Sie nickt ihm zu, steigt wieder in ihren Wagen und fährt nach Süden.

Als sie an dem Rastplatz vorbeikommt, ist es sternenklar. Dort im Wald ist die Luke, die hinunter in die Erde führt. Sie geht vom Gas, lässt den Wagen langsam weiterrollen. Zwischen den Kiefern leuchten immer noch die Scheinwerfer der Spurensicherung. Ein Fahrrad liegt am Straßengraben. Vielleicht wurde es von jemandem einfach liegen gelassen, der von einem Auto mitgenommen wurde. Oder vielleicht ist jemand im Wald. Jemand, der nicht dort sein sollte.

Die Luft ist feucht, kriecht unter die Kleidung, und Sanna schwitzt leicht, als sie sich leise vorantastet. Plötzlich sieht sie im Licht der Scheinwerfer einen jungen Mann, der sich neben der Absperrung an einen Baum lehnt. Er scheint eine Hand vors Gesicht zu halten.

»Hallo«, sagt sie.

Er dreht den Kopf, wischt sich die Wangen ab. Sanna erkennt ihn sofort wieder, obwohl ein paar Jahre vergangen sind. Daniel Orsa.

»Du erinnerst dich sicher nicht mehr an mich. Ich heiße Sanna Berling und bin von der Polizei. Wir haben uns vor ein paar Jahren auf dem Revier kennengelernt.«

Als er schweigt, fährt sie fort. »Ich habe in der Mordserie ermittelt.«

Einer der Techniker bemerkt die beiden, und Sanna bedeutet ihm mit einem Handzeichen, dass alles in Ordnung ist.

»Was machst du hier?«, fragt sie.

Eine Träne rollt seine Wange hinab, und er wischt sie hastig weg.

»Ich kann dich heimfahren, wenn du möchtest«, bietet Sanna ihm an.

Er dreht sich wieder zu den Technikern. Eine junge Frau steht vor dem hohlen Baum. Sie hantiert mit einem kleinen weißen Wimpel, der in dem kahlen Stamm steckt. Sanna denkt an den Nagel dort.

»Daniel?«, fragt sie.

Er verlagert das Gewicht. »Hier haben Sie ihn also gefunden, meinen Bruder?«

Seine Augen werden groß, er gibt ein ersticktes Geräusch von sich.

»Ja«, antwortet sie.

Die Techniker entfernen sich ein Stück. Einer kommt zurück und sieht zu Sanna und Daniel. Dann besprechen sie sich flüsternd. Das hier ist ein Tatort, mit vielen potenziellen Spuren. Die Techniker dürfen sich dort aufhalten, sind Teil des Justiz-Ökosystems. Daniel muss allerdings hinter der Absperrung bleiben.

»Jetzt ist es nur ein Arbeitsplatz«, sagt Sanna. »Ich verstehe, dass das nicht leicht ist, aber dein Bruder ist nicht mehr hier. Komm, ich fahre dich nach Hause.«

»Er hat in letzter Zeit viel über die Polizei geschrieben. Und über die Politiker, die alles kaputt machen. Ihr freut euch jetzt wahrscheinlich.«

Die Scheinwerfer werden umgestellt, das Licht lässt Daniels Gesicht aufleuchten. Er sieht seinem großen Bruder ähnlich, den Sanna wenige Tage zuvor noch bei einem TV-Interview gesehen hat. Als er sich über Kinn und Mund wischt, gleicht er Axel Orsa noch mehr. Die gleiche Geste machte der Journalist, als er über den Kalksteinabbau sprach.

»Dein Bruder war ein guter Journalist, er hat etwas bewirkt …«

Keine Antwort. Sie will den Jungen nach seinem Bruder fragen und nach Pascal. Schließlich kannte er sie beide, und das Gespräch, das Niklas zu vereinbaren versucht, findet vielleicht nie oder erst sehr spät statt. Möglicherweise ist das ihre einzige Chance, aber sie zögert.

»Ich weiß, was Sie denken«, sagt er. »Dass Axel mein Bruder war und ich in dem Fight Club mit den anderen Typen gekämpft habe, die alle Pascal mochten, und deshalb sollte ich etwas wissen. Richtig? Meine Mutter sagt, dass ständig jemand von der Polizei anruft, dass man mit mir sprechen will.«

Er verstummt. Nach ein paar Sekunden spricht er weiter.

»Ich habe Ihrer Kollegin doch schon alles gesagt. Ich kannte Pascal kaum. Sie und der Typ im Anzug haben mich im Boxstudio danach gefragt.«

»Gut. Wir wollten nur wissen, ob dir vielleicht noch etwas einfällt, weil du einer der wenigen bist, die zu beiden Kontakt hatten.«

Er wischt sich ein Insekt von der Wange.

»Eins hatten sie gemeinsam, außer mich zu kennen«, sagt er.

»Ja?«

»Sie waren beide Arschlöcher.«

Sie stutzt. »Das sind harte Worte über deinen Bruder. Hat er durch seine Arbeit nicht viel für die Schwachen getan? Ich habe einen Artikel von ihm über Mobbing gelesen …«

»Kann sein, aber er war gemein.«

»Wie meinst du das?«

Daniel schnaubt. »Jetzt erinnere ich mich an Sie.«

»Aha.«

»Ihr habt die ganze Zeit nur über den Jungen mit der Wolfsmaske geredet, es ging nur um ihn.«

Daniel hat recht. Bei den Ermittlungen vor drei Jahren hat sie bei den anderen Kindern nicht weiter nachgeforscht. Es ging immer nur um Jack.

»Wissen Sie noch, dass ich auf dem Foto aus dem Lager eine Schweinemaske trug?«

Sie nickt, sieht das Foto wieder vor sich. Die sieben Kinder vor einer verwitterten Kalksteinmauer, alle blutverschmiert und mit Tiermasken. Die Tiere sollten die sieben Todsünden symbolisieren. In den Händen mussten sie die Augäpfel der Lämmer halten, die sie selbst hatten schlachten müssen. Die Angst in den weit aufgerissenen Augen wird sie nie vergessen.

»Haben Sie überhaupt eine Ahnung, warum ich ausgerechnet die Schweinemaske tragen musste?«, fragt er.

»Nichts, was damals dort passiert ist, hatte wohl einen logischen Grund.«

»Völlerei. Das war meine Sünde. Und wissen Sie, warum der Priester das so entschieden hatte?«

Bei dem Gedanken an Holger Crantz und die schrecklichen, unverzeihlichen Misshandlungen im Lager pocht Sannas Schläfe. Sie schüttelt den Kopf.

»Ich hatte gestohlen. Geklaut. Wie auch immer Sie es nennen wollen. Deshalb hat meine Mutter mich in das Lager geschickt. Ich habe alles, was ich in die Finger bekommen habe, mitgehen lassen.«

»Du warst noch ein Kind.«

»Ich habe es nicht für mich getan. Axel hat mich gezwungen. Wenn ich nicht gehorcht habe, hat er mich verprügelt. Nicht einmal, als meine Eltern gesagt haben, sie würden mich wegschicken, hat er die Schuld auf sich genommen. Er hat sich einfach gedrückt.«

»Das tut mir leid. Das muss schlimm gewesen sein …«

»Als man mich als ›Problemkind‹ in das Sommerlager geschickt hat, hat mein Bruder mich nur ausgelacht.«

Er kratzt sich an der Schläfe.

»Habt ihr den Priester jemals genauer überprüft, nach den Morden?«

Sanna ist von der Frage überrascht. »Crantz?«

»Ja.«

Sie will ihm antworten, dass der Priester tot ist. Aber sie weiß genau, dass etwas nicht automatisch vorbei ist, nur weil jemand stirbt.

»Denkst du dabei an etwas Bestimmtes?«

Er schüttelt kaum merklich den Kopf. »Was wisst ihr über Jack?«

Gleichzeitig fasst er sich wieder an die Schläfe. Dieselbe

Geste wie gerade eben, als er über seinen Bruder gesprochen hat.

»Warum fragst du?« Sie lässt ihn nicht aus den Augen.

Keine Antwort. Ohne nachzudenken, packt sie ihn am Arm.

»Weißt du etwas?«

Er reißt sich los.

»Daniel?«

Doch er hastet schon zwischen den Bäumen davon.

Kurz darauf informiert ein Techniker sie, dass sie keine verwendbaren Spuren gefunden haben und bald zusammenpacken werden.

Sanna seufzt und blickt zu Boden.

»Vielleicht habt ihr ja Glück, und es meldet sich noch ein Zeuge«, fährt der Mann fort.

Sanna sieht zu der Schneise aus abgebrochenen Zweigen, die zum See führt. Denkt erneut an den Vogelturm. Kann man den Rastplatz wirklich von dort oben sehen, erinnert sie sich da richtig? Sie zögert, dann marschiert sie tiefer in den Wald.

KAPITEL SECHSUNDZWANZIG

Nebelschleier hüllen den Vogelturm ein. Ein feuerfarbener Punkt leuchtet hinter dem dürren Holzgeländer. Sanna wedelt mit der Hand ein hartnäckiges Insekt weg. Zögert. Gry könnte etwas wissen, das die Ermittlungen voranbringt. Wenn sie letzten Donnerstag zur richtigen Zeit auf dem Turm war, hätte sie den Täter auf dem Parkplatz am See sehen können. Aber sie könnte auch wieder verwirrt sein und erschrecken, wenn Sanna plötzlich auftaucht. Unbehagen steigt in ihr auf, doch sie verdrängt es.

Gry reagiert kaum, als Sanna nach oben klettert. Sie spitzt die Lippen und stößt Rauchwolken aus. Die Lücken zwischen ihren Zähnen sind dunkel, die Falten um ihren Mund tief. Unförmig sitzt sie auf dem Boden.

»Gry …«

Ruhig streckt die Frau Sanna ihre Zigarette entgegen.

»Nein danke.«

Sanna setzt sich neben sie und einen kleinen Aschehaufen.

»Bald kommt er her und meckert, dass ich nach Hause kommen soll«, sagt Gry beiläufig. »Ich weiß, dass ich langsam den Verstand verliere, alles wird ganz verschwommen.«

»Gehen Sie deshalb hierher? Um sich zu erinnern?«

»Zu Hause bleibt alles gleich. Einar sorgt manisch dafür, dass alles immer am selben Platz ist.«

»Um Sie zu beschützen.«

Sie zieht an ihrer Zigarette.

»Von hier oben sehe ich manchmal Leute.« Sie macht eine Handbewegung. »Ich sehe, wie sie am See parken. Ihre Orientierungsläufe oder was auch immer machen. Das ist wenigstens etwas.«

»Es passiert wenigstens etwas.«

»Ja.«

Im Moment klingt ihre Stimme klar, doch das kann sich schnell ändern. In der nächsten Sekunde kann sie schon wieder ganz woanders sein. Sanna sieht zu der älteren Frau.

»Bei unserer letzten Begegnung wollte ich Sie fragen, ob Sie Donnerstagabend hier waren.«

Gry zündet sich eine neue Zigarette an.

»Haben Sie vielleicht ein Auto gesehen?«, fährt Sanna fort. »Einen Mann, etwa Mitte zwanzig? Durchtrainiert, dunkelbraune Haare?«

Gry starrt auf einen Riss in einer Holzplanke.

»Oder haben Sie sonst irgendetwas gesehen?«

Keine Reaktion. Dann lächelt Gry hinter dem Zigarettenrauch.

»Hören Sie ihn?«, fragt sie.

Schritte werden laut, und kurz darauf klettert Einar auf den Turm.

»Oh«, sagt er verwundert, als er Sanna bemerkt.

»Ich war im Wald, wo unsere Spurensicherung arbeitet, und habe dann gesehen, dass Ihre Frau hier oben ist.«

»Es ist spät.« Er streicht Gry über den Kopf.

Sie weicht ihm aus.

»Liebling«, sagt er. »Du musst schlafen.«

Er nimmt ihr das Feuerzeug aus der Hand. Sie will es zurückhaben und greift hektisch danach. Sanna wendet sich an Einar.

»Könnte ich noch ein paar Minuten mit Gry allein reden, dann kommen wir nach unten? Wir haben gerade über Donnerstagabend gesprochen.«

»Es ist spät«, wiederholt Einar und sieht auf seine Frau hinunter. »Du bist hundemüde, das sehe ich doch.«

»Nur ein paar Minuten?«, bittet Sanna.

Einar nimmt Gry die Zigarette aus der Hand, zerbricht sie und wirft sie auf den kleinen Aschehaufen, zertritt die Glut mit dem Stiefelabsatz.

Gry zieht eine neue Zigarette aus der Packung, streicht sie unter der Nase entlang, atmet tief ein.

»Drei Minuten«, sagt Einar seufzend und klettert nach unten.

Gry sitzt still da, die Zigarette gegen die Oberlippe gedrückt. Ihre Nasenflügel flattern, die Zigarette fällt zu Boden.

»Ich habe sie gesehen«, flüstert sie.

»Was haben Sie gesagt?«

»Ich habe sie gesehen.«

»Wen?«

»Den Mann, den Sie beschrieben haben. Zumindest sah er so aus. Etwa Mitte zwanzig, muskulös, dunkle Haare.«

»Wann?«

»Donnerstagabend.«

»Sind Sie sicher?«

Gry kratzt sich an der Brust, schaudert.

»Wen haben Sie noch gesehen? Können Sie die Person beschreiben?«

Gry schüttelt den Kopf.

»Oder das Auto?«

Gry schwankt ein wenig. Sanna legt ihr eine Hand auf die Schulter.

»Lassen Sie sich Zeit.«

Gry kratzt sich am Handrücken.

»Schon gut«, sagt Sanna.

Gry holt tief Luft, steht auf, atmet wieder aus. Mechanisch beginnt sie etwas aufzuzählen, wie bei ihrer letzten Begegnung. Wortfetzen oder vielleicht auch nur Buchstaben. Unverständliche Silben. Sie krümmt die Hände, während sie plappert. Die Gedanken scheinen ihr unwillkürlich aus dem Mund zu strömen.

Sie sieht Sanna direkt in die Augen. Spricht langsamer, und plötzlich ergibt eine unverständliche Silbe Sinn. Sie versucht, etwas zu buchstabieren, vielleicht das Wort »gelb«. Sanna möchte ihre Hand nehmen, traut sich aber nicht. Vorsichtig beugt sie sich vor.

»Gelb?«

Gry nickt langsam, ein schwaches Lächeln huscht über ihr Gesicht.

Wieder nähern sich Schritte.

Gry blinzelt, beugt sich vor und haucht: »Was passiert mit mir?«

KAPITEL SIEBENUNDZWANZIG

Vor Antons Haus steigt Sanna aus dem Wagen. In der breiten Einfahrt stehen einige Pick-ups dicht nebeneinander. Ein bronzefarbenes Ungeheuer parkt fast auf der Straße. Die Fenster sind heruntergelassen, die Ledersitze glänzen, alles ist blitzsauber. Wäre nicht das ältere Armaturenbrett gewesen, hätte man den Wagen für neu halten können. Anton steht in der Küche, mit dem Rücken zum Fenster. Stimmen und Gelächter dringen nach draußen.

Sanna öffnet die Haustür und ruft: »Hallo?«

Überall stehen Stiefel und Schuhe, es riecht nach Bier und Kautabak. Im Wohnzimmer läuft der Fernseher.

Anton sieht in die Diele.

»Ich habe mich schon gewundert, wo du dich herumtreibst«, sagt er. »Du wolltest doch schon vor einer ganzen Weile hier sein.«

Sie nickt. »Ich bin auch gleich wieder weg.«

»Ach was, wir sitzen nur herum und quatschen. Die Kinder sind mit Ellen bei ihrer Mutter. Komm rein.«

Antons Freunde sind um den Küchentisch versammelt. Sie erkennt sie von dem Foto der Jagdgruppe auf seinem Schreibtisch wieder. Manche waren auch mal auf dem Revier, um Anton zum Mittagessen abzuholen oder ihn an die nächste Jagd zu erinnern. Sie heben die Hände zur Begrüßung, ohne jedoch aufzublicken. Nur Thomas sieht zu ihr.

Die kleinen Augen über den bärtigen Wangen liegen tief in ihren Höhlen.

»Setz dich zu unserem Nähkränzchen«, sagt er und lacht glucksend, und die anderen stimmen ein.

Anton lehnt sich mit seinem massigen Körper gegen den Türrahmen.

»Also, schieß los«, sagt er. »Worüber wolltest du reden?«

Sie schüttelt den Kopf. »Ich wollte nur sagen, dass ich in der nächsten Zeit anders arbeiten werde. Teils in der Stadt, teils hier.«

»Damit hatte ich fast schon gerechnet.«

»Falls nötig, bekommst du Verstärkung. Aber es ist sowieso nur auf absehbare Zeit.«

Anton sieht zu Boden. »Das schaffe ich schon alles. Mach dir keine Gedanken, ja?«

»Ich wollte nur, dass du es direkt erfährst.«

»Du bist also nur deswegen hergekommen?«

»Ja.«

»Wie läuft es mit den Ermittlungen? Habt ihr heute Fortschritte gemacht?«

Sanna schüttelt den Kopf. Vor Anton muss sie zwar keine Geheimnisse haben, vor den anderen am Tisch jedoch schon.

»Wenn du Hilfe brauchst, gib Bescheid«, fährt Anton fort und klopft ihr auf die Schulter.

»Kennst du jemanden mit einem gelben Auto?«, fragt sie.

»Puh, keine Ahnung. Glaube nicht. Warum?«

»Ach, nur so.«

»Die Pflegedienstautos hier im Ort sind gelb. Und diese neue Elektrikerfirma hat auch gelbe Wagen, oder?«

»Es ist sicher unwichtig«, sagt Sanna. »Nur etwas, das jemandem im Zuge der Ermittlungen aufgefallen ist.«

»Und wem?«

»Einer Zeugin, die allerdings vielleicht nicht ganz vertrauenswürdig ist. Ich wollte dich nur fragen, ob es früher mal Probleme hier im Ort mit jemandem gab …«

»Der ein gelbes Auto fährt? Nein, nicht dass ich aus dem Stegreif wüsste. Oder, Moment …« Er verzieht den Mundwinkel. »Hey, Thomas«, sagt er leise.

Sein Kumpel blickt auf.

»Vergiss es«, wirft Sanna ein. »Wir sprechen ein andermal darüber.«

Doch es ist schon zu spät.

»Steht bei dir nicht eine gelbe Karre im Schuppen?«, fragt Anton.

Thomas lacht.

»Werde ich jetzt verdächtigt, oder was?«

»Was steht denn jetzt für eine Schrottkarre bei dir und rostet vor sich hin?«, beharrt Anton.

Sanna senkt den Kopf. Sie weiß, dass sie zu viel gesagt hat. Wenn Grys Beobachtung tatsächlich wichtig ist, könnte der Täter jetzt von ihr erfahren. Etwas weit hergeholt, ja, aber nicht unmöglich.

»Wir überprüfen die Sichtung eines gelben Fahrzeugs in Verbindung mit ein paar Diebstählen«, erklärt sie hastig.

Thomas sieht sie lächelnd an.

»Im Ernst jetzt?«

Anton schluckt. Ihm ist offensichtlich bewusst, dass er fahrlässig war.

»Ich habe einen alten Cabby Nova«, sagt Thomas. »Mit gelborangefarbenem Rand.«

»Ein Wohnmobil also«, sagt Sanna.

»Ja. Aber jetzt habe ich es ja bei meinem letzten Raubzug benutzt, da wäre es schön dumm, es weiterzufahren.«

Die anderen lachen.

Thomas zündet sich eine Zigarette an und stützt sich auf die Ellbogen. »Wie geht's eigentlich dem ›Führer‹?«, fragt er.

Sanna verzieht verständnislos das Gesicht.

»Jon Klinga«, verdeutlicht Anton.

Da fällt ihr ein, dass Jon aus dem Ort stammt. Sein Vater ist Forstmaschinenfahrer, er selbst ist als Teenager in die Stadt gezogen.

»Kennst du Jon?«, fragt sie Thomas.

»Wie Sand im Bett.«

Gelächter am Tisch.

»Was meinst du damit?«

»Niemand kennt Jon«, sagt Anton seufzend, holt einen Energydrink aus dem Kühlschrank und öffnet ihn. »Es ist schon lange her, dass er hier zu Hause war.«

Als Sanna das Haus verlässt, dröhnt Lachen aus der Küche. Sie bleibt bei dem bronzefarbenen Pick-up stehen, der im Mondlicht beinahe golden aussieht, vielleicht sogar dunkelgelb. Ihr fällt ein Aufkleber mit dem Logo von Thomas' Schreinerei ins Auge, einer Sonne.

»Ich war zu Hause bei meiner Familie«, sagt Thomas plötzlich hinter ihr.

Sanna dreht sich um.

»Das willst du mich doch sicher fragen, wenn du schon meinen Wagen so anstarrst und überlegst, ob die Farbe als Gelb durchgehen könnte? Wo war ich am Donnerstagabend, als dieser Dieb im Wald unterwegs war?«

Seine Lippen sind zu einem Strich zusammengepresst, sein Blick eiskalt.

»Dieb?«, fragt sie.

»Komm schon, es ist kein Geheimnis, dass Pascal Paulson ein Langfinger war. Und mir hast du nichts vormachen können, als du von dem gelben Auto ablenken wolltest. Ich erkenne unfähige Bullen, wenn ich sie sehe, und du bist nicht unfähig. Ich habe schon kapiert, dass du in dem Todesfall ermittelst und nicht in irgendwelchen Diebstählen.«

»Was weißt du noch über Pascal Paulson?«

»Ich weiß, dass er den Tod verdient hat.« Thomas geht zu dem Pick-up und legt die Hand um den Türgriff.

»Aha?«

»Und das weißt du auch.«

»Weiß ich das?«

Er holt eine Zigarette aus einer Packung.

»Hast du Jon Klinga gefragt, wo er Donnerstagabend war?«, fragt er und zündet die Zigarette an.

»Sollte ich das denn?«

Mit der Zigarette zwischen den Lippen klettert er auf den Fahrersitz, schlägt die Tür zu und startet den Motor. Grinsend lehnt er sich aus dem Fenster, sieht in den Rückspiegel und fährt rückwärts aus der Einfahrt.

Zurück in ihrem Wagen, recherchiert Sanna nach Jon im Internet. Thomas hatte gesagt, Jon sei wie »Sand im Bett«. Jemand, den man nicht loswird. Und er hat Jon den »Führer« genannt. Sicher wegen des Hakenkreuzes auf seiner Brust, das jetzt nur noch eine Narbe ist. Eine entfernte Tätowierung, von der alle wissen, über die aber kaum jemand spricht. Wenn Thomas etwas über Jon wusste, musste das in der Zeit gewesen sein, als Jon ein Kind oder Teenager war, vor seinem Wegzug aus dem Ort.

Sie ruft das Archiv mit den Artikeln der zwei Lokalzeitungen auf. Alle Suchanfragen bleiben ergebnislos. Bis sie nach »Jugendlicher«, »Hakenkreuz« und »Sand« sucht.

Der Artikel berichtet von zwei ungenannten Brüdern, die Söhne eines Waldarbeiters, Teenager. Zusammen mit ihrer

Clique hatten sie einen gleichaltrigen Jungen gequält, der dem Schuldirektor von der Hakenkreuztätowierung auf der Brust eines Mitschülers sowie von der Faszination der Clique für Hitler erzählt hatte. Eines Tages hatten sie ihn nach der Schule zusammengeschlagen und in eine Kiste mit Streusand am Straßenrand gesperrt. Irgendwann war er von einem Straßendienstmitarbeiter gefunden worden. Er hätte sterben können, doch er wagte es nicht, Anzeige zu erstatten. Die Quälereien dauerten noch einige Jahre an. Sie schickten ihm Bilder von Laternenmasten, von Schlingen. Bis alle die Schule abgeschlossen hatten. Wie viele Jungen in Jons Alter mit so einer Tätowierung kann es schon geben? Sie traut ihm alles zu, was sie gelesen hat, jedenfalls als Teenager. Die Frage ist, ob ihn das zu einem Verdächtigen in diesem Mordfall macht.

Es ist fast Mitternacht, als sie nach Hause fährt. Sie denkt an das Gespräch mit Gry. Ihre Brust fühlt sich eng an, als würde sich etwas um sie zusammenziehen.

Stimmen, Lachen. Sie fährt langsamer. Die Mädchen kommen aus einem Reihenhaus und gehen zu ihren Motorrädern, die an der Straße stehen. Hedda steigt auf die schwarze Aprilia, Nina lässt sich hinter ihr nieder. Sie sieht zu Sanna. Eine Geste, und Hedda startet den Motor, lässt ihn im Leerlauf knattern. Nina sagt etwas zu ihr, dann wendet Hedda die Maschine in Sannas Richtung. Sanna lässt das Fenster hinunter.

Ninas Strickpullover hat einen Riss. An ihrem Hals leuchtet ein Knutschfleck. Ihr Gesicht ist blass, die schwarze Augenschminke verschmiert.

»Ist was passiert?«, fragt sie müde.

»Wie geht es dir?«

Ein kaum wahrnehmbares Zittern überläuft ihr Gesicht, dann zuckt sie mit den Schultern. Da sieht Sanna, dass sie ihre

Haare abgeschnitten hat, die ungleich langen Spitzen stehen unter dem Helm hervor.

»Es ist gefährlich für euch Mädchen, wenn ihr so spät noch draußen unterwegs seid.«

Nina grinst abfällig.

»Es ist für *alle* gefährlich«, erwidert sie.

Sanna holt Sixten und unterhält sich ein paar Minuten mit Kaia, die erzählt, dass jemand im Haus seine Katze tot aufgefunden hat, vielleicht Rattengift. Kaia lädt Sanna auf ein Glas Wein ein, doch sie ist müde und lehnt ab.

Als sie ihre Wohnung aufschließt, merkt sie sofort, dass etwas nicht stimmt. Ein Luftzug. Die Grillen sind viel zu laut. Ohne die Schuhe auszuziehen, geht sie durch die dunkle Diele ins Wohnzimmer. Sie tastet instinktiv nach der Dienstwaffe, auch wenn sie weiß, dass sie im Waffenschrank auf dem Revier eingeschlossen ist. Sixten will sich vordrängen, doch sie packt ihn am Halsband und schaltet das Licht ein.

Die Balkontür steht wieder offen.

Genervt zieht sie sie zu, dreht den Schlüssel im Schloss und rüttelt am Handgriff, der sich nicht bewegt. Schließt wieder auf und spürt, wie der Griff nachgibt. Sie hinterlässt eine Nachricht bei der Hausverwaltung, dass bitte jemand vorbeikommen und die Tür überprüfen soll. Danach ruft sie Niklas an.

»Ja?«, meldet er sich.

»Ich habe heute Abend mit Gry Kristoferson gesprochen.«

Niklas schweigt.

»Die Frau, die oft auf dem Vogelturm sitzt«, verdeutlicht Sanna. »Du weißt schon, der Turm, den Eir und ich vom Parkplatz am See aus gesehen haben?«

»Ja, und?«

»Also, ich bin hingefahren, um zu überprüfen, ob man wirklich bis zum See und dem Parkplatz sehen kann. Gry war da.«

»Okay.«

»Ich glaube, sie hat den Täter gesehen, und ich glaube, dass sie mir sagen wollte, dass sein Auto gelb war.«

Schweigen.

»Ich weiß«, fährt Sanna fort. »Vielleicht kann man ihr nicht trauen, aber ich wollte es trotzdem erwähnen. Als ich mit ihr sprach, wirkte sie geistig klar auf mich.«

»Okay. Wir informieren morgen die anderen.«

Nach dem Telefonat versucht sie, sich an den Morgen zu erinnern, ob sie vor der Arbeit vielleicht doch die Balkontür geöffnet und vergessen hat, sie zu schließen. Sie ist sich nicht völlig sicher, möglich wäre es also.

Sie geht hinaus auf den Balkon und lehnt sich ans Geländer. Der Boden unter ihr erstreckt sich wie ein großer dunkler Teppich. Eine Katze läuft zwischen Mülltonnen umher, aber kein Mensch ist zu sehen. Das ferne Geräusch eines getrimmten Mofas dröhnt durch die Luft. Sixten knurrt gegen die Dunkelheit an. Schnell geht sie wieder hinein, schließt die Tür und dreht den Schlüssel um.

KAPITEL ACHTUNDZWANZIG

Um kurz nach sieben Uhr am nächsten Morgen tastet Sanna nach dem klingelnden Handy.

»Ja?«, meldet sie sich verschlafen. »Okay, ich fahre in fünf Minuten los.«

Die Steinstrände sind menschenleer, als sie eine Stunde später über das Viehgitter ins Naturschutzgebiet im Norden der Insel fährt. Entlang der Schotterstraße stehen Krüppelkiefern und Wacholder, und gelegentlich liegt vom Wasser abgeschliffenes Treibholz herum. Sie fährt an den Rauken vorbei, die aus dem Meer zu wachsen scheinen. Der Geruch nach Seetang dringt ins Auto. Einige Hundert Meter vor sich sieht sie die blinkenden Blaulichter auf dem Hang, der zu den Höhlen hinunterführt.

Sudden meldet sich erneut und erklärt, dass ein hohes Tier von der NOA auf dem Weg ist und dass sie sich besser beeilen sollte, wenn sie es noch hinter die Absperrung schaffen will.

Sie parkt neben dem weißen Lieferwagen der Spurensicherung, grüßt die uniformierten Beamten, zeigt ihren Ausweis und duckt sich unter dem Absperrband hindurch.

Der Hang ist steil und mit Steinen und Verwitterungserde bedeckt. Auf dem Weg nach unten rutscht sie aus und schürft sich die Hand auf.

Sudden steht vor dem Eingang zur größten Höhle und hebt die Hand zur Begrüßung. »Da bist du ja endlich.«

»Ich musste Sixten noch zu den Nachbarn bringen«, erklärt sie, während sie den Helm aufsetzt, den er ihr reicht, und ein Paar Latexhandschuhe überzieht. »Danach bin ich so schnell gefahren, wie ich konnte.«

»Schon gut.« Er klopft ihr auf die Schulter. »Komm jetzt, dann muss ich dich nicht in meinem Overall verstecken, wenn das hohe Tier von der NOA auftaucht.«

Sie folgt ihm zu der Öffnung im Felsen. Die Höhlen hier sind unzugänglich und berüchtigt für ihre gefährlichen Gänge, in die das Meer jederzeit eindringen kann. Weiter südlich auf der Insel befinden sich die größeren, beliebteren Höhlensysteme mit Parkplätzen, Restaurants und geführten Touren. Aber hierher kommen keine Touristen und auch kaum Wissenschaftler oder erfahrene Höhlenforscher, soweit Sanna weiß. Sudden hatte gestresst geklungen, als er sagte, sie solle sich beeilen, man habe menschliche Überreste gefunden, die vielleicht zu Jack Abrahamsson gehörten.

»Ein paar lebensmüde Teenager haben den Fund gemacht«, sagt er. »Man hat sie bereits befragt, und sie sind wieder weg.« Dann bedeutet er ihr voranzugehen.

Sanna tritt in die Höhle und wartet, bis ihre Augen sich an das Dämmerlicht gewöhnt haben. Sudden gibt ihr eine Taschenlampe und deutet in die Dunkelheit.

Schon nach wenigen Schritten sinkt die Temperatur. Die kahlen Wände ähneln glänzenden Vorhängen. Tausende Jahre lang ist das Wasser durch den Kalkstein gedrungen und hat die Höhlen ausgeformt. Gänge, Räume und Säle, sogar Seen verbergen sich tief unten im Gestein.

Ein Schild mit einer Nummer steht neben einer Tunnelabzweigung. Sanna leuchtet mit der Taschenlampe ins Dunkel, geht einen Schritt hinein und in die Hocke.

Skeletteile und Kleiderfetzen. Lange, röhrenförmige Knochen, vielleicht ein Oberarm, ein Unterarm, eine Hand und Finger. Ein Stück daneben ein Oberschenkel, ein Unterschenkel, Fuß und Zehen. Ein paar kürzere Knochen liegen dicht beieinander, wahrscheinlich eine Handwurzel. Schulterblatt, Brustbein, Rückenwirbel. Erst nach ein paar Sekunden begreift Sanna, dass der Schädel fehlt.

Alles fühlt sich merkwürdig leer an. Die kalte Luft lässt sie schaudern.

»Warum sollte er das sein?«, fragt sie.

»Du weißt, warum.«

Sie sieht sich um, der Höhlenboden ist feucht. Das Rauschen des Meeres ist zu hören. Jeden Augenblick können sie und Sudden knöcheltief in Meerwasser stehen. Die Strömungen um die Insel sind stark und unberechenbar.

»Es würde die wahrscheinlichste Theorie bestätigen«, fährt Sudden fort.

Genau wie alle anderen hat Sanna das Video der Überwachungskamera aus dem Gästehafen am Festland gesehen, auf dem Jack Abrahamsson über einen hohen Zaun klettert und zwischen den Booten verschwindet. Eines der Boote war später nördlich von den Höhlen leer auf dem Meer treibend aufgefunden worden.

»Ihr glaubt, dass die Leiche hereingespült wurde?«, sagt sie.

Sudden seufzt. »Gib der Gerichtsmedizin wenigstens eine Chance«, sagt er. »Die Untersuchungen dauern sicher ein paar Wochen, dann wissen wir hoffentlich mehr.«

»Und was glaubst du?«

»Ein schmales Becken, kräftige Knochen«, antwortet er. »Alles deutet auf einen jungen Mann hin, vielleicht einen Teenager.«

Von der Feuchtigkeit in der Luft wird ihr kalt, und sie hat das unangenehme Gefühl, beobachtet zu werden. Sie wirft einen Blick über die Schulter, doch in den tieferen Bereichen der Höhle ist es stockfinster.

»Aber wenn ihn das Wasser hereingespült hat, hätte es ihn dann nicht auch wieder hinaustreiben müssen? Es gab ja einige heftige Stürme.«

»Die Höhlen sind heimtückisch und voller Öffnungen und Nischen. Das Wasser kommt über einen Weg hinein, wird aber auf einem anderen wieder hinausgedrückt. Nachdem das Skelett weitestgehend intakt ist, wurde die Leiche vermutlich hereingespült, hat sich irgendwo verkantet und blieb dann hier liegen. Ich würde von ein paar Monaten ausgehen, vielleicht auch länger, da die Skelettierung abgeschlossen ist.«

Sanna sieht wieder zu den Knochen. Sudden trommelt mit den Fingern gegen seinen Overall.

»Ich rufe dich an, sobald ich mehr weiß«, sagt er. »Zu dem Bunker melde ich mich auch noch.«

Sanna beugt sich vor und mustert das, was einmal ein Mensch gewesen ist.

»Und wo ist der Schädel?«, fragt sie und richtet sich wieder auf.

»Danach suchen wir noch.«

»Kommt dir das nicht komisch vor?«

Sudden schüttelt den Kopf.

»Auch wenn es einiges an Kraft erfordert, den Kopf vom Körper abzutrennen, wissen wir nicht, was auf dem Boot passiert ist oder wie lange er im Wasser lag, bevor er hier gelandet ist. Ihm kann alles Mögliche zugestoßen sein.«

»Wie groß sind deiner Meinung nach die Chancen, seine Identität herauszufinden? Ohne Zähne, ohne Schädel?«

»Vielleicht kann das Labor DNA aus den Knochen gewinnen.«

Sie gehen zurück ins Freie, wo Sanna Helm und Handschuhe abstreift und sich mit der Hand über die Stirn wischt.

»Hoffen wir, dass er es ist. Dass das alles ein Ende hat«, sagt Sudden zu ihr. »Damit du endlich ein bisschen zur Ruhe findest.«

Im Auto sieht sie ein paar Minuten auf die karge Landschaft. Ein Adler steigt in die Luft auf und gleitet aufs blaugraue Meer hinaus. Er ist auf der Jagd. Sie folgt ihm mit dem Blick, bis er mit dem Himmel verschmilzt.

Als sie den Kopf wieder zum Abhang dreht, sieht sie eine Bewegung. Ihr ist, als sähe sie, wie etwas über den Rand kriecht, sich aufrichtet und davongeht.

KAPITEL NEUNUNDZWANZIG

Der Regen rinnt über die Windschutzscheibe, als Sanna eine gute Stunde später vor Eirs Wohnung hält. Es ist warm im Wagen, und sie lässt das Fenster hinunter. Regentropfen fallen auf Knie und Oberschenkel. Sie ist aufgewühlt. Seit sie über das Viehgitter Richtung Süden gefahren ist, das Naturschutzgebiet und die grauen Steinstrände hinter sich gelassen hat, hat sie unaufhörlich an das Skelett denken müssen.

Alles erscheint so unwirklich, als befände sie sich in einer Parallelwelt. Als ob jemand in einem Traum um sie herumschleichen würde. Sie öffnet die Anrufliste ihres Handys, den greifbaren Beweis, dass sie nicht verrückt ist.

Wenn das in der Höhle Jacks sterbliche Überreste sind, wer ruft sie dann ständig an? Will ihr jemand etwas sagen? Oder ist es ein Verrückter? Aus jeder Frage ergibt sich eine neue. Ist das das eigentliche Ziel, die endgültige Kränkung, sie in den Wahnsinn zu treiben?

Suddens Ansicht nach handelt es sich um das Skelett eines jungen Mannes.

Die Erschöpfung macht sich bemerkbar, und langsam kommen die Erinnerungen zurück. Sie befindet sich im Krankenhaus. Jack steht am Bettrand. Außer ihr hat er niemanden. Tränen glänzen in seinen leuchtend blauen Augen. Seine Gesichtszüge sind kindlich. Er wird in ein weit entferntes

Heim ziehen, das auf die Betreuung und Behandlung von schwer traumatisierten Jugendlichen spezialisiert ist. Sie umarmen sich und lassen die Schultern hängen. Sie flüstert ihm zu, dass sie ihn nicht vergessen wird, versprochen.

Sie hört Schritte, und als sie Eir auf das Auto zukommen sieht, fährt sie das Fenster wieder hoch und verdrängt alle Gedanken an Jack, alle Zweifel. Sie öffnet die Beifahrertür.

Eir wirft sich auf den Sitz und murmelt eine Begrüßung, während sie den Sicherheitsgurt anlegt.

»Wie war es?«, fragt sie. »Hast du das Skelett gesehen?«

Sanna nickt, hat die Knochen immer noch deutlich vor Augen.

»Nett von Sudden, dass er dich angerufen hat. Eigentlich will die Spurensicherung uns ja nicht dabeihaben.«

Sanna sieht aus dem Fenster.

»Hoffen wir, dass er es ist«, fährt Eir fort. »Hat Sudden gesagt, wie lange es dauern könnte, bis er identifiziert ist? Wenn er es denn ist?«

Sie gähnt, und Sanna wirft ihr einen Blick zu.

»Was denn?«, fragt Eir irritiert.

»Nichts.«

»Was schaust du dann so?«

»Hast du geschlafen?«

»Wie ein verdammter Bär.«

»Okay.«

»Fabian hängt schon wie eine nasse Decke an mir. Wenn es dir recht ist, würde ich also gern auf noch mehr Hätschelei verzichten.«

»Okay.«

»Ich habe mir nur irgendetwas eingefangen. Ein Virus kann sich in den Muskeln festsetzen, man hat dadurch Schmerzen und ist müde, habe ich gelesen.«

Am Kreisverkehr am Stadtrand biegt Sanna nach Norden ab. Eir schaltet das Radio ein. Man spricht über eine Feuerpause auf dem Kontinent. Die Regierungen einiger Länder sollen zur Kapitulation und Ruhe auffordern, während man auf Vermittler wartet. Gleichzeitig wird über Wahrheit und Lüge diskutiert, da verschiedene Zentren für strategische Kommunikation behaupten, dass die kursierenden Videos mit der neuesten Deepfake-Technik manipuliert seien, die auf Algorithmen und maschinellem Lernen basieren.

»Krass, dass dadurch wirklich Menschen erschaffen werden können«, sagt Eir. »Ich habe von einem Typen gehört, der dachte, dass in einem Pornofilm eine berühmte Schauspielerin mitspielt, bis ihm aufgefallen ist, dass ihr Gesicht aus vielen Gesichtern zusammengesetzt war. Die Ohren hatten unterschiedliche Formen, die Augen unterschiedliche Farben, und dann hatte sie auch noch zwei linke Hände. Auch wenn es ihm in dem Fall recht geschehen ist, was schaut er sich auch einen solchen Mist an.«

»Ich habe gelesen, dass Stalin befohlen hat, alles auf Fotos wegretuschieren zu lassen, seine Pockennarben im Gesicht genauso wie illoyale Verräter«, meint Sanna. »Die Menschen haben wohl schon immer versucht, die Wirklichkeit nach ihren Vorstellungen zu formen.«

»Die armen Menschen auf dem Kontinent, die jetzt mitten im Krieg leben«, sagt Eir. »Mir bricht der kalte Schweiß aus, wenn ich daran denke, wie viel Angst die Leute haben müssen. Stell dir mal vor, man sieht ein Video und weiß nicht, ob das überhaupt ein echter Mensch ist. Keine Ahnung zu haben, wem man vertrauen kann.«

Die Lokalnachrichten berichten von der bevorstehenden Wahl und dem geringen Interesse an der vorzeitigen Stimmabgabe. Davon, dass Politiker immer mehr bedroht werden.

Ein Kommunalrat erzählt in einem Interview, dass man seinen Wahlkampfstand mit Eiern beworfen hat.

Im nächsten Beitrag geht es um ein wachsendes Problem auf der Insel: Menschen, die ohne Genehmigung Hausboote vertäuen. Manchmal sogar halb fertige Häuser oder Schuppen auf Pontons. Übergangslösungen ohne Toilette, fließend Wasser oder Strom. Ein Grundstückseigentümer vergleicht die Bootsbesitzer mit Obdachlosen und bezeichnet die Siedlungen als »illegale Häfen«. Vor ein paar Wochen war der Gerichtsvollzieher an einem Standort und hat die Bewohner mit Aushängen über die bevorstehende Räumungs- und Abrissaktion informiert, falls diese nicht freiwillig verschwinden würden. Der Tag der Räumung rückt näher, und einige Hausboote sind bereits ausgelaufen. Der Grundstückseigentümer hat aber darauf hingewiesen, dass sie nur von einem Anlegeplatz zum nächsten ziehen. Ein Katz-und-Maus-Spiel, bei dem die Behörden immer einen Schritt hinterher sind.

»Der Ort, der hier angesprochen wurde, liegt in dem Gebiet, das wir gleich überprüfen«, sagt Sanna. »Da fahren wir dann danach hin.«

Eir nickt. »Klingt gut.«

Sie legt eine Hand auf den Bauch und reibt sich dann mit schmerzverzerrtem Gesicht den Rücken.

»Könntest du schwanger sein?«, fragt Sanna.

Eir zuckt zusammen. »Machst du Witze?«

Sanna schweigt.

»Nein«, beharrt Eir. »Das könnte ich nicht sein.« Sie senkt den Blick. »Ich kann keine Kinder bekommen«, sagt sie leise.

Sanna weiß nicht, was sie darauf antworten soll. Über das Thema haben sie nie gesprochen, obwohl sie sich schon ein paar Jahre kennen.

»Bist du ganz sicher?«, fragt sie daher nur.

»Ich habe irgendwo an der falschen Stelle einen Knoten in der Gebärmutter, glaube ich.«

»Aber das kann man doch sicher operieren?«

Eirs Miene ist unlesbar, doch Sanna versteht sie trotzdem.

»Wenn man denn Kinder haben *will*«, gibt sie sich selbst die Antwort.

Eir nickt.

»Weiß Fabian davon?«

»Klar, das stand ja schließlich in meinem *Inhaltsverzeichnis*, als er mich gekauft hat.«

»War doch nur eine Frage.«

»Das ist *mein* Körper.«

»Okay.«

»Okay.«

»Ich wollte damit nicht sagen, dass …«

»Außerdem nehme ich auch die Pille.«

»Aber …«

»Denn man weiß ja nie.«

»Okay …« Sanna fährt an den Straßenrand, schaltet den Motor aus. »Atme«, sagt sie sanft.

Eirs Augen werden feucht, während Sanna nach Worten sucht. »Das wird sich schon klären.«

Eir wischt sich mit dem Ärmel übers Gesicht und lacht zwischen Schluchzern.

»Wenn er noch länger wegen Kindern herumquengelt, muss ich es ihm erzählen. Ich weiß nur noch nicht, wie.«

»Am besten sagst du ihm einfach, wie es ist? Ich meine, wenn ihm Kinder so wichtig sind, dann wäre es sicher nett …«

»Ich weiß.«

Sanna tätschelt unbeholfen Eirs Bein. Eir lacht und schiebt die Hand weg.

»Lass das«, sagt sie. »Sonst glaube ich noch, dass du dir ernsthaft Sorgen machst.«

Sanna würde ihr gern sagen, dass sie tatsächlich beunruhigt ist, fährt stattdessen aber einfach weiter.

»Was ist das da?« Eir deutet auf die verblassten Worte auf Sannas Hand.

»Nichts«, erwidert Sanna. »Jemand hatte mich angerufen, und ich hatte nichts zum Aufschreiben.«

Sie kratzt sich an der Hand, zieht den Ärmel weiter hinunter.

»Fahr noch mal rechts ran«, sagt Eir.

»Warum?«

»Mach schon.«

Als der Wagen steht, packt Eir Sannas Hand. »Sonne?« Sie lässt Sannas Hand los. »Was zum Teufel soll das bedeuten?«

»Nichts.«

»Ich habe doch gemerkt, dass etwas los ist. Also, raus mit der Sprache.«

»Nichts ist los.«

»Nach ›nichts‹ sieht das aber nicht aus. Willst du mich für dumm verkaufen?«

»Reg dich bitte nicht auf, es geht dir schließlich nicht gut.«

»Ich liege nicht im Sterben, ich habe nur ein bisschen Rückenschmerzen. Verheimlichst du mir deshalb was?«

Sanna schweigt.

»Jetzt komm schon«, drängt Eir.

Sanna dreht sich langsam zu ihr.

»Jetzt spuck's schon aus«, sagt Eir seufzend.

»Jemand ruft mich an.«

»Und?«

»Ich glaube, er ist es.«

Eir sieht sie verständnislos an, runzelt die Stirn, verschränkt die Arme. »Was genau meinst du damit?«, fragt sie.

»Was soll ich damit meinen?«

Eir seufzt. »Was meinst du damit, dass er dich anruft? Glaubst du, dass er am Leben ist? Glaubst du, dass Jack Abrahamsson lebt?«

Bevor Sanna antworten kann, legt Eir ihr die Hand auf den Arm. »Du hast doch das Video von der Überwachungskamera aus dem Gästehafen gesehen«, fährt sie fort. »Wir haben es uns zusammen angeschaut und gesagt, dass er das Boot gestohlen haben muss. Niemand anders kann auf dem Boot gewesen sein, das da draußen auf dem Meer getrieben hat.«

Sanna senkt den Blick. »Ich weiß, aber irgendetwas ist mit diesen Anrufen …«

Eir verdreht die Augen und holt tief Luft. »Himmel noch mal …«

»Schon gut.«

Eir bedeutet Sanna, von Anfang an zu erzählen.

Sanna berichtet, wie alles begann. Der erste Anruf eines frühen Morgens, bei dem er auflegte, danach aber immer wieder anrief. Wie ihr Bauchgefühl sie langsam davon überzeugte, dass Jack am anderen Ende der Leitung war. Dass sie begann, sich Notizen über die gehörten Geräusche zu machen, sich durch das Internetforum Flashback zu wühlen und alle Sichtungen auf einer Karte zusammenzutragen. Wie sich die Kreuze auf der Karte über dem kleinen Ort in Mittelschweden, einige Kilometer landeinwärts von der Ostküste, zu einer Gruppe zusammenfügten. Wie sie versuchte, mit der NOA zu reden, aber niemand sie es ernst nahm.

Nachdem sie von dem aufgezeichneten Anruf erzählt hat und von der Musik, die sie identifizieren konnte, starrt Eir sie wieder an.

»Warum hast du nichts gesagt?«, fragt sie. »Wie konntest du so etwas nur für dich behalten?«

»Ich hatte Angst, dass man mich für verrückt hält und wieder zwingt, mich krankschreiben zu lassen. Außerdem wollte ich dich nicht belasten, du hast genug zu tun.«

»Wie sicher bist du dir?«, fragt Eir. »Also, dass *er* dich anruft?«

»Nach heute … Keine Ahnung.«

»Und warum steht ›Sonne‹ auf deiner Hand? Was soll das bedeuten?«

»Das weiß ich nicht, aber bei einem Anruf hat jemand im Hintergrund etwas auf Estnisch und dann auf Englisch gerufen, das wie ›Sammeln‹ und ›Sonne jetzt‹ klang. Davor habe ich rasselnde Ketten gehört, so etwas wie gegeneinanderstoßende Plastikkisten und Möwen. Ich kann mich irren, aber vielleicht befindet er sich irgendwo auf einem estnischen Schiff.«

»Verdammt. Ich rufe Niklas an, vielleicht kann er die NOA von der Dringlichkeit überzeugen. Selbst wenn du dich täuschst, müssen sie dir doch verflucht noch mal zuhören? Und überprüfen, ob du geschützt werden musst.«

Sanna nickt, erleichtert, dass Eir sie ernst nimmt.

Während sie weiterfährt, ruft Eir Niklas an, schaltet auf Lautsprecher und lässt Sanna alles noch einmal erzählen.

Danach gibt Sanna Eir ihr Handy, damit sie Niklas den Tonmitschnitt des Anrufs, einige Notizen sowie ein Foto der Karte schicken kann, das sie vor Kurzem aufgenommen hat. Außerdem erwähnt Eir, dass Sanna möglicherweise Personenschutz braucht.

»Ja«, erwidert Niklas. »Ich leite das in die Wege.«

»Ich brauche keinen Schutz«, wehrt sich Sanna.

»Willst du nicht weiterarbeiten?«, entgegnet Niklas.

»Doch, aber …«

»Dann lass mich als dein Vorgesetzter für deine Sicherheit sorgen. Das Skelett soll auch so schnell wie möglich untersucht werden, damit wir ausschließen können, dass es sich bei dem Anrufer um Jack handelt. Doch den Anrufen müssen wir auf alle Fälle nachgehen.«

Nachdem sie das Gespräch beendet haben, schüttelt Eir den Kopf und sieht zu Sanna.

»Noch mehr verheimlichst du aber nicht, oder?«

Sanna denkt an das Kreuz, das jemand in ihre Wohnungstür geritzt hat, das kleine Holzkreuz im Wagen. Jack hatte seinen Opfern die Kehle aufgeschlitzt. In Kreuzform. Sie windet sich, beschließt, dass jetzt nicht der richtige Zeitpunkt ist, davon zu erzählen. Vielleicht bildet sie es sich ja auch trotz allem nur ein. Sie nimmt sich vor, Eir einzuweihen, wenn etwas Konkreteres passieren sollte.

»Du bist nicht allein, weißt du?«, sagt Eir. »Und Niklas ist wirklich gut, ihm hört die NOA vielleicht wegen Jack zu.«

Sanna trommelt mit den Fingern auf das Lenkrad. Die NOA wird das Ganze nicht ernst nehmen, nicht bevor das Skelett untersucht wurde. Doch sie will jetzt nicht länger darüber sprechen.

»Ich habe mich gestern Abend mit Gry Kristoferson unterhalten«, wechselt sie das Thema.

»Was? Wann? Bist du ohne mich hingefahren?«

»Auf dem Heimweg habe ich Daniel Orsa an der Absperrung bei dem Bunker gesehen und habe angehalten. Ich habe mich eine Weile mit ihm unterhalten, dann bin ich zu dem Parkplatz und dem Vogelturm gegangen. Dort habe ich Gry getroffen.«

»Was hat Daniel im Wald gemacht?«

»Das weiß ich nicht. Ich glaube, es fällt ihm schwer, den Tod seines Bruders zu akzeptieren.«

»Hat er etwas gesagt?«

Sanna schüttelt den Kopf. »Nur dass Axel ihn in seiner Kindheit gequält hat.«

»Kinder sind doch immer gemein zueinander, vor allem zu den Geschwistern.«

»Möglich.«

»Wie war es mit Gry? Wieder so ein Zirkus wie bei unserem Besuch?«

»Nein, eine Zeit lang war sie klar im Kopf.«

»Und?«

»Sie hat jemand auf dem Parkplatz gesehen. Und ich glaube, sie wollte mir sagen, dass er ein gelbes Auto hatte.«

»Gelb?« Eir verlagert ihr Gewicht. »Hat sie wirklich *gelb* gesagt?«

Sanna nickt, lässt ein wenig die Schultern hängen. Denkt an Gry mit der brennenden Zigarette, wie sie die ganze Zeit darum ringt, Ordnung in ihre Gedanken zu bringen. Der Kampf gegen die Zeit.

Eir legt Sanna die Hand auf den Arm.

»Du, ich habe ein altes gelbbraunes Quad bei den Kristofersons gesehen.«

»Wo?«

»In Einars Schuppen, als ich nach unserem Besuch im Haus ein bisschen herumgeschnüffelt habe.«

»Okay. Aber ich glaube eigentlich nicht, dass ein Quad …«

»Nein, aber was ist, wenn sie uns etwas über ihren eigenen Mann sagen will?«

Sanna lacht.

»Immerhin wohnt er in der Nähe des Bunkers«, sagt Eir.

Sie ruft sofort Jon an und trägt ihm auf, Einar sowie alle gelben Autos auf der Insel zu überprüfen. Als sie das Gespräch beendet, seufzt Sanna.

»Einar hätte unzählige Möglichkeiten für einen Bunker auf seinem Grundstück. Er würde ihn nicht in einem fremden Wald anlegen.«

»Kann sein.«

»Und auf der Insel gibt es viele gelbe Autos. Ich habe es heute Morgen nach dem Aufwachen überprüft. Denk nur an die ganzen Pflegedienstwagen.«

»Das hat Jon auch gesagt.«

Jon. Sanna denkt an das, was Thomas am Abend zuvor erzählt und sie selbst zu Jon und dem Jungen recherchiert hat, den er zusammen mit seinem Bruder und seinen Freunden schikanierte. Während sie von der Landstraße in das Wohngebiet in der Nähe der Stelle abbiegt, an der Pascal angefahren wurde, erzählt sie Eir, was sie herausgefunden hat.

»Mir war immer klar, dass irgendetwas mit ihm nicht stimmt«, erwidert Eir verbissen. »Aber ganz und gar nicht.«

Die Befragung der Anwohner um die Unfallstelle herum bleibt erfolglos. Niemand hat etwas gesehen, und niemand war am Donnerstagabend oder in der Nacht unterwegs. Ein Mann war mit seinem Hund spazieren, aber die ganze Zeit mit seinem Handy beschäftigt. Ein junges Mädchen kam in der Nacht von einer Party nach Hause, aber weder sie noch der Taxifahrer, der sie abgesetzt hat, haben etwas Besonderes in der Gegend bemerkt.

Während Sanna und Eir von Tür zu Tür gehen, befragen Niklas und Alice Journalisten in Axel Orsas Umfeld, im Redaktionsbüro, in dem er gearbeitet hat, sowie freie Mitarbeiter. Sie überprüfen alle Kontakte, ohne Ergebnis. Axel Orsa hat meistens allein gearbeitet.

Außerdem analysieren sie weiterhin die Finanzen des Boxclubs, spüren Schulden auf und nehmen die finanziellen Verhältnisse der Familie unter die Lupe. Die auf die Befragung von Kindern spezialisierten Kollegen führen Gespräche mit allen Jungen aus dem Fight Club, doch auch die liefern keine neuen Informationen. Das kriminelle Leben und die Netzwerke von Pascal Paulson sind kompliziert und schwer zu durchschauen.

Nachdem Sanna und Eir den letzten Nachbarn in dem Wohngebiet befragt haben, ist der Himmel über dem Meer beunruhigend finster. Der Wetterbericht sagt Regen voraus. Sanna sieht zum blaugrauen Horizont, versucht, ihre Gedanken zu sortieren.

Der Bluterguss über Pascals Schläfe. Die Stichwunde im Bauch. Die Abschürfungen an Armen und Beinen. Die Bremsspuren auf dem Asphalt oben an der Straße. Das Handtuch mit dem fünfzackigen Stern. Die Verletzungen durch den Stacheldraht. Wie er sich an die Wand kauerte, ihr noch in der Sekunde vor seinem Tod die Hand entgegenstreckte.

Eir winkt ihr vom Auto aus zu.

»Kommst du? Wollen wir jetzt mit den Bootsleuten reden?«

Sanna nickt. Der illegale Hafen, von dem im Radio berichtet wurde, liegt in der Nähe. Die Menschen, die ihre Schuppen auf Pontons errichten und diese ohne Genehmigung vertäuen, werden sich nicht über einen Besuch von der Polizei freuen. Aber sie haben keine Wahl.

Das Ufer ist menschenleer. Sanna parkt an einem Busch. Ein älterer Mann kommt in nicht zueinanderpassenden Stiefeln und schmuddeliger reflektierender Weste mit Kapuze gebeugt aus einem Schuppen. In der Hand hält er einen Eimer, in dem ein Fisch zappelt. Hinter ihm erstreckt sich ein Steg, dessen morsches Holz auf dem Wasser ruht. Auf Flößen und Pontons stehen halb fertige Schuppen.

»So was hier macht einen sprachlos«, bemerkt Eir.

Sanna nickt.

Sie steigen aus und gehen über den Steg zu etwas, das mehr nach einem Hausboot aussieht als die anderen vorübergehenden Behausungen. Ein schmutziges Frotteehandtuch hängt einsam an einer Leine. Bretter, Paletten und schimmlige Polster liegen herum. Aus der Hütte dringen Geräusche.

»Hallo?«, ruft Sanna. »Wir sind von der Polizei.«

Als niemand antwortet, späht sie durch ein schmutziges Fenster. Der Innenraum ist verdreckt und heruntergekommen. Mitten auf dem Boden steht ein Eisenbett, die Federn zeichnen sich unter der Decke auf der dünnen Matratze ab. Auf dem unförmigen Kissen und um das Bett herum liegen verknickte Taschenbücher. Braune Tropfen fallen in regelmäßigen Abständen von der Decke in einen rostigen Eimer.

Eine Tür knarzt, ein Mann tritt ins Freie. Seine Augen sind blutunterlaufen, die Pupillen geweitet, das Gesicht braun gebrannt.

»Eure Kollegen waren schon hier und haben uns verwarnt«, sagt er.

»Könnten wir kurz mit Ihnen sprechen?«, fragt Sanna. »Es geht nicht um Ihre Wohnsituation.«

Er nickt, kommt in einer wattierten Jacke voller Schmutz und Essensreste auf sie zu. Er ist klein, auf seiner Wange prangt ein Ölfleck. Der Steg schwankt unter seinen Schritten. In der Hand hält er einen Schraubenzieher. Die aufgerissenen und geschwollenen Fingerkuppen sind rotbraun, vielleicht von Blut.

»Ich mache gerade sauber.« Er schiebt den Schraubenzieher in den Hosenbund, wischt die Hände an der Jacke ab. »Worum geht's denn?«

»Was haben Sie am Donnerstagabend gemacht?«

Er atmet rasselnd ein. »Warum?«

»Wir ermitteln in einem Verbrechen und brauchen Hilfe.

Ist Ihnen am Donnerstag etwas Besonderes aufgefallen? Hier oder in der Gegend?«

Ein schiefes Lächeln. »Nein.«

Sanna mustert ihre Umgebung, die hohen, dichten Büsche, über die man kaum zum Parkplatz blicken kann. Ein Bach ist gerade noch zu erkennen, doch sie sieht seinen Verlauf nicht. Auf dem Steg steht eine Wanne mit Kaulquappen. Sie schaudert. Denkt an Kinder, die auf einem solchen Steg knien und in das braune Wasser starren.

Sie strafft die Schultern und sieht wieder zu dem Mann. »Wie heißen Sie?«

»Tommy.«

»Können Sie uns den anderen hier vorstellen, Tommy?«

Bis auf eine Frau im mittleren Alter, die unaufhörlich redet, will keiner mit ihnen sprechen. Niemand hat Pascal gesehen, geschweige denn irgendjemand anderen.

»Falls Ihnen oder den anderen noch etwas einfallen sollte: Ich heiße Sanna Berling, und das ist meine Kollegin Eir Pedersen«, sagt Sanna zu Tommy. »Wir sind dankbar für alle Beobachtungen. Niemand muss aufs Revier kommen, wir fahren gern noch einmal hierher.«

Tommy deutet mit der Hand auf ein kleines orangefarbenes Motorboot im Schilf.

»Wenn ich das repariert habe, packe ich meine Sachen und ziehe weiter.«

»Ein schönes Boot«, sagt Sanna. »Gehört es Ihnen?«

Er mustert sie und erwidert: »Manchmal hat man Glück.«

»Wie viele seid ihr noch hier?«, fragt Eir.

Er zuckt mit den Schultern. »Leute kommen und gehen. Wenn sich jemand nicht benimmt, fällt das auf uns alle zurück. Am besten kümmert man sich nur um sich selbst.«

»Nervt Sie das nicht?«, fragt Eir. »Das ständige Herumziehen?«

»Doch«, antwortet er mit wässrigem Blick. »Aber was haben wir für eine Wahl?«

»Obdachlosenunterkünfte?«

Er schnaubt. »Die Gesellschaft schikaniert und verfolgt uns. Warum sollten wir uns von ihr einsperren lassen?«

»Ich verstehe«, antwortet Eir.

»Ach wirklich?« Er sieht sie an. »Sie sind doch eine von denen.«

»Wir sind nicht der Feind«, sagt Sanna.

»Alle, die für den Staat arbeiten, sind Feinde«, entgegnet er. »Aber eines Tages werden wir Waffen haben, und dann werdet ihr schon sehen.«

Eir bekommt eine Nachricht und blickt auf ihr Handy, dreht sich weg und antwortet hastig. Tommy beobachtet sie misstrauisch.

»Was war das?«, fragt er, als sich Eir wieder umdreht.

Sie steckt das Handy in die Tasche.

»Na los, was war das?«, drängt er.

»Es ging nur um die Arbeit«, antwortet Eir und wendet sich an Sanna. »Fahren wir?«

»Warten Sie«, sagt Tommy. »Um was ging es da gerade?«

Seine Stimme ist ausdruckslos, Eir sieht ihn an.

»Das war ein Kollege vom Revier.«

»Der Gerichtsvollzieher hat gesagt, dass wir mehr Zeit bekommen.« Tommy schluckt. »Warum rufen Sie dann Verstärkung?«

Sanna streckt beruhigend die Hand aus. »Niemand hat Verstärkung gerufen. Wir kommunizieren die ganze Zeit mit unseren Kollegen.«

»Was haben Sie da geschrieben? Geben Sie weiter, was ich

gesagt habe?« Sein Gesicht rötet sich. »Her mit dem Handy«, befiehlt er und spuckt vor Eir auf den Steg.

»Was soll das?« Eir weicht zurück.

Er kommt auf den unebenen Planken auf sie zu, plötzlich hat er den Schraubenzieher wieder in der Hand.

»Ihr seid überall, glaubt ihr, wir wissen das nicht?«, sagt er drohend.

Sanna sieht ihn ruhig an. »Wir sind nur hier, weil wir herausfinden wollen, was mit einem jungen Mann passiert ist …«

In dem Moment packt der Mann Eir und will ihr das Handy aus der Tasche ziehen.

»Verdammt noch mal!«, brüllt sie und schubst ihn weg.

Aufgebracht starrt er sie an.

Sanna drängt Eir Richtung Auto.

»Wartet nur ab«, ruft Tommy ihnen nach. »Dann werdet ihr schon sehen!«

»Scheiße, dass ich so ausgerastet bin«, sagt Eir und schlägt mit der Faust gegen die Autotür, als sie im Wagen sitzen. »Gerade Menschen wie er brauchen uns doch.«

Sie lässt das Fenster herunter. Sanna wendet den Wagen und sieht über die Schulter zum Steg, auf dem Tommy steht.

»Also, sollen wir noch zu dem Campingplatz fahren?«, fragt Eir.

Sanna nickt. Sie denkt an den Fernsehbeitrag über den Campingplatz. Ava Dorn vor dem rostigen Schild. Das reptilienhafte Gesicht und die kräftigen, tätowierten Hände, die gestikulierten, während sie über Mia Askar herzog. Der anschließende Anruf von Jack.

»Was ist los?«, fragt Eir.

Sanna sammelt sich. »Hast du den Bericht im Fernsehen gesehen?«, fragt sie.

»Mit der Hexe, meinst du den? Nein, nur davon gehört.«

»Du weißt also, dass sie dort wohnt?«

Eir nickt. »Ich habe gehofft, sie wäre verschrumpelt.«

»Jack hat mich direkt nach dem Bericht angerufen.«

»Du glaubst, er hat ihn auch gesehen? Dass er deshalb angerufen hat?«

Sanna weiß, wie das klingt. Aber nach Holger Crantz war Ava Dorn sicher der Mensch, den Jack Abrahamsson am meisten hasste. Vielleicht hatte er es auf sie abgesehen.

»Na gut«, meint Eir seufzend. »Dann also zum Campingplatz?«

»Du kannst gern im Auto sitzen bleiben.«

Eir lacht. »Fahr schon, bevor es zu gewittern beginnt.«

Vom Meer zieht Nebel über der Wiese auf, als sie das Schild und den rostigen Schlagbaum an der Straße zum Campingplatz Solviken passieren. Kein Mensch ist zu sehen, nur lückenhafte, schlummernde Reihen von Wohnwagen.

Es riecht leicht nach Haschisch.

»Wie gehen wir am besten vor?«, fragt Eir.

Sanna greift in ihren Mantel und holt das Foto von Pascal heraus.

»Drehen wir eine Runde und schauen, ob jemand mit uns reden will.«

Das Knarren einer Tür.

»Soso, hier schleichen Sie also herum«, sagt eine heisere Stimme hinter ihnen.

Ava Dorn. Sie kommt aus einem Wohnwagen. Blass und sehnig, ihr Gesicht ist ausdruckslos. Hinter einem Ohr klemmt eine Zigarette. Ihre Kleidung sitzt locker und ist an den Nähten ausgefranst.

»Was machen Sie hier?«, will sie wissen.

Die Narben auf den Wangen. Die Kälte in ihren Augen. Eir erinnert sich an sie, als hätten sie erst gestern in den Rachemorden ermittelt.

Das Geräusch von summenden Fliegen. Auf einem Hocker neben der Wohnwagentür stehen ein Teller mit rohem Hackfleisch, eine Gabel und ein Glas mit etwas, das wie sehr dunkles Bier aussieht, vielleicht Porter.

»Ich habe Blutarmut«, sagt Dorn und lächelt Eir mit entblößten Zähnen an.

Sanna hält ihr Pascals Foto hin. »Kennen Sie diesen Mann? Haben Sie ihn vielleicht hier in der Umgebung gesehen?«

Ava Dorn zündet die Zigarette an, saugt den Rauch tief in die Lungen und atmet ihn langsam aus. Schüttelt hinter den Rauchwolken den Kopf. »Wer ist das?«

»Sein Name war Pascal Paulson«, antwortet Sanna. »Er ist tot. Wir glauben, dass ihm hier in der Gegend etwas zugestoßen sein könnte.«

Dorn nickt. »Ja …«

»Ja?«, fragt Eir. »Wissen Sie etwas darüber?«

Ein kurzes, hohles Lachen, das in Husten übergeht. »Wollen Sie nicht fragen, ob ich ihn umgebracht habe?«

Eir und Sanna tauschen einen Blick. Dorn hält drei Finger in die Luft. Die kräftige, tätowierte Hand wirkt grob im Vergleich zu dem sehnigen Unterarm.

»Ihr habt den Mörderjungen vor drei Jahren entkommen lassen. Und wenn ich bei euch anrufe und um Hilfe bitte, wenn ich mich beobachtet fühlte, dann kommt keiner von euch vorbei? Aber wenn ihr etwas wollt, dann steht ihr auf einmal hier. Großartig. Wollt ihr nicht hereinkommen auf eine Tasse Kaffee, damit wir in Ruhe darüber reden können, was *ihr* braucht?«

Sanna schiebt das Foto von Pascal zurück in die Manteltasche.

Eir senkt den Blick und versucht, sich nicht provozieren zu lassen. Am liebsten würde sie Ava Dorn sagen, dass sie es verdient, in Angst zu leben, nachdem sie einem Mann geholfen hat, Kinder zu missbrauchen. Doch sie beißt die Zähne zusammen.

»Was soll das heißen, Sie fühlen sich beobachtet?«, fragt Sanna.

Dorn zieht wieder an ihrer Zigarette. »Ach, mir jagt man nicht so schnell einen Schrecken ein.«

Sanna bedeutet Eir, dass sie weitergehen will.

Die Augen der Frau leuchten hinter dem Zigarettenrauch. »Der Schweinejunge«, sagt sie. »Ich bin aufgewacht, als er durchs Fenster hereingestarrt hat. Aber er ist ein Feigling, ist einfach abgehauen.«

»Daniel Orsa? Sind Sie sicher?«

»Ich sollte vielleicht mit einem Messer unter dem Kissen schlafen.« Dorn tritt die Zigarette aus.

»Ich werde mit Daniel sprechen«, sagt Sanna.

Die Falten in Dorns Augenwinkeln vertiefen sich bis zu den Schläfen. »Sie konnten ja nicht einmal den ersten Jungen festsetzen, wieso sollte ich dann darauf vertrauen, dass es Ihnen mit dem zweiten gelingt?«

KAPITEL DREISSIG

Schweigend gehen Sanna und Eir durch den hell erleuchteten Eingangsbereich des Reviers. Als sich die Aufzugtüren gerade schließen, drängt sich Farah noch hinein.

»Und? Wie läuft es?«, fragt sie und zupft an ihrer Chiffonbluse, um sich Luft zuzufächeln.

»Die Spurensicherung arbeitet noch im Bunker«, antwortet Eir. »Bisher haben wir nichts Neues.«

»Kann ich verschwitzte Staatsanwältin euch helfen?«

Eir schüttelt den Kopf.

»Konntet ihr den Karton mit Munition aus dem Bunker zu einem Händler oder einem Laden zurückverfolgen?«, fragt Farah.

Sanna verneint. »Der Karton war alt, die Kugeln ohne Prägung.«

Farah seufzt. Die Aufzugtüren öffnen sich.

»Haltet mich auf dem Laufenden«, sagt sie und eilt mit klappernden Absätzen Richtung Empfang.

Das Team sitzt bereits vollzählig im Ermittlungsraum, bis auf Niklas, der als Letzter hineinhuscht und die Tür hinter sich schließt.

»Danke für eure harte Arbeit«, sagt er. »Ich habe Sudden um ein Update gebeten und gerade noch mit Vivianne gesprochen.«

»Gibt es etwas Neues?«, fragt Eir.

Niklas schüttelt den Kopf. »Wie lief es bei euch?«

»Nicht so toll«, antwortet Eir. »Niemand hat Pascal gesehen. Wir waren bei dem illegalen Hafen und dem Campingplatz und haben überall herumgefragt.«

»Dann wäre da noch Gry Kristoferson.« Niklas wendet sich an Sanna. »Wir hatten ja gehofft, dass sie uns erzählen kann, was sie vom Vogelturm aus gesehen hat.«

»Ja, und möglicherweise hat sie gesehen, wie Pascal in ein gelbes Auto gezwungen wurde.«

»Wie ich schon am Telefon gesagt habe, sind viele gelbe Autos auf der Insel registriert«, wirft Jon ein.

Eir sieht zu Boden. »Und was ist mit den gelben Fahrzeugen des Pflegedienstes? Kommen wir da weiter?«, fragt sie.

Jon lacht abfällig.

»Was soll das denn?«, sagt Eir.

Jon starrt sie an.

»Das sind Kleinwagen. Ich glaube nicht, dass man Pascal Paulson damit unbemerkt hätte entführen können. Aber ich habe mir trotzdem eine Liste aller Angestellten mit Zugang zu den Wagen geben lassen und die kurz mit der Datenbank abgeglichen.«

»Und?«, fragt Sanna.

»Nichts.«

»Und Einar Kristoferson?«, will Eir wissen.

»Auch zu ihm gibt es nichts Bemerkenswertes, er ist nicht in der Verbrechensdatenbank.«

Jon streckt sich nach einem Wasserglas auf dem Tisch und zwingt Sanna dadurch, einen Schritt zur Seite zu gehen. »Vielleicht etwas riskant, auf jemanden zu hören, der nicht alle Tassen im Schrank hat«, murmelt er.

Sanna nimmt wieder ihren Platz ein und sagt: »Bisher ist Gry Kristoferson unsere einzige Zeugin. Trotz ihrer Demenz können wir ihre Beobachtung nicht einfach ignorieren.«

Jon lächelt überheblich.

»Alice, was hast du?«, fragt Niklas.

»Ich habe mit Axel Orsas Redaktion gesprochen sowie mit anderen Kollegen und Kolleginnen aus seinem Umfeld, doch ohne Ergebnis. Wir müssen an seinen Laptop.«

»Da sind wir dran«, sagt Niklas.

Die Tür öffnet sich, der Rezeptionist tritt ein und überreicht Alice einen Stapel vergrößerter Fotos. Sie befestigt sie am Whiteboard, und langsam nimmt der Bunker Gestalt an.

Niklas' Handy klingelt. Er blickt aufs Display und legt es mit eingeschaltetem Lautsprecher auf den Tisch. »Sudden. Wir sind alle hier, also schieß los.«

»Die Blutspritzer im Bunker stammen wahrscheinlich von Pascal, vielleicht von dem Schlag auf den Kopf. Wir müssen natürlich die DNA-Analyse abwarten, aber wir haben auch einen blutigen Handabdruck, ich vermute, dass er nach dem Schlag eine Weile bewusstlos auf dem Boden gelegen hat.«

»Das erklärt, wie der Täter Zeit hatte, sich um Axel Orsa zu kümmern«, bemerkt Eir. »Während Pascal bewusstlos und vielleicht im Bunker eingesperrt war.«

»Sonst noch was, Sudden?«, fragt Niklas. »Was kannst du über den Bunker selbst und seine Bauweise sagen?«

»Die Struktur untersuchen wir noch, aber es scheint sich um dicke zusammengeschweißte Bleche zu handeln. Wir haben starke tragende Stahlrohre und ein gut verstecktes und ziemlich ausgeklügeltes Luftfiltersystem gefunden. In einer Kiste waren Pläne für eine kleine Regenwassersammelanlage und einen Notausgang.«

»Habt ihr etwas gefunden – Notizen oder Karten oder was auch immer –, das erklärt, wozu dieser Bunker diente?«

»Nichts.«

»Vielleicht gab es ja gar keine Aufzeichnungen«, überlegt Sanna.

»Du meinst, Pascal Paulson hatte vielleicht keinen ›größeren Plan‹?«, sagt Niklas.

Sanna zuckt mit den Schultern.

»Die Gesellschaft befindet sich in einer Art Krise, oder etwa nicht? Uns begegnen ständig Menschen, die das Vertrauen in alles und jeden verloren haben …«

Niklas nickt, als würde er zustimmen.

»Also gut«, sagt Sanna. »Noch mal zurück zum Bunker … Weißt du mittlerweile mehr über diese Mäusebussardfüße?«

»Tut mir leid«, antwortet Sudden. »Wir haben nichts an ihnen oder dem Band gefunden, mit dem sie umwickelt waren. Aber wir wissen, dass getrocknete Hühnerfüße gut für Hunde sind, wenig Fett und viel Kalk enthalten. In einigen Ländern sind gebratene Vogelfüße auch eine Delikatesse.«

»Meine Ex-Frau kommt aus Tschechien«, sagt Niklas. »Sie hat unserer Tochter immer Märchen erzählt. In dem einen ging es um eine Hexe, die im Wald in einem Haus mit einem Zaun aus menschlichen Knochen lebt, sie heißt Baba Jaga oder so ähnlich. Meine Tochter hatte als Kind schreckliche Angst vor ihr. Diese Baba Jaga hat anscheinend einen so großen Mund, dass er bis in die Hölle reicht, und es ist ihre Schuld, dass die Erdkruste an einigen Stellen Risse hat.«

»Äh, danke«, sagt Eir ein wenig verwirrt.

»Warte.« Niklas ist noch nicht fertig. »Ich wollte nur sagen, dass die Hexe in einem Haus auf Hühnerbeinen lebt, damit sie in alle Richtungen sehen kann. Vielleicht geht es bei den Vogelfüßen im Bunker um etwas Ähnliches, irgendeinen Aberglauben? Oder es soll nur als eine Art Erinnerung oder Warnung dienen?«

Jon grinst mit gesenktem Kopf.

»Blöde Märchen, kein Wunder, dass wir alle gestört sind«, meint Eir.

»Falls noch was ist, ich bin noch eine Weile hier im Labor«, sagt Sudden.

Niklas bedankt sich bei ihm für den Anruf und beraumt eine kurze Pause an. Bis auf ihn und Sanna verlassen alle den Raum.

Sanna steht vor den Fotos aus dem Bunker und betrachtet die Vogelfüße.

»Das ist schon komisch, nicht wahr?«, sagt Niklas. »Wir haben überall Federn, in unseren Jacken und Steppdecken, wir essen Fleisch von Tieren, die noch nie die Sonne gesehen haben. Aber bei denen hier sehen wir plötzlich etwas ganz anderes.«

»Wir sehen unsere eigene Grausamkeit«, erwidert Sanna.

Er steckt die Hände in die Taschen und seufzt. »Also, willst du nicht auch fünf Minuten Pause machen?«

Sanna zögert.

»Ich habe mit der NOA gesprochen«, fährt Niklas fort. »Dann hatte ich eine zweistündige Besprechung mit dem Team, das in Sachen Jack Abrahamsson ermittelt.«

»Und?«

»Sie haben alle Informationen erhalten, warten jetzt aber noch auf die Ergebnisse der Untersuchung der Skelettreste aus der Höhle.«

Alle hätten Angst, etwas zu überstürzen und dadurch noch mehr Fehler zu machen, erklärt er.

»Du bekommst ein Notruftelefon«, fährt er fort. »Weißt du, wie das funktioniert?«

Sanna nickt. Sie hat die schwarzen Telefone mit dem großen roten Knopf in ihrem Berufsleben schon oft gesehen, aber nie gedacht, dass sie selbst je eines brauchen würde.

»Es ist mit GPS ausgestattet«, erläutert Niklas. »Sorg dafür, dass du es immer dabeihast. Dann werden wir sehen, ob weitere Maßnahmen erforderlich sind.«

Sie nickt und geht auf die Tür zu.

»Eins noch«, sagt er. »Hiermit hast du die Genehmigung, deine Waffe auch außerhalb des Dienstes zu tragen.«

Eir dreht den Wasserhahn im Pausenraum zu und wischt sich den Mund am Ärmel ab. Sieht sich um. Die weißen Wände, der runde Tisch aus hellem Holz und die dazu passenden Stühle mit gepolsterten Sitzflächen. Sie fragt sich, ob irgendjemand sie benutzt, denn sie selbst sitzt nie darauf.

Ein kleiner Spatz hockt auf der Fensterbank, ein Weibchen. Schmutzig braun und hellgrau, aber schön gezeichnet. Einen Moment später flattert er davon.

Eir ruft über ihr Handy das Flashback-Forum und den Thread zu Jacks Verschwinden auf. Wie schon bei ihrem letzten Besuch wird ihr übel. Der Thread ist lang und voller Spekulationen, ein Durcheinander anonymer Stimmen. Eine erregt ihre Aufmerksamkeit. Ein User, der sich »Släckaren666« nennt, behauptet, dass Jack erst von Mia Askar und dann von Sanna Berling angestiftet worden sei, die Morde zu begehen.

Als Sanna in die Küche kommt, legt Eir das Handy sofort weg und öffnet den Kühlschrank. »Hast du Hunger?«, fragt sie.

Sanna schüttelt den Kopf.

Ein schwarzer Geländewagen fährt langsam vorbei. Als er unter dem Fenster anhält und sich die Tür öffnet, ertönt laute klassische Musik, vielleicht von Beethoven. Ein Mann steigt aus. Er ist groß und schlank, trägt Chinos und ein Polohemd. Sein Kopf ist rasiert, an seinem Handgelenk sitzt eine große, sportliche Uhr. Als er die Arme hinter dem Rücken ausstreckt, treten sehnige, definierte Muskeln hervor. Kurz darauf erscheint Jon. Sie umarmen sich mit einem Klaps auf den Rücken, und der Mann gibt Jon einen Umschlag.

»Seltsam«, sagt Eir und reicht Sanna eine Tasse mit dampfend heißem Kaffee. »Ich habe darüber nachgedacht, was du mir über Jon und seine Jugend erzählt hast, wie sie den armen Jungen gequält haben. Und über sein früheres Tattoo, das Hakenkreuz …«

»Ja?

»Angesichts der Waffen, über die wir hier reden, und der Kreise, in denen er sich früher bewegt hat, frage ich mich, ob er vielleicht etwas weiß.«

Jons Stimme auf dem Flur lässt sie verstummen. Sekunden später steht er an der Spüle und füllt ein Glas mit Wasser.

»Wer ist denn der Wohltäter?«, fragt Eir.

»Nur ein alter Freund«, murmelt er.

»Der einfach so während der Arbeitszeit vorbeikommt und dir ein weißes Kuvert gibt …«

»Manche Sachen von früher wird man nie los, stimmt's?«, sagt Jon und sieht zu Sanna.

Vor dem Fenster steigt der Mann wieder aus dem Geländewagen, öffnet die hintere Tür, beugt sich hinein. Sucht nach etwas auf dem Boden. Der Rücksitz ist voller Alkohol. Wodka, Rum und mehrere Flaschen Gin. Er schlägt die Tür zu und sieht dann zum Fenster hoch, direkt in Sannas Richtung.

»Was wollte er?«, fragt sie und dreht sich zu Jon.

»Was?«

»Dein Kumpel, was wollte er?«

»Was geht's dich an?«

Sanna zuckt mit den Schultern.

»Hm?«

Jon sieht sie ausdruckslos an.

»Wollen wir zurückgehen?«, fragt Eir und lächelt angestrengt.

»Ist das ein Bekannter von früher?«, bohrt Sanna weiter.

»Was meinst du damit? Worauf willst du hinaus?«, entgegnet Jon.

»Ich weiß nicht …«

»Raus damit, na los.« Jon klingt beherrscht, aber angespannt.

»Alle wissen, dass du in deiner Jugend mit Hakenkreuzen geliebäugelt und dich mit Skinheads herumgetrieben hast«, schaltet sich Eir ein. »Ich glaube, sie will wissen, ob du Kontakte zu Leuten hast, die der Gesellschaft misstrauen oder mit Waffen zu tun haben.«

Jon lächelt Sanna abfällig an. »Du bist echt unglaublich«, sagt er. »Willst du mich nicht fragen, wo ich Donnerstagabend war, wenn du schon dabei bist?«

Sanna sieht ihn schweigend an.

»Meinst du das jetzt wirklich ernst?« Sein Lächeln verblasst.

Sanna stellt die Kaffeetasse ab.

»Ich war zu Hause und habe mit ein paar Freunden Whisky getrunken«, sagt er angespannt. »Und mein alter Kumpel war gerade hier, um mir meine Einladung zu seiner Hochzeit zu geben.«

Sanna sieht ihm nach, als er die Küche verlässt. Die stramm an den Oberarmen sitzende Uniform, der gestraffte Rücken.

»Hast du seine Freunde schon mal getroffen?«, fragt sie Eir.

»Das hat wohl niemand.«

Eirs Blick verdunkelt sich.

»Ich habe gesehen, dass du mit Niklas geredet hast«, sagt sie.

Sanna nickt. »Die NOA wartet noch ab.«

»Aber du bekommst doch jetzt irgendeine Art Schutz, oder?«

»Ich habe ein Notruftelefon bekommen und die Erlaubnis, meine Waffe ständig zu tragen.«

»Du kannst mich auch jederzeit anrufen. Versprichst du mir, das zu tun, wenn du das Gefühl hast, dass etwas nicht stimmt?«

Sanna antwortet nicht.

»Ich sage nicht, dass ich das glaube, aber *wenn* er noch lebt und auf dem Weg zurück auf die Insel ist, ist niemand sicher«, fährt Eir fort. »Du auch nicht.«

»Warum sollte er mir etwas tun wollen? Ich habe ihm immer nur geholfen.«

»Komm schon, du hast ihn fast festgenommen. Aber du hast immer noch Mitleid mit ihm, richtig? Und du glaubst, dass er etwas von dir will? Dass er anruft, weil er deine Hilfe braucht?«

Sanna steht schweigend da.

»Moment mal«, sagt Eir. »Verdammt, du denkst doch wohl hoffentlich nicht, dass du ihm etwas schuldest, weil er sich um den Brandstifter gekümmert hat?«

»Ich bin niemandem etwas schuldig.«

»Wir sprechen hier von einem Serienmörder. Ich will nicht, dass du ans Telefon gehst, wenn es wieder klingelt. Nicht bevor die NOA mit im Boot ist. Hast du mich verstanden?«

»Wir sehen uns dann im Ermittlungsraum.« Sanna geht davon.

Eir klopft an Niklas' offene Bürotür, und er legt das Handy beiseite.

»Ich habe gerade mit Sanna gesprochen.« Eir verschränkt die Arme. »Über die Anrufe und …«

»Sie hat keine Angst«, unterbricht er sie.

»Sie ist so verdammt starrsinnig.«

Er bedeutet ihr, sich zu setzen. »Am wahrscheinlichsten ist, dass es sich um einen Scherz handelt.«

»Sagt wer? Du oder die NOA?«

Er zuckt mit den Schultern. »Bei unserem Gespräch hat die NOA gefragt, was Jack für ein Interesse daran haben sollte, Sanna zu kontaktieren, und ich wusste darauf keine gute Antwort. Warum sollte er eine Polizistin anrufen und riskieren, seinen Aufenthaltsort preiszugeben? Telefongespräche können ja schließlich zurückverfolgt werden.«

»Warum sollten wir etwas riskieren, indem wir versuchen zu erraten, was ein Psychopath will?« Eir bemerkt einen Ordner neben seiner Tastatur, aus dem ein Foto ragt. Etwas Blaues mit Blumen darauf. Unbehagen macht sich in ihr breit.

Er folgt ihrem Blick und schiebt das Foto in die Mappe. »Die NOA hat sie für unser Treffen hergeschickt«, sagt er fast schon entschuldigend.

Ohne nachzudenken, zieht Eir die Mappe zu sich heran und öffnet sie.

Die Fotos von den Tatorten vor drei Jahren.

Ganz oben: Marie-Louise Roos. Buchantiquarin. Sie liegt auf ihrem riesigen Sofa. Ihr Arm hängt herunter. Der blaue Kimono mit den aufgestickten Blumen schmiegt sich um den mageren Körper. Der Brustkorb ist durch unzählige besinnungslose Stiche und Hiebe aufgerissen. Am Hals klaffen zwei Einschnitte, die wie ein Kreuz aussehen.

Die Szenerie auf dem nächsten Foto wird sie nie vergessen. Das Zimmer von Jack Abrahamsson. Die Wände, der Boden und die Decke sind voller Blutspritzer. Auf dem Bett liegt eine Frauenleiche. Rebecca Abrahamsson, Jacks Mutter. Auch ihr hat man immer wieder ins Herz gestochen, und auch ihr wurde ein Kreuz in den Hals geschlitzt. Hand und Arm über der Bettkante sind mit Schnitten übersät, sie hatte den Täter abwehren wollen. Bis zuletzt hatte sie versucht, sich vor ihrem dreizehnjährigen Sohn zu schützen, der immer wieder auf sie einstach.

Niklas schlägt die Mappe zu und zieht sie von Eir weg. »Ich glaube, Sanna ist überzeugt, dass Jack ihr nie etwas antun würde«, sagt er.

»Und du vertraust ihrem Urteilsvermögen, oder? Nachdem du das gesehen hast?« Sie deutet auf die Mappe.

»Das habe ich nicht gesagt.«

»Was sagst du dann?«

»Beruhige dich.«

»Ich soll mich beruhigen?«

»Die NOA sagt dasselbe. Jack hat keinen Grund, hinter Sanna her zu sein.«

»Sie hätte ihn beinahe festgenommen. Deiner Meinung nach reicht das nicht?«

Eir denkt an die Leiche von Rebecca Abrahamsson, an das Blut auf dem Laken. Kurz nachdem sie Rebecca entdeckt hatten, fanden sie Jack. Er kauerte wie ein verängstigtes Tier in einem Schrank, nur ein paar Meter von seiner Mutter entfernt. Bekleidet mit einer Schlafanzughose und einem Pullover, wich er zitternd vor ihnen zurück. Vor allen außer Sanna. In diesem Moment hatte er sich für sie entschieden. Dann trug sie dazu bei, ihn zu entlarven.

»Ich weiß«, sagt Niklas. »Aber …«

»Was aber?«

Sie steht auf und stößt gegen den Tisch. Der Ordner verrutscht dabei, die Fotos verteilen sich auf dem Schreibtisch.

»Sie zu unterstützen, während wir auf die NOA warten, ist im Moment das Beste, was wir tun können«, sagt Niklas ruhig.

»Was ist, wenn sie nie in die Gänge kommen?«

Er steht auf und geht zu ihr, legt ihr die Hand auf die Schulter. Sie wendet sich ihm langsam zu.

»Ich glaube, sie versteht nicht, wie gefährlich er ist«, sagt sie. »Sie hat Mitleid mit ihm.«

»Vielleicht ist er es ja doch nicht.«

Sie stößt seine Hand weg. »Aber was, wenn doch?«

Im Ermittlungsraum steht Sanna vor den Fotos aus dem Bunker. Dann richtet sie ihren Blick auf die Bilder aus Pascals Wohnung. Sie bleibt bei einer Nahaufnahme aus der Speisekammer stehen. Dann sieht sie auf das Flur- und das Badfoto und wieder zurück zu den Bunkerbildern; Nahaufnahmen der Regale und der darin befindlichen Gegenstände, von den Gläsern mit den Linsen bis hin zu den vakuumverpackten Kleidern und Decken.

Die kleinen Schilder mit Nummern, die die Spurensicherung aufgestellt hat, kennzeichnen Blutflecken auf dem Boden sowie Schuh- oder Handabdrücke. Dann gibt es noch mehrere Nahaufnahmen der getrockneten Greifvogelfüße. Währenddessen diskutieren die anderen über das Ausgegrenztsein aus der Gesellschaft, sprechen über Menschen, die kein Vertrauen in den Staat haben. Niklas spricht über seine Erfahrung, über Ermittlungen in Verbrechen mit verschwörungsideologischem Hintergrund. Eir berichtet vom Besuch des illegalen Hafens.

»Für viele Menschen ist die Regierung der Feind, sie würden am liebsten in den Untergrund gehen und Waffen horten«, sagt sie. »Der Traum, sich zu bewaffnen, ist verbreitet. Wir haben keine Ahnung, wer Pascal Paulson beim Bau des Bunkers geholfen haben könnte. Es könnte fast jeder aus dem Ort oder von einem der Höfe in der Umgebung gewesen sein.«

Sie verstummt, als sie merkt, dass Sanna nicht zuhört, sondern die Fotos aus Pascals Wohnung mustert. »Was ist los?«, fragt sie.

Sanna antwortet nicht, sondern ruft Sudden erneut an und

schaltet den Lautsprecher ein. »Im Bunker gab es doch einen Erste-Hilfe-Kasten, nicht wahr?«

»Ja«, antwortet Sudden und blättert in einigen Papieren. »Er enthielt nichts Besonderes. Die üblichen Schmerzmittel, Desinfektionsmittel und so was.«

»Habt ihr noch andere Schachteln mit Medikamenten, Salben oder Ähnlichem gefunden?«

»Du meinst, rezeptpflichtige? Das hätte ich euch gleich mitgeteilt.«

»Worauf willst du hinaus?«, fragt Eir.

Sanna legt das Handy weg, ohne die Verbindung zu unterbrechen, und geht zu den Bildern aus Pascals Bad. Sie nimmt das Foto vom Badezimmerschrank und legt es auf den Tisch. Zeigt auf vier Schachteln mit Augentropfen.

»Ja, er hatte Augenprobleme«, sagt Eir. »Rosacea, nicht wie die meisten auf der Haut, sondern an den Augen. Es kam und ging anscheinend.«

»Mein Mann hatte das auch«, sagt Sanna. »Wenn es aufflammte, war es sehr unangenehm, ohne Augentropfen ging es nicht.«

»Du meinst also, wenn Pascal an dieser Krankheit litt, hätte er für einen Vorrat an Tropfen im Bunker gesorgt? So wie zu Hause?«

»Oder?«

»Was noch?«

Sanna zeigt auf die Regale im Bunker, dann auf die Regale in Pascals Küche, dann auf die Arbeitsfläche dort, die mit Nahrungsergänzungsmitteln, Proteinpulver und Proteinriegeln vollgestellt ist.

»Pascal hat hart trainiert, ja. Aber er ernährte sich kaum von Linsen und Sprossen. In seiner Küche befinden sich Produkte für den Muskelaufbau, zur Optimierung von Hormonspiegel und Testosteronlevel. Ich glaube zwar nicht, dass er den Bunker mit Nahrungsergänzungsmitteln gefüllt hätte, aber nicht ein einziger Proteinriegel? Nicht ein einziges Produkt aus dem Bioladen oder eines von denen, die zu Hause überall herumstehen?«

»Wenn der Bunker nicht von Pascal ist, was hat er dann dort gemacht?«, fragt Eir.

Sanna nimmt ein weiteres Foto ab und legt es auf den Tisch. Zeichnet mit einem Stift einen Kreis um ein Glas mit Backpulver. »Warum sollte jemand Backpulver da unten im Bunker aufbewahren?«, fragt sie.

»Vielleicht zum Putzen?«, schlägt Alice vor. »Ein Haushaltstrick oder so.«

»Möglich«, erwidert Sanna. »Aber seht euch das an.« Sie hebt einen Arm. »So weit ist es ungefähr vom Boden bis zum Regal, in dem das Backpulver steht. Pascal war etwas größer als ich, wenn er also danach greifen oder es schnell abstellen wollte, würde er es ungefähr dort platzieren.«

Sie zeigt mit dem Stift auf die entsprechende Stelle. Hinter der Dose mit dem Backpulver liegen Bücher. Sie haben nichts mit Essen oder Putzen zu tun.

»Sudden«, sagt sie. »Die Blutspritzer befanden sich doch unter dem Regal mit den Büchern, oder? Das heißt, Pascal wurde dagegen gestoßen?«

»Ja.«

»Du glaubst, dass Pascal etwas aus dem Bunker holen wollte? Die Dose mit dem Backpulver?«, fragt Eir. »Dabei hat man ihn erwischt und niedergeschlagen.«

Sanna schüttelt den Kopf. »Ich glaube, dass Pascal etwas *zurück*holen wollte«, erwidert sie. »Etwas, das er dort abgeliefert hatte, als Nina ihn beobachtet hat. Später an dem Abend hatte er ja plötzlich einen Haufen Bargeld.«

»Er hatte gehört, wie sein Vater und Sonja sich wegen Geld stritten, und wollte sich das zurückholen, was er verkauft hatte, um es noch einmal zu verkaufen?«, mutmaßt Eir.

Sanna nickt und malt einen Kreis auf ein anderes Foto. Noch eine Dose Backpulver, die allerdings unter ein Regal gerollt ist. »Nina hat gesagt, dass er bei ihrem Telefonat im Lebensmittelladen war.«

»Verdammt«, meint Eir. »Er wollte in den Bunker und die Dose austauschen, deshalb hat er Backpulver gekauft.« Sie wendet sich an Jon. »Hast du das überprüft? Du solltest doch im Laden auf der anderen Seite des Marktplatzes fragen, was Pascal gekauft hat.«

»Du kannst dich auch irren.« Jon starrt Sanna aufgebracht an. »Das kann doch auch nur eine ganz normale Dose sein.«

»Wenn ich richtigliege, liefert uns die Dose aus dem Bunker die Antwort«, sagt Sanna. »Sudden?«

Schritte dringen aus dem Handy, jemand sucht etwas zwischen knisternden Plastiktüten. Dann wird ein Deckel aufgedreht.

»Sudden?«, fragt Niklas. »Bist du noch dran?«

»Ja«, antwortet der Leiter der Spurensicherung.

»Was befindet sich in der Dose?«, fragt Sanna.

»Amphetamin«, antwortet Sudden. »Verflucht, ich glaube, das ist Amphetamin.«

»Kann man das wirklich mit bloßem Auge erkennen?«, fragt Niklas.

»Ich habe fünfzehn Jahre im forensischen Zentrallabor in Linköping gearbeitet«, sagt Sudden. »Ich habe so gut wie jeden Tag Meth gesehen. Natürlich werden wir erst nach dem Screening Gewissheit haben, aber ich bin mir sehr sicher.«

Eir flucht laut. »Dann hat der Bunker also vielleicht nicht Pascal gehört. Wir müssen von vorn anfangen.«

»Vielleicht nicht ganz.« Sanna holt ein weiteres Foto aus dem Bunker vom Whiteboard und legt es auf den Tisch.

Die Bücher.

»Zuerst bin ich daraus nicht schlau geworden«, sagt sie.

»Wie meinst du das?«, fragt Eir.

»Geschichte, Sprachen, Ernährung … Überlebenstechniken, und ein Buch über Lateinamerika.«

»Und?« Ungeduldig stellt Eir sich neben sie. »Ist es so verwunderlich, dass jemand, der einen Bunker baut, Bücher über Ernährung und Überlebenstechniken hat? Oder dass er sich für Geschichte interessiert, wenn er meint, dass heutzutage alles so beschissen ist?«

»Das ist es nicht.« Sanna zeigt auf eines der Bücher, *The Nuer* von E. E. Evans-Pritchard. Die anderen beugen sich vor.

»Das hier ist ziemlich alt«, sagt sie. »Aus einer anderen Zeit, genau wie die anderen.«

»Du meinst, die Person, der der Bunker gehört, ist schon älter?«

Sanna überlegt.

»Oder dass er sie von jemandem bekommen hat, der älter ist?«

Alice seufzt und schüttelt den Kopf.

»Was?«, sagt Eir.

»Ich weiß nicht, aber ich sehe hier jemanden, der in Einsamkeit ertrinkt, der die Perspektive auf die Welt und auf sich selbst verliert.«

»Jemand am Rand der Gesellschaft?«, sagt Niklas.

»Zumindest jemand, der keinen Bezug zur Gegenwart und zu anderen Menschen hat«, meint Alice. »Warum sollte er sonst ein Loch in die Erde graben, Lebensmittel horten und alte Bücher über Geschichte und andere Kulturen und Zivilisationen lesen?«

»Aber was will er mit den Amphetaminen?«, fragt Eir. »Um wach zu bleiben, ja, aber wozu, wenn er da unten ist?«

»Weil er Angst hat?«, überlegt Alice. »Wenn etwas passiert, das ihn in den Bunker zwingt, wird er denken, dass er die ganze Zeit wach bleiben muss, oder? Um Wache zu halten?«

Sanna nickt. »Er hat vielleicht Angst, ihn quält etwas.«

»Das mag ja alles stimmen«, sagt Eir. »Aber vergesst nicht, dass er auch noch etwas anderes ist.«

»Und was?«, fragt Alice.

»Der größte verdammte Horror der Welt. Ein einsamer, gemeingefährlicher Irrer. Im Krieg setzt man manchmal Drogen ein, um töten zu können.«

KAPITEL EINUNDDREISSIG

Niklas bestellt Sandwiches und andere Snacks für den Ermittlungsraum. Sanna nippt an ihrem Kaffee, während sich die anderen bedienen, und hört ihren Unterhaltungen über das Privatleben, die Kinder oder die alternden Eltern zu, über den Verkehr und das Wetter. Eir lächelt sie von der anderen Seite des Tisches aus an. Frische Luft strömt durch die offenen Fenster herein, die Jalousien sind hochgezogen. Niklas sagt etwas zum Rezeptionisten, der das Headset lachend um den Hals legt und an seinem gepiercten Ohrläppchen zupft. So gelöst hat sie ihn noch nie gesehen. Überall sind Anzeichen, dass die Dinge jetzt anders sind. Niklas' Anwesenheit hat etwas ausgelöst, vielleicht eine Leichtigkeit, Hoffnung.

»Eir?«, sagt er. »Ist es mit Farah gut gelaufen?«

»Ja, unsere liebe Staatsanwältin beschafft sich alle Informationen über Pascal und was wir über das Amphetamin wissen. Das wird sie dann mit anderen offenen Fällen abgleichen lassen, die uns vielleicht weiterbringen. Wenn es irgendeine Verbindung zwischen Pascals Amphetamin und Dealern aus anderen Fällen gibt, wird sie sie finden.«

Niklas nickt. Während sich Eir eine Zimtschnecke in den Mund schiebt, schreibt er drei Stichworte an das Whiteboard: Rechtsextremismus, Dschihadismus und Linksextremismus.

»Beispiele für gewalttätige extremistische Strömungen in unserem Land«, sagt er. »Wir haben keine Anhaltspunkte dafür, dass wir es hier mit einer dieser Strömungen zu tun haben, aber da wir uns nicht sicher sind, welche Waffen sich in dem Bunker befunden haben könnten, wird der Nachrichtendienst des Militärs eingeschaltet.«

»Für eine Internet-Überwachung?«, fragt Alice.

Niklas nickt. »Wir werden sehen, ob sie etwas finden, das mit der Insel in Verbindung gebracht werden kann, in Foren und dergleichen. Wer weiß.«

»Reden wir noch mal über Axel Orsa«, sagt Eir. »Er hat sich ja sehr deutlich zum Kalksteinabbau geäußert und wie die Leute auf der Insel ausgebeutet und übers Ohr gehauen werden.«

»Ja«, sagt Sanna. »Aber würde ihn deshalb jemand umbringen wollen? Und sollte er überhaupt sterben, oder war es ein Unfall?«

Eir seufzt und beißt in eine weitere Zimtschnecke. »Was haben seine Redaktion und die Journalistenkollegen gesagt?«, fragt sie mit vollem Mund.

»Axel hat meistens allein gearbeitet«, erwidert Alice. »Er hat zu unterschiedlichen Themen recherchiert.«

»Zu welchen?«, fragt Eir.

Alice zuckt mit den Schultern.

»Der Chefredakteur der Redaktion sagt, er habe vor allem über Politik geschrieben, in letzter Zeit viel über die Wahlen«, erklärt Niklas. »Aber er hat auch freiberuflich für verschiedene Kunden gearbeitet. Dort hat er sich offenbar sehr bedeckt gehalten, bis seine Recherche abgeschlossen war. Also ja, vielleicht versteckt sich der Täter in irgendeiner Datei in seinem Computer.«

»Wie geht es damit voran?«, fragt Sanna.

»Die IT-Forensiker haben es noch nicht geschafft, sich Zugang zu verschaffen«, antwortet Niklas.

Jon sieht kurz Richtung Flur, als fürchtete er, jemand könnte dort lauschen. »Mir fällt da etwas ein«, sagt er und blickt auf seine Stiefel. »Mein Bruder hat vor ein paar Jahren in einem Wohltätigkeitsladen in der Stadt gearbeitet. Er erzählte mir damals von einem Mann, der alle Kisten mit Büchern aus einem bestimmten Nachlass gekauft hat, Kisten, die noch nicht einmal ausgepackt worden waren. Er hatte ein Buch im Regal gesehen und dann gefragt, ob sie noch mehr vom selben Spender hätten.«

»Und?«

Jon dreht sich widerwillig zu Sanna.

»Er hat es mir wohl überhaupt nur deshalb erzählt, weil er damit angeben wollte, wie viel Geld er unter der Hand bekommen hat.«

Plötzlich wiegt er sich schwer vor und zurück. Sanna lässt die Worte im Raum stehen. Sie hat immer gewusst, dass Jon einen Bruder hat. Plötzlich fällt ihr ein, dass er Jon nicht nur dabei geholfen hat, ihren Schulkameraden in die Streusandkiste zu sperren, sondern dass er auch wegen Körperverletzung verurteilt ist. Eines Nachts wollte er in einer Tankstelle eine Tüte Chips mitnehmen, ohne sie zu bezahlen, der Angestellte sprach ihn darauf an, und es kam zu einer Schlägerei.

»In diesen Läden darf eigentlich nichts verkauft werden, was der Chef noch nicht bepreist hat«, erklärt Jon. »Aber dieser Typ hat meinem Bruder so viel Geld geboten, dass er ihn durch den Hintereingang reingelassen hat und sie den Kauf unter der Hand abgewickelt haben.«

»Und du glaubst, diese Bücher sind von dort?«

Jon zuckt mit den Schultern.

»Obenauf lagen zwei Exemplare eines Buches, also warf der Mann eines meinem Bruder zu und sagte, er könne es behalten. Natürlich hatte mein Bruder keine Lust, es zu lesen, und hat es stattdessen bei mir abgeladen.«

Sanna schiebt Jon das Foto mit den Büchern hin. Er tippt mit dem Finger auf *The Nuer*. »Das hier war es.«

Schweigend fahren Sanna und Eir zu der Lammfarm, auf der Jons jüngerer Bruder Tobias Klinga jetzt arbeitet. Hinter der Schranke zu dem Anwesen schaltet Eir das Radio ein. Sie hören zu, während sie durch die malerische Landschaft fahren. Noch immer wird wenig über Pascal Paulson oder Axel Orsa berichtet, die Konflikte auf dem Kontinent dominieren weiterhin. Dazwischen geht es um innenpolitische Spekulationen im Vorfeld der Wahlen.

Eir sieht sich um. Kleine Schotterhaufen deuten darauf hin, dass die Straße gerade repariert wird. Die Wiesen sind abgeweidet, das abgestorbene Gras ist gelb und stoppelig. Unter den Bäumen ruhen die Lämmer. An einem Loch im Zaun arbeitet ein junger Mann. Eir dreht den Rückspiegel so, dass sie ihn noch ein paar Sekunden lang beobachten kann.

»Ich hoffe, das ist keine Zeitverschwendung«, sagt sie.

Sie erreichen einen Hofplatz, auf dem ein Lagerfeuer brennt. Eine ältere Frau rollt eine Schubkarre mit Zeitungen und Müll heran. Schwarzer Rauch steigt auf. Vor einem breiten Schuppen auf Stelzen voller Brennholz sitzen zwei Männer und schleifen Messer und Scheren.

Sobald Eir und Sanna aussteigen, ist die Luft von den tiefen und heiseren Geräuschen der Tiere erfüllt. Hinter einem Spalt in der Tür eines großen Stalls sind die Mutterschafe zu sehen.

»Kann ich Ihnen helfen?«, fragt die Frau, ohne die Schubkarre loszulassen.

»Wir sind auf der Suche nach Tobias Klinga«, sagt Eir.

Einer der Männer kommt auf sie zu. »Das bin ich.«

»Wir sind von der Polizei«, erklärt Eir. »Wir haben versucht, Sie auf Ihrem Handy zu erreichen.«

»Ah, Sie haben also vorhin angerufen. Ich gehe nie ran, wenn ich nicht weiß, wer es ist. Worum geht es denn? Ist etwas passiert?«

Sein Hals ist schief. Die Haare hängen ihm wie lange Ohren über die Schultern. Seine Hände sind rau und voller kleiner Wunden. Als er eine Schnupftabakdose herauszieht und eine Prise unter die Oberlippe schiebt, bemerkt Sanna eine kleine halbkreisförmige Narbe.

»Wir möchten mit Ihnen über etwas sprechen, das sich vor einigen Jahren ereignet hat, als Sie in dem Wohltätigkeitsladen in der Stadt gearbeitet haben«, sagt Eir. »Haben Sie einen Moment Zeit?«

»Aha, und?«

Seine Augen sind leer. Seine Stimme ist Jons zum Verwechseln ähnlich, sonst sehen die beiden Brüder vollkommen unterschiedlich aus.

»Wir sind im Rahmen einer laufenden Ermittlung hier und wollen uns nur kurz mit Ihnen unterhalten, Sie haben nichts zu befürchten«, sagt sie. »Vielleicht erinnern Sie sich an etwas, das uns weiterhelfen kann.«

»Tut mir leid, aber ich verstehe nicht, worüber Sie mit mir reden wollen.«

Hinter Tobias geht die Frau am Lagerfeuer hin und her. Die grauen Haare sind wie Federn im rauchigen Licht. Der Geruch nach verbranntem Plastik hängt in der Luft. Sanna will etwas wegen des Feuers sagen, hält sich jedoch zurück.

»Könnten wir vielleicht irgendwo hingehen, wo es ruhiger ist?«, fragt sie stattdessen.

»Klar.« Tobias geht auf ein geteertes Nebengebäude zu.

Ein plötzlicher Ruf lässt Eir zusammenzucken, sie sieht zu einer Garage in einiger Entfernung. Das Geräusch von zwei gleichzeitig startenden Motoren.

Auf dem Tisch im Nebengebäude stehen ein Wasserkocher, ein paar Tassen und eine Dose Instantkaffee. Sanna bemerkt ein altes schwarz-gelbes Werbeplakat für das Album *L. A. Woman* von The Doors an der Wand. Auf dem Plakat ist eine Frau zu sehen, die an einem Telefonmast gekreuzigt ist.

»Ich würde Ihnen ja gern richtigen Kaffee anbieten, aber wir haben nur den hier«, sagt Tobias, nickt in Richtung des Wasserkochers und lässt sich auf einen Stuhl sinken. Sofort springt eine dicke Katze auf seinen Schoß und schnurrt.

»Ihr Bruder Jon arbeitet ja bei uns«, beginnt Eir. »Er hat erzählt, dass Sie mal Bücher aus einem Nachlass an einen Mann verkauft haben, der in den Laden kam?«

»Das hat er also gesagt?« Tobias verschränkt die Arme.

»Könnten Sie uns ein wenig mehr darüber erzählen?«

»Ich weiß wirklich nicht, wovon Sie reden.«

»Sie könnten uns bei einer laufenden Mordermittlung helfen«, erklärt Eir scharf. »Es ist uns egal, gegen welche Vorschriften an Ihrem Arbeitsplatz Sie verstoßen haben, wir wollen nur mit Ihnen über den Käufer reden.«

Die leeren Augen weiten sich.

»Was für eine Mordermittlung? Geht es um den Typen, der im Wald gefunden wurde?«

»Erzählen Sie uns bitte, was Sie über den Mann wissen, dem Sie die Bücher verkauft haben«, sagt Sanna.

Tobias seufzt laut. »Ich weiß nicht mehr viel. Wir hatten viel Ware hereinbekommen, die wir auspacken und einräumen mussten. Ich kümmerte mich gerade um einen Karton mit Büchern. Plötzlich stand er neben mir, dieser Typ, und wollte eines der Bücher haben, die ich in der Hand hielt.«

»Welches Buch war das?«

»Ich weiß es nicht mehr, irgendwas mit Anthropologie, glaube ich.«

»Wie hat er ausgesehen?«, fragt Eir. »Der Mann, wie sah er aus?«

»Keine Ahnung, ich glaube, er hatte dunkle Haare oder dunkelblonde oder rotblonde. Verdammt, ich kann mich nicht erinnern, und ich kann mir Farben schlecht merken.«

»Dann vergessen wir die Haarfarbe, können Sie ihn anderweitig beschreiben? Seine Augen? War er groß oder klein?«

»Keine Ahnung, er sah ziemlich durchschnittlich aus.«

»War vielleicht irgendetwas Auffälliges an der Art, wie er gesprochen hat?«

Tobias' Augenlider flattern. »Das ist schon so lange her.«

»Jon sagte, Sie hätten mehrere Kisten Bücher an diesen Mann verkauft, wie kam es dazu?«

»Ich glaube, er hat gefragt, ob ich noch mehr von diesen Archäologiebüchern hätte.«

»Archäologie?«, wiederholt Eir frustriert. »Gerade haben Sie noch Anthropologie gesagt?«

»Und Sie haben gesagt, Sie wollen nur über ihn reden, nicht über diese verdammten Bücher.«

»Schon gut.« Sanna hebt beruhigend die Hand.

»Ich kann mich wirklich nicht erinnern«, wiederholt Tobias. »Aber ich glaube, ich habe gesagt, dass diese spezielle Kiste mit Büchern aus einem Nachlass stammt, und da hat er nur gefragt, ob wir noch mehr Bücher aus demselben Haushalt haben. Dann habe ich ihn mit ins Lager genommen oder, besser gesagt, die Garage, also jedenfalls, wo wir unsere Ware aufbewahrt haben.« Er dehnt knackend seinen Hals.

»Hatte der Laden keine Kameraüberwachung?«, fragt Eir.

»Was glauben Sie, warum ich es gewagt habe, direkt an ihn zu verkaufen?«

»Vielleicht können Sie ihn ja doch beschreiben?« Eir bemüht sich um ein schwaches Lächeln.

Tobias schüttelt den Kopf.

»Hatte er Narben oder Tattoos?«

»Nicht dass ich wüsste.«

»Wie alt schätzen Sie ihn?«

»Puh, vielleicht in den Dreißigern oder Vierzigern.«

»War er groß, klein …?«

»Er war groß, muskulös. Ach, keine Ahnung.«

»Hat er vielleicht mit Dialekt gesprochen? Oder anderweitig auffällig?«

Die leeren Augen funkeln.

»Meinen Sie, wie im Film, dass er irgendein Wort falsch ausgesprochen hat?« Seine Zähne schimmern im gedämpften Licht, als er sich zurücklehnt.

»Egal, was auch immer«, sagt Eir gereizt.

Er setzt die Katze auf dem Boden ab und steht auf. »Ich erinnere mich an nichts weiter. Er schien zu wissen, was er wollte, hat nicht herumgeredet.«

Eir seufzt. »Das wäre also alles?«

Die Katze streicht um seine Beine, er hebt sie wieder hoch und streichelt sie. »Wie geht es Jon?« Seine Stimme ist ruhig.

»Fragen Sie ihn doch selbst«, erwidert Eir.

»Ach was«, sagt er. »Niemand schert sich einen Dreck um ihn. Alle dachten immer, ich sei der Ältere, dabei ist es genau umgekehrt. Hat er eine Menge Scheiße über mich erzählt, bevor ihr hergekommen seid?«

»Machen Sie sich deshalb keine Gedanken«, antwortet Eir. »Wir wollten etwas über den Mann im Laden erfahren.«

Die Katze sieht in Tobias' Händen plötzlich komisch aus, fast wie ein ausgestopftes Tier. Die Beine hängen schlaff herab, unbeweglich. Er bemerkt, dass Eir ihn anstarrt, und nimmt seine Hand vom Hals des Tieres, das sofort seine Zähne in ihn versenkt und zu Boden springt.

»Hat er etwas Bestimmtes gesagt?«, fragt er.

»Er hat gar nichts gesagt«, erklärt Sanna. »Das hat meine Kollegin gemeint.«

Er sieht auf die Stelle, wo ihn die Katze gebissen hat. »Er hatte noch nie eine Freundin«, sagt er plötzlich.

»Fällt Ihnen noch etwas zu dem Mann ein?«, fragt Eir.

»Seit unsere Mutter abgehauen ist, vertraut er niemandem mehr.«

»Na gut.« Eir wendet sich an Sanna. »Fahren wir?«

Tobias lacht. »Ich erzähle Ihnen das nur, damit Sie verstehen, mit wem Sie zusammenarbeiten.«

»Vielen Dank für Ihre Zeit«, sagt Sanna. »Wenn Ihnen noch etwas einfällt, melden Sie sich bitte.«

»Unsere Mutter hatte einen Neuen kennengelernt, und wir wussten, dass sie uns früher oder später verlassen würde. Aber Jon, der war schon immer ein Weichei, weinte jede Nacht. Als er eines Tages von der Schule nach Hause kam, war sie im Schlafzimmer gerade am Packen. Er schloss die Tür ab, weinte noch mehr, bettelte und flehte, dass sie bleiben oder ihn mitnehmen solle. Sie versprach zu bleiben, wenn er die Tür öffnete, was er auch tat. Die Alte stieß ihn zur Seite und rannte davon. Da war er acht oder so.«

Eir schluckt, trotz der Wärme hat sie eine Gänsehaut. »Vielleicht musste sie wirklich da raus?«

Tobias geht zur Tür und stößt sie auf. »Das ist das Problem mit euch Weibern«, sagt er. »Ihr seid alle gleich. Man kann keiner trauen.«

Zurück auf dem Revier kommt Eir an Farahs Büro vorbei.

»Wie sieht's aus?«, murmelt Farah, während sie weitertippt.

»Wir warten darauf, Zugang zu Orsas Laptop zu bekommen, das ist wohl im Moment unsere beste Hoffnung.«

Farah schüttelt den Kopf. »Wir bräuchten dreimal so viele Kräfte in der IT.«

Eir geht weiter zum Ermittlungsraum, in dem Alice über ihren Laptop gebeugt sitzt.

»Und?« Eir lässt sich auf einen Stuhl fallen.

Alice wühlt in einigen Papieren auf dem Tisch, streicht etwas von einer Liste und blickt zu Eir. »Was hat Jons Bruder gesagt?«

»Nicht viel. Was machst du da?«

Alice dreht den Laptop zu Eir. Eine Forumsübersicht mit Diskussionsthreads, Kategorien und Unterkategorien erstreckt sich über den Bildschirm.

»Ernsthaft?«, meint Eir. »Niklas hat zwar gesagt, dass im Internet ermittelt werden soll …«

»Ich sehe mich nur ein wenig um«, unterbricht Alice sie. »Ich habe das schon mal gemacht.«

Sanna schlendert mit ihrem Thermobecher und einer Tüte Obst herein, die sie auf dem Tisch auskippt.

»Sollen wir uns auch in die Internetforen wagen und schauen, ob uns dort etwas weiterbringt?«, fragt Eir.

Sanna nickt knapp. »Gibt es etwas Neues zu Axels Computer?«

Eir schüttelt den Kopf, zieht einen der herumstehenden Laptops zu sich und öffnet ihn. Sie schnappt sich einen Apfel und beißt hinein.

»Alice?«, sagt Sanna. »Möchtest du auch etwas?«

Alice sieht auf ihre Uhr. »Danke, ich habe etwas zu essen dabei.«

Sie verlässt den Raum und kommt kurz darauf mit einem Glas Wasser, einem Messer, einem Butterbrot und einem Ei auf einem Teller zurück. Eir stützt die Ellbogen auf die Tischplatte und kaut laut.

»Was für eine Festmahlzeit.« Kleine Apfelstücke spritzen aus ihrem Mund, als sie lacht.

Alice schält das hart gekochte Ei vorsichtig, taucht das Messer in das Wasserglas und schneidet das Ei in dünne Scheiben. Dann zerteilt sie das Butterbrot in perfekte kleine quadratische Stücke. Sie isst sie langsam, eins nach dem anderen.

Eir lacht wieder, doch Alice reagiert nicht. Als sie fertig ist, bringt sie den Teller hinaus, kommt nach wenigen Augenblicken zurück und arbeitet weiter.

Die Stunden vergehen, während sie sich durch die verschiedenen Foren wühlen und Threads durchforsten. Eine Welt, die faszinierend und beängstigend zugleich ist.

Die rechtsextremen Seiten sind die unangenehmsten. Überall wird gefeiert, was auf dem Kontinent passiert, dass die rechtsextremen Gruppen alle überlistet haben. Unzählige Beiträge über Rassenideologie und darüber, wie Einwanderung und Multikulti das Land zerstören, darüber, wie extremer Altruismus und die zunehmende Verleugnung der eigenen Geschichte und des eigenen kulturellen Erbes die nationale Identität untergraben. Schadenfreude über Terroranschläge in der ganzen Welt und Schießereien in Problemvierteln im eigenen Land. Der Hass ist überall. Der Wert eines Menschen hängt von seiner Hautfarbe ab, das »Weißsein« wird ständig betont.

Einige Diskussionsthreads bestehen nur aus Fragen, nicht aus Aussagen. Menschen auf der Suche nach Zusammenhängen, viele fragen nach Gruppen oder Organisationen, die Mitglieder suchen. Andere wollen bei Bedarf aktiv werden. Sanna forscht nach Hinweisen, dass sich jemand auf der Insel befindet oder nach Informationen über die Insel sucht. Eir durchforstet Threads zu Waffen oder Waffentausch, während Alice nach allem Ausschau hält, was mit Pascal oder Axel zu tun haben könnte. Nichts.

»Ich bin gerade Hunderte von Beiträgen darüber durchgegangen, dass Männer keine Männer mehr sind«, sagt Alice schließlich.

»Gibt es wirklich keine Möglichkeit herauszufinden, wer diese Leute sind?«, fragt Sanna. »Einiges, was hier geschrieben wird … Ich weiß nicht einmal, wie man es nennen soll.«

»Es gibt Statistiken und Analysen des Traffic«, sagt Alice. »Aber viele Leute surfen anonym und benutzen verschlüsselte Browser.«

»Schaut mal.« Eir dreht ihren Bildschirm zu den anderen. »Krass, wie viel hier geschrieben wird.«

In einem Thread mit dem Titel »Schwedische Frauen lieben Terror« flattern die Beiträge nur so herein. Frauen, die in der Flüchtlingshilfe tätig sind, würden es verdienen, vergewaltigt zu werden und zu sterben, so die einhellige Meinung.

»Und so geht das rund um die Uhr. Es hört nie auf.«

Mit schmerzenden Schultern klappt Eir den Computer zu und streckt sich. Sie geht zum Whiteboard und der Collage mit den Fotos aus dem Bunker und dem Wald.

Die dunkelblauen Wollfasern. Sie erinnert sich, wie sie an dem Ast hingen und wie eine Feder aussahen. Die Fasern könnten von ganz woanders dorthin geflogen sein.

Ihr Blick wandert weiter zu den getrockneten Vogelfüßen, von denen Sudden bestätigt hat, dass sie von einem Mäusebussard stammen.

»Kranke Mistkerle«, murmelt sie.

Sie zerknüllt die leere Obsttüte und wirft sie in einen Abfalleimer. Dann sieht sie nachdenklich zu Alice und Sanna. »Was zum Teufel machen wir jetzt?«

Alice blickt auf ihre Uhr und steht auf. »Ich mache eine kurze Pause.«

Eir seufzt und sieht Sanna skeptisch an. »Vielleicht musst

du auch ein Butterbrot *klein schneiden*? Soll ich uns noch Lineale holen?«

Alice geht schweigend zur Tür.

»Was ist denn mit ihr los?«, beschwert sich Eir. »Kein Sinn für Humor.«

»Reiß dich zusammen«, sagt Sanna.

Alice steht draußen vor dem Eingang und liest etwas auf ihrem Handy. Eir stellt sich neben sie.

»Nicht jeder kann so perfekt sein wie du«, sagt sie und verschränkt die Arme. »Ich habe wohl irgendeinen dauerhaften Sauerstoffmangel im Gehirn, weshalb ich ständig blöde Sachen sage. Tut mir leid.«

»Während meiner gesamten Teenagerzeit und bis weit in meine Zwanziger hinein war ich magersüchtig. Ich bin jetzt gesund, aber manchmal brechen alte Zwangshandlungen beim Essen durch. Daran halte ich mich fest, wenn mir alles andere zu entgleiten droht«, erzählt Alice ruhig.

»Das wusste ich nicht«, sagt Eir. »Mir ist noch nie aufgefallen, dass du dein Essen klein schneidest.«

Alice schüttelt den Kopf. »Das habe ich schon sehr lange nicht mehr getan. Erst in den letzten Tagen spüre ich es wieder, und dann helfen mir die alten Routinen.«

»Wie schlecht ging es dir?«

Alice senkt die Hand mit dem Handy.

»Ich war ungefähr zwanzig, hatte seit etwa sechs Monaten meine erste eigene Wohnung. Eines Abends saß ich vor dem Fernseher, als es an der Tür klingelte. Draußen standen ein Mann, den ich noch nie gesehen hatte, zwei Polizisten, einige Sanitäter und meine Mutter. Ich hatte ein paar Minuten Zeit, um ein paar Sachen zu packen.«

»Was? Wurdest du zwangseingewiesen?«

»Elf Wochen in der Psychiatrie.«

Für ein paar Sekunden steht alles still.

»Wie zum Teufel hast du das überstanden?«

Ein kaum merkbares Schulterzucken.

»Ich habe gelernt, bestimmte Gesichtsausdrücke zu verbergen. Ich durfte keine Besucher empfangen. Irgendwann habe ich gebetet …«

Sie verzieht das Gesicht und verstummt.

Eir erinnert sich, wie sie und Alice damals bei den Ermittlungen in der Mordserie über Religion diskutierten. Sie konnte nie begreifen, warum Alice gläubig war. Vielleicht hatten sie sich dort getroffen, Alice und Gott, in einem weißen Raum in der Psychiatrie.

»Es wäre mir lieb, wenn das alles unter uns bleiben könnte«, sagt Alice. »Ich schäme mich nicht oder so, aber im Moment habe ich auch keine Lust, darüber zu reden.«

Sie überprüft ihr Handy, keine neuen Nachrichten.

»Beschäftigt dich gerade etwas, das dich aus dem Gleichgewicht bringt?«, fragt Eir.

Alice schüttelt den Kopf. »Eigentlich nicht. Oder doch, ich vermisse meinen Ex.«

Eir nickt, will etwas sagen, beißt sich auf die Lippe. »Hast du Kontakt zu Ärzten oder so, falls du das Gefühl hast, dass deine Routinen nicht reichen?«

»Ich gehe nie zum Arzt. Selbst wenn ich mir die Hand brechen würde.«

»Okay, aber was ist, wenn deine jetzige Strategie nicht funktioniert?«

»Sie funktioniert.«

Eir atmet tief ein und versucht, ruhig zu sprechen. »Wenn du das nächste Mal das Gefühl hast, dass dir alles entgleitet, sag mir Bescheid, damit wir einander helfen können.«

Sie sieht sich um und entdeckt einen auf der anderen Straßenseite geparkten Lastwagen. Der Mann hinter dem Steuer isst etwas und wischt sich ständig das Doppelkinn ab.

»Sperrt man auch Leute ein, die zu viel essen?«, fragt sie und sieht zu dem Lastwagen. »Ich meine, in unserem Teil der Welt sterben doch sicher mehr Leute an zu viel Gewicht als an zu wenig?«

Alice blinzelt.

Eirs Handy vibriert, sie öffnet eine Nachricht von Fabian mit einem Link. Dann hält sie Alice die Anzeige für ein Reihenhaus hin.

»Fabian will, dass wir zusammenziehen. Nächste Woche ist die Besichtigung von diesem Haus hier.«

»Das sieht doch ordentlich und hübsch aus.«

Eir nickt. »Ein *Reihenhaus*? Für wen zum Teufel hält er mich?«

Alice nimmt ihr das Handy aus der Hand und scrollt durch die Bilder. Hält bei einem Foto eines begehbaren Kleiderschranks inne.

»Schau mal, hier ist Platz für deine dreckigen Turnschuhe, den rechten und auch den linken.«

Eir lacht. »Der war gut. Er scheint uns für einen verdammten Zug zu halten, der rostet, wenn wir nicht weiterfahren.«

»Sollen wir wieder nach oben gehen?« Alice lächelt. »Mit dem anderen Albtraum weitermachen?«

Der Nachmittag geht in den Abend über. Das Chaos im Ermittlungsraum wird durch Kaffeetassen, Wassergläser und leere Teller noch größer.

Eir streckt die Arme aus und gähnt. Alice rückt Haare und Brille zurecht, stützt sich auf die Ellbogen. Eir schielt auf ihren Bildschirm, auf dem eine mit einem Hakenkreuz verzierte Torte zu sehen ist.

Sanna sitzt am anderen Ende des Tisches und scrollt fieberhaft.

»Hast du was gefunden?«, fragt Eir.

»Ich weiß es nicht, hier fragt jemand nach Tipps, wie man seinen Selbstmord live streamen kann.«

Eir geht um den Tisch und lässt sich neben ihr nieder. Liest einen Post nach dem anderen, in dem verschiedene User mit Ratschlägen und Anweisungen antworten, wie man sich am einfachsten das Leben nimmt und gleichzeitig live sendet. Der letzte Beitrag wurde vor einem Monat gepostet.

Sie erinnert sich, wie sie vor drei Jahren Mia Askars Profile in den sozialen Medien durchsucht und die Unterhaltungen zwischen Mia und einigen unbekannten Personen gelesen hat. Sie gaben dem Mädchen damals Tipps zu einsamen Gewässern auf der Insel. Der See im Kalksteinbruch, in dem die Leiche von Mia gefunden wurde, war einer dieser Orte.

Schließlich fährt Sanna den Computer herunter und steht auf. »Die Welt, die sie sich dort aufbauen, wird zu ihrer *ganzen* Welt. Selbst wenn man sterben will, widerspricht niemand«, sagt sie. »Keiner schlägt einen Ausweg vor.«

»Wenn man sonst nichts hat, können soziale Medien wie diese Foren leicht zum Hauptbestandteil des Lebens werden«, erwidert Alice. »Es gibt viele Menschen da draußen, die wenig Kontakt zu ihrer Familie und ihren Freunden und Kollegen haben.«

Schritte nähern sich, dann steht Jon in der Tür.

»Die Spurensicherung hat den Laptop von Axel Orsa geknackt«, berichtet er. »Und sie hat etwas gefunden.«

KAPITEL ZWEIUNDDREISSIG

Bei den Kollegen von der Forensik werden sie von klassischer Musik und dem Duft nach heißer Schokolade empfangen. Ein Mann mittleren Alters mit dunkelblondem, leicht schütterem Haar begrüßt sie und stellt sich als Mateo Månsson vor, der neue Leiter der Abteilung. Seine Wangen sind rund und rosig, wenn er spricht. Während er sie in einen fensterlosen Raum führt, vibriert ein Mobiltelefon hartnäckig in seiner Tasche. Auf einem Tisch steht ein flacher silberner Laptop. Sanna bemerkt einen kleinen Aufkleber neben der Tastatur. Ein weißer Schädel mit hart gezeichneten schwarzen Augen, über einer Gesichtshälfte ein rotes Netz. Ein Zombie.

»Worauf dürfen wir uns freuen?«, fragt Eir.

Mateo zeigt auf einen Ordner auf dem Bildschirm.

»Was ist das? Ich will es nicht öffnen, wenn da irgendwelche kranken Bilder oder so drin sind.«

Er beugt sich vor und klickt erst auf den Ordner, dann auf ein Dokument. »Eine unfertige Reportage«, sagt er. »Über eine ultramaskuline Bewegung, die sich auf den bevorstehenden Zusammenbruch der Gesellschaft vorbereitet, indem sie ihre Körper stählt und sexuelle Disziplin trainiert.«

»Hier auf der Insel?«, fragt Sanna.

»Überall auf der Welt«, erwidert Mateo.

»Was genau meinst du mit ›ultramaskulin‹?«, fragt sie.

Mateo schüttelt den Kopf und seufzt tief. »Axel Orsa beschreibt es als eine Art Glauben an die evolutionäre und biologische Rolle des Mannes. Die wichtige Bedeutung einer sauberen Lebensweise, körperlicher Stärke und mentaler Ausdauer. Männer sollten Pornografie widerstehen, eiskalt duschen, nur Dinge essen, die den Körper stärken. Eine Art Männlichkeitskult. Es geht darum, zu seiner Männlichkeit zurückzufinden.«

»Und er fand Anzeichen für diese Bewegung hier auf der Insel?«

»Er ist unzähligen Gerüchten über Personen und Gruppen nachgegangen, aber die Geschichte eines Mannes kommt immer wieder vor. Ein Einzelgänger. Jemand, von dem es heißt, er trainiere so hart wie militärische Spezialeinheiten. Und hier wird es interessant. Der Mann kauft Waffen von verschiedenen Anbietern, und Gerüchten zufolge baut er seine eigene Welt unter der Erde, draußen im Wald.«

»Der Bunker«, sagt Sanna. »Axel hat von dem Bunker gehört und danach gesucht.«

»Das klingt nach einer Gruselgeschichte, mit der man Kinder erschreckt«, meint Eir. »Pass auf, dass dich der Mann aus der Unterwelt nicht erwischt …« Sie scrollt bis zum Ende des Dokuments. »Und was ist das?«, fragt sie.

Stichpunkte. Namen von Orten, einige mit Wegbeschreibung.

»Ein Versuch, den Ort zu identifizieren«, sagt Mateo seufzend. »Eine Art Karte mit Hunderten von verlassenen Militärbunkern und anderen Orten auf der Insel. Alle liegen weit entfernt von dem Bunker, den ihr gefunden habt.«

Er beugt sich vor und öffnet einen weiteren Ordner, der Fotos und Zeichnungen von Militärbunkern, verlassenen Häusern und Gebäuden auf der Insel enthält.

»Schaut euch das Datum der Dateien an«, sagt Alice. »Irgendwo müssen wir doch etwas finden, das ihn an den richtigen Ort im Wald geführt hat. Schließlich war er ja dort.«

Doch schon bald stellen sie fest, dass es keinen einzigen Hinweis darauf gibt, dass Axel Orsa dem Einzelgänger auf der Spur war.

»Siehst du, was Axel gelöscht hat?«, fragt Alice.

»Das haben wir schon überprüft«, antwortet Mateo. »Das meiste davon sind Duplikate von Bildern, die ihr bereits gesehen habt, eine PDF-Datei mit Daten eines Universitätsdozenten für Ideengeschichte und ein Bericht der Schwedischen Behörde für Verteidigungsforschung.«

Eir steht auf. »Und wie ist er dann direkt vor dem Bunker gelandet? Wenn er dem Typen gar nicht auf den Fersen war?«

»Kommen wir an seine E-Mails ran?«, fragt Sanna.

»Ich wollte gerade damit anfangen, als ihr kamt«, antwortet Mateo.

Alice klickt auf das E-Mail-Programm. »Aber …«, sagt sie, als es sich öffnet. »Die meisten E-Mails hier hat er an sich selbst geschickt.«

»Seine Kollegen sagten, er wäre sehr vorsichtig gewesen, weshalb er wohl alles an verschiedenen Orten aufbewahrt hat«, erklärt Eir.

»Wann hat er die letzte Mail an sich selbst geschickt?«, fragt Sanna.

»Himmel. Donnerstagabend kurz nach einundzwanzig Uhr«, sagt Alice, als sie die Nachricht öffnet.

»Was ist das?« Sanna deutet auf die angehängten Dateien.

Alice öffnet sie alle auf einmal.

Der Bildschirm füllt sich mit Bildern, die aus der Ferne aufgenommen wurden, vor dem Fitnessstudio. Fotos von Pascal Paulson. Er telefoniert, und die Bildfolge zeigt ihn beim Einsteigen in sein Auto. Auf dem letzten Foto ist nur sein linkes

Bein zu sehen, das in der Luft schwebt. Der Schatten über dem Boden ähnelt einem Schwanz, bevor er im Auto verschwindet.

Alice öffnet weitere E-Mails, die Axel an sich selbst geschickt hat. Alle enthalten Bilder von Pascal, die vor dem Fitnessstudio, seiner Wohnung und nachts an anderen Orten aufgenommen wurden. »Er scheint ihn schon eine Weile verfolgt zu haben«, stellt sie fest.

Eir zieht die Augenbrauen hoch und verschränkt die Arme vor der Brust. »Wir wissen nur von zwei Personen, die diesen Bunkermann, diesen Verrückten, gesehen haben dürften. Beide sind jetzt tot.« Sie steht auf und legt die Hände in den Rücken. »Verdammt noch mal. *Ein Mythos.* Wir jagen einem verfluchten Mythos hinterher.«

»Er ist da draußen«, sagt Sanna. »Es gibt ihn.«

»Super Beschreibung. Dann werden wir ihn bald haben.« Sie murmelt, dass sie rausmuss, und verlässt den Raum.

Alice beschließt, noch eine Weile zu bleiben, doch Sanna und Mateo gehen in den Flur. Eir ist bereits im Aufzug verschwunden, die roten Zahlen blinken und verkünden, dass er sich im Erdgeschoss befindet. Als Sanna den Aufzugknopf drücken will, bleibt Mateo vor einer Zeichnung an der Wand stehen und rückt sie leicht zurecht.

Vertraute schwarze Schriftzeichen vor weißem Hintergrund, in der rechten oberen Ecke zwei Augen, deren Lider festgeklebt sind, damit sie nicht geschlossen werden können. Als wolle der Künstler den Betrachter zwingen, seinem Blick von oben zu begegnen.

»Die erste Morsenachricht, interpretiert von einem jungen Künstler vom Festland«, sagt Mateo.

»Was steht in der Nachricht?«

»Ich glaube, es ist aus der Bibel. Wahrscheinlich kann man

es nicht ganz wörtlich übersetzen, aber so etwas wie: ›Was hat Gott bewirkt?‹«

Er sieht auf den Boden und beginnt zu pfeifen. Sie muss gegen den Impuls ankämpfen, seinen Arm zu packen. Vielleicht ist es einfach nur das Pfeifen, vielleicht ist es das, *was* er pfeift. Die Töne, der Rhythmus.

»Was hat Gott bewirkt?«, wiederholt er und sieht auf. »So klingt es, wenn man es morst.«

Sanna sucht in ihrem Handy die Audiodatei, den Anruf, den sie aufgezeichnet hat.

»Hör dir das an«, sagt sie. »Pfeift er nur, oder hörst du noch etwas anderes?«

Mateo beugt sich vor und betrachtet das Display, während er lauscht. Plötzlich wirkt er verloren.

»Er sagt etwas, nicht wahr?«, sagt Sanna.

Mateo nickt. »Eine Frage …«

»Und die lautet?«

Stille. Sie ahnt das Zögern in seinem Blick.

»Welche Farbe hat die Hand Gottes?«, sagt er. »Das höre ich: ›Welche Farbe hat die Hand Gottes?‹«

»Bist du sicher?«

Er lacht und nickt. »Was auch immer das bedeutet, aber das weißt du sicher, wenn du so reagierst.«

Sanna sieht das Buch vor sich, *Das verlorene Paradies* von John Milton. Das Buch, das Jack verbrannte, nachdem er seine eigene Mutter ermordet hatte. In dem Buch spricht ein Dämon von der roten Hand Gottes. Der göttlichen Rache.

Sanna geht zum Aufzug und atmet tief durch, als sie die Aufzugtür öffnet. Sie erinnert sich an seinen Blick. Ein Blick, der niemals auswich. Jack lebt, und er ist noch nicht fertig. Sie kann es drehen und wenden, aber sie weiß es bereits. Er ist am Leben, und es werden noch mehr Menschen sterben.

KAPITEL DREIUNDDREISSIG

Am nächsten Morgen überziehen dichte Wolken die ganze Insel. Während das Ermittlungsteam Niklas zuhört, strömt der Regen an den Fenstern des Polizeigebäudes hinunter.

Niklas teilt ihnen mit, dass zwei Autos auf dem Grund des Sees neben dem Bunker gefunden wurden. Die Spurensicherung ist auf dem Weg, um zu bestätigen, dass es sich dabei um die Wagen der beiden Opfer handelt. Von Axels Mobiltelefon oder Kamera gibt es immer noch keine Spur.

Sanna trinkt einen Schluck Kaffee und betrachtet ihre Kollegen, die um sie herumsitzen. Niklas erklärt ernst, dass er weitere Verstärkung vom Festland angefordert hat, um die Ermittlungen zu beschleunigen. Sein Haar ist perfekt zurückgekämmt, und seine warmen Augen funkeln, während er spricht.

Sie mag ihn. Er ist klug und geduldig, aufgeschlossen und ohne Vorurteile. Erst gestern Abend haben sie über eine Stunde telefoniert, weil er alles darüber wissen wollte, was sie auf Axel Orsas Computer und in seinen E-Mails gefunden haben. Sie erzählte ihm dabei auch von dem Pfeifen und von Mateos Interpretation. Er erinnerte sie zwar daran, dass das auch reine Scherzanrufe sein könnten. Aber er hörte zu und bestätigte später, dass er die Informationen an die NOA weitergegeben habe.

Jetzt übernimmt Alice und präsentiert einiges von dem, was sie in den Foren gesehen haben.

»Vieles wird als ›Selbstverteidigung‹ gerechtfertigt«, sagt sie. »Menschen sollen unter anderem gejagt und gefoltert werden. Aber keine Hinweise auf Bewegungen jeglicher Art hier auf der Insel.«

Eir wirft einen Blick auf die Uhr, dann auf das Frühstückstablett, das Niklas bestellt hat und das unberührt vor ihnen auf dem Tisch steht. Sie geht aus dem Zimmer, während Alice ihren Bericht abschließt, und kehrt kurz darauf mit einem Messer zurück. Sie nimmt zwei belegte Brötchen mit Käse in die Hand und schneidet sie auf separaten Tellern in kleine Stücke. Einen gibt sie Alice, vom anderen isst sie selbst. Jon zieht die Augenbrauen hoch.

Eir wirft ihm ein kleines Stück zu. »Probier mal, so schmeckt es viel besser«, sagt sie.

»Jon?«, sagt Niklas. »Wir hatten ja darüber gesprochen, dass der Täter vielleicht Gleichgesinnte sucht, in Fitnessstudios oder an ähnlichen Orten. Ein logischer Schritt, um gemeinsam stärker zu werden? Hast du die Fitnessclubs noch einmal überprüft?«

»Ja, aber ohne Ergebnis«, antwortet Jon. »Niemand, mit dem ich bisher gesprochen habe, hat irgendeine Art von Rekrutierung bemerkt oder dass jemand davon redet, so hart wie eine Spezialeinheit zu trainieren. Die meisten Menschen in den Studios sind ganz normale Leute.«

Auf dem Flur wird eine Tür zugeschlagen, dann ertönt Farahs Stimme. Eine Streife ist auf dem Weg zu dem illegalen kleinen Hafen, um den Gerichtsvollziehern zu helfen, die letzten Bewohner der provisorischen schwimmenden Häuser zu vertreiben, bevor diese beschlagnahmt und abgerissen werden. Farahs Stimme ist angespannt, als sie auf den Korridor hinaustritt und der Streife sagt, sie solle ihre Diskussionen dorthin verlegen, wo sie sie nicht hören kann. Sanna zieht die Tür zum Ermittlungszimmer zu.

»Sie stehlen und sägen Bäume ab, um sie in ihren Öfen zu verheizen«, kommentiert Jon. »Das einzig Schlimme an dem, was heute passiert, ist, dass man das Problem so nicht löst, sondern sie früher oder später irgendwo anders an der Küste auftauchen werden.«

»Ja«, sagt Eir. »Es ist wirklich ziemlich schrecklich, wenn man bedenkt, wie wenig Platz wir auf dieser Insel an der Küste haben …«

»Sie pissen und scheißen an den Strand«, unterbricht Jon sie abfällig. »Findest du das auch in Ordnung?«

Eir zieht einige Geldscheine aus der Tasche und knallt sie vor ihm auf den Tisch.

»Wie viel kann ein verdammtes Dixiklo schon kosten?«

»Rekrutierung«, sagt Niklas scharf. »Sonst noch jemand?« Er sieht sich im Raum um.

Sanna muss immer noch an den Hafen denken. Tommy. Sein sonnengebräuntes Gesicht, die straffe Haut über den Wangenknochen. Die aufgerissenen, geschwollenen Fingerspitzen. Der feindselige Blick. Er deutete auf sein Boot, sagte, dass es am besten wäre, sich nur um sich selbst zu kümmern.

»Jemand im illegalen Hafen erwähnte, dass sich die Gruppe immer wieder zersplittert. Wenn sich jemand nicht benimmt, hat das Auswirkungen auf alle.«

»Interessant«, erwidert Niklas. »Allein ist man am stärksten?«

»Der Täter, den wir suchen, will vielleicht gar keine Gruppe oder Bewegung gründen. Axel nannte ihn sogar ›den Einzelgänger‹.«

»Aber der Typ, mit dem du in dem illegalen Hafen gesprochen hast, nimmt wahrscheinlich Drogen und schält abends Kupferkabel«, entgegnet Jon. »Nicht gerade jemand, dem man zutraut, einen Bunker zu bauen und Nahrung und Ausrüstung zu horten, ohne entdeckt zu werden?«

»Als ich auf dem Festland kriminelle Netzwerke erfasst habe, habe ich das oft gesehen«, sagt Alice. »Große Organisationen lassen sich leicht zerschlagen, wenn sie von Polizei oder Geheimdienst infiltriert oder kompromittiert werden. In kleinen Gruppen kann man seine Kräfte schonen und möglichen Schaden begrenzen …«

»Was will er also, dieser Einzelgänger?«, unterbricht Jon sie. »Das ist mir nicht klar. Wenn er nicht an irgendeiner Revolution mitwirken oder in einem Bürgerkrieg kämpfen will?«

Für ein paar Sekunden herrscht Stille im Raum. Etwas in Jons Blick geht Eir unter die Haut und bringt sie zurück zu dem verfallenen Schwimmbad und den Jungen.

»Vielleicht trainiert er nur, um im Notfall kämpfen zu *können*?«, schlägt sie vor.

»Ja, vielleicht will er einfach nur bereit sein, falls er diese Fähigkeiten eines Tages braucht«, meint Sanna. Sie betrachtet die Bilder von Axel Orsa und Pascal Paulson auf dem Whiteboard. »Axel ist Pascal gefolgt«, sagt sie. »Am Bunker angekommen, taucht der Täter plötzlich auf, überrascht Pascal und schlägt ihn bewusstlos. Axel versucht zu fliehen, stürzt aber, trifft mit dem Kopf auf den Stein und stirbt. Der Täter verscharrt Axel in dem Versuch, die Leiche zu verstecken. Nimmt Pascal und die Waffe mit, lässt alles andere zurück. Taucht irgendwo anders unter.«

»Was ist, wenn er jetzt endgültig verschwindet?«, fragt Eir. »Er kann sich ja theoretisch überall aufhalten und vielleicht auch, solange er will?«

Sanna sieht zu den Fotos aus dem Bunker, zu den getrockneten Vogelfüßen. Lässt den Blick über die Wände schweifen, den Boden, das Dach. Der Bunker liegt still und leer da.

Keine Fenster. Düsteres, graues Licht. Kein Leben. Eine taubstumme Welt unter der Erde.

Ein Mensch kann dort überleben. Allein. Gefangen in der Leere.

Doch etwas anderes auch.

Der Wahnsinn.

KAPITEL VIERUNDDREISSIG

Um fünf Uhr am Nachmittag zieht Sanna ihren Mantel an und macht sich auf den Weg zur Tankstelle, um Kaffee zu kaufen und frische Luft zu schnappen.

Auf dem Rückweg sieht sie in einem kleinen Park Farah, die auf einer Bank unter einem Baum sitzt und ihre High Heels abgestreift hat. Als Sanna näher kommt, löst sie den Knoten ihrer Schluppenbluse. Sie begrüßen sich kurz, und Sanna lässt sich neben ihr nieder.

»Ich habe gehört, wie du wütend wurdest, als die Streife vor deinem Büro diskutiert hat.«

»Bei Räumungen und Durchsuchungen rege ich mich immer auf«, sagt Farah und zieht ihre Schuhe wieder an. »Manche Leute denken, nur weil ich Staatsanwältin bin, bin ich immun gegen alles Menschliche.«

Sanna nickt. Es ist schrecklich, in das Zuhause eines anderen Menschen einzudringen und vielleicht sogar dessen Kleidung, Unterwäsche oder Lebensmittel zu durchwühlen. Auch wenn Farah heute nicht dabei war, hat es ihr vielleicht gereicht, die Polizeibeamten über die Räumung des illegalen Hafens reden zu hören.

Farah greift nach Sannas Kaffee und trinkt einen Schluck. »Ich hasse mein Büro auf dem Revier«, sagt sie. »Ich hasse es, dort zu arbeiten. Hast du gesehen, wie hässlich die Wände sind? Alles wirkt wie eine Behörde, die Farbe und die hässlichen Bilder, die überall hängen, wie in einer Mittelschule oder so was. Ich hasse es, mir die Toilette mit einem Haufen Leute zu teilen, die ich eigentlich gar nicht kenne.«

»Und trotzdem bist du immer da«, meint Sanna lächelnd. »Eir sagt, du kommst als Erste und gehst als Letzte.«

Farah zuckt mit ihren breiten Schultern. »Ja, weil ich an Recht und Ordnung glaube.«

»Aber manchmal ist es schwer.«

»Ja, manchmal ist es schwer. Wie laufen die Ermittlungen?«

Sanna schüttelt den Kopf.

Eine junge Frau geht vorbei. Sie trägt eine dünne rote Baumwolljacke mit Kapuze und schiebt einen Einkaufswagen vor sich her, in dem Weinflaschen und Kuchenkartons liegen. Als sie bemerkt, dass Sanna und Farah sie beobachten, lächelt sie ihnen zu.

Farah scheint etwas sagen zu wollen, überlegt es sich dann aber anders.

»Was?«, fragt Sanna.

»Wir reden ein anderes Mal darüber.«

»Los, sag schon, was wolltest du?«

»Nichts. Oder doch, wenn ihr den Fall abgeschlossen habt, würde ich dich gerne in etwas anderes einbeziehen.«

»Und was?«

»Darüber reden wir dann.«

Sanna nickt und weiß nicht, was sie sagen soll. Sie möchte nicht an weiteren Fällen mitarbeiten, ist aber gleichzeitig dankbar, dass außer Eir und Niklas noch jemand sie bei etwas dabeihaben möchte.

Eir verlässt das Revier um acht Uhr abends. Die Luft ist schwül und klebrig. Die Gasse schlängelt sich steil vom Nordtor der Ringmauer zwischen den bunten Fassaden der Innenstadt hindurch, das Kopfsteinpflaster ist feucht vom Regen. Stimmen und Gläserklirren ertönen aus den Hinterhöfen der Kneipen.

Sie läuft schneller, als sie das Meer sieht, biegt direkt auf den Steg ab. Blickt zum Horizont. Die Strömungen unter der grünblauen Wasseroberfläche rufen nach ihr, und sie atmet tief den Duft nach Seetang ein, während sie sich auszieht. Sie ignoriert die salzigen Spritzer, während sie Jacke, T-Shirt, Hose und Schuhe an der Leiter festbindet.

Der Sog des Wassers zieht sie nach unten, und sie muss sich zurück an die Oberfläche kämpfen, um voranzukommen. Der Puls dröhnt in ihren Ohren, bis er in einen gleichmäßigen Rhythmus fällt. Schließlich befindet sie sich in der dunklen Weite. Sie schwimmt so lange hinaus, wie sie kann. Bis ihre Adern fast platzen wie Glas und sie umkehren muss.

Ihr tut alles weh, als sie nach Hause kommt. Sie ist schon Tausende Male geschwommen, aber dieses Mal ist die Erschöpfung größer, zieht und sticht der Schmerz in ihrem Rücken. Aus dem Schlafzimmer hört sie leise eine Fußballübertragung, Fabian sitzt mit seinem Tablet auf dem Bett.

»Dauert nicht mehr lang«, ruft er. »Elfmeterschießen.«

Sie hängt ihre Jacke auf und stößt dabei versehentlich seine vom Haken. Als sie sie aufhebt, spürt sie etwas in der Tasche. Neugierig holt sie eine kleine runde Zinndose hervor, mit reliefartigem Flechtdekor und einem kleinen Verschluss. Ohne nachzudenken, öffnet sie sie und blickt auf einen Ring.

Zwei Sekunden später steht sie neben dem Bett. Die Dose landet in seinem Schoß.

»Was ist das?«

Er schaltet das Tablet aus und setzt sich auf die Bettkante. Nimmt ihre Hand. Sie sieht, wie er gegen den Impuls ankämpft, zu lächeln und sie in die Arme zu nehmen.

»Okay …«

»Für wen zum Teufel hältst du dich?« Die Angst macht sie wütend. »Wo du doch weißt, dass ich das nicht will.«

Sie knallt die Tür zu, doch er kommt ihr nach.

»Dreh dich um«, sagt er.

Die Tränen bleiben ihr in der Kehle stecken.

»Was hast du eigentlich durchgemacht?«, fährt er fort.

»Hör auf.«

»Warum bist du so?«

»Ich bin einfach so. Jetzt musst du dir keine Gedanken mehr über das Warum machen.«

»Ich liebe dich, verstehst du das nicht?«, flüstert er.

»Nimm deine Sachen.«

Er packt ihr Handgelenk und dreht sie zu sich. »Was sagst du da?«

»Wir wussten beide, dass es irgendwann enden würde.«

»Weil es immer endet?«

Sie senkt den Blick.

»Sieh mich an.«

»Ich will mich nicht streiten«, sagt sie. »Ich will überhaupt nichts.« Sie zieht ihre Hand zurück.

Er legt seine Finger unter ihr Kinn und zwingt sie, ihm in die Augen zu sehen. Sein Blick ist warm.

»Hast du ernsthaft geglaubt, ich würde dir einen Antrag machen?«

»Hör auf damit.« Sie stößt ihn weg.

»Er gehörte meiner Mutter«, erklärt er. »Ich wollte nur, dass du ihn bekommst. Den Ring, die Dose. Ihr Name ist auf der Innenseite des Deckels eingraviert … Natürlich wäre das ein Bonus, wenn du mich heiraten wollen würdest, aber es ist kein Muss, niemals.«

Sie sucht verzweifelt nach Worten. »Er ist schön. Aber …«

Ihre Schatten verschmelzen im schwachen Licht.

»Ich habe es noch nie geschafft, dass etwas gehalten hat«, beendet sie den Satz.

Bevor sie sich zurückziehen kann, küsst er sie. Sie versucht zurückzuweichen, aber er hält sie fest. Seine Stimme sucht sich ihren Weg in sie, als seine Lippen ihr Ohr berühren, die Worte wie ein Meer in ihren Adern, voller Kraft. Sie zerrt an seiner Kleidung, als er sie hochhebt und gegen die Wand drückt. Das schwindelerregende Gefühl, als er in sie eindringt. Der Schrecken, das Gefühl des Rausches und der Ohnmacht. Ihre Atemzüge füllen den Raum, heiß und schwer. Sie will sich an ihm festhalten, als ob er alles wäre, was sie hat. Ihr ganzer Körper schreit danach. Dann sieht sie ihren eigenen Schatten auf dem Boden, als ob ihr das Leben entgleiten würde.

Als er sie loslässt, kommt ihr alles viel intensiver vor. Das Geräusch des Regens, der durch die Dachrinne strömt, und die Äste, die an der Fassade kratzen. Das Mondlicht fällt auf Fabians Gesicht und seine nackten Schultern.

Sie zieht ihre Jeans an. Er küsst sie auf die Wange. Geht in die Küche, holt Eier aus dem Kühlschrank und eine Bratpfanne aus dem Schrank. Er schenkt ihr ein Glas Wein ein und bringt es ihr. Sie nimmt es und sinkt auf den Boden, die Wand kalt an ihrem Rücken. Das Geräusch von Eierschalen, die gegen das Gusseisen geschlagen werden, sein Summen. Sie trinkt von dem Wein, dessen Wärme sich in ihrem Brustkorb ausbreitet. Sie könnte auf der Stelle einschlafen, denkt sie, jetzt, halb nackt auf dem Boden.

Fabian lächelt ihr von der Küche aus zu. Sie weiß, dass sie sich entspannen sollte, alles ist so, wie es sein sollte. Stattdessen sieht sie, wie ihre eigenen Tränen auf ihre Hände tropfen.

»Ich kann nicht …«, sagt sie. »Ich habe das vorhin ernst gemeint …«

Er hält inne. Dann schaltet er den Herd aus und schiebt die Bratpfanne von der Herdplatte. Als er vor ihr auf die Knie fällt, kribbelt ihre Haut, als würde sie brennen. Er nimmt ihre Hände in seine.

»Okay«, sagt er und küsst sie auf die Stirn. »Es ist okay.«

Er packt im Schlafzimmer seine Sachen. Als er die Wohnungstür hinter sich zuschlägt, wehrt sie sich nicht länger. Tränen fließen über ihre Hände. Dann spürt sie nur noch Leere.

KAPITEL FÜNFUNDDREISSIG

Graublaues Abendlicht fällt durch die Autofenster. Entferntes Hundegebell lässt Sanna an Sixten denken. Bald ist sie zu Hause. Sie sieht bereits vor sich, wie seine steifen alten Beine nachgeben und er es sich auf dem dicken Teppich neben ihrem Bett gemütlich macht. Wie schon so oft wird sie zum Klang seiner Atemzüge einschlafen.

Sie wirft einen Blick auf das Handy, das neben ihr auf dem Beifahrersitz liegt. Keine weiteren Anrufe von Jack. Sie denkt an die hohle Melodie von »Danse macabre«, an die Toten, die aus ihren Gräbern zum Tanz gerufen werden. An Mia Askar, die niemand vergessen darf. An die Zeilen aus *Das verlorene Paradies*, die sie noch einmal nachgeschlagen hat, um zu sehen, ob sie sich wirklich richtig erinnert:

»›Wie, wenn der Hauch, der dieses grimm'ge Feuer zündete, zu siebenfacher Wuth er steigern wollte, um in die Flammen uns zu stürzen? Oder von oben die beruhigte Rache wieder die rothe rechte Hand bewaffnete, uns neu zu quälen?‹«

Sie kann die Musik hören, hört ihn pfeifen. Aber im Hintergrund auch etwas anderes. Eine Männerstimme. Sie spricht, weit weg, fast unhörbar im Hintergrund. Aber sie ist da.

Sie schließt ihr Handy an die Stereoanlage des Autos an, wie sie es bei Nina gesehen hat, und startet die Aufnahme. Dreht die Lautstärke hoch. Spielt die Nachricht immer wieder ab, stellt sie noch lauter. Da ist sie, die Stimme. Es hört sich an, als würde der Mann Zahlen auf Englisch aufsagen, vielleicht sind es Koordinaten. Dann ein Name.

Jetzt hört sie es.

Kristina. Der Mann sagt den Namen Kristina.

Bei den Koordinaten denkt sie ans Meer und an Jacks Anruf an jenem Morgen, als sie und Sixten vor dem Eisenwarengeschäft standen. Sie denkt an die Geräusche, die sie im Hintergrund gehört hat: Möwen, rasselnde Ketten und vielleicht das Klappern von Plastikkisten. Schiffsgeräusche.

Dann klingelt ihr Handy, Niklas. Sie meldet sich und stellt ihn auf Lautsprecher.

»Fahr rechts ran«, drängt er, bevor sie etwas sagen kann.

»Hör mal …«, erwidert sie, während sie den Wagen an den Straßenrand lenkt.

»Ich habe gerade mit dem Festland telefoniert«, fällt er ihr ins Wort. »Die Analyse der DNA aus den Skelettresten ging viel schneller als gedacht. Sie gehören nicht zu Jack Abrahamsson, sondern zu einem anderen jungen Mann, der in der Datenbank war. Die NOA geht den Anrufen jetzt mit voller Kraft nach und analysiert in diesem Moment das, was du mitgeschnitten hast.«

»Er ist auf einem estnischen Schiff, das Kristina oder so ähnlich heißt«, entgegnet sie aufgeregt.

Keine Antwort.

»Ich habe mir die Aufnahme immer wieder angehört, und jetzt gerade ist mir aufgefallen, dass im Hintergrund jemand spricht, irgendwelche unverständlichen Koordinaten, und dann kommt ein Name: Kristina.«

»Warte …«

»Bei den Anrufen habe ich auch manchmal Geräusche gehört. Einige könnten vom Meer oder von einem Boot stammen. Und Stimmen, sie sprechen Estnisch.«

»Aber …«

»Ich glaube wirklich, dass er auf einem estnischen Schiff ist, das Kristina oder so ähnlich heißt.«

Niklas verspricht, sofort die NOA zu informieren und sich dann bei ihr zu melden, und legt auf.

Ein paar Minuten sitzt sie mit den Händen am Steuer da, bis er in einer SMS bestätigt, dass die NOA daran arbeitet und sich meldet, wenn jemand mit ihr sprechen will. Er bittet sie, ihr Mobiltelefon eingeschaltet zu lassen. Unmittelbar danach bekommt sie eine weitere Textnachricht. Man habe ein estnisches Fischerboot namens Kristina identifiziert und die estnische Polizei und Küstenwache kontaktiert, um den Aufenthaltsort des Bootes zu ermitteln.

Sanna fährt weiter. Ihre Arme fühlen sich kraftlos an. Sie kann nicht sagen, ob sie Erleichterung oder eine neue Art von Angst spürt. Doch jetzt kann sie nur warten.

Etwas im Seitenspiegel erregt ihre Aufmerksamkeit. Nina und die anderen Mädchen drängen sich mit ihren Maschinen in der Einfahrt eines heruntergekommenen Hauses aus den Vierzigerjahren.

Eine Frau tritt ins Freie. Sie ist in den Dreißigern, vielleicht auch älter. Blonde Haarsträhnen ragen unter einer hochgezogenen Kapuze hervor. Ihre Hand ist zur Faust geballt. Mit ein paar schnellen Schritten steht sie vor Nina, die die Hand aufhält. Etwas wird übergeben, ein Nicken, und die Frau verschwindet wieder im Haus.

Sanna ringt mit sich, während die Motorräder die Straße entlang davonfahren. Im dunstigen Licht der Straßenlaternen folgt sie ihnen. An zwei weiteren Häusern wird kurz gehalten, etwas abgeliefert. Beide Male übernimmt Tuva, das Mädchen mit den tiefschwarzen Augen, die Übergabe. Wie ein magerer Schatten huscht sie zu den Häusern und zurück zu den wartenden Mädchen. Sanna fragt sich, ob es etwas mit dem Einbruch im Krankenhaus und den gestohlenen Tabletten zu tun hat. Sie beobachtet Nina, die hin und wieder einen unruhigen Blick über die Schulter wirft. Sie wirkt zerbrechlich, doch die dunklen Augen haben auch etwas Verwegenes an sich. Hedda fährt sie, wacht über sie. Nina befindet sich in der Mitte der Herde, ist aber zweifelsohne deren Anführerin. Hedda scheint eine Art Leibwächterin oder Beschützerin zu sein.

Bei der nächsten Adresse ist Hedda an der Reihe. Das weiße, holzgetäfelte Einfamilienhaus wird von schwarzen, wuchernden Thujen und Sträuchern flankiert. Die Fenster sind erleuchtet. Das Tor schlägt zu, als Hedda es loslässt. Sie geht die Eingangsstufen hinauf und wirft ihr taillenlanges rosafarbenes Haar über die Schulter. Ein Mann öffnet die Tür, und sie diskutieren lebhaft. Er steht mit dem Rücken zum Licht und ist Ende zwanzig, hat Bartstoppeln und dickes dunkles Haar, das im Nacken zu einem lockeren Knoten gebunden ist. Hedda sagt etwas, und er winkt ab. Als sie sich zum Gehen wendet, hält er sie auf und nickt resigniert.

Sanna ruft Niklas noch einmal an.

»Fahr nach Hause«, ist seine einzige Antwort, nachdem sie ihm die Situation in wenigen Sekunden erklärt hat.

»Was meinst du damit? Wir müssen doch etwas tun. Ich weiß nicht, was sie da liefern, aber wir können nicht einfach …«

Er seufzt.

»Was verschweigst du mir?«, fragt sie.

»Farah und ich haben darüber gesprochen, dich in die Sache miteinzubeziehen, aber dann sind die anderen Ermittlungen dazwischengekommen.«

»In was miteinzubeziehen?«

Sie erinnert sich, dass Farah so etwas Ähnliches erwähnt hat, ohne Details zu nennen.

»Anscheinend wurden vor ein paar Wochen spätabends ein paar Jugendliche auf dem Wertstoffhof hinter der Rennbahn verhaftet«, fährt er fort. »Das war vor meinem Dienstantritt, aber ich habe gehört, dass es eine große Sache war.«

Sanna weiß, was er meint. Die Jugendlichen waren mit einem Haufen Pillen und Kapseln erwischt worden, unter anderem mit Tramadol und Pregabalin.

»Und jetzt denkt Farah, dass es sich dabei um etwas Organisiertes handelt«, hört sie sich selbst sagen.

»Ja, vielleicht ist es das. Deshalb musst du dich jetzt zurückhalten, bis wir mehr darüber wissen, wie alles zusammenhängt. Wenn das, was du gerade beobachtest, mit den Jugendlichen in der Stadt zu tun hat, dann ist die Sache um einiges größer, und wir müssen vorsichtig vorgehen.«

»Warum habt ihr mir das nicht in den letzten Tagen erzählt? Die Mädchen werden vielleicht schon seit Langem ausgenutzt.«

»Wir wissen noch nichts. Farah kümmert sich um die Sache, und sie war sehr vorsichtig. Bitte fahr jetzt heim, um die Ermittlungen nicht zu gefährden.«

»Aber es könnte doch auch etwas mit Pascals Tod zu tun haben? Wegen des Amphetamins, meine ich …«

»Nein, Farah hat alle Verbindungen im Blick und mir versichert, dass das nicht der Fall ist, und wenn …«

Die Verbindung wird schlechter, die letzten Worte sind abgeschnitten.

»Hörst du mich?«, fragt er.

»Ich höre dich«, antwortet sie, während das Gespräch erstirbt.

Im Haus passiert etwas. Hedda steht in dem beleuchteten Flur und hat die Tür offen gelassen. Sie lehnt mit dem Rücken an der Wand, zieht den Rock bis über die Hüften hoch.

Schließt die Augen und schnippt mit den Fingern. Der Mann geht auf die Knie und vergräbt den Kopf zwischen Heddas Beinen.

Sanna schließt die Augen, um nicht zusehen zu müssen. Sie greift nach ihrem Handy, um Niklas zurückzurufen, um irgendjemanden anzurufen, egal wen. Aber der Empfang ist immer noch schlecht. Als sie wieder aufblickt, sieht sie etwas in Heddas Gesicht, vielleicht ein Lächeln. Ihre Hand, die sie auf seine Schulter legt. Die geöffneten Lippen, als sie zum Höhepunkt kommt.

Die anderen Mädchen warten draußen vor dem Tor auf ihren Maschinen. Als Hedda fertig ist, stößt sie den Mann weg. Während sie ihren Rock hinunterzieht, wirft sie etwas vor ihm auf den Boden.

Als sie wieder auf der schwarzen Bestie sitzt, dreht sich Hedda lachend zu Nina um. Startet die Aprilia. Ninas Gesicht ist weich, fast pastellfarben, als sie das Helmvisier hinunterklappt.

Sanna legt die Hände aufs Lenkrad und atmet. Fühlt sich resigniert, wütend. Wie betäubt.

Die Motorengeräusche holen sie in die Gegenwart zurück. Sie muss ihnen einfach folgen.

Die Mädchen fahren durch ein Viertel nach dem anderen, ohne anzuhalten. Manchmal werden sie langsamer, und eine von ihnen tritt gegen eine Straßenlaterne, die daraufhin erlischt. Sanna hat das schon öfter gesehen, die Kinder und Jugendlichen, die genau wissen, an welchen Punkt sie treten müssen, um die Elektrik zu beschädigen.

Plötzlich halten sie an einem dunklen Kindergarten. Auf einer Bank sitzt ein Mann und schläft mit schräg gelegtem Kopf. Tuva springt ab, läuft zu ihm und stößt den Mann an. Er wacht auf und zieht eine große Plastikflasche aus einer Tüte unter der Bank. Im Gegenzug erhält er einige Geldscheine. In Sekundenschnelle ist alles vorbei.

Die Fahrt geht weiter. Bald mündet die Hauptstraße in die Landstraße, die bis auf die roten Rücklichter der Mädchen im Dunkeln liegt.

Sie erreichen die verlassene Molkerei außerhalb des Ortes, ein blassgrünes Fabrikgebäude, das von einer Schotterfläche umgeben ist. Die Tore und die Laderampe sind trotz der Schließung der Fabrik in den Siebzigerjahren noch vorhanden.

Sanna parkt in einiger Entfernung und duckt sich hinter die Windschutzscheibe. Beobachtet die Mädchen, bis das letzte durch eines der Tore verschwindet. Sie steigt so leise wie möglich aus und schleicht sich zu einem Fenster.

Die Dunkelheit hinter der gesprungenen Glasscheibe wird nur vom Licht der Handys durchbrochen. Stimmen. Das Licht wird eingeschaltet. Tuva läuft herum und tritt leere Getränkedosen, Zigarettenstummel und zerbrochenes Glas in die Ecken.

Die Mädchen gehen hin und her und rufen sich gegenseitig etwas zu, während jemand Wolldecken und Kissen auf den Boden wirft. Tuva schraubt den Verschluss von der Plastikflasche, hält sie an Nase und Mund, trinkt ein paar Schlucke und reicht sie weiter. Eine nach der anderen sinken sie auf die Decken. Nur Hedda steht noch. Sie schaltet das Neonlicht aus und hantiert mit einem Gegenstand, der wie eine Lampe oder eine Art Projektor aussieht, und ihrem Handy. Plötzlich flackert der Gegenstand in ihrer Hand auf. Etwas wird erst auf die weiß gekachelten Wände und dann an die Decke projiziert. Die Mädchen legen sich hin, ziehen sich die Kopfhörer über die Ohren, den Blick auf das Lichtkarussell an der Decke gerichtet.

Eine Website. Ein Flickenteppich aus Bildern und Videos,

die sich drehen, während Hedda scrollt. Sanna versucht, sich einen Reim auf das alles zu machen. Privathäuser, Einfahrten, Restaurants, Parkplätze und Laderampen. In einem Garten flattert eine Fahne im Wind. Boote stoßen in einem Hafen aneinander. Eine Frau legt Nylonstrümpfe in kleine Pappschachteln, die auf einem Fließband an ihr vorbeiholpern. Auf einem anderen Förderband werden Küken sortiert, einige fahren weiter, andere fallen in einen Trichter mit Kauzähnen. Schnell wechselt das Filmmaterial und beginnt stattdessen an einem weißen Sandstrand mit Bambussonnenschirmen, die sich gegen den Nachthimmel abheben. Als Nächstes wird eine Gasse gezeigt, in der rosafarbene Neonschilder blinken; eine Frau in einem offenen silbernen Mantel, Stöckelschuhen und Slip steht da und raucht.

Überwachungskameras.

Bilder und Videos, die live aus der ganzen Welt übertragen werden. Sanna hat von Websites gehört, die Aufnahmen von Tausenden von Webcams zeigen und die man nach Land, Stadt und manchmal sogar nach Art des Ortes sortieren kann. Aber sie hat es noch nie mit eigenen Augen gesehen. Es ist fast so, als könne sie die Musik in Ninas Kopfhörern hören. Die weichen, tiefen Töne. Die hypnotischen Klänge. Trost in einer sinnlosen Existenz.

Zurück in der Wohnung, macht sich die bekannte Erschöpfung bemerkbar. Sie gibt Sixten Wasser und streichelt ihn, setzt sich an den Küchentisch und schickt mehrere SMS an Niklas, in denen sie beschreibt, was sie im Lauf des Abends gesehen hat, die Personen, die Adressen und die ungefähren Uhrzeiten.

Dann ruft sie ihn an, um zu erfahren, ob sich jemand von der NOA wegen Jack oder des Schiffs namens Kristina gemeldet hat. »Wie geht es voran?«, fragt sie.

»Sie glauben, dass sich das Boot irgendwo in der Bucht von Riga befindet, es reagiert aber nicht auf Funksignale.«

»Fährt niemand hin? Er könnte schließlich auf dem Schiff sein …«

»Doch, sie fahren raus«, unterbricht Niklas sie. »Und sie haben versprochen, mich auf dem Laufenden zu halten.«

Sie seufzt.

»Ich melde mich, wenn ich etwas höre, ganz sicher.«

Nach dem Gespräch bleibt sie noch sitzen, wählt schließlich Eirs Nummer.

»Niklas hat es mir erzählt«, sagt Eir mit dumpfer Stimme. »Sowohl das mit dem Skelett als auch das mit Jack. Im Hintergrund hat also jemand den Namen des Bootes gesagt. Verrückt.«

»Ja, ich hörte etwas, das wie Koordinaten klang, und dann sagte ein Mann ›Kristina‹. Ich musste es mehrmals abspielen, aber dann, na ja …«

Schweigend sitzen sie beide da, jede allein für sich. Schließlich legen sie auf.

Sanna blickt zu Boden, weiß nicht, was sie denken soll. Plötzlich fühlt sie sich ohnmächtig. Vielleicht muss sie nur ein paar Stunden schlafen, um einen klaren Kopf zu bekommen.

Sie gähnt. Schaltet in der ganzen Wohnung das Licht aus, bis auf die Lampe im Wohnzimmer, die sie für Sixten brennen lässt. Auf dem Weg ins Schlafzimmer ruft sie ihn, und er läuft ihr nach.

Sie liegt im Bett auf der Seite, ihm zugewandt, während er sich neben sie auf den Boden sinken lässt. Er streckt den Kopf zu ihr hin. Die Wärme seiner Schnauze, der Duft seines Fells, als sie die Augen schließt.

Schläfrig versucht sie, sich daran zu erinnern, ob sie die Sicherheitskette an der Wohnungstür vorgelegt hat, versucht, noch einmal wach zu werden, doch die Müdigkeit ist stärker. Sie fällt in die schwarze Leere.

Das Geräusch von Pfoten, es klingt, als käme es aus der Diele. Irgendwo trabt aus der Dunkelheit ein hochbeiniger Wolf. Dahinter: ein brennendes Feld. Das Rufen ihres Sohnes in der Nacht. Männer mit Speeren und Spitzhacken in den Händen. Eine Stirnlampe. Der Schatten von jemandem, der sich in der Hocke vor und zurück wiegt und unzusammenhängend murmelt.

Als sie aufwacht, ist es immer noch dunkel. Ihre Augenlider sind schwer, aber dahinter drängen sich die Albträume. Es ist lange her, dass sie so aufdringlich waren, dass sie von den Flammen und von Erik geträumt hat. Sie verscheucht die helle Stimme und erinnert sich daran, dass sie nicht ihm gehört.

Ihre Gedanken schweifen zu Nina und den anderen Mädchen, wie sie in der Fabrikhalle lagen, betrunken und in ihren Onlinewelten versunken. Das Leben von Fremden wie ein Sternenhimmel über ihren Gesichtern. Sie will nach dem Handy greifen und Niklas eine weitere Nachricht zum vergangenen Abend schicken, bemerkt dabei, dass Sixten nicht mehr neben dem Bett liegt. Vielleicht trinkt er Wasser oder schläft im Wohnzimmer.

Plötzlich nimmt sie einen schwachen Geruch wahr. Es riecht wieder nach verbranntem Holz oder verbrannten Sägespänen. Vielleicht Teer. Sie sieht sich im Schlafzimmer um, das ohne Sixten seltsam leer ist. Als ob es nur eine Hülle wäre. Die Proportionen scheinen verzerrt, die Decke ist schief. Sie setzt sich auf und reibt sich die Augen. Als ihre Füße den Boden berühren, spürt sie etwas. Sie beugt sich vor und tippt mit den Zehen dagegen. Es sind nur ein paar Körner und ein kleiner Stein. Sixtens große Pfoten, sie wischt sie eigentlich immer ab, vielleicht war sie letzten Abend nicht gewissenhaft genug.

Sie tastet nach der Lampe auf dem Nachttisch, greift aber stattdessen nach dem kleinen Spiegel. Er ist umgedreht, vielleicht war sie das im Schlaf. Sie nimmt ihr Handy, um Niklas die Nachricht zu schicken, bevor sie es vergisst, und entsperrt das Display. Es leuchtet so hell, dass sie erst nach einem Moment merkt, dass der Foto-Ordner geöffnet ist.

Dann sieht sie es.

Das Bild.

Jemand hat ein Foto von ihr beim Schlafen gemacht. Die Decke ist bis zur Taille heruntergezogen, ihre Haare sind zerzaust. Die Augen sind geschlossen. Sie sieht aus wie tot.

Ihr Blick zuckt zum Wohnzimmer, das im Dunkeln liegt. Die Erkenntnis trifft sie. Jemand hat die Lampe ausgeschaltet, die sie immer brennen lässt. Mit pochender Angst stürmt sie zur Zimmertür.

»Sixten?«, ruft sie.

Danach verschwimmt alles. Die Panik, als sie Sixten zwischen Couch und Couchtisch liegen sieht. Seine Hinterbeine zucken. Sie ruft nach ihm, doch die Stimme erreicht ihn nicht. Hoffnung, als er sich mühsam auf die Vorderbeine stemmt und etwas hochwürgt, das wie ein kleiner Röhrenknochen aussieht, bevor er mit verdrehten Augen zusammenbricht. Mit zitternden Händen wählt sie den Notruf und schreit laut.

KAPITEL SECHSUNDDREISSIG

Sanna sitzt auf dem Krankenhausbett. Die Untersuchungen haben ergeben, dass ihr körperlich nichts fehlt. Die Atemnot und der Druck auf der Brust, als die Polizei in der Wohnung eintraf, waren wahrscheinlich eine Panikattacke. Eine Krankenschwester hat ihr gerade mitgeteilt, dass Niklas angerufen hat. Er ist auf dem Weg ins Krankenhaus, bald darf sie nach Hause.

Auf dem Stuhl in der Ecke liegt ihr Mantel. Sixtens Leine ragt aus der Tasche. Sie atmet tief durch, will nicht daran denken, was ihm hätte passieren können.

Über die Krankenschwestern hat sie auch eine Nachricht von Eir erhalten, die den ganzen Morgen mit Sixten in der Tierklinik verbracht hat. Die Krämpfe, das Sabbern, die gereizten Augen und die Unruhe deuten auf eine Vergiftung hin. Nach einer Spritze, die ihn zum Erbrechen brachte, um seinen Magen zu entleeren, und sorgfältigen Untersuchungen ist er wieder auf den Beinen, trinkt und frisst. Nicht munter, aber auf dem Weg der Besserung.

Sie wirft einen Blick auf den leeren Kaffeebecher auf dem Tisch neben dem Bett und geht in den Aufenthaltsraum.

Auf einem Sofa sitzt ein Mädchen und kauert sich unter den Arm seines Vaters, dessen Jacke über den Beinen des Kindes liegt. Der Blick des Vaters ist auf sein Handy gerichtet. Als Sanna näher kommt, erkennt sie aus den Augenwinkeln Bilder von zerstörten Gebäuden und leblosen Körpern, die in den Straßen einer großen Stadt auf dem Kontinent liegen. Ein brutaler Kriegsschauplatz. Eine Familie sitzt in einem zerlöcherten Auto, alle sind tot.

Als das Mädchen Sannas Blick bemerkt, sieht es mit dem Gesicht eines verzweifelten kleinen Vogels zu ihr auf.

Am anderen Ende des Raumes steht eine Thermoskanne. Das flimmernde Licht des großen Fernsehers fällt auf Sanna, als sie hinübergeht und Kaffee in einen Pappbecher füllt. Nachdenklich nimmt sie einen Schluck, während sie zum Bildschirm sieht.

Eine Sondermeldung. Bilder von leeren Fischkisten, die etwa dreißig Kilometer vor Pärnu, Estland, in der Bucht von Riga im Wasser treiben. Ein Notruf war bei der Seerettung eingegangen, diese hatte aber kurz darauf den Kontakt zum Boot verloren. Flugzeuge, Hubschrauber und andere Fischerboote halfen bei der Suche nach den Vermissten, die jedoch, wie das Boot, spurlos verschwunden sind. Bilder von einer Öllache, die aus der Tiefe aufsteigt, werden eingeblendet. Ein Mann von der Seerettung vermutet, dass das Öl von dem Boot stammt, das auf den Meeresgrund gesunken ist. Man hat nach Überlebenden gesucht und gehofft, ein Rettungsboot oder ein Floß zu finden. Ein Fischer in Pärnu sagt aus, dass auf den Booten oft Menschen ohne Papiere beschäftigt sind und solche, die untertauchen müssen.

Dann sieht sie es, im Begleittext steht der Name des Bootes. *Kristina.*

Das Mädchen vom Sofa steht plötzlich mit der Fernbedienung in der Hand vor ihr. Stumm sehen sie einander an.

Kurz darauf ist Sanna wieder im Zimmer. Das Fenster ist geöffnet, frische Luft weht herein. Niklas sitzt auf dem Bett und hat die Hände auf den Oberschenkeln verschränkt. Ein schmerzlicher Ausdruck liegt auf seinem Gesicht.

»Stimmt es?«, fragt sie.

Er begegnet ihrem Blick. Jeder Muskel in ihrem Körper spannt sich an. Sie sieht seine ineinander verschränkten Hände. Es jagt ihr einen Schauder über den Rücken.

»Ja.«

Sie legt ihren Arm über die Augen und bemüht sich, mit ruhiger Stimme zu sprechen. »Aber du sagtest doch, dass sie hinfahren würden, dass die estnische Polizei und die Küstenwache auf dem Weg seien …«

»Ich habe noch keine konkreten Antworten.«

»Und wie sicher sind wir, dass Jack wirklich an Bord war? Schließlich haben wir ja nur meinen mitgeschnittenen Anruf.«

Er gibt ihr sein Handy.

»Das war vor vier Tagen in Pärnu, dem letzten Hafen, aus dem die *Kristina* ausgelaufen ist. Die NOA hat es mir gerade geschickt, sie hat es von der Polizei in Estland bekommen.«

Ein körniges Video, vermutlich von einer Überwachungskamera. Ein Kai liegt im Dunkeln. Mehrere große Fischerboote sind nebeneinander vertäut. Eine Gruppe von Männern steht dicht gedrängt vor einem kleineren Schiff.

»Gleich siehst du es«, sagt Niklas.

Langsam trennt sich die Gruppe. Einer der Männer scheint sich umzusehen. Er ist nicht besonders groß, aber muskulös und breitschultrig und trägt eine blaue Baseballkappe, die sein Gesicht beschattet und auf der »Kristina« steht. Plötzlich wendet er sich der Kamera zu, als würde er direkt hineinstarren. Seine Augen sind hell. Die Stirn ist hoch, die Nase spitz zulaufend. Sein Blick sucht den ihren, wankt nicht. Es ist Jack Abrahamsson.

Niklas beobachtet sie.

»Das Hafenamt hat bestätigt, dass er schwarz auf einem der Boote gearbeitet hat, zwar unter einem anderen Namen, aber er gehörte zur Crew.«

Sie nickt und gibt das Telefon zurück. Ihr Magen verkrampft sich. Sogar tot scheint Jack ihr im Nacken zu sitzen, scheinen sie etwas Ungelöstes miteinander zu teilen. Sie weiß nicht, ob sie erleichtert sein oder weinen sollte.

»Ich will jetzt hier raus.« Sie geht zur Tür.

Niklas steht auf.

»Du solltest stolz sein, ohne dich hätte die NOA nie erfahren, wo er ist«, sagt er.

Sie bleibt stehen und starrt ausdruckslos vor sich hin.

»Wir müssen darüber reden, was bei dir zu Hause passiert ist«, fährt Niklas ernst fort. »Hast du eine Ahnung, wer das gewesen sein könnte? Nachdem Jack ja ausscheidet.«

»Nein. Das habe ich heute Morgen auch der Polizei gesagt, ich weiß es wirklich nicht.«

Sie verstummt, hat das Foto von sich vor Augen, wie sie schläft, die Decke heruntergezogen und die Augen geschlossen. Jemand stand über ihr und fotografierte sie, jemand war in ihrer Wohnung. In letzter Zeit war sie so mit Jack und den laufenden Ermittlungen beschäftigt, dass sie den anderen beunruhigenden Dingen nicht weiter Beachtung geschenkt hat. Jetzt kommen die Erinnerungen wieder hoch. Das Kreuz an der Wohnungstür und das kleine Holzkreuz im Auto. Der seltsame Geruch nach verbranntem Sägemehl im Hausflur. Sixten auf dem Boden. Derjenige, der ihr etwas antun will, ist immer noch da draußen.

»Ist das schon mal passiert?«, fragt Niklas. »So etwas wie das hier, meine ich?«

»Nein. Oder doch, manchmal dachte ich, dass jemand vor der Wohnungstür ist, dann war da aber niemand. Manchmal war die Balkontür offen, wenn ich nach Hause kam, aber ich weiß es nicht … Ich habe wirklich keine Ahnung.«

Niklas seufzt.

»Ich will jetzt nur noch zu Sixten«, sagt sie.

Niklas nickt, zögert.

»Ich möchte ihn abholen und nach Hause gehen«, verdeutlicht sie.

»Wir haben eine andere Unterkunft für dich gefunden.«

»Nein, ich bleibe zu Hause.«

Er nickt widerwillig. »Du hast neue Schlösser, und ich stelle eine Streife vor die Tür.«

»Und ich möchte wie gewohnt weiterarbeiten«, fährt sie fort.

»Ich glaube nicht …«

»Ich werde einen Termin bei einer Psychologin im Krisen- und Traumazentrum vereinbaren.«

»Gut …«

»Und ich bleibe im Ermittlungsteam, während eine Einschätzung vorgenommen wird.«

Er mustert sie, nickt noch einmal und reicht ihr dann ein Handy.

»Die Spurensicherung hat deins ja noch. Alle Daten sind natürlich kopiert, du hast deine übliche Nummer, alle Kontakte sollten da sein.«

»Hat man etwas in meiner Wohnung gefunden?«

»Sie haben einige Spuren dort und auf dem Handy gesichert. Mit etwas Glück erwischen wir ihn bald.«

»Haben sie die Tür und das eingeritzte Zeichen überprüft?«

»Wahrscheinlich wurde es mit einem sehr kleinen Werkzeug angebracht. Kein Messer, sondern eher etwas, das zum Beispiel ein Tischler benutzen würde. Hast du dich in letzter Zeit mit einem angelegt?« Sein Lächeln ist schwach, aber sie weiß es zu schätzen, dass er sich bemüht.

»Okay«, sagt er schließlich. »Du weißt, dass ich hier bin und dass wir alles für dich tun werden. Du kannst mit mir über alles reden. Ich muss jetzt zurück zum Revier, aber Alice wartet draußen auf dich und fährt dich zum Tierarzt.«

Sanna zieht ihren Mantel an. »Was passiert jetzt mit Nina und ihren Freundinnen?«, fragt sie. »Hast du das, was ich dir gestern geschickt habe, an Farah weitergeleitet?«

Er nickt.

»Und?«

»Nachdem du dich ausgeruht hast, kannst du jederzeit mit Farah sprechen.«

»Wir müssen dranbleiben, damit wir die Mädchen nicht verlieren.«

Er sieht sie ruhig an.

»Aus denen wird schon noch was, da bin ich mir ziemlich sicher.«

»Ach ja?«

Er zögert, bevor er fortfährt.

»Als ich jung war, haben meine Freunde und ich samstagabends Autos geklaut.«

»Klar doch.«

»Nein«, sagt er mit ernstem Blick. »Ich mache keine Witze.«

»*Du* hast Autos gestohlen, um Geld zu verdienen?«

»Nein, überhaupt nicht. Es war ein Spiel. Wir fuhren ein paar Stunden lang herum, spielten laute Musik und versuchten, die Mädchen zu beeindrucken, bevor wir die Autos wieder abstellten. Wenn wir noch genug Energie hatten, schnitten wir die Sitze auf oder rissen die Stereoanlage heraus, aber meistens ließen wir sie einfach irgendwo stehen und gingen müde nach Hause.«

»Wo waren deine Eltern?«

Er zuckt mit den Schultern. »Zu Hause, denke ich. Ich war ein ganz normales Kind aus der Mittelschicht.«

Sie nickt langsam.

»Die meisten von uns landen irgendwann wieder auf den Füßen«, fährt er fort.

»Aber nicht alle«, erwidert sie. »Bei Weitem nicht alle.«

Als sie ins Freie tritt, blendet sie die Sonne. Es ist ein seltsames Gefühl, wieder ans Tageslicht zu kommen.

»Mein Gott, bist du in Ordnung?«, fragt Alice, die sie in Empfang nimmt.

»Ein wenig durcheinander, ansonsten geht es mir gut.«

»Komm, mein Auto steht da drüben.«

Als sie sitzt, fühlt sich ihr Körper auf einmal bleischwer an. Sie öffnet das Fenster ein wenig und atmet ein paarmal tief durch.

»Willst du reden?«, fragt Alice.

Sanna schüttelt den Kopf. Sie hat keine Kraft. Stattdessen legt sie die Hände auf die Knie und fragt: »Gibt es etwas Neues auf dem Revier?«

»Nichts, außer dass die Reifenspuren von der Stelle, wo Pascal angefahren wurde, zum Lieferwagen passen.«

»Und was ist mit Axel Orsas Sachen?«

Alice schüttelt den Kopf. »Da gibt es auch nichts Neues.«

Sanna blickt auf die Ringmauer und die kleinen Vögel, die sich von den graugrünen Steinen in den klaren blauen Himmel erheben.

»Willst du einen Kaffee trinken?«, fragt Alice sanft. »Wir können zur Tankstelle fahren, ich kann bei der Gelegenheit gleich das Auto waschen. Falls du dich vor dem Tierarzt noch fünf Minuten sammeln möchtest?«

Sanna nickt dankbar.

Ein paar Minuten später stehen sie vor der Waschanlage der Tankstelle, Sanna mit einem Kaffee und Alice mit einer Wasserflasche.

»Ich kann noch gar nicht glauben, dass das alles mit Jack vorbei ist«, sagt Alice sanft. »Dass du dir wenigstens keine Sorgen machen musst, dass er es war, der … Ich meine, hast du eine Ahnung, wer bei dir zu Hause gewesen sein könnte?«

Sanna betrachtet die Titelseite einer Lokalzeitung. Die Schlagzeile verkündet, dass fast drei Jahre seit Jack Abrahamssons erstem Mord vergangen sind, dem an der pensionierten Antiquarin Marie-Louise Roos.

»Glaubst du, dass es etwas damit zu tun hat?«, fragt Alice.

Sanna senkt den Blick. »Viele Menschen sind frustriert.«

»Ängstlich vielleicht, aber das, was dir passiert ist, hat vielleicht gar nichts damit zu tun.«

Sanna zuckt mit den Schultern.

»Hast du jemanden, mit dem du reden kannst?«, fährt Alice fort.

Sanna trinkt ihren Kaffee aus und zerknüllt den Becher. »Danke«, sagt sie.

Alice dreht sich zur Autowaschanlage, aus der das leise Geräusch der Spritzdüsen zu hören ist.

»Weißt du«, sagt sie. »Ich wurde am Jahrestag der Bombardierung von Guernica geboren.«

Sanna mustert sie. Alice' seltsame Bemerkung überrascht und verunsichert sie. Sie sieht das Gemälde vor sich, den Schrecken und das Entsetzen, die weinende Mutter.

Alice senkt den Blick und tritt gegen einen kleinen Stein, der zu einer Zapfsäule fliegt. »Daran hat mich meine Mutter mein ganzes Leben lang erinnert.«

Das Geräusch des sich öffnenden Tores zur Waschanlage.

Alice nimmt den Autoschlüssel aus ihrer Tasche. »Nicht jeder liebt seine Kinder«, sagt sie. »Ich weiß, dass ich es nie gesagt habe, aber es tut mir leid, dass dein Sohn nicht länger leben durfte.«

Sixtens Anblick in der Tierklinik ist ein Schock. Der große, pelzige Körper ist steif, sein Kopf hängt schwer herab. Der Tierarzt erklärt Sanna, dass das Beruhigungsmittel, das ihm bei den Untersuchungen verabreicht wurde, noch eine Weile in seinem Körper bleiben wird. Er wird in den nächsten Stunden sehr viel schlafen.

Als Eir Sanna hilft, ihn in das Taxi zu heben, rutschen seine Hinterbeine ab, und der Fahrer muss ihnen helfen. Bevor Sanna einsteigt, umarmt Eir sie.

»Verdammt«, murmelt sie. »Willst du wirklich nicht, dass ich mitkomme?«

Sanna schüttelt den Kopf. »Anton wartet zu Hause auf mich.«

»Okay, ganz sicher?«

Sanna nickt und verspricht, sich später zu melden. Als das Taxi abfährt, hat sie ein schlechtes Gewissen wegen der Lüge über Anton. Aber sie muss allein sein, mit Sixten.

Vor der Wohnung trifft sie den Polizisten, der ihr die neuen Schlüssel gibt. Er bringt sie hinein und vergewissert sich, dass es ihr gut geht, bevor er sich verabschiedet.

Sie schließt hinter ihm ab und geht ins Wohnzimmer, wo Sixten vor dem Sofa steht. Sie räumt alle Sofakissen weg, breitet ihren Mantel aus und hilft ihm hinauf. Als er sich hingelegt hat, versucht sie, ihm Wasser zu geben. Er trinkt etwas und fällt dann in einen tiefen Schlaf. Mit der Hand auf seinem Kopf sinkt sie zu Boden. Wenn er doch nur reden und ihr erzählen könnte, was passiert ist.

Sie sieht sich um. Alles ist wie immer und doch nicht. Auf den Tischen und Regalen stehen ihre wenigen Besitztümer anders als zuvor. Die Spurensicherung hat alles untersucht, hat sogar das Bett abgezogen. Stille, dann der Klang von Kinderstimmen im Treppenhaus.

Sie schließt die Augen und lehnt sich an Sixten. Die Müdigkeit legt sich schwer auf sie. Aus der Dunkelheit steigt ein helles gelbes Licht auf. Sie versucht, die Hand zu heben, um es abzuwehren, doch ihre Muskeln gehorchen nicht, die Erschöpfung siegt, sie kann sich nicht bewegen.

Der Klang eines Pendels oder einer Uhr. Jemand zieht einen Stuhl heraus. Eine Stimme, es ist ihre eigene. Sie grüßt jemanden, der ihr nicht antwortet. Sie öffnet die Augen. In dem alten, grauen Verhörraum sitzt Jack vor ihr. Er ist klein, seine Schultern hängen herab. Seine Augen sind gerötet, seine Wangen matt vom Salz der Tränen. Das blonde Haar fällt über die strahlend blauen Augen. Der Griff um den Bleistift ist hart. Er zieht den Block näher zu sich und beginnt zu zeichnen. Plötzlich zittert seine Hand so sehr, dass sich der Block bewegt. Sie beugt sich vor und berührt ihn. Seine Tränen fallen über ihre Hände.

»Schon okay«, sagt sie. »Du bist hier sicher. Niemand kann dir etwas tun.«

Jack wischt sich das Gesicht ab und schnieft. Dann schreibt er: »Ich bin müde.«

»Das verstehe ich. Aber wenn du es nur noch einmal versuchst und dich anstrengst …«

Er spannt seine schmalen Hände an. Dann schließt er die Augen, fährt mit der Hand über den Block und beginnt langsam etwas zu zeichnen. Die Umrisse eines Augenpaares.

Dann hört sie sich selbst wieder. »Hier bist du sicher. Niemand kann dir etwas tun.«

Jack zeichnet immer schneller. Ein Wolf wird erkennbar. Spitz zulaufende Ohren und eine spitz zulaufende, ausgeprägte Schnauze. Die Augen strahlen hell, sind aber von tiefschwarzen Strichen umgeben. Als sie sich nach vorne beugt, knistert es unter ihren Füßen. Der Boden ist übersät mit halb fertigen Selbstporträts. Alle signiert mit der unsicheren Handschrift eines Kindes.

Ein Schlag gegen die Fensterscheibe. Sie setzt sich in dem kargen Wohnzimmer auf. Als Sixten den Kopf hebt, steht sie auf, geht zum Fenster und schaut hinaus. Sieht nichts. Geht durch die Wohnung und immer wieder zurück zum Fenster, wie ein einsamer Vogel, der versucht, durch das Glas einen Weg nach draußen zu finden.

KAPITEL SIEBENUNDDREISSIG

Auf dem zentralen Platz der Stadt findet ein Bauernmarkt statt, und auch an den Wahlständen herrscht reges Treiben. Die Sonne scheint auf die große Kirchenruine, die südlich an den Platz angrenzt. Als Eir ein Geräusch hört, blickt sie zu den Bäumen an der mächtigen Fassade, deren Laub sich bereits gelb und weinrot verfärbt. Daneben sieht ein Mann offenbar ein Video auf seinem Handy an, in dem eine Gruppe von Männern nach Freiwilligen für eine bewaffnete Truppe auf dem Kontinent sucht.

»Kommst du?«, fragt Niklas.

Sie bahnen sich ihren Weg durch die Menge, vorbei an den Wahlständen und den Stimmen und Rufen der Wahlhelfer, vorbei an Verkäufern mit Tischen, die mit Schaffellen, bunter Wolle, Käse, Honig, Gemüse und Gewürzen gefüllt sind.

An einem Stand, der verschiedene handgestrickte Kleidungsstücke aus einheimischer Wolle verkauft, bleibt Niklas stehen. Er befühlt einen dunkelvioletten Pullover.

»Sollen wir nicht Kaffee und Kuchen kaufen, um alle aufzuheitern?«, sagt Eir. »Wo ist denn dieses Café, von dem du die ganze Zeit redest?«

Beim Preis des Pullovers verdreht sie die Augen, aber Niklas kauft ihn, ohne ihn anzuprobieren.

»Willst du dir nicht auch noch so eine besorgen?«, sagt Eir und nickt zu einer Mütze mit aufgestickten Lämmern.

In diesem Moment öffnet sich ein Stück entfernt die Tür der Apotheke, und Fabian tritt heraus, den Blick auf sein Handy gerichtet. Er verschwindet in einer Gasse.

»War das nicht …?«, meint Niklas.

»Nicht mehr.«

»Okay.«

»Keine große Sache, ich will nicht darüber reden.«

Plötzlich kommt eine kleine Gruppe von Aktivisten auf den Platz, geht an Eir und Niklas vorbei und verteilt Flugblätter mit der Aufforderung zum Protest gegen die Ausweitung der militärischen Präsenz auf der Insel.

»Dass sie die Energie haben«, murmelt Eir. »Ich hätte nie gedacht, dass ich das mal sagen würde, aber das Militär wird gebraucht, wenn man bedenkt, was in der Welt passiert.«

»Hast du etwas von Sanna gehört?«

»Sie hat eine SMS geschickt.«

»Und was denkst du?«

»Du meinst, wie es ihr geht?«

»Ja.«

»Ich weiß es nicht. Aber das ist nichts im Vergleich zu dem, was sie mit ihrem Sohn durchgemacht hat, dem Brand.«

Er nickt stumm. Sie biegen in eine Seitenstraße ein. Niklas öffnet eine Tür, an der ein kleines Schild hängt, und zeigt Eir den Weg nach unten.

»Hier gibt es die besten Syltmunkar«, sagt er.

Im Untergeschoss befindet sich ein kleines Café. Auf der Theke stehen die berühmten gezuckerten Krapfen und verschiedene Kekse mit eingebackenen Süßigkeiten unter einer Glaskuppel. Eir sieht sich um und kann sich nicht erklären, wie Niklas hierhergefunden hat.

Im Raum verstreut liegen Bücher zwischen Farnen und Palmen. Aus den Lautsprechern tönt Billie Holiday. Niklas bestellt, und das junge Mädchen hinter dem Tresen packt sorgfältig Krapfen und Kekse in eine braune Papiertüte.

An der Wand hinter dem Tresen hängen Bilder von Präsidenten, Astronauten und Filmstars. Ein vergilbtes Foto zeigt eine Frau in einem Paillettenkleid, deren Augen stark mit farblich passendem Glitter geschminkt sind. Bei dem Bild muss Eir an Fabians Villa denken, an das Foto des Kindes mit dem Glitzer im Gesicht.

Als sie sich wieder zu Niklas dreht, steht eine junge Frau vor ihm auf der Treppe. Sie trägt eine schwarze Hose und ein weißes, kurzärmeliges Hemd. Ihr Gesicht ist ungeschminkt, die Haare sind ungebürstet, und im Arm hält sie einen Laptop, der mit Graffiti und Aufklebern übersät ist. Aus der Nähe fällt Eir auf, wie ähnlich sie sich sehen.

»Das ist Wilma«, sagt Niklas. »Meine geliebte Tochter, die mich hasst.«

»Bilde dir bloß nicht ein, dass mich das interessiert«, sagt Wilma und verdreht die Augen zu dem Mädchen hinter dem Tresen. »Tut mir leid, dass ich zu spät bin.«

»Wie läuft's?«, fragt Niklas.

Sie zeigt ihm den Mittelfinger, geht an ihm vorbei und verschwindet hinter dem Tresen.

Draußen auf dem Gehsteig sucht Eir nach Worten. »Du hast wirklich nicht übertrieben, als du gesagt hast, dass sie dich hasst.«

Niklas lächelt, aber seine Augen sind traurig.

»Ich war auch verdammt gemein zu meinem Vater, als ich ein Teenager war«, fährt Eir fort. »Kaum fünfzig Kilo schwer, aber ich habe mit den Türen geschlagen wie ein Sumoringer.«

»War dein Vater auch ein Arschloch?«

Sie stößt ihn mit dem Ellbogen in die Seite. »Hey …«

»Ich habe ihre Mutter betrogen«, erklärt er.

Eir muss sich einen Moment fassen. »Okay, ja, für so etwas gibt es einen besonderen Platz in der Hölle.«

»Die ganze Zeit, seit Wilmas Geburt.«

Er sieht zur Tür des Cafés.

»Als sie klein war, tanzten wir in der Küche zu James Brown und machten Witze darüber, dass sie niemals ausziehen würde. Als sie ein Teenager wurde, begann sie zu gamen und verbrachte immer mehr Zeit woanders. Schließlich kam sie überhaupt nicht mehr nach Hause, sie war über zwei Wochen lang verschwunden. Ihre Mutter und ich durchsuchten ihr Zimmer und fanden ihre Tagebücher. Sie wusste schon seit Jahren von meinen Affären, bevor sie abgehauen ist.«

»Scheiße.«

»Ich weiß.«

Eir schweigt einen Moment. »James Brown? Echt jetzt?«

Er unterdrückt ein Lächeln.

Plötzlich brandet Stimmengewirr auf, Klirren. Ein Aufruhr in der Nähe.

Auf dem Platz streitet einer der Aktivisten mit einer älteren Frau. Die steht mit dem Rücken zu ihrem Stand, an dem sie kartonweise Gräddbullar verkauft – Kokosschaumküsse – und an dem eine lange Schlange geduldig wartet. Der Mann sagt etwas zu ihr, und plötzlich stößt sie ihn von sich in ein Straßencafé. Er fuchtelt mit den Armen und brüllt sie an. Die Stimmen und das Klappern von umfallenden Tischen und Stühlen ziehen immer mehr Leute an. Die Situation ist aufgeheizt.

Als Eir und Niklas sich als Polizisten zu erkennen geben und eingreifen, um den Streit zu beenden, beruhigt sich die Frau und weicht zurück.

»Ich hätte nicht so wütend werden dürfen«, sagt sie. »Aber jeder in Uniform verdient Respekt, mein Sohn ist Polizist, und ich mache mir ständig Sorgen um seine Sicherheit.«

Ein paar Stunden später sind alle außer Sanna wieder im Ermittlungsraum. Niklas berichtet von dem Boot namens Kristina und dem Unfall. Dann geht er die Maßnahmen durch, die die NOA eingeleitet hat, um die Suche nach Jack Abrahamsson zu beenden.

»Bald können wir alle neu anfangen, ohne dass der Schatten des alten Falls über uns hängt«, sagt er zum Abschluss.

»Ich kann nicht glauben, dass dieser Mistkerl jetzt tatsächlich weg ist«, murmelt Jon.

Niklas erklärt, was Sanna in den letzten vierundzwanzig Stunden zugestoßen ist. Eir beobachtet ihn, bemerkt seine Präsenz, die Wärme in seiner Körpersprache. Es fällt ihr schwer, sich ihn als jemanden vorzustellen, der fremdgeht.

»Ich möchte nicht, dass wir uns jetzt nur noch darauf konzentrieren«, sagt er. »Aber ich möchte natürlich, dass wir alle Sanna unterstützen. Und wenn irgendjemand etwas weiß oder eine Idee hat, die uns helfen könnte, denjenigen zu finden, der bei ihr eingebrochen ist, dann möchte ich, dass ihr zu mir kommt und mit mir redet, natürlich vertraulich.«

»Könnte es eine Warnung sein?«, fragt Alice. »In die Wohnung einbrechen und ein Foto von ihr machen. Jemand will sie wissen lassen, dass er an sie herankommt, wenn er das will.«

Keiner sagt etwas.

»Sie glaubt, dass es etwas mit den Morden vor drei Jahren zu tun hat«, fährt Alice fort. »Dass da draußen jemand durch die Medien daran erinnert wird, dass Jack Abrahamsson entkommen ist, jemand, der wütend oder frustriert ist. Aber dann sollten wir vielleicht alle abends auf dem Heimweg einen Blick über die Schulter werfen. Wir haben ja fast alle an dem Fall gearbeitet.«

»Sanna ist aber diejenige, der man immer Vorwürfe gemacht hat«, sagt Eir.

»Das ist ja auch kein Wunder«, meint Jon. »Oder etwa nicht?«

Niklas hebt die Hand.

»Sanna geht es den Umständen entsprechend gut, und sie will weiterarbeiten«, erklärt er. »Genau wie wir es jetzt tun müssen. Eir?«

Sie nickt, sieht zu den Fotos der beiden Opfer am Whiteboard. Denkt kurz an Axels Vorsicht und dass er seine Recherchen auf verschiedenen Datenträgern und an verschiedenen Orten gespeichert hatte. Vielleicht war es altmodische Paranoia, vielleicht wusste er aber auch, dass er wirklich kurz vor einem Durchbruch stand. Dass seine Nachforschungen zu einer Enthüllung führen würden.

»Axel Orsa hat lange zu dem Einzelgänger und der ultramaskulinen Bewegung recherchiert, aus der dieser Mann wahrscheinlich stammt. Axels Nachforschungen zeigen, dass wir es möglicherweise mit einem Mann zu tun haben, der in einer Art Wartezustand lebt. Muskelkraft, Disziplin und Durchhaltevermögen sind alles für ihn. Ein sauberes Leben, Verzicht auf Pornos und vielleicht sogar eine bestimmte Ernährungsweise. Körperliche Stärke ist extrem wichtig, militärische Ausbildung oder Vorbereitung nicht unwahrscheinlich.«

»Ja, vielleicht sollten wir uns sein Sportprogramm noch genauer ansehen?«, sagt Niklas.

Eirs Handy klingelt, es ist Sanna. Eir legt das Telefon mit eingeschaltetem Lautsprecher auf den Tisch.

»Hallo, Sanna«, sagt Niklas. »Wie geht es dir?«

»Gut. Worüber redet ihr gerade?«

»Über die sportlichen Aktivitäten des Täters. Jon und ich haben uns umgehört und sind weder im Fitnessstudio noch bei den Trainern weitergekommen«, erläutert Alice. »Das muss aber nichts heißen. Schließlich kann er so gut wie überall trainieren, ohne mit den Leuten über den Grund dafür zu sprechen.«

»Stimmt«, sagt Eir. »Er kann auch ein eigenes Fitnessstudio haben.«

»Aber wenn er wirklich hart trainieren will, reichen ein paar Maschinen in einer Garage vielleicht nicht aus?«, entgegnet Jon. »Nicht, wenn er Spezialeinheiten zum Vorbild hat, wie Axel behauptet hat.«

»Heutzutage gibt es mehrere sehr gut ausgestattete Outdoor-Fitnessstudios«, sagt Niklas. »Haben wir die im Blick?«

»Vielleicht habt ihr alle recht«, sagt Sanna. »Aber was ist, wenn wir mal zurückgehen und versuchen zu sehen, wie er seine Orte auswählt?«

»Du meinst zum Beispiel den Standort des Bunkers? Dass der alte Mann, dem das Stück Wald gehört, in einem Altersheim lebt?«, fragt Niklas.

»Genau.«

»Ich habe mir den alten Mann noch mal vorgenommen«, sagt Alice. »Ihm gehört nur dieses Stück Land.«

Kurz herrscht Schweigen, bevor Sanna fortfährt.

»Wissen wir, wie er in den Besitz des Grundstücks gekommen ist?«

Alice öffnet ihren Computer und sucht nach der Information. »Hier steht, dass er es von seiner Mutter geerbt hat.«

»Hat er noch Geschwister?«

Alle warten ab, während Alice weitersucht.

»Eine Schwester.« Sie scrollt weiter. »Sieht so aus, als würde sie im Ausland leben.«

»Und hat sie auch Land geerbt, als ihre Mutter gestorben ist?«, fragt Sanna. »Irgendwo in der Nähe des Bunkers?«

Alice' Augen weiten sich, während sie auf der Tastatur herumtippt.

»Ja«, bestätigt sie.

Sie drückt auf eine Taste, verschwindet im Flur und kommt

mit zwei Blättern zurück. Legt das erste auf den Tisch. Eine Karte aus dem Grundbuchamt.

»Das hier gehört dem alten Mann im Altersheim«, sagt sie und zeichnet ein Kreuz auf die Karte. »Dort ist der Bunker.«

Sie legt das zweite Blatt Papier daneben. Eine weitere Karte aus dem Grundbuchamt. Mehr Wald, aber auch ein weiterer See.

»Das ist das Land der Schwester, die im Ausland lebt.« Alice schiebt die Karten zusammen. »Es grenzt an das Gebiet, auf dem sich der Bunker befindet. Und hier …«

Sie kreist etwas ein. Eir beugt sich vor. Am Seeufer, auf dem Grundstück der Schwester, ist ein kleines Gebäude eingezeichnet.

»Ein Bootshaus?«

Zusammen mit fünf schwer bewaffneten uniformierten Beamten bahnt sich das Ermittlungsteam vom Bunker aus nach Osten einen Weg durch den Wald. Nach ein paar Kilometern taucht der See auf. Am Ufer steht ein kleiner baufälliger Schuppen, daneben eine alte Eiche.

»Wer kommt denn auf die Idee, ein Bootshaus an einem See mitten im Wald zu bauen?«, sagt Eir und schlägt ein Insekt vom Hals weg. »Wer zum Teufel will auf so einem Mückenloch Boot fahren?«

»Vielleicht ist er voller Flusskrebse«, murmelt Alice.

Sie gehen mit Abstand zum Wasser weiter, versteckt zwischen den Bäumen. Alles ist ruhig. Eir sieht sich langsam um. Der See liegt still da, kein einziges Plätschern durchbricht die schwarze Oberfläche.

»Glaubst du, der See hat keinen Grund?« Alice' Stimme ist nur ein Flüstern.

»Glaubst du, das interessiert mich?«

»Ich dachte, du liebst Wasser?«

Eir antwortet nicht. Das Meer, ja, aber sie hat nie verstanden, was die Menschen an Seen finden.

Der Boden unter ihren Füßen ist weich, das Wasser sickert mit jedem Schritt mehr in ihre Schuhe.

Niklas hält inne und lässt seinen Blick über die Fichten schweifen, dann geht er weiter. Eir tastet mit der Hand nach ihrer Waffe. Überlegt, wer oder was da alles im Wald auf sie lauern könnte.

Als alle um das Bootshaus herum ihre Positionen eingenommen haben, gibt Niklas Eir ein Zeichen. Sie hält die Waffe mit beiden Händen und ruft: »Polizei!«

Sie warten ein paar Sekunden, bevor sie versuchen, die Tür zu öffnen. Sie gleitet auf.

Der Geruch von verfaultem Holz schlägt ihnen entgegen. Eir betritt den dunklen Raum, gefolgt von Polizisten mit Pistolen und Taschenlampen.

»Leer«, sagt sie und lässt die Waffe sinken, während sie sich Spinnweben von der Stirn wischt. Sie leiht sich eine Taschenlampe und leuchtet damit geradeaus. Wasser. Nur ein paar Meter von ihr entfernt öffnet sich ein Becken. Der See bewegt sich fast unmerklich unter zwei verrammelten Holztoren hindurch.

»Schaut mal«, sagt Alice.

Eir dreht sich um, leuchtet auf eine ergraute Wand. Spalten mit roten Kritzeleien. Tabellen.

»Zeiten, Gewichte«, sagt Alice atemlos. »Ergebnisse …«

Auf dem Boden darunter liegt eine Plane, die von alten Holzkisten und großen Steinen gehalten wird. Alice schiebt eine Kiste zur Seite und schlägt die Plane zurück. Darunter befindet sich eine Sammlung von Kurzhanteln, Hantelscheiben, Langhanteln und eine Kettlebell aus Eisen. Alice liest die Aufschrift.

»Das sind extreme Gewichte«, sagt sie und leuchtet über die Hanteln.

Eir setzt mit Niklas die Suche im Bootshaus fort. Überall lagern unterschiedliche Trainingsgeräte. Reckstangen, römische Ringe und noch mehr große Gewichte. Alles, was man braucht, um Kraft, Sprungkraft, Koordination und Beweglichkeit zu trainieren.

Während Niklas hinausgeht und Sudden übers Handy bittet, ein Team von Technikern zu schicken, geht Eir zu Jon, der am Wasser steht und nach unten starrt.

»Was ist los?«, fragt sie.

Als er nicht antwortet, kniet sie sich hin und späht über die Kante. Ein schmales Geländer führt hinunter in die Dunkelheit. Jon stößt sie an und zeigt auf die Wand. Etwas, das wie eine schwarze Aluminium-Taschenlampe aussieht, hängt an einem Haken.

»Eine Tauchlampe«, sagt sie und bedeutet ihm, sie ihr zu geben. Die Batterien funktionieren, und sie lässt die Lampe langsam vom Schuppenboden hinab. Doch das Wasser ist zu trüb. Sie will gerade aufgeben, als das weiße Licht auf das Dach eines großen Käfigs fällt. Er ist leer und wird von zwei langen Ketten im Bootshaus festgehalten. An einer Seite befindet sich eine Öffnung, durch die man leicht ein- und aussteigen kann, außerdem zwei Griffe. Der Käfig scheint ein weiteres Trainingsgerät zu sein, wahrscheinlich um mentale Ausdauer aufzubauen.

Sie schaltet die Lampe aus und wirft sie Jon zu.

»Was habt ihr?«, fragt Niklas und kommt zu ihnen.

»Da unten sind auch noch Sachen«, antwortet Eir. »Ich will gar nicht darüber nachdenken, wie das alles verwendet wurde.«

Jon ruft sie herbei. Aus einer Öffnung im Boden holt er einen Erste-Hilfe-Kasten hervor. Neben Druckverbänden,

Kältepacks und Verbänden liegen darin auch starke Schmerzmittel.

»Sudden ist bald da«, sagt Niklas. »Niemand fasst mehr etwas an.«

Sanna hat gerade das Futter für Sixten vorbereitet und eine Portion desselben Essens, das sie für sich selbst aufgewärmt hat, untergemischt. Er springt von der Couch, streckt sich und schnüffelt mit gesenktem Kopf an der großen Schüssel. Als er zu fressen beginnt, ertappt sie sich bei einem Lächeln. Er ist fast wieder der Alte, denkt sie und streicht ihm über den zotteligen Kopf.

Dabei richtet sie den Blick auf den Küchenschrank, hinter dessen Tür sich ihre Notizen verbergen. Sie öffnet ihn, reißt das Blatt Papier mit dem Gekritzel ab und wirft es in den Mülleimer. Auch die Landkarte entsorgt sie.

Sie denkt an Jack und dass er jetzt tot ist. Schon oft hat sie sich den Tag ausgemalt, an dem alles vorbei ist, aber nie so wie jetzt.

Sie denkt wieder an Mårten Unger, daran, dass Jack den Mann erstochen hat, der ihre Familie ausgelöscht hat. Jack hat den Tod ihres Sohnes gerächt und den Mann zum Schweigen gebracht, der ihr alles genommen hatte. Gleichzeitig hat er sie damit aber auch in ein anderes gewalttätiges Ereignis hineingezogen. Hat die Erinnerung an ihren Sohn beschmutzt. Sie hört sich selbst atmen, während der Ekel in ihren Magen sickert und die Wut in ihr brodelt.

Seit Mårten Unger tot aufgefunden wurde, brutal ermordet, fragt sie sich, ob die Polizeibeamten, die zuerst am Tatort waren, geschlampt haben. Oder ob die Spurensicherung einen Beweis verlegt hat.

Sie denkt wieder an die Kiste in der Mitte des Raumes, die

mit Mårten Ungers Trophäen von seinen Opfern gefüllt war, aber nichts, was Erik gehört hatte. Jack war im Haus von Mårten Unger gewesen, er musste die Kiste gesehen haben. Vielleicht hatte er sie sogar geöffnet. Schließlich waren einige von Eriks Kindergartensachen mit seinem Namen versehen gewesen. Wenn Mårten Unger etwas von diesen Sachen gestohlen hatte, hätte es in der Kiste gewesen sein können. Vielleicht hat Jack den Gegenstand damals gesehen? Hat er ihn sogar als eine Art kranke Trophäe für sich selbst genommen? In ihr brodelt es bei dem Gedanken, dass nicht nur ein Mörder, Mårten Unger, sondern noch ein zweiter, ebenso brutaler, etwas aufbewahrt haben könnte, was ihrem Kind gehört hatte. Die Vorstellung, dass Jack etwas von Erik in der Hand gehabt haben könnte, lastet tonnenschwer auf ihr.

Als das Telefon vibriert, zuckt sie zusammen. Es ist Eir. Sie schenkt sich ein Glas Wasser ein, während sie drangeht.

Nachdem sie eine ganze Weile über Jack geredet haben und Sanna bezüglich des Bootshauses auf dem neuesten Stand ist, sprechen sie über Sixten. Eir ist erleichtert, dass er frisst.

»Apropos Futter«, sagt sie. »Niklas und ich waren heute in der Stadt, er wollte seine Tochter nerven und in dem Café, in dem sie arbeitet, diese besonderen Krapfen kaufen. Auf dem Markt kam es zu einem Tumult, als einige Aktivisten sich mit einer Verkäuferin angelegt haben. Du hättest sie sehen sollen, sie war fit und rüstig und hatte ganz schön Kraft in den Armen.«

Sanna sieht, dass Sixten die Schüssel geleert hat, isst ein paar schnelle Bissen von ihrem eigenen Essen und kratzt dann den Rest für ihn herunter.

»Hörst du mir eigentlich zu?«, fragt Eir währenddessen.

»Tut mir leid. Musstet ihr jemanden festnehmen?«

»Alles hat sich ziemlich schnell beruhigt.«

»Okay.«

»Aber sag diesem Anton, dass er eine wirklich beeindruckende Mutter hat.«

»Anton?«

»Ja, es war seine Mutter, die den Aktivisten geschubst hat.«

»Bist du sicher? Ich dachte, sie hätte sich den Arm gebrochen und wäre seit einiger Zeit bettlägerig.«

Eir lacht. »Nein, sie stand aufrecht da und hat Gräddbullar und Kokostoppar oder wie auch immer diese Schaumkussdinger heißen, nach denen auf dieser Insel alle verrückt sind, verkauft. Und sie ging auf den Kerl los, als wäre sie fünfundzwanzig.«

Als sie auflegen, denkt Sanna daran, dass sie zum verlassenen Hof im Wald gerufen wurde, weil Anton nicht erreichbar gewesen war. Am selben Abend war Anton bei ihr aufgetaucht, nach Schweiß riechend, und hatte gesagt, er sei den ganzen Tag bei seiner Mutter gewesen, weil sie sich den Arm gebrochen habe und bettlägerig sei. Sie fragt sich, warum er gelogen hat.

Die Abendluft ist lau, als Sanna und Sixten durch die Nachbarschaft bis zur Hauptstraße gehen. Alle Geschäfte sind geschlossen, die Bürgersteige sind leer. Der Mond scheint warm, Hausdächer und Fenster sind in weißes Licht getaucht. Nur ein paar weinrote Blätter, die sich an die Hauswände drücken, zeugen davon, dass der Herbst vor der Tür steht, sonst hätte es ein beliebiger Frühlingsabend sein können.

Sanna gähnt, sie sollten umkehren. Um dem Polizeiauto auszuweichen, das Niklas vor dem Haus postiert hat, haben sie das Haus durch den Hinterausgang verlassen. Sie weiß, dass es falsch ist, aber sie musste eine halbe Stunde ohne Begleitung oder Ermahnungen mit Sixten verbringen. Vorsichtig nimmt sie ihn enger an die Leine.

»Zeit, nach Hause zu gehen«, sagt sie und krault sein Ohr.

Doch als er auf dem Gehsteig schnuppert und an der Leine zieht, um die Straße in die andere Richtung zu überqueren, lässt sie ihn. Sie können dann eine Seitenstraße nach Hause nehmen, auch wenn es ein Umweg ist.

Sie kommen an Häusern mit beleuchteten Grundstücken vorbei. Hecken aus Buchsbaum, Eibe und Eberesche. Der schmale Gehsteig ist sorgfältig gefegt. Sixten geht weiter, und sie merkt, dass sie nur ein paar Straßen von Antons Haus entfernt sind.

Sie beschließt, bei ihm vorbeizuschauen. Anton öffnet breit lächelnd die Tür und bittet sie herein, aber sie sagt, sie und Sixten müssten nach Hause, sie wolle ihn nur etwas fragen. Anton schlüpft in ein Paar ausgetretene Turnschuhe, und sie gehen in die Einfahrt hinaus.

»Ich bin nicht vorbeigekommen, weil du so deutlich gesagt hast, dass du nur zu Hause sein und dich ausruhen willst«, sagt er. »Und ich wusste, dass draußen eine Streife steht.« Er hält inne. »Warte, darfst du eigentlich alleine herumlaufen?«

Antons Frau Ellen winkt Sanna fröhlich von einem Fenster aus zu und verschwindet dann wieder hinter dem Vorhang.

»Ich wollte nur fragen, wie es deiner Mutter geht«, sagt Sanna.

Das Lächeln verblasst, sein Blick zuckt zurück zum Haus. Er legt seine Hand auf ihre und zieht sie von der Einfahrt weg auf die Straße. Sanna hält Sixten kurz an der Leine und vergewissert sich, dass kein Auto kommt.

»Ich wusste, dass du auf mich zukommen würdest. Meine Mutter hat vorhin angerufen und gesagt, dass sie auf dem Markt mit der Polizei zu tun hatte. Natürlich würdest du davon erfahren.«

»Warum hast du mich angelogen?«

»Ich habe nicht gelogen. Na gut, doch. Aber meine Mutter

war wirklich gestürzt, und ich dachte wirklich, sie hätte sich den Arm gebrochen, wir waren sogar in der Notaufnahme.«

»Letzten Freitag?«

Noch einmal zuckt sein Blick zu der lackierten Haustür.

»Okay, okay … Nein, es war das Wochenende davor.«

»Wo warst du dann am Freitag, als der diensthabende Beamte und später ich versucht haben, dich zu erreichen?«

Angst flackert in seinen Augen auf. »Scheiße …«

Sie führt Sixten zurück auf den Gehsteig, sofort eilt Anton ihr nach.

»Ich wollte nicht, dass es passiert, aber vor einer Weile habe ich im Eisenwarenladen eine Frau kennengelernt«, gesteht er angespannt. »Ellen nervt mich schon seit Monaten damit, dass wir den Zaun zum Garten des Nachbarn ersetzen müssen, also habe ich mir dort Holz angesehen, und da war sie. Beim …«

»Du schläfst also mit einer der jungen Frauen, die im Lager arbeiten? Bist du nicht ganz richtig im Kopf? Die sind doch kaum älter als deine älteste Tochter, oder?«

»Nein, nein. Sie ist Lehrerin, wir haben uns nur dort kennengelernt. Wir fingen an zu reden, sie hatte gerade einen neuen Zaun an ihrem Haus aufgestellt, und wir tauschten Nummern aus, dann fingen die SMS an und … Jetzt kann ich es nicht beenden, und es ist die reinste Hölle.«

»Deshalb hast du also nicht geantwortet. Weil du mit ihr zusammen warst?«

Er nickt. »Es ist völlig aus dem Ruder gelaufen. Ich meine, der Sex ist fantastisch, überhaupt nicht so wie mit Ellen, weißt du, sie würde am liebsten gar nicht …«

Sanna hebt eine Hand, will das nicht hören.

»Aber sie lässt nicht zu, dass ich mich von ihr trenne«, fährt er fort. »Sie droht, es Ellen zu sagen, es allen im Ort zu sagen, und ich habe Angst, dass Ellen mir die Kinder wegnimmt.«

Seine Stimme bricht beinahe. Er lehnt sich an sein Auto und erzählt, auf wie viele Arten er schon versucht hat, sich aus dieser Situation zu befreien. Zuerst hört Sanna zu, doch dann sieht sie etwas über seiner Schulter.

Auf dem Beifahrersitz des Wagens, halb verdeckt von einem Pullover, liegt ihr Thermobecher. Der, den sie abends vor dem Schlafengehen immer ausspült. Den sie auch gestern Abend gespült und auf die Anrichte gestellt hat, bevor jemand in der Nacht eingebrochen ist. Sie möchte ihn fragen, ob er in ihrer Wohnung gewesen ist, wagt es jedoch nicht. Wie sonst könnte etwas aus ihrer Wohnung in seinem Auto gelandet sein? Anton merkt, dass sie nicht mehr zuhört.

»Was ist?« Er sieht ebenfalls durchs Autofenster.

Sie starrt auf den Becher. Sie fragt sich, ob sie sich falsch erinnert. Vielleicht hat sie ihn gestern Abend gar nicht auf die Arbeitsfläche gestellt, sondern irgendwo stehen lassen. Anton muss ihn gefunden und mitgenommen haben, um ihn ihr zu geben.

»Ach ja, ich habe dir noch einen Thermobecher gekauft«, sagt er. »Ich dachte, du brauchst vielleicht zwei, jetzt, wo du mehr herumkommst? Moment, ich hole den Autoschlüssel.«

Das Gefühl der Erleichterung ist schnell verflogen und wird durch ein dumpfes Pochen in ihrem Hinterkopf ersetzt. Sie spürt, wie die Scham hinter ihre Augenlider kriecht, und fragt sich, wie sie auch nur einen Moment lang glauben konnte, dass Anton etwas mit dem Einbruch bei ihr zu Hause zu tun hätte.

»Lass, gib ihn mir ein anderes Mal«, sagt sie.

Er bleibt stehen und dreht sich um. »Sicher?«

Sie nickt. »Danke für den Becher, das ist wirklich nett.«

»Soll ich dich nicht nach Hause begleiten?«

Als sie den Kopf schüttelt, geht er zu ihr und umarmt sie.

»Kümmere dich jetzt um deine Familie«, murmelt sie in seinen stämmigen Nacken.

Zurück in der Wohnung, füllt sie ein Glas mit Wasser und nimmt eine Kopfschmerztablette, dann noch eine. Sagt etwas zu Sixten, der hoffnungsvoll am Kühlschrank wartet. Dann bereitet sie auf der Couch für sie beide das Bett vor, schaltet den Fernseher ein und geht sich die Zähne putzen. Auf dem Weg ins Bad überprüft sie noch einmal, ob sie die Tür verschlossen und die Kette vorgelegt hat. Die Bewegungen sind mechanisch. Vielleicht hat sie sich mit der Tatsache abgefunden, dass sie mit geschenkter Zeit lebt, vielleicht ist sie deshalb nicht nervöser.

Als sie zurückkommt, hat sich Sixten bereits auf dem ganzen Laken ausgestreckt. Sie nimmt die Decke und lässt sich in den Sessel sinken. Sieht aus dem schwarzen Fenster und fragt sich, wie es Eir gerade geht.

Sixten schnarcht auf der Couch. Sie zieht ein Kissen weg, damit der große Kopf entspannter liegen kann. Sieht wieder aus dem Fenster. Der Fernseher läuft leise im Hintergrund.

Irgendwo im Unterbewusstsein taucht ein Gefühl auf, das so vage ist, dass es fast wieder verschwindet. Sie steht auf und geht zurück in die Küche. Sieht auf die Arbeitsfläche, öffnet den Schrank, in dem ihre wenigen Tassen und Gläser stehen, und kontrolliert die Spülmaschine. Sie dreht sich zum Küchentisch und der Liste der Techniker mit denjenigen Dingen, die sie mitgenommen haben, aber er ist dort nicht aufgeführt. Sie sieht sich noch einmal um. Der Thermobecher ist weg.

KAPITEL ACHTUNDDREISSIG

Kurz vor fünf Uhr morgens klingelt das Telefon. Sanna setzt sich auf und streichelt Sixtens Kopf. Er öffnet die Augen und wedelt träge mit seinem großen Schwanz.

Das Handy klingelt beharrlich weiter, und seufzend meldet sie sich. »Ja?«

»Sie haben gesagt, ich solle anrufen«, keucht die Stimme am anderen Ende.

Sanna wirft einen Blick auf das Display, eine unbekannte Nummer.

»Wie bitte?«

»Wenn er wieder hier war«, ruft die Stimme. »Der kleine Scheißkerl!«

Sanna biegt auf den dunklen Campingplatz ein. Der Streifenwagen, den Niklas für sie abgestellt hat, folgt ihr in einiger Entfernung.

Durch einzelne Wohnwagenfenster fällt Licht nach draußen. Sanna sieht ein Gesicht, eine Hand, die über ein beschlagenes Fenster wischt. Die Wagen stehen locker verstreut. Hier und da haben sich vergessene Kleidungsstücke um braungrüne Wäscheleinen geschlungen. Es ist windstill und riecht faulig.

Ava Dorn steht vor ihrem Wohnwagen. Sie trägt einen langen Bademantel, der in der Taille locker gebunden ist, und einen Schal über dem Kopf. Eine Zigarette leuchtet zwischen ihren Fingern. Als Sanna aus dem Auto steigt, reckt sie ihr Kinn vor.

»Da hat er gestanden und mich angestarrt«, sagt sie und deutet auf ein kleines Seitenfenster. »Er hatte einen Schal vor den Mund gezogen.«

Sanna geht zum Fenster und streicht mit der Hand über den Rahmen.

»Wenn sein Gesicht verdeckt war, woher wissen Sie dann, dass es Daniel Orsa war? Es hätte doch irgendwer sein können, oder?«

Die Zigarette fällt zu Boden, wird unter dem sehnigen Fuß erstickt. Sanna denkt an die Ermittlungen vor drei Jahren zurück. Körperlicher Schmerz macht Dorn nichts aus, vielleicht genießt sie ihn sogar. Die Malerin macht ein paar Schritte auf sie zu.

»Ich bin mir sicher«, sagt sie. »Ich vergesse nie einen Blick. Vor allem nicht von diesen verdammten Kindern. Sie haben mein Leben ruiniert.«

Sanna hätte ihr am liebsten gesagt, dass es genau andersherum war. Als Dorn im Auftrag des Priesters Tiermasken für Jack, Mia, Daniel und die anderen Kinder anfertigte, tat sie nicht nur einem Pädophilen einen Gefallen, sondern machte sich auch mitschuldig an der Traumatisierung von sieben Kindern. Ein Trauma, das ihr Selbstwertgefühl für immer zerstört hat. Ein Trauma, das einen Mörder hervorbrachte.

Doch stattdessen antwortet sie: »Ich werde mit Daniel reden. Vielleicht haben Sie sich geirrt.«

Eine Falte in ihrem Augenwinkel zuckt.

»Haben Sie jemals darüber nachgedacht, dass *ihr* euch geirrt haben könntet?«

Sanna wirft einen Blick zur Seite und hebt die Hand, um sie zum Schweigen zu bringen. Aber Dorn gibt nicht auf.

»Holger hat alles für die Kinder getan«, fährt sie fort. »Hat sein ganzes Leben diesen undankbaren Kröten gewidmet …«

Sanna kennt diesen giftigen Blick, weiß, dass die Stimmung der Frau jederzeit noch bösartiger werden kann. Vor drei Jahren hat die Malerin Eir vor Wut Kautabak ins Auge gespuckt.

»Er hat sich das Gesicht zerkratzt«, spricht Dorn weiter.

»Wer?«

»Holger.«

Sanna schüttelt den Kopf. Der Priester, der Pädophile, Holger Crantz, ist in seinem Bett an einem Herzinfarkt gestorben.

Dorns Blick ist kalt. »Ich träume davon«, sagt sie. »Wie er sich das Gesicht zerkratzt …«

Sanna seufzt.

»Ich sage Ihnen Bescheid, wenn ich mit Daniel gesprochen habe, falls Sie das beruhigt?«

Dorn lacht spöttisch.

»Glauben Sie, dass ich mir das ausdenke?«

Sanna wendet sich zum Gehen. »Ich spreche mit Daniel«, sagt sie.

Dorn zuckt mit den Schultern. »Vielleicht will er es stehlen …« Sie schiebt die Decke, die an der Tür hängt, beiseite und verschwindet im Wohnwagen. Sanna wartet, ob sie wieder herauskommt. Schließlich gibt sie dem Streifenwagen mit einer Geste zu verstehen, dass alles in Ordnung ist, und folgt der Frau zögernd.

Der Geruch von Terpentinersatz schlägt ihr entgegen.

Die kleine Küche quillt über vor verschmiertem Zeitungspapier, zusammengeknülltem Küchenpapier und Pinseln in alten Gläsern und Blechdosen. Auf dem kleinen Küchentisch drängen sich Stifte, dünne Pinsel und kleine Schüsseln mit trübem Wasser. In einer größeren Schüssel liegen einige handbemalte Eier, die Tinte ist wie verwischte Aquarellfarbe. Aus den diffusen Pinselstrichen treten die Umrisse winzig kleiner Handflächen hervor, die sich gegen die Schale zu drücken scheinen.

Etwas schabt über das Linoleum. Unter einem zerschlissenen Sofa holt Ava Dorn einen Koffer hervor. Sie öffnet ihn, hebt einige Blöcke an und holt ein Gemälde heraus, das sie Sanna übergibt.

Als diese das Bild in den Händen hält, läuft es ihr eiskalt über den Rücken.

Die sieben Kinder.

Es ist schon lange her, dass sie zum ersten Mal vor dem Bild stand, aber sie wird es nie vergessen. Sie war in der Villa des ersten Mordopfers. Marie-Louise Roos lag tot auf der Couch in ihrem gutbürgerlichen Wohnzimmer, und in einem schmalen Gang, der zu einer wertvollen Sammlung antiquarischer Bücher führte, hing das Gemälde, auf dem die sieben Kinder mit Tiermasken dargestellt sind.

»Sie hat es mir in ihrem Testament vermacht.«

»Ich verstehe das nicht«, sagt Sanna. »Marie-Louise Roos hat Ihnen Ihr Bild zurückgegeben?«

Dorn nickt. »Der kleine Scheißkerl ist hinter dem Gemälde her.«

»Warum sollte er das?«

»Er will es wahrscheinlich zerstören.«

Sanna weiß nicht, was sie sagen soll. Sie gibt das Gemälde an Dorn zurück. Muss an die frische Luft. Geht zur Tür.

»Er war schon als Kind ein kleiner Langfinger, deshalb war er ja …«

»Das reicht«, sagt Sanna. »Ich werde mit ihm reden.«

Daniels Gesicht ist ausdruckslos, als er die Tür öffnet. Er zieht sich einen Pullover über den Kopf und bedeutet Sanna, hereinzukommen.

»Guten Morgen«, sagt sie.

»Wenn Sie mit meinen Eltern sprechen wollen, müssen Sie sie anrufen, sie sind auf dem Weg zum Beerdigungsinstitut.«

»Ich würde gerne mit dir sprechen, wenn du ein paar Minuten Zeit hast.«

»Ich muss gleich in die Schule.«

»Wir können zusammen gehen, wenn du willst?«

Er mustert sie und nickt dann Richtung Küche. »Meine Mutter kocht immer zu viel Kaffee, wahrscheinlich ist also noch was da.«

Auf dem Weg durch die Diele sieht sie ein paar Müllsäcke. Kleidung und Schuhe liegen verstreut herum. Bücher, Ordner, Papiere und Diplome stapeln sich in einem Umzugskarton. Ein Brillenetui ragt aus dem Chaos.

Sanna drückt noch einmal ihr Mitgefühl wegen Axels Tod aus, während sie sich an den Küchentisch setzen.

»Ihr habt angefangen, seine Sachen zusammenzupacken?«, fragt sie vorsichtig. »Ich habe die Säcke in der Diele gesehen.«

»Das war ich. Meine Eltern schaffen es nicht. Ich bringe seine Sachen nur in den Abstellraum, damit sie sie nicht jeden Tag sehen müssen.«

»Wie war es für dich, dass er wieder hier gewohnt hat? Ich habe von meinen Kollegen gehört, dass er kürzlich wieder nach Hause gezogen war.«

Ohne ihr zu antworten, steht Daniel auf, schenkt ihr eine Tasse Kaffee ein und lehnt sich gegen die Spüle. »Also, worum geht's?«, fragt er.

»Ava Dorn sagt, du seist heute Nacht oder in den frühen Morgenstunden vor ihrem Wohnwagen gewesen.«

Keine Antwort.

»Warum warst du dort?«

Keine Antwort.

»Sie denkt, du willst ein Gemälde von ihr stehlen.«

Er lacht resigniert.

»Das ist eine ernste Sache, sie könnte dich anzeigen, wenn du so weitermachst«, fährt Sanna fort.

Er blinzelt stumm.

»Versprichst du mir, dass du dich von ihr fernhältst?«

Nichts.

»Tu dir selbst einen Gefallen und halte dich vom Campingplatz fern«, warnt sie eindringlich.

Er scheint etwas sagen zu wollen. Er zögert, ringt mich sich.

»Was denkst du?«, fragt sie.

»Haben Sie noch etwas über meinen Bruder herausgefunden?«

»Noch nicht.«

Er wirft ihr einen prüfenden Blick zu. »Was glauben Sie?«

»Wir gehen gerade verschiedenen Hinweisen nach.«

Er nickt.

»Ich verspreche, dass wir alles tun werden, um Axels Mörder zu finden«, sagt sie.

Keine Antwort.

»Wenn du irgendetwas weißt, wenn du mir irgendetwas erzählen möchtest, das uns helfen könnte …«

Er mustert sie und erwidert: »Jeder hat vor irgendetwas Angst. Vor dem Telefon, das im Dunkeln klingelt. Vor dem wackelnden Abflussgitter. Davor, dass nur du merkst, dass ihr zu siebt seid und nicht zu sechst …«

»Jeder bis auf Axel?«

Er hält einen Moment inne. »Als wir Kinder waren, kamen wir eines Abends an einem abgeholzten dunklen Waldstück vorbei«, erzählt er. »Wir waren noch klein, er hatte mich den ganzen Tag geärgert. Ich wollte ihn erschrecken und zeigte auf die Stümpfe und rief, dass dort ein Mann steht. Ich dachte, er würde wegrennen oder so.«

»Aber das tat er nicht?«

»Nein, er ist den Mann suchen gegangen. In der Dunkelheit.«

Er verstummt, wirkt abwesend.

»Kann ich etwas für dich tun?«, fragt Sanna. »Hast du jemanden, mit dem du reden kannst, außerhalb der Familie, meine ich?«

Schulterzucken, er sieht zur Decke.

»Okay«, sagt sie.

Als sie aufsteht, holt er aus dem Kühlschrank eine Glasflasche mit etwas heraus, das wie Karottensaft aussieht, schenkt sich ein Glas ein und trinkt. Beobachtet sie.

»Es war Ihr Kind, das verbrannt ist«, sagt er.

Es ist, als hätte er sie geohrfeigt. Vielleicht weil seine Bemerkung so unerwartet kam. Sie sieht auf den verkratzten Boden. Aus dem Augenwinkel bemerkt sie, wie er sich wieder an die Spüle lehnt.

»Ich habe ihn mal getroffen«, sagt er. »Erik hieß er doch?«

Sie nickt.

»Es war nur ein einziges Mal«, fährt er fort. »Auf einem Ausflug, den das Jugendamt arrangiert hat. Jack und Mia waren auch dabei. Wir waren eine ganze Gruppe, die zusammen mit dem Naturschutzbund Müll am Strand aufsammeln durfte. Ein Priester war auch da, ich glaube, es war seine Kirche, die alles mit dem Jugendamt arrangiert hatte.«

Die Kirche. Dieselbe Kirche, die sich direkt gegenüber ihrem Hof befand, dem Hof, der abbrannte, bei dem Feuer, das ihr ihren Sohn wegnahm. Erik war oft bei dem Priester gewesen, und sie wusste bereits, dass die Kirche manchmal Kinder aufgenommen hatte, die für ein paar Stunden von zu Hause wegmussten, und dass Mia Askar dort gewesen war. Aber nicht Daniel und schon gar nicht Jack.

»Er war ein bisschen seltsam, Ihr Sohn.«

Sie erinnert sich an Eriks Nachtangst. Aber auch an sein merkwürdiges Verhältnis zu Spiegeln. Er sah Vögel in ihnen, und er unterhielt sich mit ihnen.

»Aber ich mochte ihn«, fährt Daniel fort. »Wir alle mochten ihn sehr.« Er sieht sie mit seinen intensiven Augen an. »An dem Tag hat er einen Bernstein gefunden. Er lag einfach da, im flachen Wasser. Nicht größer als ein Pfirsichkern, aber es waren zwei Insekten darin eingeschlossen …«

»Eine Ameise und ein Käfer …«, unterbricht Sanna ihn.

Sie weiß noch, wie er den Bernstein mit der Ameise und dem kleinen Käfer nach Hause brachte. Die Insekten waren so klein, nur winzige schwarze Umrisse, sie brauchte eine Lupe, um sie richtig zu sehen. Aber Erik liebte diesen Stein. Er war warm in seiner Hand. Er schleppte ihn überall mit sich herum. Legte ihn sogar jede Nacht unter sein Kopfkissen, und wenn er ihn einmal nicht mitnehmen konnte, ließ er ihn unter dem Kopfkissen liegen, bis er wieder nach Hause kam. Seine Großmutter lobte ihn für seinen Fund und erklärte ihm, dass Bernstein vor Hexerei und bösen Mächten schützt. Aber er sprach nur über die eingeschlossenen Tiere. Millionen von Jahren alt, perfekt erhalten, in ihrer goldenen Hülle. In ihrer kleinen Kammer. Sie waren einander zugewandt, die Ameise und der Käfer. Über ihren Köpfen waren winzige Luftblasen im Stein. Manchmal tat er so, als würden sie miteinander reden, hielt den Stein an sein Ohr und lauschte. Manchmal lachte er über sie, aber er erzählte ihr nie, was sie sagten.

»Wir hatten keine Ahnung, wer Sie waren, nur dass Sie von

der Polizei sind, das hatte er uns gesagt«, fährt Daniel fort. »Ich erzähle Ihnen das nur, weil Sie so deprimiert wirken. Sie sollten wissen, dass Ihr Sohn stolz auf Sie war. Er hat die ganze Zeit darüber gesprochen, wie mutig Sie sind. Und er war glücklich an diesem Tag, wirklich glücklich, zeigte uns den Stein, wir durften ihn alle eine Weile halten und uns die kleinen Insekten genau ansehen … Sogar Jack …«

Sie wehrt den Drang ab, das Gespräch zu vertiefen, es würde zu nichts anderem führen als zu losen Teilen eines Puzzles, das sie niemals zusammensetzen kann. Gleichzeitig spürt sie, wie das Unbehagen immer stärker wird und alles verlangsamt, ihr den Atem raubt. Es ist etwas an diesem Gefühl, womit sie nicht umgehen kann, die Art, wie es ihre Schultern hochklettert, sich um ihren Hals windet und ihr die Kraft raubt.

Einen Moment lang überlegt sie, Daniel zu sagen, dass Jack tot ist. Aber sie verdrängt den Gedanken sofort wieder.

»Sie waren seine Heldin«, sagt Daniel. »Sie waren die Heldin Ihres Sohnes. Aber ich schätze, das wissen Sie bereits.«

Sie nickt, als ob sie es wüsste. Aber sie weiß nichts mehr, erinnert sich an so wenig. Den Bernstein hatte sie auch fast vergessen. Alles verblasst immer mehr.

»Seltsam …«, sagt er.

Einen Moment lang herrscht Schweigen, bevor er fortfährt: »Sie hatten keine Ahnung, dass Jack Ihrem Sohn begegnet ist, oder?«

Kurz darauf steht sie vor dem Aufzug und wartet. Als sich die Türen öffnen, tritt sie ein. Doch als sie den Knopf für das Erdgeschoss drücken will, erstarrt sie. An der Wand neben den Knöpfen hängt ein ausgedruckter Zettel, den sie auf dem Weg nach oben nicht bemerkt hat, wahrscheinlich wegen der Familie mit Kindern, die davorstand. *Zu verschenken*. Vor dem

Fahrradraum würden Kisten mit Sachen stehen, die jemand loswerden will. Auf dem Zettel ist ein Filmplakat abgebildet. *Dawn of the Dead.*

Ihr fällt Axel Orsas Laptop ein, der Aufkleber mit dem Zombie. Er hatte dieselben Farben wie das Plakat vor ihr. Schwarz, Rot und Weiß. Sie liest die Worte am oberen Rand: *»When there's no more room in hell, the dead will walk the earth.«* Wenn in der Hölle kein Platz mehr ist, werden die Toten auf Erden wandeln.

Daniels Geschichte aus seiner Kindheit. Der Kahlschlag und der Mann im Dunkeln. Sie steht regungslos da. Denkt an den Wald um den Bunker und den hohlen Baum. Den nackten Stamm und den Nagel. Daniel stand im Dunkeln und beobachtete den Tatort, die Markierungen der Techniker, die kleinen weißen Wimpel auf dem kahlen, grauen Baumstamm.

Der kahle Baumstamm. Der Kahlschlag. Tote Bäume.

Sie drückt den Knopf, der die Aufzugtüren öffnet.

Als sie wieder vor Daniel steht, weicht er nicht zurück, sondern zieht nur den Reißverschluss seiner Windjacke hoch.

»Du verschenkst die Sachen deines Bruders?«, fragt sie. »Warum hast du gelogen und behauptet, dass du seine Sachen nur in den Abstellraum tragen wolltest? Warum willst du sie loswerden?«

Keine Antwort.

»Die Geschichte von dem Mann im Wald. Das hast du dir gerade ausgedacht, oder?«

Keine Antwort.

»Du hast Axel den Tipp gegeben, dass Pascal dem Einzelgänger im Wald etwas liefern würde? Stimmt's?«

Er schließt die Augen. Dann nickt er fast unmerklich.

KAPITEL NEUNUNDDREISSIG

Auf dem Weg ins Polizeirevier schweigt Daniel. Als sie seine Mutter am Empfang treffen, sieht er nur zu Boden und lässt sich von ihr umarmen.

»Ich bin so schnell gekommen, wie ich konnte«, sagt sie und wendet sich an Sanna. »Was ist denn los?«

Sie streckt sich. Ihre Augen sind gerötet, mit großen dunklen Tränensäcken.

»Danke, dass Sie gekommen sind«, erwidert Sanna. »Wir verstehen, dass Sie im Moment eine sehr schwierige Zeit durchmachen.«

»Muss ich einen Anwalt einschalten?«

»Nein, gar nicht. Daniel wird keiner Straftat verdächtigt, wir wollen nur mit ihm über die Ereignisse der letzten Woche sprechen. Dann können Sie wieder nach Hause fahren.«

Der Rezeptionist teilt Sanna mit, dass Eir und Niklas in Niklas' Büro warten, da alle anderen Räume besetzt sind.

Alle begrüßen sich kurz, und Niklas bietet Daniel und seiner Mutter etwas zu trinken an, doch beide lehnen ab. Daniel lässt sich auf einen Stuhl an der Wand sinken.

»Vielen Dank, dass Sie hier sind«, sagt Sanna. »Wir bedauern Ihren Verlust. Wie ich schon sagte, wirst du, Daniel, nur als Zeuge gehört, wir hoffen einfach, dadurch die Ereignisse rund um Axels Tod ein wenig besser verstehen zu können.«

Daniels Mutter lässt sich auf den Stuhl neben ihrem Sohn sinken.

»Sollen wir anfangen?«, fragt Sanna.

Daniel nickt.

»Möchtest du von Anfang an erzählen?«

»Pascal hat mich gebeten, einen Job zu übernehmen«, sagt Daniel.

Er ist ruhig, seine Stimme sanft. Seine Hände liegen auf den Oberschenkeln.

»Was für einen Job?«, fragt Eir.

»Eine Lieferung.«

Daniels Mutter zieht ein Taschentuch aus einer knisternden Packung und wischt sich eine Träne ab.

»Was für eine Lieferung?«

»Einmal hat er mich im Fitnessstudio gebeten, auf den Parkplatz zu kommen, dort hat er den Kofferraum aufgemacht und mir einen Haufen Zeug gezeigt.«

»Was für Sachen?«

Keine Antwort.

»Daniel?«, sagt Sanna.

Er hebt den Blick. »Es waren zwei große Seesäcke. In dem einen waren Waffen, Schusswaffen.«

»Was für Schusswaffen?«, fragt Niklas ernst und lässt sich vor seinem Computer nieder, um etwas zu tippen.

»Ich weiß es nicht. Ich glaube, ich habe eine Remington gesehen. Es waren hauptsächlich Gewehre. Aber auch Pistolen. Alles sah alt aus, das Holz war dunkel. Nicht abgenutzt, aber alt. Sie wissen schon, wie in alten Gangsterfilmen.«

Daniels Mutter schluchzt. Sanna reicht ihr eine neue Packung Taschentücher von Niklas' Schreibtisch. Sie nickt dankbar und schnäuzt sich.

»Er hat mich gebeten, die Taschen abzuliefern. Der Typ,

der die Sachen haben sollte, wollte eine Karte schicken und irgendwo einen Schlüssel aufhängen.«

»Eine Karte?«

Daniel nickt. »Daher wusste ich, dass er es war, der Typ, dem mein Bruder hinterherrecherchiert hat.«

»Hat Axel dir das erzählt?«

»Nicht direkt, aber als ich eines Tages nach Hause kam, hatte er vergessen, den Computer auszuschalten … Ich sah, wie viel Material er zu dem Typen hatte, er war richtig besessen von ihm. Ich habe ihn danach gefragt, und er hat es mir erzählt, aber natürlich hat er so getan, als würde er vor einer unglaublich tollen Enthüllung stehen. Wenn er den Kerl nur finden könnte.«

»Und du meinst, du wusstest sofort, dass du ausgerechnet diesem Mann etwas liefern solltest, weil …«

»Ein normaler Mensch hätte eine Adresse oder eine Wegbeschreibung geschickt«, unterbricht Daniel Sanna. »Eine Karte bedeutete, dass ich das Zeug in den Wald oder so bringen sollte. Die Karte und das Zeug in den Taschen, dann war es ja klar.«

»Was hat Pascal noch über diesen Mann gesagt?«, fragt Eir.

»Nichts.«

»Wenn du sagst, dass Axel von diesem Typen mit dem Bunker besessen war … Ist er deshalb zurück nach Hause gezogen, weil er an dieser Geschichte arbeiten wollte, obwohl ihn niemand dafür bezahlte?«, fragt Sanna und sieht von Daniel zu dessen Mutter.

Diese hält schluchzend die Hand vor den Mund, wischt sich die Tränen ab.

»Meine Mutter wusste nichts …«, sagt Daniel.

»Und warum wollte Pascal die Sachen nicht selbst ausliefern?«, fährt Eir fort. »Hat er das gesagt?«

»Der Typ hat deutlich gemacht, dass es eine einmalige Sache sei.«

»Du meinst, Pascal fand, dass sich darauf kein längerfristiges Geschäft aufbauen ließe? Ich verstehe das nicht.«

»Nein, ich meine, dass der Typ sich klipp und klar ausgedrückt hat.«

Eir sieht ihn verständnislos an.

»Hat er Pascal bedroht?«, fragt Sanna.

Daniel nickt.

»Inwiefern?«

»Er hat Pascal davor gewarnt, irgendetwas zu versuchen, den Schlüssel für den Bunker nachzumachen oder irgendjemandem von dem Ort zu erzählen. Wenn er sich Pascal schnappen wollte, wäre das ein Leichtes gewesen. Er wusste, wo er wohnte, wo seine Mutter und sein Vater und alle Geschwister wohnten und so weiter …«

»Aber Pascal hat trotzdem zugestimmt, ihm die Sachen zu verkaufen?«, fragt Niklas.

»Es ging um eine Menge Geld«, antwortet Daniel.

»Von dem du etwas bekommen hättest, wenn *du* die Sachen geliefert hättest, aber du hast abgelehnt?«, sagt Eir.

Daniel nickt. »Ich habe schon früher Jobs für Pascal übernommen, aber das war anders.«

Daniels Mutter steht auf und geht auf und ab. Niklas fragt, ob sie frische Luft schnappen möchte, und folgt ihr nach draußen. Als sich die Tür wieder schließt, setzt sich Daniel anders hin.

»Er hatte kranke Sachen, Sachen, die dieser Typ von ihm wollte, bei denen wurde mir schlecht.«

»Amphetamin«, sagt Eir. »Wir wissen bereits, dass Pascal das in den Bunker geliefert hat.«

»Nein … Pascal sollte ihm auch Amphetamine besorgen, ja, aber das war es nicht.«

Sanna beobachtet Daniel. Er windet sich.

»Was war in der anderen Tasche?«, fragt sie. »In der einen befanden sich Schusswaffen. Was war in der anderen?«

Daniel sieht zu Boden.

»Rasierklingen …«

»Rasierklingen?«, wiederholt Eir laut. »Was zum Teufel?«

»… Nägel, Metallrohre und Aluminiumpulver.«

Eir zuckt zusammen. »Scheiße«, flucht sie und geht mit schnellen Schritten zur Tür. »Wenn man dann noch Dünger und ein paar andere Sachen hinzufügt, hat man eine verdammte Bombe.«

Sie stürzt auf den Gang und ruft nach Niklas, der sofort erklärt, den Geheimdienst anzurufen. Dann ertönt Farahs Stimme, die wissen will, was los ist.

Sanna lässt sich auf den Stuhl neben Daniel sinken.

»Du wusstest, wofür diese Dinge verwendet werden können, und hast trotzdem nicht die Polizei informiert?«

Daniel sitzt schweigend da.

»Erklär es mir, damit ich es verstehe«, fährt sie fort. »Obwohl Axel so gemein zu dir war, als ihr Kinder wart, wolltest du ihm diesen Hinweis geben und dafür sorgen, dass er den Bunker findet? Warum bist du so nett zu jemandem, der dich so schlecht behandelt hat?«

Er sieht sie ausdruckslos an.

»Wer sagt, dass ich es aus Nettigkeit getan habe?«

KAPITEL VIERZIG

Es ist sechs Uhr abends, als Niklas und Eir ihre Besprechung mit der Säpo, dem Geheimdienst, beenden und alle im Ermittlungsraum versammeln. Die Säpo ist darüber informiert, was Pascal in den Bunker geliefert hat, und übernimmt die Ermittlungen hinsichtlich der Waffen und potenzieller Sprengstoffe. Dafür wird sie umgehend Leute auf die Insel schicken.

»Die Mordermittlungen bleiben bei uns«, erklärt Niklas. »Aber wir werden eng mit der Säpo zusammenarbeiten und natürlich bereit sein, im Notfall schützende oder abschreckende Maßnahmen zu ergreifen sowie sie bei allen operativen Aufgaben zu unterstützen, bei denen sie Hilfe benötigen.«

»Wie konnte der Junge das verheimlichen?«, fragt Jon. »Was ist er für ein Psychopath?«

»Er hat es nicht leicht gehabt«, sagt Sanna.

»Was für eine Überraschung, dass du ihn verteidigst«, meint Jon höhnisch lachend. »Durchgeknallte Kinder sind deine Spezialität …«

»Das reicht«, sagt Niklas und klingt zum ersten Mal wütend.

Sanna atmet tief durch. Jon hat recht, es ist schwer vorstellbar, dass ein vernünftiger Mensch einen Kofferraum voller Waffen und Material für eine Bombe verschweigt. Sie hatte angenommen, dass Daniel Axels Sachen loswerden wollte, um zu vergessen. Sie hatte gedacht, er schäme sich oder habe Gewissensbisse, weil er seinen Bruder in den Tod geschickt hatte. Eigentlich hätte Daniel damit durchkommen können, aber stattdessen ließ er sie wissen, dass er Axel keineswegs aus Nettigkeit einen Tipp gegeben hatte, sondern im Gegenteil, dass er vielleicht seinen Tod gewollt hatte. Axel, der Daniel als Kind schikaniert hatte und maßgeblich daran beteiligt gewesen war, dass Daniel im Ferienlager gelandet war. Sie denkt an Daniels Frage zu Holger Crantz: *Habt ihr den Priester jemals genauer überprüft, nach den Morden?* Sie fragt sich immer noch, was er damit gemeint hat. Vielleicht wurde Daniel auch missbraucht, vielleicht hat er das Gefühl, dass es für ihn nie vorbei sein wird.

»Sanna?«

Sie dreht sich um und sieht, dass der Raum leer ist bis auf Niklas, der ein paar Schritte auf sie zugeht.

»Jetzt, wo die Säpo involviert ist und wir eine Menge Ressourcen zur Verfügung haben, solltet du und Eir nach Hause fahren. Morgen früh machen wir weiter. Okay?«

Sein Handy vibriert, er entschuldigt sich und nimmt das Gespräch an. Nachdem er aufgelegt hat, wendet er sich an Sanna. »Ich habe gute Nachrichten. Wir haben die Person identifiziert, die in deine Wohnung eingebrochen ist. Eine Monica Jonasson, sechsunddreißig Jahre alt, die im Ort lebt. Bis vor ein paar Jahren war sie als Lehrerin für Handarbeit und Werken an der dortigen Oberstufe tätig. Heute arbeitet sie für kleine Baufirmen und erledigt verschiedene Schreinerarbeiten. Sagt dir das etwas?«

Sanna denkt nach und schüttelt den Kopf.

»Ist es sicher, dass sie es ist?«

»Ihre Fingerabdrücke waren überall in der Wohnung.«

Übelkeit macht sich in ihr breit. Sie erinnert sich an den Geruch nach Sägemehl, den sie in der Wohnung und im Treppenhaus wahrgenommen hat. War diese Frau um sie herumgeschlichen?

Niklas legt ihr eine Hand auf den Arm. »Sie ist zwar vorbestraft, aber sie war nie gewalttätig. Wahrscheinlich warst du also nie in Gefahr, vielleicht ist das gut zu wissen?«

Sie nickt, doch irgendetwas passt für sie nicht zusammen. Sie versteht nicht, warum eine Frau, die sie noch nie getroffen hat, in ihre Wohnung einbricht und sie beim Schlafen fotografiert.

»Weshalb ist sie verurteilt worden?«

»Ich habe nicht alle Details im Kopf, aber ich weiß, dass sie wegen Einbruchs vorbestraft ist. Sie hat Männer, mit denen sie eine Beziehung hatte, gestalkt und ist bei ihnen eingebrochen, während sie schliefen. Sie ist auch bei Menschen aus deren Umfeld eingedrungen, von denen sie glaubte, die betreffenden Männer würden sie mit ihnen betrügen. Und sie hat Trophäen mitgebracht, um den Männern zu zeigen, wozu sie fähig ist.«

»Sie ist also krank?«

»Sie war gemäß der Rechtslage zwangseingewiesen, aber das ist schon lange her.«

Plötzlich fällt ihr etwas ein. Sie entschuldigt sich und wählt Antons Nummer.

»Hi, wie geht's?«, fragt er atemlos.

»Der Thermobecher in deinem Auto, hast du mich deshalb auch angelogen?«

Am anderen Ende der Leitung ist es still.

»Sie hat ihn dir gegeben? Um dir zu zeigen, dass sie jederzeit an mich herankommt? Die Frau, mit der du schläfst? Monica, ist das ihr Name?«, fährt Sanna fort. »Monica Jonasson? Du hast gesagt, sie sei Lehrerin. Für Handarbeit und Werken?«

»Woher weißt du …?«

»Ihre Fingerabdrücke waren überall in meiner Wohnung. Eine Streife ist auf dem Weg, um sie abzuholen.«

»Sanna, es tut mir leid, ich weiß nicht, was ich sagen soll …«

»Warum hast du mir das nicht gesagt?«

»Ich habe mich nicht getraut, sie hat gedroht, Ellen alles zu erzählen … Ich könnte die Kinder verlieren …«

Als Sanna das Büro betritt, isst Eir vor dem Computer ein Sandwich und winkt sie zu sich.

»Willst du etwas?«, fragt sie und hält das Sandwich in die Luft.

»Was für ein Idiot«, murmelt Sanna.

»Welchen meinst du?«, erwidert Eir seufzend.

»Anton.«

»Anton?«

Sanna nickt. »Sie haben die Frau identifiziert, die bei mir eingebrochen ist. Anton hatte eine Affäre mit ihr … Sie ist psychisch krank.«

»Scheiße.«

Sanna nickt.

»Sieh es von der positiven Seite«, sagt Eir. »Jetzt wirst du wenigstens den verdammten Streifenwagen los, der dich verfolgt hat.«

Sanna nickt wieder, ja, das ist eine Erleichterung. Sie entdeckt Fotos und Zeichnungen des Bootshauses am See auf Eirs Schreibtisch.

»Hat die Untersuchung etwas erbracht?«, fragt sie.

Eir schüttelt den Kopf.

»Wir haben keine Ahnung, woher die Sportgeräte stammen, und die Techniker haben auch nichts Brauchbares gefunden.«

»Okay.«

»Und Daniel … Die Waffen, die Rasierklingen, all das macht mir eine Höllenangst.«

Sanna denkt wieder an Daniel, an das Sommerlager und

daran, dass die Ereignisse die Kinder vielleicht nie loslassen werden. Vielleicht war es Daniels Rache an seinem Bruder, dass er Axel zu Pascal geschickt hat, zum Bunker und zu dem Einzelgänger, von dem er wusste, dass er gefährlich war. Sie fragt sich, was jetzt mit Daniel passieren wird. Bevor er das Revier mit seiner Mutter verließ, wurden Termine mit der Polizei und dem Jugendamt anberaumt, und man versprach ihnen viel Unterstützung und Hilfe. Aber in seinen Augen lag eine gewisse Leere. Irgendwie erinnert Daniel sie an Jack. Sicher, er ist ein ganz anderer Mensch, aber er ist auch gebrochen, schwer zugänglich, unglaublich verschlossen. Vielleicht ist er auch grausam oder sogar gefährlich.

Sie sieht aus dem Fenster. Es wird allmählich dunkel. Die Ringmauer hebt sich als Silhouette vom blauen Meer ab.

»Denkst du an Jack?«, fragt Eir. »Tu es nicht … Ich weiß, dass es schwer ist, aber du musst loslassen.«

Sanna nickt langsam. »Ich gehe nach Hause«, sagt sie. »Vielleicht solltest du das auch tun, und wir fangen morgen früh wieder an? Jetzt, wo Niklas und die Säpo dran sind.«

Eir schüttelt den Kopf. »Ich habe nichts, was mich zu Hause erwartet.«

»Ist zwischen dir und Fabian etwas vorgefallen?«, fragt Sanna.

»Wenn die Tatsache, dass ich ihn zur Hölle geschickt habe, in diese Kategorie fällt, dann ja …«

»Was?«

»Er hat versucht, mir einen Ring zu schenken.«

»Und?«

»Von seiner Mutter.«

»Und?«

»Hör auf, so zu tun, als ob du nicht verstehst, was das Problem ist …«

Sanna antwortet nicht.

»Verdammt …«, sagt Eir zögernd. »Du denkst, ich habe einen Fehler gemacht, nicht wahr?«

»Ich weiß es nicht.«

Eir flucht ein wenig vor sich hin, dann nimmt sie ihr Handy und geht ein paar Schritte zur Seite.

Während sie versucht, Fabian anzurufen, entdeckt Sanna einen Zettel auf dem Schreibtisch und zieht ihn zu sich. »Sanna. Gry anrufen.« Dann eine Festnetznummer. Sanna betrachtet den Zettel. Dass Gry, die bei ihren letzten Begegnungen fast unerreichbar war, versucht hat, sie anzurufen, erscheint unwahrscheinlich. Sanna zögert, wählt die Nummer dann aber doch. Keine Antwort. Sie steckt den Zettel zusammen mit dem Handy in die Tasche.

Eir kaut an ihren Nägeln. Nervös, vielleicht sogar ein wenig resigniert, während es am anderen Ende klingelt.

Fabian klingt verärgert, als er sich meldet.

»Hallo«, sagt sie.

Er antwortet nicht.

»Ich habe mich gefragt, ob wir uns treffen und reden können?«

»Ich packe gerade Sachen zusammen und miste aus.«

»Was?«

»Ich bin in der Villa.«

»Soll ich vorbeikommen?«

»Warum?«

»Na ja …«

»Na ja was?«

Seine Stimme ist scharf, in Eir steigt Ärger auf.

»Ach, vergiss es …«

Sie will gerade auflegen, als sie ihn seufzen hört.

»Tut mir leid«, sagt er. »Es fällt mir nur schwer mitzuhalten. Erst wirfst du mich raus, und jetzt willst du hierherkommen …«

»Ich weiß nicht, was ich will, aber ich dachte, wir könnten uns trotzdem sehen.«

Schweigen.

»Die Jungs kommen her und holen einen Haufen Gerümpel aus dem Keller ab. Sie haben einen Lieferwagen gemietet, da muss ich schon dabei sein.«

»Schon gut, alles klar.«

Wieder herrscht Stille.

»Aber wenn du warten kannst, während wir einladen, können wir danach vielleicht reden?«

Als Eir nach dem Gespräch zu Sanna zurückkehrt, kann sie nur schwer ein Lächeln unterdrücken.

»Gut«, sagt Sanna. »Fühlst du dich jetzt etwas besser?«

»Ja, es fühlt sich zumindest nicht schlecht an … Er ist in der Villa und räumt aus, ich fahre hin.«

Auf dem Parkplatz umarmen sie sich kurz.

»Übrigens«, sagt Sanna. »Ich habe den Zettel auf deinem Schreibtisch gesehen, dass Gry angerufen hat. Ich habe versucht, die Nummer anzurufen, die du notiert hast.«

»Stimmt.« Eir schüttelt langsam den Kopf. »Ich habe erst nicht kapiert, dass sie es war, ich dachte nicht einmal, dass sie eine Nummer wählen kann …«

»Was hat sie gesagt?«

»Sie wollte, dass du anrufst.«

»Wegen …?«

Eir zuckt mit den Schultern. »Da hat Einar ihr das Telefon weggenommen.«

»Aber sie war trotzdem so klar im Kopf, dass sie dir die Nummer gegeben hat?«

»Nein, ich habe sie auf dem Display gesehen, sobald der Empfang sie durchgestellt hat, und sie notiert.«

»Und hat Einar etwas gesagt?«

»Er war ruhig und gefasst und hat gesagt, sie müsse sich ausruhen. Ich sagte, wir könnten uns morgen melden, und wenn es etwas Besonderes gäbe, könnten wir am Vormittag vorbeikommen oder so. Mach dir keine Sorgen, okay?«

»Okay.«

»Ach ja, eins war seltsam. Als ich sagte: ›Ja, ich werde Sanna von Ihnen grüßen‹, fing sie wieder an, diesen Reim aufzusagen. Den mit ›Sieben, acht, neun‹.«

Sanna schüttelt den Kopf. Erinnert sich an Grys Stimme.

»Wie war das …?«, sagt Eir und lacht. »Sieben, acht, neun, der Tod wird sich freun?«

»Ja …«

»Dieses verdammte ›Sieben, acht, neun‹ … Sie hat es bestimmt vier Mal gesagt, bevor Einar den Hörer genommen hat.«

Sanna nickt. »Fahr jetzt«, sagt sie. »Grüß Fabian.«

Während die Rücklichter von Eirs Auto außer Sicht verschwinden, bleibt Sanna auf dem Parkplatz stehen. Sie denkt an Gry und Einar Kristoferson. Daran, was Gry mit ihrem Anruf eigentlich gewollt haben könnte. Sie überlegt, ob sie es noch einmal versuchen soll, steigt dann aber doch ins Auto. Wenn sie nur kurz tankt und dann direkt dorthin fährt, kann sie in zwanzig Minuten dort sein.

KAPITEL EINUNDVIERZIG

Es ist schwül, als Eir vor der Villa aus dem Auto steigt. Sie zieht ihre Jacke aus und kämpft gegen den Schmerz an, der von ihrer Wirbelsäule ausstrahlt. Die schwarze Fassade wirkt im Abendlicht unscheinbar. Weit unter ihr steigt der Nebel vom Meer herauf und legt sich über die Feuchtwiesen. Bald zieht er über den steilen Hang bis vor die großen Fenster.

»Da bist du ja.«

Fabian hält die Tür auf und lächelt mit den Augen.

»Wie schön es heute Abend ist«, sagt sie.

»Komm rein.«

Als sie ihm ihre Jacke gibt, merkt er sofort, dass sie Schmerzen hat. Er verschwindet im Schlafzimmer und kommt mit Schmerztabletten zurück, die sie mit etwas Wasser einnimmt.

»Danke«, sagt sie erleichtert und gähnt.

»Warum legst du dich nicht auf die Couch am Pool und ruhst dich ein wenig aus, während ich unten weiterarbeite?«

Er nimmt ihre Hand und führt sie durch das prächtige Haus. Als sie an dem alten Hochzeitsfoto vorbeikommen, drückt sie seine Hand ein wenig fester. Es kribbelt in ihrem Bauch, als er sie näher an sich heranzieht.

Sie setzen sich auf das Sofa am Pool. Das türkisfarbene Wasser glitzert im warmen Schein der Beleuchtung. Nachdem Fabian die Rückenkissen ein wenig zurechtgeschoben hat, zieht er Eir sanft an sich heran.

»Komm her«, sagt er.

Er fühlt sich warm an. Seine Kleidung riecht muffig. Seine Wangen sind stoppelig, und als er sie auf die Stirn küsst, kratzt es angenehm.

»Wie lange schuftest du eigentlich schon da unten?«, fragt sie.

»Ich weiß, ich muss duschen. Aber es nimmt irgendwie kein Ende.«

»Was sind das alles für Sachen?«

»Das meiste wird verschenkt, vieles kommt auf die Mülldeponie, aber dann sind da noch die Sachen meiner Eltern, einige Kisten mit meinem alten Spielzeug und Kinderbüchern. Wir haben einfach alles dort unten eingeschlossen, als mein Vater starb. Ich habe einen Lagerraum gemietet, damit ich bei Gelegenheit alles durchgehen kann, was ich aufheben will.«

Sie legt ihre Hand auf seinen Oberschenkel und kratzt mit ihren Fingern ein wenig in dem Staub, der sich im Jeansstoff gesammelt hat.

»Wir sprechen fast nie über unsere Eltern«, sagt sie.

Er nickt. »Möchtest du das denn?«

Sie zuckt mit den Schultern. »Meine Mutter ist tot, und mein Vater ist so weit weg …«

»Vermisst du ihn?«

»Manchmal. Vermisst du deinen?«

Er schweigt.

»Wir müssen nicht darüber reden«, sagt sie.

Er nimmt ihre Hand. »Ich habe ihn mehr vermisst, als er noch lebte.«

»Was hat dein Vater gearbeitet? Ich meine, ich weiß, dass er eine Art Chef war, aber bei eurem Lebensstandard …«

»Das war unterschiedlich, meistens hat er für Pharmaunternehmen gearbeitet. Aber auch Hightech. Er ist viel gereist. Wenn er nicht gerade unterwegs war, saß er meistens an seinem Schreibtisch oder ging aus und traf Freunde.«

»Was ist mit deiner Mutter?«

»Sie war zu Hause bei mir und meiner Schwester.«

»War sie nett?«

»Sie war eine gute Mutter.«

»Gut? Was soll das denn bedeuten?«

»Sie war nett. Wir haben gebacken, Kastanienmännchen gebastelt … Wir waren viel in der Natur, sie hat uns etwas über Bäume beigebracht und dass man alles Leben respektieren muss.«

»Deshalb isst du also nur Falafel«, sagt sie und lächelt, um ein Gähnen zu verbergen.

Als sie sich auf das Sofa legt, zieht er eine Decke über sie.

»Ich muss nur ein bisschen die Augen zumachen«, sagt sie und gähnt erneut.

»Mach nur. Ich versuche, so viel wie möglich zu packen, bevor die Jungs kommen, damit ich sie schnell loswerde und wir den Abend für uns haben.«

Sie nickt.

»Übrigens, der Empfang im Keller ist schlecht«, fährt er fort. »Damit du nicht böse wirst, wenn du mich anrufst und ich nicht rangehe.«

»Du?«, sagt sie. »Tut mir leid wegen … Ja, wegen …«

Er lächelt. »Jetzt bist du hier, das reicht. Über alles andere reden wir später, okay?«

Sie nickt, schließt die Augen und dreht sich vorsichtig auf die Seite. Beißt die Zähne zusammen, als der Schmerz wieder aufflammt.

Seine Schritte entfernen sich.

»Ich werde den Jungs sagen, dass sie den Kellereingang nehmen sollen«, sagt er, bevor er verschwindet. »Damit sie dich nicht aufwecken.«

Sanna hält an der Tankstelle, um einen Kaffee zu kaufen. Hierher kam sie auch vor ein paar Jahren immer, als sie noch in der Stadt arbeitete. Der ältere Mann hinter dem Tresen erkennt sie wieder und drückt einen Deckel auf den dampfenden Kaffeebecher.

»Sonst noch was?«, fragt er mürrisch.

Sie schüttelt den Kopf. Ihr Blick fällt auf ein Regal mit Zeitungen, das neben dem Tresen steht.

Auf der Titelseite einer Fernsehzeitschrift sind Bilder aus einer Dokumentation über Bernsteinsucher abgedruckt. Sie tastet in ihrem Mantel nach der Kreditkarte. Versucht, die Gedanken an Erik zu verdrängen. An Jack und Erik an jenem Tag zusammen am Strand.

Der Hof der Kristofersons ist heimelig erleuchtet, als sie darauf zufährt. Das große Herrenhaus aus Kalkstein sieht im Abendlicht wunderschön aus.

Doch als Sanna klopft, reagiert niemand. Vorsichtig probiert sie den Türgriff, aber das Haus ist verschlossen.

»Hallo?«, ruft sie und sieht zu den Fenstern.

Nichts.

Sie geht an der Hauswand entlang, dann über den Hofplatz zum alten Brunnen, der auch aus Kalkstein gemauert ist. Er ist hoch und breit, Ehrfurcht gebietend in seiner Größe und gesäumt von einigen Zinkwannen mit hübschen lilafarbenen Herbstastern.

Sie späht in den Brunnen. Er ist mit Zement gefüllt. Graubraun und stumpf. Sie berührt die raue Oberfläche. Äste rascheln. Sie dreht sich um. Auf der anderen Seite der unbefestigten Straße, die zum Hof führt, erheben sich die Bäume wie eine Mauer, in der sich Schatten abzeichnen, irgendwelche Tiere, vielleicht Vögel.

Zurück beim Haus, streckt sie sich und blickt durch ein Fenster. Die Kammer, in der Gry verschwand, als sie und Eir dort waren. Auf dem Schreibtisch liegen die roten Notizbücher, eines davon ist aufgeschlagen und voller Buchstaben und Zahlen. Daneben steht ein großes Glasgefäß, das bis zum Rand mit Büroklammern gefüllt ist und auf der Schreibtischkante balanciert.

Auf der Rückseite des Hauses ist die Beleuchtung schlechter. Sie geht ein paar Schritte, die Küchentür ist unverschlossen. Sie zögert kurz, bevor sie hineinschlüpft.

»Ist jemand zu Hause?«, ruft sie.

Aus der Küche riecht es nach nassem Fell, und als Sanna einen Blick hineinwirft, erinnert sie sich an die Hunde, die auch nicht zu Hause sind. Sie sieht sich im Wohnzimmer um, dreht den Kopf immer wieder zur Diele und zur Eingangstür. Bildet sich ein, dass jemand draußen steht.

Kurz vor der Diele sieht sie eine hohe, schmale Dachbodentür, die einen Spalt offen steht. Der Schlüssel steckt. Dahinter führt eine steile Holztreppe, fast wie eine Leiter, hinauf in die Dunkelheit. Vorsichtig zieht Sanna die Tür auf.

»Einar?«, ruft sie.

Keine Antwort. Sie nimmt ihr Handy heraus, um Niklas anzurufen, hat aber keinen Empfang. Sie versucht, eine SMS zu senden, auch erfolglos. Sie verflucht sich dafür, dass sie niemanden angerufen oder benachrichtigt hat, wo sie ist. Sie weiß nur allzu gut, dass der Empfang in den alten Kalksteinhäusern mit ihren dicken Mauern unzuverlässig ist, und sie hätte jemandem Bescheid sagen sollen, solange sie noch im Freien war. Gerade will sie zum Auto zurückgehen, als sie ein

Geräusch hört. Einen dumpfen Schlag von oben, vom Dachboden. Sie steht ganz still, bis sie es wieder hört.

Die Tür gleitet ohne Quietschen auf. Sie klettert die Treppe hinauf, spürt den Schmutz unter ihren Handflächen, als sie mit den Händen über die Stufen tastet. Der Raum im Obergeschoss ist luftig und kühl.

»Hallo?«, ruft sie noch einmal.

In einer Ecke stehen einige Umzugskartons. Mit der Taschenlampenfunktion des Handys leuchtet sie vor sich. Öffnet vorsichtig einen Karton. Eine Staubwolke wirbelt auf, und sie muss sich die Nase zuhalten, um nicht zu niesen. Sie holt alte Kochzeitschriften und Hochzeitsmagazine heraus. Sie berührt Spitze, ein Hochzeitskleid. Behutsam legt sie die Sachen zurück und schließt den Karton wieder.

Ein kratzendes Geräusch. Wie Nägel, die über Glas schaben. Ungleichmäßig. Es kommt aus dem Teil des Dachbodens, den sie nicht sehen kann. Sie schleicht sich an den gemauerten Schornstein heran, der fest in der Mitte des riesigen Dachbodens steht. Ein Luftzug streicht über ihren Hals, während sie sich nähert. Mit einer Hand auf dem Schornstein tritt sie vor.

Ein Fenster mit einer Gardine. Etwas zappelt dort, es sieht aus wie Flügel hinter dem zerrissenen Stoff. Sanna eilt nach vorne und schiebt den Vorhang vorsichtig zur Seite. Eine Eule kämpft gegen die zerkratzten Glasscheiben. Erschöpft stürzt sie sich auf sie und flattert dann in eine Ecke.

Nach einigem Ruckeln und Schieben kann Sanna das Fenster öffnen. Mit ihrem Mantel fängt sie den gesprenkelten, graubraunen Vogel ein und trägt ihn zum Fenster. Zunächst scheint er unter Schock zu stehen. Doch dann schlägt er mit den Flügeln und hebt ab. Erst da spürt sie den Wind im Rücken und merkt, dass sie mitten in einem Zugluftkorridor steht. Scharniere knarren, eine Tür schlägt zu. Sie schließt das Fenster und dreht sich um.

Auf der anderen Seite des Giebels, genau gegenüber von ihr, bemerkt sie zwei abgetrennte Räume. Aus dem Boden ragende Wände, zwei große mit Holz verkleidete Würfel. Einer davon mit einer Tür, die einen Spalt offen steht.

Sie geht langsam darauf zu. Zieht die Tür auf und tritt ein. Atmet die frische Waldluft ein.

Ein möbliertes Zimmer. Die Wände sind mit Strukturtapeten bedeckt. Auf dem Boden liegt ein rosa-blau gemusterter Teppich, auf dem ein weinrotes Ledersofa und ein kleiner Tisch aus rauchfarbenem Glas mit Goldrand stehen. An einer Wand befindet sich ein Holztisch mit zwei Stühlen. Auf dem Tisch liegt ein Stapel sorgfältig zusammengelegter Schlafanzüge. Sanna dreht sich um und sieht sich selbst in einem Spiegel, vor dem ein kleiner Tisch mit einem alten Tastentelefon und einem weißen Porzellanschwan mit getrockneten Blumen steht.

Durch einen Bogen geht sie in den angrenzenden Raum.

Ein Schlafzimmer. Das Doppelbett ist mit einer apricotfarbenen frotteeartigen Decke bezogen. Auf den Nachttischen stehen muschelförmige Lampen. Auch dieses Zimmer hat ein Fenster. Es ist geschlossen, pastellfarbene Rüschengardinen sind halb zugezogen.

Zurück im ersten Raum, geht sie zum offenen Fenster. Etwas glänzt auf dem Fensterbrett. Zwei Haken. Als sie sich hinausbeugt, sieht sie, dass es sich um eine Leiter handelt, die vom Boden nach oben führt. Da hört sie hinter sich eine hohle Stimme.

»Hier schleichen Sie also herum.«

Einar beobachtet sie, sieht von ihr zu dem Schlafzimmer.

»Die Küchentür war nicht verschlossen, und ich …«, beginnt sie zögernd.

»Ich habe Gry zu ihrer Schwester gebracht.«

»Wie geht es ihr?«

Im Erdgeschoss winseln die Hunde, ihre Krallen kratzen über den Holzboden.

»Meine Kollegin sagte, Gry habe versucht, mich anzurufen?«, fährt sie fort.

»Sind Sie deshalb hier?«

In der Ferne kreischt ein Tier in der Dunkelheit. Der Hof liegt einsam und ist nur von dichtem Wald umgeben. Der nächstgelegene Hof ist wahrscheinlich mehrere Kilometer entfernt.

»Was sind das hier für Zimmer?«, fragt sie.

Er geht zum Tisch, hebt die Schlafanzüge auf und rückt einen Stuhl zurecht.

Sanna schluckt. Die Zimmer sind wie Zeitkapseln. Irgendetwas stimmt hier nicht.

»Was hat das zu bedeuten?«, fragt sie zögernd und nickt in Richtung des Fensters, in Richtung der Leiter, die von der Außenwelt hereinführt.

»Das geht Sie nichts an«, erwidert er.

»Nein …«

Er schweigt, dann seufzt er.

»Am Anfang hat sie nur ein paar Dinge vergessen«, sagt er. »Ich habe versucht, nachsichtig zu sein. Dann hat sie immer mehr Zeit in ihrer Kindheit verbracht, ich versuchte, zuzuhören und mich darauf einzulassen, aber ich konnte es nicht. Die Namen, die Orte, ich konnte sie nicht dorthin begleiten, ich war ja nie mit ihr dort gewesen … Also habe ich alte Fotoalben ausgegraben.«

Sie versucht, ihre Gedanken zu sammeln. Die Couch. Der Couchtisch. Der Teppich. Die Spiegelwand. Das Tastentelefon. Der Bettüberwurf. Die pastellfarbenen Rüschenvorhänge.

Das Doppelbett. Das kann nicht das Elternhaus von Gry sein. Die Epoche ist falsch.

Als ob er ihre Gedanken lesen könnte, presst er seine schmalen Lippen aufeinander.

»Gleich nach unserer Hochzeit haben wir eine kleine Zweizimmerwohnung gekauft«, sagt er. »Sie müssen mich jetzt auch für verrückt halten. Und das bin ich wohl auch, wenn ich dachte, dass ich sie so vielleicht zurückbekommen könnte …«

Er sieht zu Boden, dreht sich um und verlässt mit schweren Schritten den Raum. Sie zögert einen Moment, dann folgt sie ihm.

Im Erdgeschoss drängen sich die Hunde an sie. Sie versucht, sie zu verscheuchen, aber es gelingt ihr nicht.

Einar steht in der Kammer am Schreibtisch, sammelt Grys rote Notizbücher ein und reicht sie ihr.

»Nehmen Sie sie«, sagt er. »Bevor wir heute Abend losfuhren, hat sie unter anderem gesagt, dass Sie sie haben sollen. Oder ›789‹, wie sie Sie nennt.«

»Nennt sie mich wirklich so?«

»Sie haben ja diesen Reim beendet, an so etwas erinnert sie sich. Sie weiß nicht immer, wer oder wo sie ist, aber Unfug kann sie sich merken.«

Sanna nickt.

»Ich wäre Ihnen dankbar, wenn Sie keine weiteren unangekündigten Besuche machen würden«, fährt er fort. »Ich bin es nicht gewohnt, dass Leute hier einfach auftauchen.«

»Natürlich«, antwortet sie. »Aber wenn Gry will, dass ich komme, rufen Sie mich bitte an, und wir vereinbaren einen Termin …«

»Sie kommt nicht mehr nach Hause«, unterbricht er sie. »Sie

hat einen Platz in einem Heim, und wahrscheinlich wird ihre Schwester sie nächste Woche dorthin bringen.«

»Das tut mir leid.«

Er schüttelt den Kopf und seufzt. »Ich entschuldige mich für meine Laune.«

»Schon in Ordnung. Ich werde nicht mehr einfach so hereinplatzen …«

Sanna sieht sich um. Das Haus ist warm und gemütlich. Die zierlichen Möbel sind sauber und poliert, einige davon sind wirklich alt und wurden wahrscheinlich über Generationen weitervererbt. Auf dem Sofa liegen sorgfältig geflickte Kissen und eine selbst gestrickte Decke. An der Wand hinter Einar hängt ein Foto von ihm und Gry, auf dem sie als junges Paar vor dem Brunnen stehen.

»Der Brunnen«, sagt Sanna vorsichtig. »Was ist damit passiert? Ich habe gesehen, dass er zugeschüttet ist.«

Einer der Hunde rollt sich vor Einar auf den Rücken, und er krault ihm den Bauch.

»In dem Jahr, als Gry immer mehr Sachen vergessen hat, wollte sie sich dort erhängen«, sagt er leise. »Ich habe sie in letzter Minute gefunden … Das Seil war an meinem Auto ein paar Meter vom Brunnen entfernt festgebunden. Danach war sie wochenlang im Krankenhaus, und ich habe ihn zugeschüttet, ich konnte den Gedanken an das Wasser darin nicht mehr ertragen, das Geräusch des Regens darin, wenn es gewitterte.«

Ohne nachzudenken, geht sie zu ihm und legt ihm die Hand auf den Arm. Er verzieht das Gesicht.

»Ich habe von Ihrer Familie gelesen, von dem Brand. Es tut mir leid, was mit Ihrem Jungen passiert ist«, sagt er. Seine Stimme bricht, und er senkt den Blick.

Es ist noch dunkler geworden, als Sanna auf die Treppe tritt und zum Auto geht. Sie spürt Einars Blick im Rücken, und bevor sie die Autotür öffnet, dreht sie sich um und nickt. Er nickt zurück. Dann kommt er eilig auf sie zu.

»Darf ich Sie um etwas bitten?«, fragt er.

»Ja?«

»Ich sehe manchmal Mädchen im Wald. Ich glaube, sie verkaufen Drogen. Mit ihrer Drohne jagen sie dem Wild eine Heidenangst ein … Eine von ihnen hat Haare bis zum Hintern und einen Blick, als wolle sie einen töten.«

Hedda, Nina und die Motorradmädchen. Sanna kann nur nicken.

»Mit ihnen ist nicht zu spaßen«, fährt er fort. »Unten im Ort habe ich gesehen, wie eine von ihnen die eigene Mutter zu Boden gestoßen hat.«

Er lässt die Schultern hängen. Plötzlich erinnert sich Sanna an Sonja im Krankenhaus, an deren schmerzenden Arm.

»Ich werde jemanden bitten, mit ihnen zu sprechen«, sagt sie.

»Warten Sie.« Er holt etwas aus seinem Wagen und kommt zurück. »Das letzte Mal, als ich sie mit der Drohne erwischt habe, konnte ich sie verscheuchen. Eine von ihnen, ein Mädchen mit einer großen Tätowierung im Nacken, hat die hier fallen lassen.«

Er hält die Hand hoch. Einen Moment lang ist alles still.

Ein Paar Mäusebussardfüße. Orange-braun mit schwarzen Krallen. Umwickelt mit einem feuchten, schmutzigen Band. Sie sind etwas kleiner, aber zweifellos genauso getrocknet und sorgfältig zusammengebunden wie die im Bunker.

»Was ist das für eine Hexerei?«, murmelt er.

Sanna versucht, die Krallen so wenig wie möglich zu berühren. Auch wenn sie schon durch mehrere Hände gegangen und daran wahrscheinlich keine Spuren mehr zu finden sind, kann sie sich nicht sicher sein. Sie entschuldigt sich und sucht im Handschuhfach nach einem Beweismittelbeutel. Zum Glück hat Sudden ihr bei ihrer letzten Begegnung ein paar mitgegeben.

Als sie den Wagen startet, steht Einar noch da, und die Hunde streichen um seine Beine. Sobald er außer Sichtweite ist, wählt Sanna die Nummer von Niklas.

»Nina Paulson«, sagt sie. »Wir müssen sie finden, sofort.«

Während sie auf die Landstraße fährt, denkt sie wieder an Ninas Tätowierung. Das Mädchen im Baum, mit den langen schwarzen Haaren und krallenartigen Nägeln. Das Loch im alten Baumstamm mit den beiden Totenschädeln.

KAPITEL ZWEIUNDVIERZIG

Entfernte Motorengeräusche aus der Dunkelheit. Eir öffnet die Augen und sieht an die Decke. Die unzähligen schwarzen Augen in der Holzvertäfelung lassen sie den Blick abwenden. Sie setzt sich auf und schiebt die Decke zur Seite. Das Chlor aus dem Schwimmbad reizt ihre Atemwege. Ihr verschwitzter Nacken und die trockene Kehle treiben sie in die Küche.

Das Leitungswasser ist angenehm auf dem Gesicht. Nachdem sie mehrere eiskalte Schlucke getrunken hat und sich mit der Hand über Hals und Augen gefahren ist, trocknet sie sich mit einem Küchentuch ab und reißt die Kühlschranktür auf. Öffnet eine Limo und lehnt sich an den Küchentisch. Sie überprüft ihr Handy. Eine Nachricht von Fabian, er schreibt, dass er und seine Freunde eine Ladung Gerümpel wegfahren, sie wollen bald wieder zurück sein. Er kann unterwegs Essen besorgen, wenn sie ihm sagt, worauf sie Lust hat. Bevor sie antworten kann, hört sie das Geräusch erneut. Lautes Knattern nähert sich der Villa.

Sie geht zur großen Eingangstür.

Motoren werden ausgeschaltet.

Als sie noch überlegt, Fabian anzurufen, hämmert jemand gegen die Tür. Sie schließt auf und öffnet.

»Nina?«, sagt sie.

Ninas Augen sind trübe und verhangen. Hinter ihr warten die anderen Mädchen auf ihren Motorrädern, ihre Gesichter sind im schwachen Licht nicht zu erkennen. Eine zündet sich eine Zigarette an und gibt sie weiter.

»Was macht ihr hier?«, fragt Eir überrascht.

Als sie eine Hand auf Ninas Arm legt, zuckt das Mädchen zurück.

»Was machen *Sie* denn hier?«, sagt sie.

»Fabian wird bald hier sein«, erwidert Eir. »Wenn ihr nach ihm sucht?«

Keine Antwort.

»Oder?«, fragt Eir. »Was wollt ihr eigentlich von ihm?«

»Haben Sie Bargeld?«, will Nina wissen.

Eir zögert. »Nein …«

»Er schuldet uns was.«

»*Fabian* schuldet euch Geld, ernsthaft?«

»Wer zum Teufel ist Fabian?«, entgegnet Nina.

Eir beobachtet sie, atmet tief durch. »Worum geht es hier eigentlich?«

Nina schüttelt den Kopf. »Wir haben dieses Wochenende einem Mann hier was geliefert, der nicht genug Geld hatte.«

Max. Fabians Freund, der schlafend und nur mit Jacke und Unterhose bekleidet am Pool gesessen hatte. Fabian hatte erwähnt, dass er Probleme mit Alkohol und Tabletten hat.

Nina kommt einen Schritt näher und bleibt in der Tür stehen. Eir stellt sich ihr instinktiv in den Weg.

»Willst du mich jetzt verarschen, oder was?«, sagt sie. »Du weißt doch genau, dass ich Polizistin bin.«

Nina sieht sie ausdruckslos an.

»Er hat versprochen, das Geld am nächsten Tag zu besorgen und uns anzurufen, aber er hat sich nicht gemeldet.«

Eir holt ihr Handy hervor.

»Rufen Sie an, wen Sie wollen«, sagt Nina. »Sie haben nichts.«

»Was hast du gesagt?«

»Sie haben nichts gegen uns in der Hand. Sie können uns jetzt Geld geben, oder wir gehen rein und nehmen etwas mit.«

Eir wählt die Nummer des Reviers. Ein paarmal klingelt es, bis Nina sie plötzlich schubst, ihr das Telefon aus der Hand reißt und einen Schritt zurücktritt. Sie wirft es Tuva zu, die es an ein anderes Mädchen weitergibt. Angespannt geht Eir auf Nina zu, warnt sie. Nina steht still da, beobachtet sie. Eir spürt, wie sich der Schmerz in ihrem Rücken ausbreitet und die Wut in ihr schwelt, aber sie weiß nicht, wie viel Kraft sie eigentlich hat.

»Sag ihnen, dass sie mir das Handy geben sollen«, sagt sie.

Keine Antwort. Nina Gesicht ist gleichgültig. Dann spuckt sie mit aller Kraft auf den Boden und zeigt Eir den Mittelfinger.

Ein Geräusch an Eirs Auto, das nur wenige Meter entfernt geparkt ist. Tuva öffnet die Autotür und greift hinein, dann schlägt sie sie grinsend wieder zu. In ihrer Hand hält sie Eirs Autoschlüssel. Sie wirft ihn mit Schwung zwischen die Bäume auf der anderen Seite der Einfahrt.

Eir stürzt los, doch als sie an Nina vorbeilaufen will, kommt Hedda plötzlich auf sie zu. In ihrer Hand hält sie einen Eispickel.

»Okay«, sagt Eir und hebt die Hände, den Blick auf die scharfe Metallspitze gerichtet. »Jetzt beruhigen wir uns alle mal.«

Hedda macht ein paar Schritte zur Seite. Vielleicht um sie zu umkreisen, vielleicht, um ins Haus zu gelangen. Eir will die Situation unter Kontrolle bringen, aber der stechende Schmerz in ihrem Rücken erinnert sie daran, dass das Risiko zu groß ist.

»Okay«, sagt sie wieder. »Okay …«

Langsam weicht sie zur Tür zurück, stolpert über die

Schwelle und hält sich am Türrahmen fest, um nicht zu stürzen. Sie lässt Hedda nicht aus den Augen, die mit dem Eispickel in der Hand stehen bleibt und deren Handgelenk unruhig zuckt.

Zurück im Haus, schlägt Eir die Tür zu und dreht den Schlüssel. Lehnt sich taumelnd an die Wand, atmet tief durch und versucht, die Fassung wiederzuerlangen.

»Reiß dich verdammt noch mal zusammen«, flüstert sie.

Dann sieht sie zur Tür, merkt, wie still es ist. Doch wenn sie weggefahren wären, hätte sie das Knattern der Motoren gehört.

Sie schaltet das Licht in der Eingangshalle aus, ebenso im Flur und schleicht durch die dunkle Küche zum Fenster, berührt leicht die hölzerne Jalousie, um hinauszusehen. Tuvas magere Gestalt unter der Außenbeleuchtung. In ihrer Hand glüht eine Zigarette. Eir versucht zu erkennen, ob noch mehr von ihnen bei den Motorrädern stehen. Nein, sie sind nicht dort. Eir spannt in der Stille die Muskeln an. Sie ist zwar alt genug, um die Mutter der Mädchen zu sein, aber sie ist stark und durchtrainiert. Doch der Rücken macht ihr Sorgen, die Angst, sich nicht verteidigen zu können.

Irgendwo schlägt knarzend eine Tür zu. Die Mädchen sind ins Haus gelangt. Eir zögert, sie kann sich nicht einfach in der Toilette einschließen und warten, bis sie wieder weg sind. Fabians Kindheit, die Sachen seiner Familie, seine Erinnerungen, alles, was nicht weggeworfen werden soll, befindet sich noch im Keller. Sie ist verletzlich, aber nicht hilflos, auch ohne Handy und ohne die Dienstwaffe, die auf dem Revier eingeschlossen ist. Sie geht zur Kellertreppe.

Die Stufen quietschen bedenklich. Sie schließt die Augen und sieht vor sich, wie sie im Keller auf sie warten. Doch sie kann in einen kleinen Raum neben der Treppe schlüpfen, bevor der erste Schatten auftaucht. Schnell bewegt er sich durch den Gang, rüttelt an einer Tür, die verschlossen ist, und geht weiter zu einer anderen Tür, die sich öffnen lässt. Dann erscheint ein weiterer Schatten und noch einer, alle verschwinden im selben Raum.

Der Klang ihrer lauten Stimmen, als sie in den Kisten wühlen. Der Gedanke an ihre Hände, die überall sind. Die gleichgültigen Blicke.

Wenn sie nur etwas zu ihrer Verteidigung finden könnte. Fabian wird bald zurück sein, sie muss sich nur etwas Zeit verschaffen.

Langsam tastet sie sich durch den dunklen Raum. Öffnet einen Müllsack, erspürt eine Art Stoff. Eine Umzugskiste ist voll mit Schallplatten. Ihr Rücken schmerzt, aber ihre Gedanken rasen. Wenn sie nichts tut, werden sie wahrscheinlich trotzdem Jagd auf sie machen, wenn sie fertig sind, denn sie wissen, dass sie sie gesehen hat und dass sie sich im Haus befindet.

Ihr Fuß stößt gegen etwas. Sie ertastet etwas Kaltes, vielleicht aus Eisen. Ein Schürhaken. Sie hebt ihn auf und wiegt ihn in der Hand. Die aufkommende Erleichterung verfliegt sofort wieder.

Das Licht im Gang wird eingeschaltet. Schritte hallen, sie führen zur Kellertür. Eir hebt den Schürhaken und tritt ins Licht hinaus.

»Stopp«, ruft sie.

Einige Mädchen hasten durch die Kellertür und verschwinden. Nina und Hedda kommen zuletzt aus dem Raum. In Ninas Armen liegt eine Zinnschatulle mit demselben Flechtdekor wie das Döschen mit dem Ring, den Fabian ihr schenken wollte und der seiner Mutter gehört hatte. Nina sieht hastig zu Eir, bevor ihr Blick zu dem Schürhaken gleitet.

»Hinlegen«, befiehlt Eir. »Das Kästchen, stell es ab.«

»Was geht Sie das an?«, erwidert Hedda aggressiv.

Nina hält die Schatulle fest.

»Sofort«, sagt Eir. »Ich meine es ernst.«

Widerwillig stellt Nina das Kästchen auf dem Boden ab und schiebt es mit dem Fuß gegen die Wand.

»Er hat nicht gezahlt«, sagt sie. »Das gehört doch sicher irgendwem, der schon längst nicht mehr hier wohnt?«

»Dir gehört es jedenfalls nicht«, sagt Eir und geht auf die Mädchen zu.

»Sie wissen ja nicht mal, was darin ist«, erwidert Nina. »Ich habe es beim letzten Mal gesehen, als wir hier waren …«

Hedda stößt ihr den Ellbogen in die Seite, und sie verstummt.

»Und was willst du damit anfangen?«

Schweigen.

»Gebt mir eines eurer Handys.«

Nina wirft wieder einen Blick auf das Kästchen.

Eir geht weiter auf sie zu. Sie zögert bis zum letzten Moment, dann packt sie Ninas Arm. Hedda rennt zur Tür und stürzt hindurch. Als sie in der Dunkelheit verschwindet, zieht Eir Nina ein paar Schritte zurück. Nina wehrt sich, will Eirs Gesicht zerkratzen, an ihren Haaren reißen. Sie tritt gegen das Kästchen, das über den Boden schlittert. Als Eir nach Ninas Handy greift, schlägt Nina es ihr aus der Hand und zertritt es mit ihrem Stiefel. Dann reißt sie sich los. Eir stürzt hinter ihr her.

Sobald sie zur Tür hinaus ist, kommt schon der erste Schlag. Der Boden bietet keinen Schutz, die Tritte finden sie trotzdem. Irgendwo wird mit einer Handykamera gefilmt. Das warme Blut aus ihrer Nase läuft über ihre Finger und ihren Hals. Sie kann nicht sehen, wo Heddas Fäuste und Schläge enden und die anderen beginnen, sie hört nur Ninas Brüllen, dass sie aufhören sollen. Als die scharfe Spitze des Eispickels vor ihren Augen aufblitzt, breitet sich eine seltsame Ruhe in ihrem Körper aus. Jetzt hören die Schläge auf, sie kann wieder atmen.

KAPITEL DREIUNDVIERZIG

Sanna beendet ein weiteres Gespräch mit Niklas, während sie zum Revier in die Stadt fährt. Alle Streifen sind informiert, trotzdem gibt es immer noch keine Spur von Nina oder den anderen Mädchen. Die Kollegen, die soeben das Haus der Paulsons verlassen haben, haben keine Hinweise auf Ninas Aufenthaltsort.

Plötzlich klappert etwas unter dem Auto. Sanna lenkt den Wagen an den Straßenrand, hält an und steigt aus. Sie kniet sich hin und schaut unter das Fahrgestell. Von der Rückseite hängt ein Rohr herab. Zurück im Auto, ruft sie Niklas an und sagt, dass sie bald da sein werde, sie müsse nur noch an der Tankstelle das Auspuffrohr überprüfen lassen, das sich gelöst habe.

Als sie ihr Handy auf den Beifahrersitz legt, fällt ihr Blick auf die dort liegende Tüte mit den Vogelbeinen. Die Farbe und die Form, zu der sie erstarrt sind, das Band und der Knoten, alles genau wie bei dem Exemplar, das sie im Bunker gefunden haben.

Fragmentarische Bilder der Mädchen blitzen auf. Heddas langes Haar, das wie eine Fahne über ihrem Rücken weht, ihr Gesichtsausdruck, als sie den Mann in dem weißen Haus zum Sex zwingt. Tuvas dünne Arme und Hände, der unerbittliche Blick aus ihren nachtschwarzen Augen. Ninas Selbstvertrauen, zurückhaltend und doch stärker als jedes andere junge Mädchen, das sie kennengelernt hat.

Sie weiß nicht, wer Nina ist. Manchmal hat sie einen Blick auf ein junges Mädchen erhaschen können. Manchmal aber auch auf etwas anderes, etwas Beängstigendes. Auch wenn es weit hergeholt ist, wurde Nina von ihrem Bruder in Kampfsportarten ausgebildet, sodass sie wahrscheinlich fähig wäre, ihn anzugreifen. Die Mädchen müssen den Bunker gar nicht gebaut haben, vielleicht haben sie ihn in verlassenem Zustand gefunden und übernommen. Die Bücher könnten sie aus dritter Hand haben, falls sie sie gekauft haben. Aber wenn Nina darin verwickelt ist, warum sollte sie die Polizei direkt zum Bunker führen? Und warum hatte sie solche Angst, hat sie geweint, als sie dort zwischen den Bäumen stand?

Plötzlich hört sie Antons Stimme. Nina hat ihr ganzes Leben lang Schultheater gespielt, bis zur Teenagerzeit. Von Kindheit an ist sie darauf trainiert, sich zu verstellen.

Ihr Herz schlägt schneller. Sie hat sich schon öfter geirrt, nicht zuletzt bei Jack Abrahamsson. Ein junger Mann, der tiefer verletzt war, als sie es sich je hätte vorstellen können.

Sie schiebt den Gedanken beiseite. Was Nina zu sagen hat, könnte entscheidend sein, sofern sie sie jetzt finden.

Langsam fährt sie das letzte Stück in die Stadt. Einige Minuten später hält sie an der Tankstelle und bittet um Hilfe. Durch das Fenster sieht sie den Angestellten, der sie wie immer mürrisch anschaut. Sie atmet ein paarmal tief durch und überprüft ihr Telefon, keine verpassten Anrufe, keine Nachrichten.

Ein paar Tropfen Regen. Es riecht verfault aus einer Mülltonne, weshalb sie sich Richtung Straße dreht. Nur wenige Autos fahren auf dem schwarzen Asphaltband vorbei. Das Rauschen ist das einzige Geräusch an diesem feuchten Abend.

Ein Pick-up mit dem Logo des Südhafens biegt an einer der Zapfsäulen ein. Neben dem Logo ist ein Luftkissenboot abgebildet. Sie und Erik sind in einem Sommer mal mit so einem Boot zu den Robbenklippen hinausgefahren.

Als sie Stimmen hört, dreht sie sich um. Ein junger Mann kommt aus dem Tankstellenshop. Er ruft einen Gruß und nähert sich. Er trägt ein Hemd mit dem Namen der Tankstelle auf der Brust und eine Baseballkappe und lächelt sie breit an.

Sie stellt sich hinter das Auto, während er sich auf den Boden legt, sein Gesicht wird vom Fahrgestell beschattet. Sie bemerkt, wie schmutzig der Wagen ist. Überall Schlammspritzer, der Staub wie eine hellgraue Schicht über dem Nummernschild. Die Nummer ist gerade noch zu erkennen. Sie blinzelt.

Die Nummer.

Ein erstickendes Gefühl, als ob sich ein Deckel auf alles legt. Sie sieht zum Auto. Der Asphalt glitzert im Neonlicht der Tankstelle. Die Anspannung raubt ihr den Atem, als sie auf die drei Ziffern starrt: 789.

Sie läuft um das Auto herum, holt Grys Notizbücher heraus und legt sie auf die Motorhaube. In der rechten Ecke jeder Seite stehen zwei Zahlen, gefolgt von drei Buchstaben. Die Erkenntnis trifft sie wie ein Schlag ins Gesicht. Mit ihrer kantigen Handschrift hat Gry auf jeder Seite die Wochennummer notiert, gefolgt von den Wochentagen.

Hektisch blättert sie bis zu dem Tag, an dem sie und Eir Einar am Vogelturm getroffen und kurz darauf vor dem Hof der Kristofersons geparkt haben. Jemand hatte sie aus dem Haus heraus beobachtet.

Sie starrt auf die Seite. Es sind keine losen Zahlen und Buchstaben, nicht die Suche eines verwirrten Menschen nach Ordnung. Es sind *Nummernschilder.* Sie versteht nicht, warum sie Grys Brabbeln von 789 nicht mit ihrem eigenen Nummernschild in Verbindung gebracht hat, ist wütend auf sich selbst. Sie muss nur kurz blättern, um zu der Nacht zu gelangen, in der Pascal entführt wurde.

Das ist es. Die Zulassungsnummer beginnt mit G U L – Gul. Gelb.

Sie recherchiert nach dem Besitzer des Wagens. Auf dem Handydisplay erscheint ein Name. Fassungslos starrt sie darauf, kann es nicht glauben.

Jemand legt ihr eine Hand auf die Schulter. »Sie müssen das Auto hierlassen«, sagt der Mechaniker. »Es ist nicht verkehrstauglich.«

Sie dreht sich um und stößt ihn zur Seite. Rutscht auf den Fahrersitz. Als sie den Zündschlüssel dreht, klopft er an die Scheibe, aber sie hört ihn nicht.

KAPITEL VIERUNDVIERZIG

Eir setzt sich auf, beugt sich vor und hustet Blut. Die Schmerzen in Bauch und Rücken sind fast unerträglich. Nina steht vor ihr und hält Heddas Eispickel in der Hand. Sie atmet schwer durch den Mund. Die Mädchen stehen um sie herum im Kreis.

»Gib her«, sagt Hedda und gestikuliert in Richtung des Eispickels.

Nina schüttelt den Kopf. »Willst du lebenslang ins Gefängnis, oder was?«

»Sei keine Bitch, ich würde das Ding doch nie benutzen, aber es gehört mir.«

Plötzlich nähern sich Autos. Eir blickt auf, ihre Ohren pfeifen. Fabian und die anderen können nicht weiter als ein paar Hundert Meter entfernt sein.

Die Mädchen stürzen zu ihren Maschinen. Tuva tastet mit ihren dünnen Händen nach etwas, das sie aus dem Keller mitgenommen hat, und wirft es dann resigniert auf den Boden. Eir sieht, dass es eine alte Spieluhr ist. Hedda brüllt Nina etwas zu. Die steht zunächst nur da, als wäre sie sich nicht sicher, ob es vorbei ist. Sie wendet sich Eir zu, ihr Blick ist herausfordernd.

»Verdammt!«, brüllt Hedda und lässt den Motor wütend aufheulen.

Nina lässt den Eispickel zu Boden fallen und läuft zu der

Aprilia. Sie schlingt ihre Arme um Hedda, bevor die schwarze Bestie mit den anderen Maschinen wegfährt.

Eirs Rücken schmerzt, als sie aufsteht. Sie nimmt den Eispickel und steckt ihn in den hinteren Hosenbund ihrer Jeans. Dann hebt sie die Spieluhr hoch. Sie ist an der Seite gebrochen, funktioniert aber, die federleichte Musik spielt abgehackt und ungleichmäßig.

Da treffen Fabian und die anderen ein, die großen Autos rumpeln in die Einfahrt. Sobald er sie sieht, springt er aus dem Wagen und rennt auf sie zu. Er nimmt sie in die Arme, und sie erzählt, was passiert ist. Er beruhigt sie und wählt den Notruf, wirft Hannes sein Handy zu. Im Hintergrund hört sie, wie dieser mit ruhiger Stimme die Mädchen beschreibt und dass sie sich wahrscheinlich auf der Landstraße befinden.

»Komm«, sagt Fabian und streicht ihr mit dem Finger über das Gesicht, wischt ein wenig Blut unter der Nase weg. »Ich fahre dich ins Krankenhaus.«

»Was für ein Wahnsinn …«, sagt Hannes und legt Eir die Hand auf die Schulter. »Ich bringe Max um. Ich wusste, dass diese Weiber, die er hierhergerufen hat, wieder auftauchen würden …«

»Mir geht es gut«, antwortet Eir.

Hannes sieht sie an. »Wir kümmern uns hier um den Rest. Fabian soll sich jetzt um dich kümmern, okay? Deine Kollegen werden die Mädchen einsammeln, diese verfluchten Gören …«

Hannes und die anderen verschwinden durch den Kellereingang. Fabian nimmt Eir sanft bei der Hand.

»Komm.« Er zieht sie Richtung Auto.

»Mein Handy …«, erwidert sie. »Die Mädchen haben mein Handy mitgenommen.«

»Man sollte sie alle einsperren.«

»Ich muss Sanna anrufen.«

»Natürlich, nimm meines, während wir ins Krankenhaus fahren.«

Auf dem Weg zu seinem Auto lehnt sie das Gesicht gegen seinen Arm. Als sie auf den Beifahrersitz sinkt, wird sie ganz ruhig. Er küsst sie auf die Stirn.

»Ich gebe den Jungs nur noch schnell die Schlüssel, damit sie alles abschließen können.«

»Hast du dein Handy da?«, fragt sie. »Ich würde Sanna jetzt gerne anrufen.«

»Moment.«

Er betastet seine Brust- und Hosentaschen, dann seufzt er verärgert.

»Stimmt, ich habe es ja Hannes gegeben, damit er den Notruf wählen kann«, sagt er. »Ich hole es und zeige ihnen die Kellerschlösser, dann fahren wir, okay?«

Als er sie zurücklässt, scheint sich die Zeit zu verlangsamen. Vorsichtig berührt sie ihr Gesicht. Ihre Lippe brennt, ihr Ohr schmerzt. Die Haut spannt sich bereits. Wut steigt in ihr auf, als sie an die Tritte und Schläge denkt. An den Eispickel und Ninas Unentschlossenheit, die ihr im letzten Moment vielleicht sogar das Leben gerettet hat.

In der Ferne scheint sich ein Motorengeräusch zu nähern. Es jagt ihr einen Schauder über den Rücken. Sie schließt die Augen und versucht, die Angst herunterzuschlucken. Wenn sie auf dem Rückweg sind, können sie jeden Moment hier sein.

Sie erstarrt. Aus dem Augenwinkel sieht sie einen von Fabians Pullovern auf dem Rücksitz. Sie zieht ihn zu sich heran, umklammert ihn. Bei seinem Geruch breitet sich Wärme in ihr aus.

Doch als sie sich zurücklehnt, hört sie das Motorengeräusch erneut. Sie kann nicht erkennen, ob es sich um ein Auto oder Motorräder handelt, ob es sich nähert oder nicht.

Das Rauschen und der Schmerz in ihrem Ohr lassen alles verschwimmen. Die Erinnerung an die Tritte, an die Schläge. Die leeren Augen der Mädchen. Sie sieht zur Kellertür, zögert, will Fabian nicht drängen, aber sie will auch nicht allein hier draußen bleiben.

Sie lässt die Kellertür so leise zufallen wie möglich. Der Gang liegt still vor ihr. Leise, gedämpfte Stimmen sind hinter der Tür zu hören, die vorhin verschlossen war. Eir geht langsam weiter, ihr Mund fühlt sich geschwollen an, ihre Gelenke sind steif.

Zuvor hatte sie nur Schatten gesehen. Jetzt erkennt sie die braungelbe Grasfasertapete an den Wänden, die laternenartigen Lampen über drei Frauenporträts, Reproduktionen alter Gemälde.

Der Schmerz in ihrem Kopf pulsiert. Sie sieht sich nach einer Sitzgelegenheit um, während sie auf Fabian wartet. Neben einer Tür steht ein Hocker. Der Schmerz zuckt durch ihren Rücken. Sie kämpft gegen die Übelkeit an und lässt sich konzentriert atmend auf den Hocker sinken.

Stimmen. Fabians. Hannes'. Ein tiefer Atemzug, und sie wird ruhiger.

Nur einen Schritt von ihr entfernt steht die Zinnschatulle, die Nina zu stehlen versucht hatte. Als sie sich danach streckt, durchzuckt ein scharfer Schmerz ihr Zwerchfell, als hätte sich etwas gelöst und würde sie durchbohren.

»Verdammt«, wimmert sie und steht auf.

Sie hört die Schritte nicht, nur die Tür, die aufgeschoben wird. Fabians Umriss vor dem Licht.

»Was machst du denn da?« Er greift nach ihr und nimmt sie in die Arme. »Tut mir leid, dass es so lange gedauert hat, ich musste den Jungs nur erklären, wie die Alarmanlage funktioniert.«

»Ich habe draußen Geräusche gehört«, erklärt sie. »Ich

wusste nicht, ob das wieder die Mädchen sind oder … Ich habe Angst bekommen, aber ich wollte dich nicht stören.«

Er nickt. »Ich bin hier unten fertig«, sagt er. »Komm, wir bringen dich ins Krankenhaus.«

Er verstummt, als er die Schatulle sieht. Der Schein der Wandlampen wirft warme Schatten auf sein Gesicht, als er sie ihr sanft aus der Hand nimmt.

»Die Mädchen wollten sie vorhin mitnehmen«, sagt sie.

»Sie dachten wohl, sie sei voller Gold.«

»Was ist dann drin?«

Er lächelt. »Nur Schnickschnack, den meine Mutter aufgehoben hat.«

»Zum Beispiel?«, fragt sie.

»Nichts. Komm, ich fahre dich ins Krankenhaus.«

Obwohl sie Schmerzen hat, greift sie nach dem Kästchen und öffnet es, bevor er sie aufhalten kann. Sein Gesicht ist nur Zentimeter von ihrem entfernt.

Es dauert einen Moment, bis sie begreift, was sie da sieht.

Greifvogelfüße. Kräftig, braun-orange mit schwarzen Krallen. Weinrote Bänder daran. Vier oder fünf Paare.

»Das große Fenster dort oben war wie ein Vogelmagnet, vor allem die großen Vögel wurden davon angezogen und nisteten in den hohen Kiefern«, sagt er. »Es war, als ob sie sich vom Himmel lösen und gegen die Scheibe werfen würden. Wenn wir sie begraben haben, hat meine Mutter die Füße abgetrennt, getrocknet und aufbewahrt.«

Er klappt den Deckel zu.

»Eine Erinnerung daran, wie schnell alles vorbei sein kann«, sagt er.

Sie wendet den Kopf ab. Alles verschwimmt. Das Gefühl der Unwirklichkeit macht sie benommen. Ihr Brustkorb will zerreißen. Gehören die Greifvogelfüße im Bunker ihm? Sie will sich zusammenreißen, doch ihre Wangen werden feucht. Sie lehnt sich an die Wand und legt das Ohr an die Tapete, aber da sind nur Stille, Einsamkeit und die entfernten Stimmen der anderen hinter der geschlossenen Tür. Und das vage Gefühl, dass die Welt da draußen plötzlich weit weg ist.

»Tut mir leid«, sagt er. »Ich wollte nicht, dass du sie siehst.«

Er beobachtet sie.

Angst schießt ihr wie ein eisiger Pfeil den Rücken hinauf. Sie betastet ihre Schulter. Fühlt einen Riss in seinem Pullover. Er ist aus dunkelblauer Wolle, wie die Fasern, die sie an einem Ast im Wald gefunden haben. Das kann nicht sein, es kann nicht derselbe sein, aber sie ist sich nicht sicher.

»Komm«, sagt er und nimmt ihren Arm. »Ich zeige dir, wo du dich hinlegen kannst.«

Sie schließt die Augen und überlegt, wie sie aus dem Haus entkommen kann. Sie drückt mit den Fingern auf ihren Bauch, spricht heiser.

»Ich muss vielleicht doch ins Krankenhaus …«

Langsam hebt er die Hand und streicht ihr das zerzauste Haar von der Wange. Ihre Haut schmerzt unter seiner Berührung.

»Du zitterst ja«, sagt er. »Wir müssen dich ins Bett bringen, bevor du ohnmächtig wirst, dann rufe ich einen Krankenwagen.«

Er legt ihr die Hand auf den Arm, doch sie weicht zurück.

»Dir geht es ziemlich schlecht«, sagt er.

Die Tür neben ihr öffnet sich. Sie sieht nur die Schatten der anderen, dann einen Müllsack, der in den Gang geschoben wird. Als Fabians Blick für einen Moment auf den Sack fällt, stürzt sie zur Kellertür.

KAPITEL FÜNFUNDVIERZIG

Sanna bricht der Angstschweiß aus, als sie in das Wohngebiet einbiegt. Noch immer keine Antwort von Eir. Sie fährt so schnell, dass sie fast mit einem anderen Auto zusammenstößt, das unachtsam auf die Straße rollt. Sie rumpelt in eine Einfahrt, nicht weit von Fabians Haus entfernt. Sie zählt die Autos vor seinem Haus, einige seiner Freunde scheinen mit ihm dort zu sein.

Niklas' Stimme ist angespannt, als sie ihn endlich erwischt. »Bist du sicher?«

»Absolut sicher. Gry Kristoferson hat sich seit einigen Jahren Notizen gemacht, Fabians Auto war regelmäßig auf dem Parkplatz am See. Oft stundenlang. Es stand dort in der Nacht, als Pascal Paulson verschwand und Axel Orsa starb.«

»Aber …«

»Das ist noch nicht alles. Er hat gelogen, er hat am Donnerstagabend nicht gearbeitet. Es war alles eine Lüge, ich habe gerade mit der Gerichtsmedizin gesprochen, und an dem Abend wurde keine Obduktion durchgeführt.«

»Ich verstehe, Sanna, aber hör mir jetzt zu …«

»Seid ihr unterwegs?«

»Bleib, wo du bist.«

Stimmen im Hintergrund. Niklas ruft jemandem zu, sich zu beeilen. Dann schlägt eine Autotür zu, ein Motor wird gestartet.

»Sanna, kannst du mich hören?«, sagt er. »Du bleibst, wo du bist, du gehst nicht rein.«

Sanna legt auf und stellt ihr Handy auf lautlos.

Auf der Vorderseite der Villa ist alles ruhig. Aus einem Kellerfenster leuchtet warmes gelbes Licht. Sie tastet nach ihrer Waffe. Schleicht sich langsam an der Hauswand entlang zur Haustür, die verschlossen ist.

Sie geht nach hinten, probiert die Terrassentür aus. Sie lässt sich öffnen.

In der Küche ist es dunkel. Wassertropfen neben dem Spülbecken. Ein Schauder überläuft sie, als sie Eir vor sich sieht, wie sie direkt aus dem Wasserhahn trinkt.

Sanna bleibt an der Kellertreppe stehen und versucht, ruhig zu atmen. Die gedämpften Stimmen, die zu ihr heraufdringen, klingen, als kämen sie aus einem geschlossenen Raum. Mit erhobener Waffe macht sie den ersten Schritt nach unten.

KAPITEL SECHSUNDVIERZIG

Der Schmerz in ihrem Kopf kommt und geht in Wellen, und sie hat das Gefühl, dass sie zwischen den Beinen blutet, ohne zu wissen, warum. Fabian hat sie nicht geschlagen oder grob angefasst, die Schmerzen stammen von Heddas Stiefeln und den Fäusten der anderen Mädchen. Das Blut muss von einem von Heddas Tritten in den Bauch stammen.

Eir sitzt auf einem Stuhl in der Mitte des Raumes. Sie sucht mit dem Blick nach Fabian, sieht aber nur die anderen. Hannes steht ihr breitbeinig und mit vor der Brust verschränkten Armen gegenüber. Er verzieht keine Miene. Hinter ihm stehen die anderen, wie eine Mauer. Sie weiß nicht, ob es daran liegt, dass sie verletzt und ihre Sicht verschwommen ist, aber es fällt ihr schwer, ihre Augen zu sehen. Ihre Gesichter sind ausdruckslos, sie erkennt sie kaum wieder. Dabei sind es dieselben Menschen, Fabians Freunde, die in den letzten Jahren auch ihre Freunde geworden sind, mit denen sie Geburtstage gefeiert, mit denen sie gelacht hat. Sie schauen sie an, aber Eir kann ihre Blicke nicht deuten. Irgendwo im Raum fließt Wasser, vielleicht steht Fabian an einem Spül- oder Waschbecken.

»Bitte«, sagt sie. »Ich muss ins Krankenhaus …« Ihre Stimme bricht.

Fabian reicht ihr ein Glas Wasser. Sie trinkt, um nicht in Ohnmacht zu fallen. Dann hebt sie den Kopf.

Ihr Blick fällt auf etwas hinter ihm an der Wand, eine Art Karte der Insel. Mehrere rote Heftzwecken sind in einem riesigen Raster, das Straßen, Wälder und Seen umfasst, angebracht. Das erste Kreuz, an dem sie hängen bleibt, kennt sie nur allzu gut. Der Bunker. Sie versucht, die anderen Kreuze zu zählen, doch es sind zu viele. Alle befinden sich im selben Abstand zur Landstraße, die sich über die Insel windet. Da versteht sie, dass die Kreuze auf weitere Bunker hinweisen.

Fabian kniet neben ihr nieder und nimmt ihre Hand. Sie reißt sich los.

»Wer bist du?«, zischt sie. »Wer zum Teufel *bist* du eigentlich? Was zum Teufel macht ihr hier?«

»Ich werde dir alles erzählen.«

Sie beißt die Zähne zusammen. Er packt ihre Hände, führt sie zusammen. Sein Griff brennt. Sie spuckt ihm ins Gesicht.

Er wischt sich mit einer Hand über die Wange. Das Gefühl der Unwirklichkeit droht sie zu überwältigen. Ihr Blick schweift durch den Raum. Ein dunkler Fleck auf dem Boden. Getrocknetes Blut. Vielleicht haben sie hier auf Pascal eingestochen. Ein Fenster ist mit Sperrholz vernagelt. Sie sieht Pascal vor sich, wie er sich verzweifelt dagegen wirft und flieht.

Die Sekunden dehnen sich. Die Bilder von Pascals misshandeltem Körper weichen den Bildern von Fabians Körper, dem großen Bluterguss auf seinen Rippen, den er ihr in der Nacht gezeigt hat, als er sie in ihrer Wohnung überrascht hat. Wut und Abscheu brodeln in ihr.

»Wie hat es sich angefühlt, surfen zu gehen, einen Tag nachdem ihr einen Menschen ermordet hattet?«, fragt sie. »Hm?«

Sie erhält keine Antwort.

Plötzlich hat sie das Gefühl, beobachtet zu werden. Jemand ist hinter ihr. Sie zögert, dreht sich langsam um.

Zwei riesige leere Augen.

Ein massiver ausgestopfter Hirschkopf sieht von der Wand auf sie herab. Das riesige Geweih ragt aus dem roten Fell heraus. Der Kopf ist leicht nach vorne geneigt, es scheint, als stünde das ganze Tier auf der anderen Seite der Wand und würde jeden Moment durch diese hindurch in den Raum treten.

»Das war Papas Leben«, sagt Fabian. »Die Jagd. Wenn er nicht gearbeitet hat, um seine Familie zu versorgen, war er auf der Jagd.«

Plötzlich beginnt sie zu weinen. Die Tränen überraschen sie, sie lässt sie fließen. Sie weiß nicht, warum sie weint. Vielleicht wegen der großen glänzenden Augen, die sie ansehen, aber nichts wahrnehmen können.

»Ich war mit meinem Vater im Wald«, sagt Fabian und stellt sich neben sie. »Die Jäger und Hunde hatten ihn fast eingekreist, alles war zum Abschuss bereit. Plötzlich ist er auf einen Freund meines Vaters losgegangen, der das Tier getrieben hatte und unbewaffnet war. Das Geweih war messerscharf, es ging sehr schnell, niemand hätte etwas tun können. Mein Vater warf mir das Gewehr zu, und ich gab den ersten Schuss ab. Es hätte genauso gut mich treffen können, ich war auch unbewaffnet. Es hätte auch mich treffen können.«

Eir wendet sich ab.

»Es tut mir leid, dass du es so erfahren musstest«, sagt Fabian. »Ich wollte es dir schon mehrmals sagen, aber nach und nach. Niemals so. Und es sollte auch nie jemand zu Schaden kommen.«

Die Welt wird immer kleiner, schrumpft, bis nur noch dieser Kellerraum zu existieren scheint.

Fabian schüttelt den Kopf.

»Alles ist aus dem Ruder gelaufen. Wir haben eigentlich nur trainiert …«

Sie versucht, Sauerstoff in ihre Lungen zu bekommen, versucht zu verstehen, was er da sagt. Gleichzeitig fällt ihr Blick auf die Taschen in verschiedenen Größen, die auf Regalen, Tischen und Bänken stehen. Und die voller Schusswaffen sind.

»Was meinst du mit Training?«, fragt sie.

»Genau das, Training.«

»Wofür? Hast du eine Psychose oder so was?«

Der Raum schwankt. Ein heulendes Geräusch, das Echo von Heddas Tritten, die ihr den Schädel einschlagen wollten.

»Ich verstehe das nicht …«, sagt sie.

Sie hört sich selbst wie durch Watte, vielleicht spricht sie verschwommen. Er streichelt ihre Wange.

»Ich war an einem Punkt angelangt, an dem ich nicht mehr kaputtgehen wollte, ich war den Verfall leid, dass die Arbeit meinen Körper zerstörte«, sagt er. »Das Gefühl, nicht mehr Herr über mein Leben zu sein …«

»Warum hast du nicht einfach mit mir geredet?«

Er schüttelt den Kopf. »Das hat schon weit vor dir angefangen.«

Sie blinzelt und sieht nach oben, lässt sich von der Deckenlampe blenden.

»Ich musste meine Widerstandsfähigkeit wieder aufbauen«, fährt er fort. »Wir alle mussten das. Wir waren durch unsere Arbeit und unser tägliches Leben wie versklavt. Wir hatten das Gefühl, dass wir innerlich verfallen, dass wir, wenn etwas passieren sollte, niemals in der Lage wären, uns zu verteidigen, niemals in der Lage wären, jemand anderem zu helfen. Da haben wir beschlossen, etwas dagegen zu unternehmen. Und jetzt sind wir stark. Bereit.«

»Bereit für was?«

»Bedrohungen.«

»Was für verdammte Bedrohungen?«

»Du siehst doch in den Nachrichten, was auf dem Kontinent passiert, und ich habe gesehen, wie schlecht es auch dir dabei geht. Ich weiß, dass du dir Sorgen machst. Das kann auch zu uns überschwappen, das weißt du.«

»Wir haben doch das Militär …«

»Wir haben nichts, was uns dauerhaft Sicherheit gibt.«

»Hör auf.«

»Da draußen gibt es Regime, Gruppen, Verrückte, die uns schaden wollen, verstehst du das nicht?«

»Aber du bist doch ein vernünftiger Mensch, verdammt noch mal.«

»Der gesehen hat, wie die Entwicklung der Technik, der Industrie und der Kapitalmärkte davongeprescht ist, und die Folgen waren eine Katastrophe für die männliche Psyche. Wir haben viel, aber wir sind trotzdem nicht zufrieden, wir leben länger, aber wir wissen nicht, was wir tun. Ihr Frauen habt mehr Rechte und eine stärkere Stellung in der Gesellschaft, ja, und das ist sicher auch gut, aber es hat auch die Position der Männer untergraben. Die meisten Männer von heute können nicht mit einer Schusswaffe umgehen, können nicht einmal mit ihren Händen kämpfen, können gar nichts …«

»Hör auf.«

»Die Lage ist viel schlimmer, als du dir vorstellen kannst«, sagt er. »Ein Freund von uns war in Afghanistan, als UN-Soldat.«

Sie versteht sofort, dass er von Max spricht, dem Typen, der schlafend am Pool saß.

»Dann haben wir auch noch die innere Bedrohung, man kann den Mainstream-Medien nicht mehr trauen, wir informieren uns über spezielle Quellen, die Bescheid wissen.«

Die Worte klingen hohl. Vielleicht glaubt er ihnen nicht einmal selbst. Vielleicht spielt das auch gar keine Rolle.

»So viele sind unvorbereitet«, fährt er fort. »Die meisten

wissen nicht, wo sich der nächste Schutzraum befindet oder wie ein Warnsignal klingt. Sie hatten noch nie ein Radio, das ohne Strom funktioniert …«

»Du spinnst.«

Er seufzt.

»Wir sind nicht die Einzigen, die sehen, was falsch läuft«, sagt er. »Es gibt eine ganze Welt von Männern, die das Gefühl haben, ihre Männlichkeit verloren zu haben, und die sehen, dass die menschliche Rasse dadurch destabilisiert und beschädigt wird.«

»Aber du bist Arzt, verflucht noch mal. Ich bin Polizistin. Ich dachte, wir leben in der Realität, so beschissen sie auch sein mag, aber trotzdem … Du bist kein Kind, du weißt es doch besser.«

Sein Blick wird undeutlich, während sich seine großen Hände um ihre Arme schließen.

»Ganz ruhig. Du musst dich beruhigen.«

»Ich verstehe nicht mal, wann du die Zeit dafür hattest. Du hast doch die ganze Zeit gearbeitet, dann noch deine Mutter …«

Sie verstummt. Er war gar nicht bei seiner Mutter, sondern woanders. Im Bunker, im Bootshaus.

Sie sieht sich um. Fragt sich, warum sonst niemand etwas sagt. Warum nur Fabian spricht. Warum sie nur zu warten scheinen. Sie zählt die Männer.

»Wo sind die anderen?«, fragt sie. »Wo sind Henrik und Markus?«

»Sie haben nichts damit zu tun.«

»Was meinst du?«

»Sie haben kein Problem damit, sie sind nur nicht auf unserer Seite.«

Ein Schauder durchfährt sie. Max, der zugedröhnt am Pool

saß. Markus' nervöse Energie, die Angst, als Fabian ihn genäht hat, fast schon eine Blutphobie.

Henriks runder Bauch, seine schlechte Kondition und Ernährung. Hier stehen nur die, die körperlich stark sind.

Sie wehrt sich gegen Fabians Griff, er lässt sie los. Sie stürzt zur Tür, wird aber von Hannes zurückgehalten, der sie wieder auf den Stuhl hebt. Dann tauschen die Männer Blicke aus. Fabian geht zu Hannes und flüstert ihm etwas zu.

»Ihr könnt mich nicht einfach hierbehalten«, sagt sie. »Sanna weiß, dass ich hier bin, früher oder später werden alle hier sein.«

In dem Moment begreift sie. Sie werden sie wegbringen, ebenso wie die Waffen. Sie sieht zu der von der Decke baumelnden Glühbirne, die weiß und kalt leuchtet. Die Gedanken kreisen um den Bunker, tief unter der Erde. Die Kerosinlampen. Keine Fenster. Schallgedämpft.

»Nein …«, sagt sie und sieht Fabian an. Sie verstummt, als sie eine Schachtel mit Munition entdeckt.

Hannes nimmt einen Seesack hoch, in dem es klappert. Fabian wirft ihm seinen Autoschlüssel zu. Dann dreht er sich zu Eir.

»Du bist stark.«

Widerstrebend wendet sie sich ihm zu. Sie spürt, wie ihr das Blut das Schienbein hinunterläuft. Sie denkt, dass er es noch nicht gesehen hat, und weiß nicht, ob sie will, dass er es sieht. Vielleicht gerät er dann in Panik und beschleunigt den Transport an den Ort, an dem sie verrotten wird.

»Eins nach dem anderen«, sagt er. »Wir räumen erst hier fertig auf, dann schläfst du über alles, dann sehen wir weiter.« Er beobachtet sie. »Ich weiß, dass du im Moment verärgert bist, aber tief im Inneren verstehst du, was ich mit all dem hier meine.«

Sie schließt die Augen, um das Schwindelgefühl zu vertreiben.

»Alles wird gut«, sagt er. »Wir lieben uns doch.«

Der Raum schwankt. Sie muss auf den Beinen bleiben, wach sein, um hier lebend rauszukommen.

»Du …«, sagt er. »Wir haben noch einige andere Orte, an denen du dich ausruhen kannst, und du musst dir keine Gedanken machen. Wir werden uns um alles kümmern.«

Vor Angst hätte sie sich am liebsten übergeben. Alle Kreuze auf der Landkarte. Sie wird zusammenbrechen und liegen bleiben, sie wird nie wieder aufstehen können, sie wird tief unter der Erde sterben.

»Ich liebe dich«, sagt er plötzlich leise.

Sic blinzelt und sieht zu den anderen, die ein Stück entfernt stehen.

»Ja …« Sie versucht, ihre Stimme ruhig zu halten, was ihr jedoch nicht gelingt. »Ja …«, flüstert sie. »Du verdammter Psychopath …«

Mit aller verbleibenden Kraft wirft sie sich nach vorne, zur Tür. Er packt sie am Handgelenk.

Die Ohrfeige schleudert ihren Kopf nach hinten. Sie schreit auf, als sie auf dem Kellerboden aufschlägt, verliert beinahe das Bewusstsein. Sie sieht das Blut vor ihren Augen, das aus einer Wunde am Kopf sickert.

Dann ertönt der Schuss.

Ihr Trommelfell vibriert, pfeift. Alles scheint sich zu verlangsamen. Als sie sich zur Tür dreht, sieht sie Sanna mit erhobener Waffe. Ihre Augen blicken eiskalt und starr auf Fabian. Ihr Griff um die Pistole ist fest. Sie zielt auf die Gruppe.

»Die Hände, wo ich sie sehen kann.«

Eir sieht, dass Hannes eine Hand in der Tasche neben sich hält. Er ist nur ein paar Schritte von ihr entfernt. Plötzlich erinnert sie sich an den Eispickel. So vorsichtig wie möglich tastet sie danach. Dann streckt sie sich nach seinem Hosenbein, packt es und rammt ihm den Eispickel in den Fuß. Hannes brüllt und tritt sie so fest mit dem anderen Fuß, dass sie gegen die Wand prallt.

Da ertönt der nächste Schuss. Hannes fällt nach vorne, umklammert seinen Oberschenkel. Sanna macht einen Schritt in den Raum hinein.

»Ich werde jeden Einzelnen von euch erschießen.«

KAPITEL SIEBENUNDVIERZIG

In der Einfahrt der Villa blinken Blaulichter. Polizisten, Techniker und Sanitäter eilen hin und her, während Fabian aus dem Keller in ein Polizeiauto abgeführt wird. Er sucht Sannas Blick, bevor das Auto abfährt. Hannes wird auf eine Krankentrage geschnallt. Fabians restliche Freunde werden ohne Gegenwehr abgeführt. Sanna beobachtet sie. Es sind zehn, vielleicht zwölf Männer mittleren Alters mit geschmeidigen Körpern und gut sitzender Kleidung. Sie halten die Köpfe gesenkt, ihre Gesichter wirken im Blaulicht apathisch.

Einer von ihnen bleibt stehen und sieht sie an. Er hat muskulöse Arme, das schwarze T-Shirt schmiegt sich eng an seinen Brustkorb. Er verengt die Augen, bevor ihn der Polizist an seiner Seite weiterdrängt. Sie denkt darüber nach, was Eir ihr über Fabians Freunde erzählt hat. Einer von ihnen ist Lehrer und Vater von vier Teenagern, deren Fußballmannschaft er mehrmals pro Woche trainiert. Ein anderer ist Buchhalter mit eigener Buchhaltungsfirma, Zwillingen und einer Frau, die er zwischen Buchclubs und Töpferwerkstätten hin und her fährt. Ein anderer arbeitet in der Gemüseabteilung des Supermarktes, wieder ein anderer bei einer Versicherung. Aber hier sind sie nicht zu unterscheiden, sie verschwinden wie stumme, gesichtslose Gestalten in den Polizeifahrzeugen.

Als der Krankenwagen mit Eir davonrast, setzt sich Sanna auf die Stufen vor der Haustür. Jemand legt ihr eine Decke auf den Schoß. Alice kommt mit einem Becher dampfend heißer Brühe, den Sanna beim Abstellen umkippt, woraufhin er sich in den Schotter zu ihren Füßen ergießt. Als Alice ihr die Decke um die Schultern legt, klappert sie mit den Zähnen, obwohl die Luft warm ist.

Alice setzt sich neben sie und schlingt die Arme um sie. So sitzen sie da und beobachten das Chaos, bevor Alice sie loslässt und fragt, ob sie reden möchte. Sanna nickt.

»Sie muss es schaffen …«, sagt sie. Ihre Stimme erstirbt. »Eir … Sie muss …«

Alice faltet ihre Hände.

In einiger Entfernung beendet Niklas ein Gespräch mit Sudden und kommt auf sie zu. Hinter ihm treffen mehrere Polizeiautos ein. Die Beamten an der Absperrung müssen schnell arbeiten, um die immer größere Schar Neugieriger zurückzuhalten. Als Niklas zu ihnen kommt, entfernt sich Alice.

Niklas fragt nach den Ereignissen, und Sanna versucht zu antworten. Er ist freundlich und hört ihr aufmerksam zu, doch die Frustration und Wut über alles, was passiert ist, machen es ihr schwer, ruhig zu bleiben. Schließlich verhaspelt sie sich immer öfter, und er bittet jemanden, ihr einen neuen Becher Brühe zu bringen. Ohne zu wissen, wie, trinkt sie ihn aus. Die Kraft in Armen und Beinen kehrt zurück, sie steht auf und legt die Decke beiseite.

»Ich verstehe nicht, wie Pascal es von hier zu der Unfallstelle geschafft hat, das ist zu weit, um zu Fuß zu gehen.«

»Du kennst doch den illegalen Hafen in der Gegend, in der er angefahren wurde?«, fragt Niklas.

»Der, der geräumt wurde?«

»Dort lag ein kleines Motorboot, in dem Blutspuren gefunden wurden. Sie könnten von Pascal stammen.«

Sanna erinnert sich an das Boot, auf das Tommy gezeigt

hatte, er sprach von »Glück«. Vielleicht meinte er, dass das Boot einfach aufgetaucht ist.

»Du meinst doch nicht etwa …?«

»In der Nähe ist ein kleiner Steg, der zu Fabians Grundstück gehört.«

»Pascal ist also mit dem Boot von hier geflohen.«

»Es sieht so aus, ja. Und hat sich dann vom illegalen Hafen bis zur Straße geschleppt.«

Sanna blickt sich um. Die blinkenden Blaulichter, die Absperrungen, die uniformierten Polizisten, die Spurensicherung. Ein Techniker verschwindet mit Kamera und Notizblock im Keller.

»Und die Mädchen?«, fragt sie. »Nina?«

»Sie sind auf dem Revier. Farah kümmert sich um alles.«

Sie nickt.

»Ich muss noch etwas anderes mit dir besprechen«, fährt er fort.

»Ja?«

»Monica Jonasson hat den Einbruch und das Stalking gestanden. Sie hat das Kreuz in deine Tür geritzt und den Ast in dein Auto gelegt. Offenbar hält sie das Kreuz für ein Symbol, das Unglück bringt, sie wollte dich nur einschüchtern.«

Sanna versucht, sich die Frau vorzustellen. Es geht nicht. Sie spürt auch keine Erleichterung.

Sudden ruft sie zu sich.

»Was hast du?«, fragt Niklas.

Sudden hält einen Beweismittelbeutel mit einer Kamera und einem Mobiltelefon hoch.

»Axel Orsas«, sagt Sanna.

Sudden nickt und lässt die Schultern sinken. Dieser Fall hat alle erschöpft. Vielleicht nicht wegen der Männer, die ihr Leben verloren haben, sondern wegen derer, die noch am Leben sind.

KAPITEL ACHTUNDVIERZIG

Es ist zehn Uhr morgens am nächsten Tag, als Eirs Schwester Cecilia Sanna aus dem Krankenhaus anruft. Sie sagt nicht viel, doch Sanna erfährt immerhin, dass Eir stabil ist. Die inneren Blutungen konnten gestoppt werden, Eir bekam über Nacht Beruhigungsmittel, ist jetzt aber wach und ansprechbar.

Sanna streichelt Sixten ausführlich, als sie ihn bei Kaia und Claes abliefert, und steigt ein paar Minuten später ins Auto. So schnell sie kann, fährt sie zum Krankenhaus. Bei jedem Rastplatz, an dem sie vorbeikommt, hat sie fast das Gefühl, Fabian und die Männer zwischen den Bäumen zu sehen. Sie fährt am Revier vorbei und ruft Niklas und Alice an, die sie bitten, Eir zu grüßen. Sie werden bald das Verhör mit Fabian fortsetzen, und Niklas verspricht, sie später zurückzurufen.

Eir sitzt aufrecht im Krankenhausbett, als Sanna hereinkommt. Ihre Haare sind frisch gewaschen und noch feucht. Ihre Lippe ist aufgeplatzt und im Mundwinkel mit zwei Stichen genäht. Die bläulich-violett verfärbten Wangen sind geschwollen. Der lockere Krankenhauskittel ist über eine Schulter gerutscht, auch dort ist die Haut blau.

Sanna setzt sich auf einen klapprigen Stuhl und legt eine Hand auf Eirs, die zu weinen beginnt.

»Danke, dass du gekommen bist«, flüstert sie.

»Ich kann so lange bleiben, wie du willst.«

»Cecilia schnappt nur kurz frische Luft.«

Sanna lächelt. »Wie geht es dir?«, fragt sie sanft.

Eir wischt sich mit der Hand über die Augen.

»Ich dachte, ich würde sterben. Stattdessen bin ich am Leben …« Sie legt die Hände auf den Bauch. »… ich und noch jemand.«

Sannas Kopf wird schwer. Sie fühlt sich plötzlich unwirklich, als wäre sie im falschen Raum.

»Du meinst, du bist …?«

»Ich bin schwanger«, schluchzt Eir. »Das ist so verdammt krank …«

»Aber wie …?«

»Ich kann das nicht«, bricht es aus Eir heraus. »Ich kann nicht mehr, ich bin so müde, dass ich kotzen könnte.«

Sanna legt sich neben sie aufs Bett und nimmt sie in die Arme. Eir klammert sich an ihr fest.

»Wie zum Teufel konnte ich nicht begreifen, wer er ist?«, schluchzt sie.

Auch Sanna ist den Tränen nahe.

»Sei nicht so hart zu dir, hörst du mich? Keiner von uns hat es erkannt.«

»Aber wie konnte ich jemandem so nahe sein, der in Wirklichkeit jemand ganz anderes war?«

»Du hast einen furchtbaren Schock erlitten.«

»Was soll ich tun? Ich kann nicht … Ich meine, es ist *seins* …«

»Ruh dich erst einmal aus, dann kannst du dich um alles andere kümmern. Und egal, wie es weitergeht, du bist nicht allein.«

Eir greift nach einer Packung Taschentücher auf dem Nachttisch und schluchzt laut. Eine Krankenschwester kommt herein und bittet Sanna, draußen zu warten, während sie Eirs Blutdruck misst.

»Geh jetzt«, sagt Eir und zwingt sich zu einem Lächeln. »Ich kann sowieso kein Mitleid mehr ertragen …«

»Soll ich nicht bleiben, bis Cecilia zurückkommt?«

Eir schüttelt den Kopf. »Was passiert jetzt mit Nina?«, fragt sie verschnupft.

»Das weiß noch niemand, aber ich rede mit Farah.«

Sanna geht zur Tür, und sie sehen sich schweigend an. Eir verzieht das Gesicht, als die Krankenschwester das Bett unter ihrem Rücken absenkt.

»Ich glaube, diese Göre hat mir das Leben gerettet.«

Das Geräusch des Klettverschlusses um ihren Arm.

»Wofür auch immer das jetzt gut sein soll.«

Sanna bleibt vor dem Gebäude stehen, den süßlichen, unangenehmen Krankenhausgeruch noch in der Nase. Sie weiß nicht, ob sie Angst hat oder wütend ist. Dann stellt sich ein seltsames Gefühl der Erleichterung ein. Die fluchende, gebrechliche Gestalt dort oben im Krankenhausbett ist am Leben. Das ist das Allerwichtigste.

Ihr Handy klingelt, es ist Niklas.

»Wie waren die Vernehmungen?«, fragt sie.

Er erzählt, dass Fabian und die anderen Männer sehr wortkarg wären, sie aber trotzdem einiges erfahren hätten.

»Was sagen sie über Pascal?«

»Es scheint, als hätte er Dinge für sie erledigt, verschiedene Besorgungen, Ausrüstung besorgt … Sie haben sich aber nie getroffen, und er hat erst vor Kurzem von dem Bunker erfahren, bei der Lieferung, von der Daniel erzählt hat.«

»Und was ist am Donnerstagabend im Bunker passiert? Mit Pascal und mit Axel? Haben sie dazu etwas gesagt?«

»Sie trafen auf Pascal, der – wie wir vermutet haben – Sachen zurückholen wollte, die er ihnen ein paar Wochen zuvor verkauft hatte. Es kam zum Streit. In der Zwischenzeit entdeckte derjenige aus der Gruppe, der draußen Wache stand, Axel mit seiner Kamera, er lag versteckt im Gebüsch und machte Fotos. Axel flüchtete, er setzte ihm nach, Axel stolperte und stürzte, schlug so hart mit dem Kopf auf dem Stein auf, dass er sofort tot war. Sie begruben Axel und beschlossen, Pascal mitzunehmen, weil er ihre Gesichter gesehen hatte. Sie sahen keine andere Möglichkeit.«

»Abgesehen von dem Versuch, ihn loszuwerden – was geschah dann später in der Villa? Sie haben versucht, ihn zu ermorden, aber irgendetwas ist schiefgelaufen, und er konnte entkommen?«

»Sie behaupten, es sei ein Unfall gewesen, und er sei entkommen, während sie oben besprachen, was zu tun sei.«

»Und Nina? Wie kommt ihr bei ihr und den anderen Mädchen voran?«

»Sie fangen auch an zu reden, aber es geht langsam.«

»Wissen wir, wie Nina an die Vogelfüße gekommen ist, die Einar mir gegeben hat?«

»Sie und die Mädchen waren in der Villa, um Drogen, wahrscheinlich Pillen, an einen von Fabians Freunden zu liefern, und haben dabei im Keller herumgeschnüffelt. Nina hat die Kiste mit den Vogelfüßen gefunden und ein paar mitgenommen, um daraus Schmuck oder so was zu basteln.«

Niklas bekommt einen Anruf, den er annehmen muss, und legt auf.

Sanna denkt an Nina, an ihre Halskette mit Muscheln, besprühten Krabbenscheren und Steinen. Dass sie die Vogelfüße in ihre Sammlung seltsamer Dinge aufnehmen wollte, ist nicht verwunderlich.

Sie ist noch in Gedanken versunken, als sie Stimmen hört. Auf der anderen Straßenseite rollen ein paar Jungen mit ihren Skateboards zu einer Bushaltestelle und unterhalten sich lachend. Ihre Gesichter werden von Baseballkappen und Kapuzen beschattet. An einem Zebrastreifen bleibt einer von ihnen plötzlich stehen und hilft einer älteren Dame mit einem Rollator über die Straße. Dann setzen sie sich auf die Bank an der Bushaltestelle. Einer wühlt in seinem Rucksack. Hinter ihnen ist eine große Wahlreklame mit einigen Politikern, die zur Wiederwahl antreten.

Jemand berührt sie an der Schulter.

»Sanna?«, sagt eine leise Stimme.

Cecilia Pedersen, die Schwester von Eir, lächelt sie an und fällt ihr um den Hals.

»Wie geht es dir?«, fragt sie und schnieft. »Ist mit Sixten alles okay?«

Sanna nickt. »Ich bin froh, dass Eir wieder in Ordnung kommt.«

Cecilia seufzt. »Ich hoffe, er stirbt, ich hoffe, sie verfaulen alle im Knast. Ich habe ihn nie gemocht.«

Sie wischt sich die Nase ab.

»Aber wir haben trotzdem Glück gehabt«, fährt sie fort. »Wenn diese Verrückten jetzt nicht gestoppt worden wären, hätte ja fast alles passieren können, nicht wahr? Wenigstens ist es jetzt vorbei.«

Ihre Stimme ist seltsam sanft. Dann lächelt sie und geht davon.

Sanna wiederholt im Stillen: *Wenigstens ist es jetzt vorbei.*

Der Bus fährt an der Bushaltestelle ab.

Die Jungs sind weg. Zurück bleibt das Wort »FEIND«, das auf die Gesichter der Politiker gesprüht wurde.

Auf dem Heimweg vom Revier zieht die Dämmerung herauf. Sanna fährt langsam durch das warme Abendlicht. Die Anspannung sitzt ihr immer noch in Nacken und Händen. Das Handy klingelt, es ist Kaia. Sie wollen baden gehen, und sie fragt, ob sie Sixten mitnehmen sollen. Sanna bittet sie zu warten, sie wird gleich da sein.

Kurz darauf liegt Sixten auf dem Rücksitz des Volvos. Sanna lenkt den Wagen nach Osten, Richtung Meer. Sie öffnet die Fenster. Sixten streckt den Kopf heraus und hält die Schnauze in die warme Luft. Nur fünfundzwanzig Minuten entfernt, in der Nähe der Stelle, an der Kaia und Claes baden gehen wollen, befindet sich ein Naturschutzgebiet mit Feuchtwiesen am Meer. Genau richtig für einen Abendspaziergang.

Auf dem Weg kommt sie an einem kleinen Dorf vorbei. Mit dem Campingplatz und der Badestelle ist es im Sommer ein beliebtes Ziel für Touristen, aber zu dieser Jahreszeit ist alles verlassen und ruhig. Mit Ausnahme des kleinen Hafens, in dem das ganze Jahr über Betrieb herrscht.

Ein Wanderweg verläuft entlang der zerklüfteten Küste, zwischen abgegrasten Feuchtwiesen und niedrig wachsenden Strandkiefernwäldern hindurch. Im Frühsommer blühen die Strandgrasnelken und färben die Wiesen rosa, aber jetzt, kurz vor Herbstbeginn, steht das Wasser so hoch, dass sich der Himmel darin spiegelt. Sixten zieht an der Leine, und in weniger als einer halben Stunde erreichen sie den alten Steinhaufen am östlichen Ende der Landzunge. Sanna sieht zu Sixten, der die Schnauze hoch erhoben hat und dessen Augen in der untergehenden Sonne glänzen. Mit einem leisen Versprechen streichelt sie ihm über den pelzigen Rücken.

Als sie wieder beim Auto sind, hechelt Sixten. Sanna stellt fest, dass sie nicht genug Wasser dabeihat. Sie geht mit der leeren Plastikflasche zu den Duschen und Toiletten des Hafens.

Nachdem Sixten getrunken hat, wedelt er erfreut mit dem Schwanz. Margaret Thatcher, Kaia und Claes kommen den

Steg entlang und winken fröhlich. Sie unterhalten sich, während die Hunde sich begrüßen. Kaia war schwimmen, jetzt wollen sie nach Hause fahren und kochen. Für einen Moment scheint alles Dunkle unendlich weit weg zu sein. Die wedelnden Schwänze, die Ohren, die fast welpenhaft flattern. Während Kaia über die Wassertemperatur spricht, nimmt Sanna geistesabwesend ein kurzes Video von den Hunden auf und schickt es an Cecilia, damit diese es Eir zeigt. Kurz darauf erhält sie eine Antwort mit einem Herz und der Nachricht: »Danke, dass du sie zum Lächeln gebracht hast.«

In der Nacht schläft Sanna unruhig. Zum ersten Mal seit langer Zeit träumt sie von Holger Crantz. Er liegt in einem weiß bezogenen Bett und zerkratzt sich das Gesicht. Über ihm steht Ava Dorn und zeichnet. Am Fußende befindet sich Mia Askar mit der Fuchsmaske, die langen roten Haare brennen. Die Maske schmilzt, verformt sich, eine Wange fällt ab, und es entsteht ein gruselig verzerrtes Lächeln.

Das Handy vibriert.

Sanna setzt sich auf. Sixten hebt den Kopf, sie spürt seinen Blick. Es ist kurz vor drei Uhr morgens, und auf dem Display steht eine Nummer, die ihr bekannt vorkommt.

»Hallo?«

»Sie müssen herkommen.«

Ava Dorn.

»Es ist mitten in der Nacht, Sie müssen den Notruf wählen.«

Atemlos und gestresst erwidert die Malerin: »Dann bringe ich ihn um.«

»Wen?«

»Diesen Scheißkerl … Daniel.«

»Daniel Orsa?«

Sanna steht auf und fängt an, sich anzuziehen.

»Er ist vor dem Wohnwagen. Ich werde ihn aufschlitzen, wenn er hier reinkommt, ich schwöre, ich werde ihn in Stücke schneiden, wenn er mir zu nahe kommt.«

»Haben Sie die Tür abgeschlossen?«

»Sie müssen herkommen …«

Die Verbindung wird schlecht, und Sanna hört nur noch abgehackte Bruchstücke, die immer leiser werden.

KAPITEL NEUNUNDVIERZIG

Sanna biegt auf die Landstraße und wählt gleichzeitig Daniel Orsas Nummer. Aus Gewohnheit sieht sie in den Rückspiegel. Der Rücksitz ist leer, nur Sixtens große Decke liegt dort. Brav hatte er sich zu Kaia und Claes bringen lassen und mit dem Schwanz gewedelt, bevor er in ihrer Küche verschwand, obwohl es mitten in der Nacht war.

Es klingelt einige Male, bevor der Anruf angenommen wird.

»Daniel?«, fragt sie angespannt.

»Ja?«, flüstert er.

»Ich bin es, Sanna Berling, wo bist du?«

»Wo sind *Sie*?«

Seine Stimme ist undeutlich, es klingt, als würde er das Handy dicht an den Mund halten.

»Daniel?«

Ein schlurfendes Geräusch, als würde sich jemand über den Boden schleppen. Dann: ein Vorhang, der zugezogen wird.

»Daniel, hör mir zu«, sagt sie so ruhig wie möglich. »Was auch immer du gerade tust, hör auf damit …«

Sie hört nur seine Atemzüge.

»Daniel? Du brichst nicht bei Ava Dorn ein, hast du mich verstanden?«

»Sie können mir nicht helfen«, flüstert er.

Stille. Das Knarren einer Tür. Dann bricht das Gespräch ab.

»Daniel?«

Es ist zu spät, zu spät für Daniel und zu spät für den Notruf. Ihr Handyakku ist leer.

»Verdammt!«, schreit sie und schlägt die Hände gegen das Lenkrad.

Die Nacht ist sternenklar, als sie den rostigen Schlagbaum und das Schild mit der Aufschrift »Solviken« passiert. Sie sieht ihr eigenes Spiegelbild in der Windschutzscheibe. Verschwommen wie Scherben im kaum vorhandenen Licht. Sie spürt die Angst in ihrem Körper vor dem, was sie erwartet, das Bedauern darüber, dass sie nicht die Polizei informiert hat, statt bei Daniel anzurufen. Sie verflucht sich selbst dafür, dass sie das Handy zu Hause nicht aufgeladen und dass sie kein Ladegerät im Auto hat.

Wenige Sekunden später biegt sie zwischen die verstreut stehenden Wohnwagen. Nur wenige Fenster sind erleuchtet.

Sie lässt den Wagen langsam rollen, aus einer angelehnten Tür fällt ein Streifen bläuliches Licht. Sie hat keine Ahnung, wie sie mit der Situation umgehen soll. Der Gedanke, an der Straße anzuhalten und den Notruf zu wählen, quält sie, seit sie den Ort verlassen hat, aber wegen Ava Dorns Worten und der bizarren Situation ist sie einfach gefahren. So schnell sie konnte.

Als sie aussteigt, ist es, als würde sie auf eine Wand aus Feuchtigkeit und Salz treffen. Das Rauschen des Meeres. Das Surren der Mücken.

Sie geht die etwa fünfzig Meter zu Dorns Wohnwagen. Die Laterne über der Tür ist zerschlagen. Alles ist ruhig. Sie sucht mit dem Blick nach Lebenszeichen. Nichts.

Als sie die Hand auf den Türgriff legt, ist ihr schlecht. Die andere Hand schließt sich um die Dienstwaffe. Ein tiefer Atemzug.

»Hier ist die Polizei«, ruft sie, so laut sie kann.

Ein plötzliches Geräusch auf der anderen Seite. Poltern. Die Tür wird aufgestoßen.

Daniel starrt sie an, seine Augen leuchten in der Dunkelheit. Sein Gesicht, die Hände, der weiße Kapuzenpulli sind blutverschmiert. Er stößt sie hart zur Seite und rennt stolpernd los, flieht in die Nacht. Sie folgt ihm, aber er ist verschwunden.

Als sie sich wieder umdreht, hat sie den Geschmack von Erde im Mund. Schweiß rinnt ihr den Rücken hinunter, und die Mückenstiche brennen an ihrem Haaransatz.

Sie lässt den Blick über Ava Dorns Wohnwagen schweifen, doch nichts rührt sich. Daniels Körpersprache bei seiner Flucht war erschrocken, ruckartig. Er musste zur Tür gekrochen sein, um nicht von außen gesehen zu werden.

Leise geht sie wieder zur Tür, drückt sich mit dem Rücken gegen die Wand, hebt die Waffe. Macht sich nicht die Mühe, etwas zu sagen, sondern stürzt einfach in den Wohnwagen.

Der Gestank von Erbrochenem und Schweiß schlägt ihr entgegen. Würgend hält sie den Arm vor Mund und Nase und schaltet das Licht ein.

Überall ist Blut. Dunkle Schlieren und Spritzer auf der Küchentheke, dem Tisch und dem Schlafsofa. Den Fenstern. Auf einem Stuhl liegt das Bild der sieben Kinder mit den Tiermasken, es ist aufgeschlitzt, Blut tropft davon zu Boden.

Als Erstes sieht sie die Beine. Sie liegen in einem seltsamen Winkel, gespreizt, doch die Füße sind nach unten gedreht, als wären sie gebrochen. Die Handflächen und die Unterseiten der Arme sind mit Schnitten übersät. Der Brustkorb ist aufgeschlitzt, von unzähligen Stichwunden ins Herz zerfetzt. Der lange Morgenmantel ist dunkel wie die Erde. Ava Dorns Augen sind weit aufgerissen, alles Leben ist aus ihnen gewichen.

KAPITEL FÜNFZIG

Eir wacht schweißgebadet auf. Sie hat das Gefühl, erdrosselt zu werden. Mühsam setzt sie sich auf die Bettkante und fährt sich mit der Hand über Nacken und Hals. Einen Moment lang weiß sie nicht, wo sie ist. Erst als sie Cecilia auf dem anderen Bett schlafen sieht, fällt ihr alles wieder ein.

Die Angst, als sie die Hand auf den Bauch legt. Sie schließt die Augen und lässt die Tränen fließen. Nach einer Weile ruft sie die Krankenschwester, die ihr eine Beruhigungstablette bringt. Nachdem sie sie genommen hat, bleibt sie auf dem Bett sitzen und starrt ins Leere.

Cecilia murmelt etwas im Schlaf. Eir entdeckt ihr Handy, steht auf und holt es sich, dann kriecht sie zurück ins Bett.

Sobald ihr Kopf auf dem Kissen ruht, kommt der Albtraum zurück. Sie setzt sich wieder auf und trinkt etwas Wasser.

Dann entsperrt sie Cecilias Handy und ruft das Video von Sixten auf, das Sanna geschickt hat. Sie stellt den Ton leiser und spielt es ein paarmal ab. Lächelnd vergrößert sie das Bild ein wenig. Da sieht sie etwas im Hintergrund, das sie erstarren lässt.

Der kleine Hafen. Ein paar Fischerboote am Kai. Auf einem der Boote eine Flagge. Eine Trikolore in Weiß, Schwarz und Blau. Estland. Hinter einem Netz, das über der Reling hängt, steht der Name: »Kristina Pärnu«.

Sie denkt an das Fischerboot, das in der Bucht von Riga gesunken ist. Das Boot, das nun auf dem Meeresgrund liegt, hieß nur »Kristina«. Die ähnlichen Namen lassen sie erschaudern. Sie überlegt weiter. Jack war auf den Aufnahmen der Überwachungskamera im Hafen von Pärnu zu sehen und trug eine Kappe mit der Aufschrift »Kristina«.

Aber das Video war körnig. Konnten sie sich geirrt haben? Könnte »Kristina Pärnu« auf der Kappe gestanden haben?

Sie recherchiert nach dem Namen und findet einen Artikel über ein Fischerboot, das mit voller Besatzung vermietet wird, um Heringe und Sprotten aus dem Baltikum und von der Insel zu einer Fischmehlfabrik auf dem Festland zu transportieren. Mehl, das zu Futter für Pelztiere wie Nerze, aber auch für Lachse auf den großen Zuchtfarmen wird.

Sie findet die Website der Fischmehlfabrik und überprüft die Adresse. Ein Hafen, dessen Namen sie nicht zuordnen kann. Sie ruft eine Karte auf, sucht sie konzentriert ab.

Einen Moment lang denkt sie, dass sie sich irrt. Sie kneift die Augen zusammen, und ein paar atemlose Sekunden steht alles still. Die Fischmehlfabrik und der Hafen sind nur einen guten Kilometer von dem kleinen Ort in Mittelschweden entfernt, der auf Sannas Landkarte mit kleinen Kreuzen bedeckt war.

Bei einer weiteren Suche findet sie eine Website, auf der sie Boote, Schiffe und kommerzielle Transporte in Echtzeit verfolgen kann. Sie gibt den Namen des Schiffes ein, zieht die Zeitleiste ein paar Tage zurück und sieht, dass das Schiff kürzlich in Pärnu lag.

Eir kehrt zum Video zurück. Sie muss sich vergewissern, dass sie tatsächlich den richtigen Namen gesehen hat. Sie fragt sich, wie Sanna das Fischerboot im Hintergrund hatte übersehen können, als sie die Hunde filmte. Warum waren ihr die

Flagge und der Name nicht aufgefallen? Sie muss müde oder abgelenkt gewesen sein, denkt Eir. Sie selbst hatte unter starken Schmerzmitteln gestanden, als sie das Video zum ersten Mal sah, vielleicht hatte sie deshalb nicht geschaltet. Wieder betrachtet sie Boot und Flagge, und das Unbehagen wird stärker. Wie hatten sie beide etwas so Offensichtliches übersehen können?

Dann fällt ihr noch etwas auf. Eine Bewegung an Deck. Einige Männer bewegen sich auf die Bootsmitte zu. Die Besatzung versammelt sich neben etwas, das an die Bootswand gemalt ist. Einer großen Sonne.

Ihr fallen die Worte auf Sannas Hand ein. Eines war noch lesbar gewesen: »Sonne«. Sanna hatte gesagt, dass ein Mann im Hintergrund von Jacks Anruf etwas von »Sammeln« und »Sonne« gerufen hatte.

Sonne.

Er ist wieder da.

Das ist das Boot, das Jack Abrahamsson zurück auf die Insel gebracht hat.

KAPITEL EINUNDFÜNFZIG

Die Waffe klebt in Sannas zitternden Händen. Sie versucht, tief zu atmen. Doch sie sieht Daniel vor sich, seinen entsetzten Blick, den Pullover, der zwar bespritzt, aber nicht blutgetränkt war. Der Druck seiner Hände, als er sie beiseitestieß, seiner leeren Hände. Seine Stimme, als er in sein Handy flüsterte, dass sie ihm nicht helfen könne.

Sie starrt auf den misshandelten Körper. Ava Dorns zerfetzte Brust, die Wut, die sich entladen hat, das Herz, das ausgeblutet ist. Zwei Schnitte klaffen im Hals. Damals und heute werden eins. Die Spuren sind überall, nur allzu bekannt. Die Spuren, die nur *er* hinterlassen haben kann.

Sie möchte um Hilfe schreien, doch ihre Stimme gehorcht ihr nicht. Sie weicht zurück, geht wieder hinaus in die Nacht.

Das Surren von Mücken, das Rauschen von Bäumen, die sich in der Dunkelheit biegen. Der Mond steht groß und still am Nachthimmel. Ihr Blick streift über die wenigen erleuchteten Fenster, sie wagt es jedoch nicht, dorthin zu gehen.

Als sie das Auto erreicht, droht ihr Brustkorb zu zerspringen. Sie schnappt nach Luft und hustet. Nestelt am Türgriff, wirft sich auf den Fahrersitz, versperrt die Türen. Die Waffe gleitet ihr aus der Hand in den Schoß und auf den Boden. Sie tastet nach dem Sicherheitsgurt, dann nach dem Schlüssel. Als der Motor anspringt, wirft sie einen Blick in den Rückspiegel.

Da sitzt er.

Jack.

Er sieht sie mit seinen hellen Augen an, die von scharfen schwarzen Schatten umgeben sind. Schwer und groß. Die hohe Stirn und die schmale Nase. Der Pullover spannt über seiner Brust. Blut. Überall.

Eine Sekunde vergeht. Alles ist still. Sie wagt kaum zu atmen und weiß nicht, was sie tun soll. Er fixiert sie im Rückspiegel. Die Dunkelheit umhüllt ihn, doch sie spürt seine Anwesenheit, sie sehen sich gegenseitig.

Der kalte Lufthauch in ihrem Nacken, als er sich nach vorne beugt und ihr einen Zettel überreicht. Etwas blitzt auf, er hat ein großes Küchenmesser in der Hand.

Auf dem Zettel steht die Adresse des Jachthafens südlich der Stadt.

Sie schließt die Augen.

Er wird wieder entkommen.

Wenn sie sich weigert, ihn zu fahren, wird er sie umbringen und das Auto nehmen. Er kann sich zu irgendeinem Hafen durchschlagen oder sich irgendwo verstecken. Er könnte für immer verschwinden. Aber wenn sie ihn fährt, gewinnt sie Zeit zum Nachdenken.

Sie legt die Hände aufs Lenkrad. Langsam rollen sie vorwärts. Vorsichtig biegt sie auf die Landstraße in Richtung Süden ab. Auf beiden Seiten des Weges wächst dunkler Wald, Schattenreihe um Schattenreihe. Es ist, als würden die Bäume vor ihr zurückweichen.

Sie blickt starr nach vorne auf die Straße.

»Lass mich dir helfen«, hört sie sich sagen.

Er beobachtet sie im Rückspiegel.

Dann legt er das Messer neben ihrer Schulter auf die Rückenlehne.

Wenn sie etwas unternimmt, um ihn aufzuhalten, riskiert sie ihr Leben.

Sie packt das Lenkrad fester. Sie zögert, überlegt. Er hat den Mann hingerichtet, der ihre Familie ausgelöscht hat. Einerseits hat sie das Gefühl, in seiner Schuld zu stehen, sie sollte ihn laufen lassen. Andererseits weiß sie, dass er ein Monster ist, ein brutaler Mörder. Jemand, der aufgehalten werden muss.

Die Zeit scheint stillzustehen, kurz hat sie das Gefühl zu schweben. Dann tritt sie das Gaspedal durch.

Sie reißt das Lenkrad herum und steuert den Wagen auf eine Abzweigung zu, um dem Straßengraben zu entgehen, dann fährt sie eine weitere scharfe Kurve, prallt direkt gegen die Bäume.

Ein krachendes Geräusch, dann wird alles schwarz.

Als sie wieder zu sich kommt, ist ihr Mund voller Blut. Stechende Schmerzen in den Beinen. Sie hängt schief in ihrem Sicherheitsgurt, schnallt sich ab und fällt, kommt auf die Knie, tastet auf dem Boden nach ihrer Waffe, die sich unter dem Sitz verkeilt hat. Sie packt sie mit aller Kraft, kann sie aber nicht befreien.

An der Autotür zieht sie sich aus dem Wagen. Ein schneidender Schmerz schießt durch ihre Handgelenke.

»Nein!«, schreit sie, als sie sieht, wie er versucht, sich vom Rücksitz zu befreien.

Im selben Moment streckt er sich und sieht sie an. In seinen Augen eine Mischung aus Wut und Schrecken. Er bleibt mit dem Arm hängen, als er aus dem Auto klettert. Mit dem Messer in der Hand macht er sich frei.

Als er sich vor dem Wagen aufrichtet, wird alles still. Das einzige Geräusch ist das Zischen des Autos.

Sanna sieht alles mit erstaunlicher Klarheit. Die Wunde an

seinem Fuß. Wie er sie ansieht, als wäre alles eine Verhandlung. Du oder ich.

Dann hastet er los, stolpernd, aber schnell. Sie weiß, dass sie sich entscheiden muss: Soll sie auf die Straße gehen und versuchen, ein Auto anzuhalten, oder soll sie ihn verfolgen?

Ihr ganzer Körper schmerzt, doch sie holt tief Luft, kehrt zum Auto zurück und reißt die Dienstwaffe los. Dann läuft sie ihm nach in den Wald.

Vor ihr bewegt sich ein Schatten. Sie rennt immer schneller über Wurzeln und Fichtenreisig, bis sie ihre Füße nicht mehr spürt. Im Mund der Geschmack von Eisen.

Plötzlich ist er weg. Leise Flügelschläge über ihr, eine Eule ruft in der Ferne. Sie läuft weiter, dann wird sie langsamer, blickt sich suchend um. Reisig, Laub und Steine im Mondlicht. Wurzeln verlaufen wie gebogene Knochen am Boden.

Er ist irgendwo da draußen. Unsichtbar. Sie schluckt die Stille hinunter und setzt sich wieder in Bewegung.

Dann hört sie sie. Schlurfende Schritte, nicht weit entfernt hinter einigen Bäumen.

So leise wie möglich schleicht sie an den Stämmen entlang, Schritt für Schritt. Sie sieht ihn, doch als der Mond hinter einer Wolke verschwindet, verschmilzt er wieder mit den Schatten, aber sie weiß, dass er da ist. Ihre Finger tasten über den letzten Baumstamm, bevor sie ihn erreicht.

Ein weiterer Schritt, und der Mond leuchtet wieder, sein Licht ist kalt und unbarmherzig.

Da wirft er sich auf sie, stößt sie zu Boden. Ihre Waffe fliegt durch die Luft. Sie packt seine Beine, klammert sich an ihn. Er strampelt sich frei, aber sie stürzt sich wieder auf ihn. Als er sich umdreht, hält er das Messer immer noch in der Hand.

Dann ist er über ihr, drückt ihr das Knie gegen die Brust und zwingt ihre Hände auf den Boden. Einen Moment herrscht

Stille. Er fixiert sie. Aber irgendwo in der Dunkelheit huscht ein schlanker Schatten vorbei, vielleicht ein Tier. Er blinzelt, ist einen Moment abgelenkt.

Als sie sich mit aller Kraft nach vorne wirft, knicken sein Bein und sein verletzter Fuß ein. Sie versteht zunächst nicht, was passiert, bis sie das Messer sieht, das ihm aus der Hand gefallen ist. Sie strampelt sich frei und greift danach. Als er wieder über ihr ist, rammt sie ihm das Messer in die Brust.

Alles wird ganz still. Sie sieht ihm in die Augen, bis sein Blick leer wird, bis es vorbei ist.

Warm und schwer liegt er auf ihr. Als sie ihn auf die Seite wälzt, rascheln einige Äste. Sein Körper erstarrt, während das Blut über die Wurzeln in den Boden sickert.

Langsam kommt sie auf die Knie.

Eine unbegreifliche Kälte breitet sich in ihr aus. Sie stellt fest, dass sie das Messer immer noch in der Hand hält. Sie sieht sich selbst in der großen glänzenden Klinge, zusammen mit dem Mond und den Sternen. Wie im Schlaf gleitet ihr das Messer aus der Hand. Fällt sanft ins Moos.

Da sieht sie es.

Neben ihm liegt etwas auf dem Boden. Es scheint aus seiner Hosentasche gefallen zu sein. Sie nimmt den Gegenstand auf und streicht mit dem Finger vorsichtig über die glatte Oberfläche.

Der kleine Bernstein mit den zwei winzigen schwarzen Silhouetten, Kopf an Kopf. Die Ameise und der Käfer, eingeschlossen in ihrer honiggelben Ewigkeit. Die kleinen Luftblasen. Die Wärme.

Sie hat ihn wieder.

DANKE

Mats Holst
Vivianne Jakobsson
Wanja Andersson